名草有主

酒小七 著

青岛出版社
QINGDAO PUBLISHING HOUSE

图书在版编目（ＣＩＰ）数据

名草有主 / 酒小七著. -- 青岛 : 青岛出版社，
2019.10
ISBN 978-7-5552-8340-9

Ⅰ. ①名… Ⅱ. ①酒… Ⅲ. ①言情小说－中国－当代
Ⅳ. ①I247.5

中国版本图书馆CIP数据核字(2019)第113250号

书　　名　名草有主
著　　者　酒小七
出版发行　青岛出版社
社　　址　青岛市海尔路182号（266061）
本社网址　http://www.qdpub.com
邮购电话　010-85787680-8015　13335059110
　　　　　0532-85814750（传真）　0532-68068026
责任编辑　贺　林
特约编辑　崔　悦
校　　对　李玮然
排版设计　李红艳
印　　刷　三河市良远印务有限公司
出版日期　2019年10月第1版　　2019年10月第1次印刷
开　　本　32开（880mm×1230mm）
印　　张　10
字　　数　250千
书　　号　ISBN 978-7-5552-8340-9
定　　价　39.80元

编校印装质量、盗版监督服务电话　4006532017　0532-68068638
建议陈列类别：畅销·青春文学

CONTENTS
目 录

第一章
光头不是我的错

我抱着篮球，悲愤地抬头仰望球筐。它矜持而骄傲地立在那里，明明一动不动，却比一个活动靶还要难以击中。刚才我一共投了十个球，有九个是三不沾，另外一个有幸打到篮板上，不过反弹之后砸到了我自己的头上……

看来篮球真是一个自虐的好工具。我虽然并不喜欢自虐，但是为了那几百块钱的奖金，忍了。

学校的篮球社在下周要举办一个投篮大赛，其中专门设了女子组，第一名的奖金有五百块。我是一个爱财并且缺财的人，如干旱久了的一棵香蕉树一样急需钱财的灌溉。于是为了这五百块的巨款，我欣然报名。

然而此时，我望着那冷艳而高贵的球筐，实在有点泄气。

突然，从遥远的三分线外飞过来一个篮球，像是装了导航仪一般，不偏不倚地朝着篮框落去。

空心！

我震惊地回头，想看看是哪路神仙跑来寒碜我。然后我就眼睛一亮，脸红心跳，肾上腺素激增……

总之，一个标准的花痴会出现的生理现象，我都有了。

因为这个人是陆子键。

陆子键是谁？化学学院的篮球队队长，高大帅气，彬彬有礼，而且是学生会干部，去年还拿了一等奖学金……总之，陆子键此人就是用来花痴的。

所以，此时我发一下花痴很正常。

然而，我看到了陆子键身后的另外一个人——钟原。于是我狠狠地瞪了他一眼。

我深深地恨着钟原。

来打篮球的人越来越多，场地明显不够用了，于是大家凑合着挤一挤，不管认识不认识，两三拨人共用一个场地是很正常的事情。现在，我就有幸和陆子键共用一个场地，不幸的是，还有钟原。

我盯着钟原的背影，心里默念：燃烧吧，我的小宇宙！

我就抱起篮球，狠狠地砸向他。

钟原捂着后脑勺，扭头皱眉看了我一眼。我摊摊手，笑道："抱歉，手滑。"

我捡起篮球，装模作样地投了一会儿，又开始燃烧我的小宇宙……

我发现我这个人手法其实不错，虽然投篮投不准，但是砸钟原，一砸一个准。

于是没过多久，钟原的白球衣，变成了花球衣。

一直专心打球的陆子键终于发现了这个问题，打量了一下钟原，莫名其妙道："钟原，你不是挺爱干净的吗，衣服怎么脏成这样了？"

钟原没回答，抬眼似笑非笑地扫了我一眼。

我心虚地躲闪着钟原的眼神，朝陆子键笑眯眯地说道："陆师兄你好，我是化学学院的沐尔。"

陆子键笑呵呵地说道："你好啊，大一的吧？"

我用力点点头，两眼冒红光地望着他。

陆子键被我盯得有些不好意思，又笑了笑，突然说道："你这个……发型不错啊，挺有个性，呵呵……"

我摸了摸自己那新剃没几天的光头，一股悲凉感油然而生。

光头不是我的错。

很久很久……大概是两个星期之前，那时候我也是有一头飘逸长发的。然而，谁又能想到，一个赌局，竟然在悄无声息地改变它们的命运……

前一阵校级篮球争霸赛火热进行，我虽然对篮球不感兴趣，但是对帅哥很感兴趣，尤其是像陆子键这样的帅哥，高大、阳光、帅气、温和，又有一点点腼腆和憨厚……总之，他的一切我都喜欢，包括他那小麦色的肌肤。我喜欢男生黝黑一点，那样才够男人嘛。如果一个男生长得像钟原那么白，那全世界都要为他默哀了。

话说，当时的篮球赛，化学学院在陆子键的带领下顽强地挺进了决赛，而即将和化学学院对阵的，正是钟原所在的管理学院。

当时，全校的花痴几乎分成了两大阵营，"挺"化学学院的，基本上是冲着陆子键来的，而"挺"管理学院的，则是冲着钟原来的。

钟原这个人喜欢搞神秘，在小组赛的时候根本就没有上场，而在淘汰赛的时候，也只是在四分之一决赛中出场了最后两分钟，锁定了胜局。

许多人把钟原夸得神乎其神，仿佛他就是科比，我却不以为然。反正陆子键是最强的，陆子键是无懈可击的，陆子键……必胜！

然而在化学学院内部，存在着那么一小股势力，竟然是挺钟派，而且，其中三个骨干分子竟然是我们寝室的老大老二和老四（我们寝室总共四个人）。那几天我和她们经常因为陆、钟问题吵得不可开交，到最后，我竟然大义凛然地指着自己那头飘逸的长发，信誓旦旦地对她们三个人说："管理学院要是能赢，我就把头发剃光！"

后来，我真的把头发剃光了……

决赛那天，现场十分火爆，我挤在人群里喊"陆子键加油"喊得嗓子都哑了。离比赛结束还有一分钟的时候，化学学院领先五分，我握了握拳，看来管理学院大势已去。

然后，管理学院请求换人，钟原上场。

再然后，钟原先后投进了三个三分球。

没错，是三个，三分球，在最后的一分钟时间内。

我有充分的理由相信，钟原当时是"鬼上身"了……

可是不管理由如何，胜负已定。管理学院赢了，强大的陆子键，被一个"鬼上身"的钟原打败了。

于是第二天，我在三个女人的虎视眈眈下，去美发店剃了个光头。当时，理发师听到我的要求时，眼睛都直了。

事情的经过大致就是这样，因为钟原，我的偶像没有拿到冠军；因为钟原，我变成了光头。

你说，我能不恨他吗？

此刻，我有些不好意思地摸了摸自己的光头，然后取过篮球架上挂着的鸭舌帽戴好。

我这人脸皮厚，剃了光头之后经常大摇大摆地出入各种场所，一点不觉得别扭。倒是那三个事后装好人的家伙，觉得仿佛把事情做得太过分了，便商量着一起给我买顶假发。我大手一挥告诉她们："免了，你们请我吃顿饭吧，好久没吃火锅了……"

虽然我脸皮厚，不过陆子键好歹也是我的偶像，在偶像面前我当然要保持良好的形象，要矜持。于是我戴好帽子，遮住光头，朝陆子键笑了笑，说道："陆师兄，我下周要参加投篮比赛，你可不可以教我？"我坚信我这么一笑，如果再配上一头乌黑靓丽的头发，也是可以做到明媚动人的，不过现在……咳咳，算了，我也没什么想法了，还是缠着陆子键来点实惠的吧。如果我真的能得到他的指点，到时候在投篮大赛上一定能横扫对手，取奖金如探囊取物……

陆子键拍着篮球，笑呵呵地点了点头。早就听说陆师兄脾气随和，果然名不虚传，于是我又开始两眼冒红心了。

这时，我耳边突然凉飕飕地飘来一句："真佩服你的自信。"

我扭头，发现钟原看着我，嘴角微微上翘，表情说不尽地嘲讽，仿佛在看一个笑话。

我瞪了他一眼，随即屁颠屁颠地跑到陆子键身边。

鄙视小白脸！鄙视"鬼上身"！

我看着陆子键额头上渗出的汗珠，狗腿子般地笑道："陆师兄，我请你喝水。"

陆子键笑呵呵地说道："那怎么好意思。"

"别，陆师兄你千万别和我见外，今天我还要谢谢你呢。"我一边说着，一边走进球场附近的冷饮店。

我取下三罐可乐，躲在角落里把其中一罐狠命地摇晃了几下，然后拿去收银台结账。

从冷饮店出来，我把一罐可乐递给陆子键，他笑着对我说了声谢谢。

然后我又举着另一罐经过特殊处理的可乐，递到钟原面前，笑眯眯地说道："刚才……对不住哈。"

钟原朝我点了一下头，接过可乐。

我转过身自顾自地打开可乐喝着，期待着一会儿转回身看到钟原被可乐"灌溉"的样子。

然而我等了半天，也没等到什么动静，倒是等到了陆子键的一句话："咦，钟原你怎么不喝，你不渴吗？"

我大惊，扭过脸看钟原，他不会发现了吧……

这时，钟原握着可乐，淡淡地说道："我的手刚才受伤了，没法开。"

"你不早说。"陆子键说着，热心地把自己的可乐往钟原怀里一塞，然后抢过他的可乐。

我想阻止陆子键，可是已经来不及了。随着砰的一声，陆子键满头满脸都是褐色的液体，还有许多可乐溅到了他的衣服上……

我低头默默流泪，二氧化碳果然是一种不可小觑的气体。

这时，陆子键往脸上抹了一把，抱怨道："钟原你竟然也喜欢开这种幼稚的玩笑。"

我偷偷看钟原，这时他正盯着我看，嘴角挂着一丝笑，眼睛里似乎有光在闪烁。我一看到他的眼睛，脚底就莫名其妙地涌起一股寒意，仿佛我干的什么坏事都已经被看穿了一样……

幻觉，一定是幻觉。我侧过脸去不看他，附和着陆子键，心虚地大声说道："就是啊，钟师兄你真有意思，这种游戏我十岁以后就不玩了呢，呵呵，呵呵呵呵……"

钟原并不说话，依然似笑非笑地看着我。

　　我被他盯得心里发毛，哆嗦着掏出纸巾帮陆子键擦着可乐，一边擦一边狡猾地对陆子键说："陆师兄，你猜钟师兄会不会把这件事情嫁祸到我身上？"

　　陆子键摇摇头："你别这么说，钟原可不是那样的人。"

　　我不敢看钟原，一边低头帮陆子键擦着身上的可乐，一边半是愧疚半是谄媚地道："陆师兄啊，我帮你洗衣服吧？"

　　陆子键礼貌地摇摇头："不用了。"

　　"你不觉得其实你也该帮我洗洗衣服吗？"又是钟原的声音。

　　我飞快地扫了一眼钟原的花球衣，朝陆子键傻分分地笑道："陆师兄你看，钟师兄真会开玩笑。"

　　陆子键被我的笑容迷惑，赶紧站出来伸张正义："钟原你平常欺负欺负我也就算了，可别欺负学弟学妹们。"

　　我扭脸面对着钟原吐了吐舌头。看着钟原那副有苦说不出的阴郁样子，心里突然畅快了许多。

　　晚上回到寝室，我向"一、二、四"报告了一下今天的战况，当我得意地讲到我是怎样对待钟原的时候，三个枕头齐刷刷地向我飞来……

　　我觉得这个世界真是越来越悲剧了，为什么在化学学院的地盘上，钟原的粉丝会多过陆子键的？

　　我们寝室一共四个人，其中三个人的审美都不正常，因为她们都迷钟原，虽然理由各不相同。

　　老大喜欢钟原是因为她觉得钟原很精英，学习好、素质佳、能力强。我不禁摇头，这个理由真够虚幻的。据说钟原那小子比鬼都低调，老大又是从哪里看出他素质佳能力强的？

　　小二喜欢钟原，是因为钟原一直住在她的脑内剧场里。一开始我以为她这是暗恋钟原，结果她摆摆手告诉我，她脑内剧场的另一个人是陆子键，并且她绘声绘色地给我讲了她设想中的剧情。剧情尺度较大这里不作表述，总之听完她的剧情，我善良地原谅了小二，并且对钟原多了那么一丢丢的同情。

四姑娘喜欢钟原，是因为她不喜欢陆子键，如果非要在两个人中间选一个，她只好选钟原。对于她的这个理由，我要表示强烈的谴责和鄙视！

当然，这三个人无一例外地承认钟原比陆子键长得好看，这让我更加悲愤。

陆子键身高有一米九五，钟原有吗？陆子键有发达的肌肉，钟原有吗？陆子键有小麦色的肌肤，钟原有吗？

综上，你们还好意思说钟原比陆子键帅？他帅在哪里？

每当我说到这里，"一、二、四"就会齐刷刷地回答："是你口味太重了吧？"

我不甘示弱："开玩笑，口味重的是你们好不好。你，四姑娘，是谁整天吵着要包养小白脸？还有你，老大，你，你……"

老大用手托着下巴，送我一个迷人的微笑，优雅而淡定地问道："我怎么了？"

我半是嫉妒半是悲愤地说道："你的胸最大！"

老大："……"

在这里我想我有必要简单介绍一下我们的寝室。

1111宿舍里住着四个快乐的女光棍，分别是老大、小二、三木头、四姑娘。其中我是三木头，这个称号是那三个女人强加到我身上的，考虑到我比较大度，所以我忍。

我们四个女光棍都有自己热衷的东西。老大爱学习，小二爱耽美，我爱钱，四姑娘爱玩儿。我们四个人之中，最淡定的就是老大，最猥琐的就是小二，最彪悍的就是四姑娘。她们的光荣事迹我以后会提到。至于我，没什么特点，有点懒有点馋，日子过得很缺钱。如果非要给我安上一个"最"字，那么我可能就是最让人哭笑不得的那一个。

我让人哭笑不得之处在于，上了一所自己以前想都不敢想的名牌大学，然而作为一个化学白痴兼严重的化学恐惧症患者，却被无情地安排在了化学系。这件事情说来话长。

我高中所读的学校是一所普通的县重点高中，之所以它是县重点高中，是因为它是我们县唯一一所高中。这所高中在我们县是唯一且重点的，然而放在省里，它也就算个啃骨头的。

我高三的时候，几次模拟成绩下来，基本上都是在年级三十名左右晃荡。这样的成绩放在高考中，能上一本线我就算是谢天谢地谢祖宗了，因此，我填报志愿时候主要考虑的是怎样能上一所不错的二本类学校，一本B类的学校也推敲了几个，万一我发挥不错呢？而至于一本A类的学校，我根本就不考虑，于是随便填了所牛气无比的学校。当时大概是实在闲得够呛，因此我专门选了几个特别触目惊心的专业填了，于是我的报应来了。

高考那两天我跟中了邪似的，总觉得自己大脑的运算速度突然快了很多，就连平常极度恐惧的化学，都显得没那么狰狞了。

后来考完试对答案，我拿着那本答案，战战兢兢地问我们班主任："李老师，这本答案不会是错的吧？"

班主任是个特温和的小老太太，推了推鼻梁上的眼镜，语重心长地说道："沐尔啊，考不上咱们还可以再来一年，明年我带你。"

我纠结道："可是为什么我觉得我写的答案和这答案书上的差不多都一样？"

班主任和蔼地拍了拍我的头，笑道："别胡思乱想了，趁着暑假多玩几天吧。"

我乖乖地点点头，可还是觉得事情不对劲。

查成绩的前一天晚上我熬到十一点半，终于撑不住睡了过去。第二天一大早我是被班主任的电话吵醒的，那小老太太尖叫着告诉我：沐尔你高考分数多少多少，全省排名多少多少，你基本上应该是能够到B大录取线云云……

据说，×中已经好久好久没有出现这么好的成绩了。

惊喜来得太突然，我还没有完全适应，悲剧就接踵而至。

我被B大的化学学院，录取了……

化学，化学，化学……

通知书到的那一天，校长联合村长，专门雇了一帮人跑到我家门口敲锣打鼓放鞭炮，还给我戴上了一朵傻到极致的大红花。

我戴着大红花在锣鼓喧天中示众，满脑子都是那两个字，化学，化学，化学……

我像个疯子似的一会儿笑一会儿哭。命运之神，你涮着我玩呢是吧！

后来有一次闲聊中我问起了"一、二、四"为什么要选化学，最让我记忆深刻的是四姑娘的回答，她说："我爸说除了化学，什么都可以选。于是我就选了化学。"忤逆她爸爸是四姑娘生平的乐趣之一。

我当时就抱着一线希望问她："其实你也很讨厌化学，对不对？"

她托着下巴认真地回答："谈不上讨厌，只是学起来太简单，有点无聊而已。"

于是我又悲愤了。

好吧，我又扯远了……话说，经过篮球高手陆子键的指导，加上我本人的勤奋练习，几天之后，我发现我投篮的命中率有了明显的提高，就连眼光一向高的老大也说："木头投篮的动作有点意思了啊，已经可以拿出去吓唬人了。"

虽然这话有点不伦不类，但是我知道她这算是赞赏，因此美得找不着北了，还请她吃了根棒棒糖。

在众人的期待中，篮球社的投篮大赛热烈地拉开了序幕。参赛的选手很多，开始的时候我以为女生会相对少一些，没想到今天来参赛的女生人数完全不少于男生，甚至还隐隐有压倒对方的趋势。我忍不住擦汗，B大的女生对篮球的热情有这么强烈吗？还是说，她们都很缺钱？

我有点紧张，挤在一堆女生中抓紧时间练习着投篮，手感暂时还不错。我一边练习，一边听着身边的两个女生八卦。

女生A说："嘿，你怎么也来参加这个投篮大赛？我记得你连运球都不会啊。"

女生B回答："我是来看帅哥好不好，听说这次比赛钟原和陆子键都是评委。"

我一听到陆子键的名字，耳朵立刻竖起来，抱着篮球不动了，认真听着她们八卦。陆子键是评委吗？他好低调，我都不知道。

这时，女生A又说："是啊是啊，我还听说钟原是女子组的评委呢，结果我就兴冲冲地跑来报名了，这下可以跟偶像近距离接触了。"女生 A 越说越激动。

女生 B 喊了一声，说道："你'奥特曼'，钟原本来确实是打算卖篮球社社长个人情，来做女子组的评委的，要不然也不会有这么多花痴跑来报名好不好？不过后来钟原也不知道是中了什么邪，非要和陆子键换，换到了男子组。"

女生 A 略显遗憾地问道："真的？我怎么没听说？"

女生 B 答道："千真万确，你别忘了，我男朋友是篮球社的组织部长。"

于是女生 A 说道："好吧，其实和陆子键亲密接触一下也不错。"

女生 B 不禁笑道："你在选手席，他在评委席，你们两个要怎么样才能亲密接触？"

女生 A 窘了一下，随即和女生 B 嬉闹起来。

我在一旁听得热血沸腾，充满了向往。陆子键啊，陆子键！

钟原，你终于干了一件不让我鄙视的事情，换得好哇换得好！

我正因"女子组的评委是陆子键"这件事情激动着，就看到不远处陆子键和钟原走了过来。他们站在篮球场的入口处，和篮球社的几个人交谈着。

我觉得我有必要发挥一下马屁精神，于是屁颠屁颠地跑过去，献给陆子键一个大大的微笑，还特矜持地挥了挥手，对他说道："陆师兄好，今天还请你多关照啊。"

陆子键温和地对我笑了笑，说道："沐尔，你加油啊。"

我用力点头，那表情，要多谄媚有多谄媚。

这时，钟原突然特阴险地瞄了我一眼："沐尔，你的评委好像是我吧？"

我鄙夷地看着他："你不是男子组的评委吗？"

钟原点点头："是啊，你知道？"

我莫名其妙地耸了耸肩膀，说道："那我的评委就是陆师兄啰。和你又有什么关系？"

钟原古怪地上下打量着我，盯了好久，才突然说道："你是女生？"

我觉得他这个问题很诡异，这不明摆着的事吗？于是我更加不屑地扫了他一眼，答道："废话！"

钟原又重复了一遍："你竟然是女生？"

我瞪他："是啊，别告诉我你没看出来。"

钟原眼神若有若无地扫过我的胸前，特鄙视地笑道："我还真没看出来。"

我被他的眼神和话语激得怒不可遏，于是一下子失去理智，没头没脑地失声喊道："没看出来？我这么大一 A 罩杯，你竟然没看出来？"

我的话一说出来，我就后悔了。好吧，虽然我一直认为我的胸是 A 罩杯里最大的，不过跟一个男生讨论这种问题……其实我是个矜持的人。

果然，我的话一出口，周围的人都用一种特异样的眼神盯着我，就仿佛我是个火星人刚着陆到地球似的。

我悲愤得真想找个地缝钻进去。

这时候，钟原还嫌气氛不够尴尬，愣了一下，随即笑眯眯地说："这么大一 A 罩杯，我还真是没看出来。"

我："……"

老天哪，你来道闪电劈死我算了……

由于钟原的眼神有问题，给我造成了严重的赛前心理障碍。他不仅不惭愧，还嚣张地说："陆子键也是这么想的。"

我可怜巴巴地望向陆子键，不会不会不会的，陆子键是我的偶像，他不会这样的！

陆子键不好意思地看了看我，笑呵呵地说道："那个……你这个……你这个发型比较特别啊，呵呵。"

我欲哭无泪，陆师兄你做人一定要这么厚道吗？连撒个谎都不会？

这时，钟原又说道："发型嘛，连发都没有，哪里来的型？"

我……如果不是要在陆子键面前保持风度，我早就揍人了！

由于被钟原这家伙搅了一下局，上午初赛的时候我发挥得非常不好，勉勉强强杀进决赛。我发现，前来比赛的女生，大部分好像连篮球都没摸过，只有那么两三个，实力不容小觑。

下午决赛的时候，"一、二、四"竟然良心发现跑来给我加油助威了，我那个感动啊。

女生决赛的时候，男生那边正在休息。轮到我时，我抱着篮球朝陆子键回眸一笑，想得到一份爱的鼓励，然后我看到钟原跑到陆子键身旁坐下，笑眯眯地看着场内，仿佛是打算看我笑话。

我瞪了他一眼，转身潇洒投篮。那篮球特给面子，在球框上打了个转就进去了。

这时，我家彪悍的四姑娘特痞地笑了笑，还轻轻地吹了下口哨，然后说道："三木头，干得不错啊！"

她的声音不大不小，我刚好能听到，不过由于她站的位置离评委席更近一些，所以我想……也许陆子键也听到了吧？

窘死个人啊，四姑娘你让我情何以堪……

我收拾了一下凌乱的心情，继续投篮。接下来的表现差强人意，我没有发挥出自己最好的水平，不过也不是很差。

我投完球后，不敢看陆子键，硬着头皮拉着"一、二、四"就跑去买了冰激凌，坐在操场附近一边吃一边等结果。

我一边舔着冰激凌上的巧克力，一边花痴地望着不远处的陆子键，他认真地看着每一个参赛选手的表现，认真地打分……认真的男生，要多帅有多帅！

老大抬手在我面前晃了晃，不怀好意地问道："你看什么呢？"

我还没说话，四姑娘就抢先说道："一只木头看另一只木头。"

我窘，抢过她手里的冰激凌，怒道："我警告你，以后不准在陆子键面前叫我三木头，还有你、你们！"

小二目光深沉地望着陆子键……身旁的钟原，说："三木头你省省吧，陆子键是人家钟原的，没你什么事！"

我愤怒地把小二手里的冰激凌也抢了过来："你们确定今天是来给我加油的？"说着，想起还有个老大，于是警惕地盯着她。老大不爱说话，但是她说的大部分话，我都无力反驳。

这时老大捧着冰激凌，望了望天，长叹一口气，把目光移回到手中的冰激凌上，说道："我吃东西，我不说话。"

"二、三、四"全无语了。

比赛结束的时候已经接近傍晚了，比分处理没什么技术含量，所以比赛结果很快就出来了，紧接着就是颁奖典礼。典礼很简单，就设在操场上。

第一名不是我，第二名……也不是我……

我只得了第三名，奖金一百元。

好吧，第三名就第三名吧，本来我的实力好像也不如那第一名、第二名。况且虽然没有五百块钱，但好歹也有一百块，人嘛，知足常乐。

关键是，陆子键亲自给前三名颁奖……

当陆子键把获奖证书和一个装着奖金的信封递到我手上的时候，我顺手抓起他的手，狠狠地握了握。

于是我呼吸急促，心跳加速，肾上腺素激增……

颁奖典礼结束后，我跑到陆子键面前，两眼冒红光地跟他说谢谢。

陆子键依旧笑呵呵的，倒是他身旁的钟原似笑非笑地说："你这么感谢陆子键，那怎么不请他吃饭？"

我……我没钱啊……

好吧，虽然没有钱，但是面子还是要撑一撑的，于是我对着陆子键嘿嘿笑道："陆师兄，我请你吃饭啊。"

陆子键摇摇头，笑道："那怎么好意思。"

我刚想说句"陆师兄你太客气了"然后开溜，这时候钟原却说道："陆子键，你这样说可是伤师妹的心了。"

我瞪了钟原一眼，有你什么事！

陆子键只好厚道地说道："那……那就不好意思了，呵呵。"

我："……"

我真想揪着陆子键，痛心疾首地告诉他：你太容易被钟原摆布了！

可是现在我不能这样做，只能痛心疾首地问他："那我们去吃什么？"

陆子键看向钟原，似乎是在问：你想吃什么？

说实话我看到他这个眼神，都要开始怀疑我家小二的话了……不对不对，这不是关键，关键问题是，我请陆子键吃饭，关钟原什么事？

此时钟原毫不客气地说："去吃鸡翅吧，不能让师妹太破费。"

陆子键马上点头说好。

我被钟原的一句"不能让师妹太破费"搞得有些夯毛，这么说他是蹭定这顿饭了？而且他还怂恿陆子键敲老娘的竹杠！

这时，"一、二、四"大概是等得不耐烦，朝我们走了过来。我对她们苦笑道："我要请陆师兄吃饭，你们要不要一起去？"

小二率先摇头说道："好好谢谢你家陆子键吧，我们不去了。"她说完，老大和四姑娘也摇头说不去。

我感动得真想抱一抱这三个家伙，还是你们体谅我呀……要是这三只狼也去，我肯定破产无疑。

这时，陆子键就站在我身旁，听到了我们的谈话，好奇地问小二："同学，为什么有时候你讲话我听不太懂？"

四姑娘特鄙视地瞟了他一眼，"你挂个神经内科，看看脑子吧。"

从表面上来看，陆子键似乎并不认识四姑娘，但是四姑娘这个人，看陆子键十分不爽。我们都很怀疑其中有什么内幕，可是四姑娘打死也不说，问急了，她就挨个敲"一、二、三"的头。我们三个都老老实实地被她敲。

没办法，我们是打不过四姑娘的，她学过空手道和散打，一个人打我们三个，绰绰有余。

钟原这个人胃口好得出奇，他捏着鸡翅吃得那叫一个兴高采烈。如果眼神能杀人，我想我已经把他千刀万剐了。

我坐在陆子键身边，一边吃一边和他套近乎。我发现陆子键这个人脾气真是好得出奇，而且，貌似不会撒谎……这年头这样的好人真是不多了，于是，我继续星星眼状看他……

通过交谈我赫然发现，原来陆子键和钟原竟然同寝室，怪不得他们两个经常一起出现。我默默地擦汗，心里默念着：小二你想错了。

陆子键他们的寝室是混编的，成员一个是来自化学学院的陆子键，一个是来自管理学院的钟原，还有两个来自计算机学院的男生。那两个计算机男生我不感兴趣，不过听陆子键说，都是牛人。我对"牛人"这两个字并不感兴趣，如果单就发型来说，我沐尔也算牛人一个。

我真怀疑钟原的胃口是带有计算功能的——结账的时候老板娘因为钟原和陆子键是熟客，所以给抹掉了零头，消费正好一百元。

我痛心疾首地把那个还没捂热乎的信封拆开，依依不舍地把那张百元大钞递给老板娘。原来忙来忙去终究是竹篮打水一场空，苍天哪，我怎么就这么命苦呢……

我最近手头有点紧。其实本来吧，虽然我比较穷，但钱还是勉强够花的。不过由于前一阵我弄坏了实验室里的一个仪器，所以赔了实验室不少钱，于是现在落魄了。

本来我打算在投篮大赛的时候好好发挥拿点钱的，但最后只得了个第三名，而且还……一想到这里我就气愤，觉得钟原这个人的存在就是为了给别人添堵的。

可想而知当我再次看到钟原时，是怎样一副咬牙切齿的表情了。

第二章
疯狂的报复

我再次看到钟原是在学校食堂。

今天下午最后一节课，我逃课到图书馆看了会儿闲书，然后提早来吃饭。于是我就在食堂里看到了那个万恶的……背影。

钟原并没有发现我，他端着一份糖醋排骨加一份青笋炒肉，拣了个座位坐下，正好离我不远。我一看到他就想起了我那张短命的百元大钞，随即想起了他拿着鸡翅大快朵颐的可憎面目。于是我趁他买水的时候，溜到他的座位上，从他那糖醋排骨里挑了块最大的夹到自己碗里，然后又溜了回来。

一切被我做得悄无声息，我果然有当小偷的天分。

然而当我刚在自己的位置上坐好，再抬头时，却发现钟原端着饭菜朝我这边走了过来……

他在我对面坐好，侧头回忆了一下，随即笑眯眯地说道："三……木头？"

我狠狠地把筷子戳到面前的白菜豆腐里，仿佛那就是钟原的脑袋。

钟原的注意力被我盘中的白菜豆腐吸引，他低头看了看，挑起眉毛说道："木头师妹，减肥很辛苦吧？"

还不是因为你！等等……木头师妹？

这时，钟原没有接收到我发射出的愤怒微波，弯起嘴角，把他的糖醋排骨推到我面前，说道："请你吃！"

我吞了吞口水，移开眼神，把排骨推回去，说道："廉……廉者不受嗟来之食……"

钟原的目光若有若无地扫过我碗里的那块特大号排骨，然后意味深长地笑道："是吗？"

我盯着碗中那块突兀的排骨，又开始幻想有一道闪电突然下来把我劈死算了……

窘死个人啊，原来做小偷是要遭报应的。

钟原难得厚道了一次，没有揭发我，只是说道："其实这是为了答谢你上次的鸡翅。"

我一想到鸡翅就悲愤，于是毫不客气地拉过排骨，装作很有底气地说道："那好吧，我就给你个面子。"

钟原一边慢悠悠地吃着饭，一边问道："木头师妹，今天晚上有空吗？"

我警惕地看着他："你……你干吗？"

钟原弯起嘴角，笑得很不怀好意："你该不会是以为我想和你约会吧？"

我尴尬地咳了一下，扭过脸去。

不是因为我自恋，而是你说话的方式和语气……

这时，钟原安慰似的看着我，说道："放心吧，我还不至于饥不择食。"

我："……"

被自己鄙视的人鄙视，那是一种什么样的感觉？

钟原："我只是想请你帮个忙。"

我觉得有些莫名其妙："帮什么忙？你怎么知道我会帮你？"

钟原微微一笑："我会付给你酬劳。"

我有些心动，但随即狐疑地看着他："那么……要做什么？"

钟原："你只需要到学校西门对面的咖啡厅，对二号桌、十号桌、十五号桌和二十三号桌的人，分别说'钟原今天不会来了，他永远也不会来'。"

我不明所以："什么意思？"

钟原神秘兮兮地答道："到时候你就知道了……价钱你开。"

我被一句"价钱你开"点燃了斗志，心里偷偷计算了一下自己这个月的生活费，然后咬了咬牙，小心问道："三百怎么样？"如果他不愿意，我可以再降一些。

钟原眼睛都没眨一下，点头答应。

我擦汗，这小子很有钱吗？不过我还是不太放心，于是说道："那……先交钱。"

钟原："我没带这么多现金。"

哼哼，我就知道有诈。我摇摇头，说道："一定要先给钱。"

钟原为难地掏出钱包翻了翻，最终说道："这样吧，我的饭卡让你免费用一个月。"他说着，大方地把饭卡递给了我。

我摇头没接："你别蒙我，里面还有多少钱？"

钟原指了指不远处的刷卡机，说道："你可以试试。"

我狐疑地拿着他的饭卡跑到刷卡机前了试，然后我就泪流满面了。

他饭卡里的钱竟然比我银行卡里的钱还多。

于是这笔买卖成交。我收好那张沉甸甸的饭卡，还是觉得有的地方比较诡异，便问道："可是你为什么要找我做这件事情？"我把"我"字咬得很重。我和钟原貌似没什么交情啊，恩怨倒是有。

钟原笑眯眯地答道："正好遇到了你。"

我："……"

这个人的逻辑太诡异了，实在让人摸不着头脑。不过反正一个月的"免费刷饭卡"到手了，我也懒得管其他的了。不就是四句话嘛，这个世界上最简单的事情就是胡说八道了。

想到这里我释然了。

西门对面的咖啡厅挺漂亮的，不过里面的东西太贵，我很少去。

我来到这间咖啡厅，东张西望了一会儿，二号桌那里果然有一个人，而且是个女生。她正百无聊赖地搅拌着咖啡，还时不时地看看手机。

我雄赳赳气昂昂地走过去，低头对那女生说道："钟原不会来了，他永远也不会来。"

那女生抬头看我，先是惊讶，紧接着就有点愤怒，还有那么一丝委屈。她忍了忍，问道："你是钟原的什么人？"

我是他的仇人。

这话我只在心里说了一遍。我是这么想的，反正我和钟原说好了，四句话换一个月的"免费刷饭卡"，多说一句都算我亏。于是我没再看那个女生，继续走到十号桌前，重复刚才的话。

等到完成任务，我赫然发现，坐在这四桌边的人，都是女生，而且都是只有一个女生……

难道，难道钟原是要和她们约会？他太强大了吧，一下子约四个？

如果这个假设成立，那么，他找我来，就是为了拒绝这些人？

我继续顺着这个思路想，也就是说，钟原自己扮白脸装好人，让我在这里扮红脸，帮他拒绝别人？

这……钟原你也太坏了吧。

我回头看着那几个仍旧坐在座位上不愿离去的女生，她们此时齐刷刷地用愤怒而幽怨的眼神看着我，仿佛怂恿钟原拒绝她们的那个浑蛋是我。

原来，我刚才那么小小地转了一圈，瞬间就得罪了四个美女。压力好大。

我觉得有必要跟她们解释一下，于是站在咖啡厅的门口，对着那四个美女高声喊道："不是我的意思，是钟原让我说的！"我说完这些，不敢再看她们，溜出了咖啡厅。

虽然被钟原算计着去干了一件得罪人的事，不过我还是比较开心的。毕竟一个月的免费早午晚餐，是更加有吸引力的，面子什么的，那都是浮云。

第二天中午，我揣着钟原的饭卡跃跃欲试的时候，手机突然响了，是一个陌生的号码。

我接起电话："喂？"

手机里传来一个熟悉的声音："木头师妹？"

一句"木头师妹"成功唤起了我的警惕，我说道："钟原，你想干吗？"

钟原答道："我想吃饭。"

我怒道："怎么着，你想反悔？"

钟原："我说让你用，又没说自己不用。要么在食堂等我，要么你打好饭送到我的宿舍楼下，你自己选一个。"

我："……"

不带这么欺负人的！

可是我又没有办法，当时钟原大大方方地把饭卡给我，谁又能料到他还有这么一招？他其实就是想逼着我主动把饭卡还给他是吧？这个小气鬼！

我偏不，我偏偏要当着他的面狠狠地吃他的钱！

想到这里，我豪壮地握了握拳，答道："我在二食堂，你过来吧。"

钟原："正好，我也在二食堂。"

于是我挥洒着眼泪和"一、二、四"告别，含泪奔向了钟原。

中午的时候我像个暴发户似的，点了两份菜，还买了份汤，反正是钟原买单。这顿饭吃得我无比满足，如果钟原能再表现出一点对于金钱的紧张感，那就完美了。

吃过午饭我揣好钟原的饭卡，然后去取车，钟原这家伙却跟着我。

我扭头瞪他："不是说好了你的饭卡我来保管吗？我信不过你的人品。"

钟原面无表情地说道："是，可是我的自行车被盗了。"

我："然后呢？"

钟原："然后咱俩正好顺路。"

算了，忍了。我大方地打开车锁，招呼他过来。

钟原不疾不徐地走到我身后，站定。

我看他停在我身后，讶异地问道："喂，你不会是……打算让我载你吧？"

钟原点头，用无比自然的口气说道："别人的车我骑不惯。"

我擦汗："你见过有女生载男生的吗？尤其我这么娇小，你这么庞大！"我说的是实话，虽然我一米六五的身高在女生之中算是中等，可是跟钟原一比，确实显得娇小。

钟原却笑眯眯地说道："我很庞大？你应该庆幸我不是陆子键。"

我怒道："要是陆子键，我背他都心甘情愿，可是你，不行！"

钟原却一屁股坐在我的车后座上，厚着脸皮说道："别磨蹭了，我知道你是很凶猛的。"

我跨上自行车，试着骑了两下，不行，钟原太重。又试了几下，还是不行，于是我沮丧地望着钟原，说道："大哥我认栽还不行吗，你能不能先下来？"

钟原得意地扬了扬嘴角，从自行车上下来。

我抓住机会，跨上自行车，拼命地蹬着，快快快，一定要甩掉这个家伙！

可惜我刚加速，钟原就不失时机地坐在了后面，他还嚣张地笑道："木头师妹，你在我面前耍花招，成功过吗？"

我一边费力地蹬着自行车，一边在心里默默地流泪。

我怕你了还不成吗！

骑了一小段距离，钟原的手臂突然从我身后伸了过来。我吓了一跳，问道："你……你要干吗？"

钟原没说话，身体却前倾，几乎贴到了我的后背上，我都能感受到他的胸膛散发的热量。我刚想说话，却发现面前有一部手机背对着我，而举着手机的那一只手，赫然是钟原的。

此时，钟原含着笑意的声音从我身后传来。他说："木头师妹，来，笑一个。"

我还没反应过来，就听到卡嚓一声。钟原偷拍成功。

钟原收回手，然后我就听到身后传来他状似很愉悦的笑声。他一边笑一边说道："木头师妹，你这个表情真精彩。"

我恼羞成怒，却又无可奈何，只得在他的笑声中奋力地蹬着自行车……苍天哪，我怎么就这么命苦啊！

钟原欣赏了一会儿我的表情，又伸过手臂来把手机屏幕放到我面前。当我看到自己那个比哭还难看的表情时，彻底失去理智。

钟原，我要跟你同归于尽！

我脑子里突然闪过这个壮烈的念头，于是我闭上眼睛，双手一放，两腿一松，自行车失去控制，斜斜地倒了下去。

我直接摔进了路边的草坪里，倒不是很疼。当我睁眼想看看钟原的惨状时，却看到他完好无损地站在路边，不怀好意地低头看着我。

我不敢相信："你……"

钟原："很遗憾，我反应比较快。"

我咬了咬牙，愤恨地说道："钟原，你是故意的！"

钟原蹲下身，笑眯眯地看着我，说道："是。"

我悲愤地握了握拳头，说道："你在报复我！"

钟原特干脆地答道："是。"

干了坏事他还能承认得这么痛快？怪胎！变态！厚颜无耻！

我有气无力地说道："可是你已经报复过了……"就是因为你，我刚到手的奖金没了！

钟原扬起嘴角，笑得那叫一个奸诈，说："我觉得挺有意思，就想再报复你一次。"

我躺在草地上，欲哭无泪。

钟原把我的自行车扶起来，长腿一抬跨坐在车座上，然后指了指车的后座，对我说道："上来。"

我躺在草坪上对他怒目而视，就是不起来。

钟原却扬起嘴角，笑道："难道你想让我把你抱上来？"

我利索地从草地上爬起来，拍了拍身上的土，然后坐在自行车上。周围的路人一个劲地朝我们这边看。看什么看！

钟原潇洒地一点脚尖，像骑着一头小绵羊一样，骑着我那辆除了铃铛不响哪都响的自行车，悠然朝宿舍楼驶去。

我郁闷地坐在车后座上，不自然地迎接着来自四面八方的各种各样的目光。

钟原一边轻松无比地骑着自行车，一边微微偏着头叫我："木头师妹。"

我怒道："不准叫我木头师妹！"

钟原："那好吧，木头。"

我无语……

钟原："木头，我的车是真的被盗了。"

我听他这样说，心里别扭了一下，随即脸重新换上凶神恶煞的表情，说道："你是想跟我解释吗？"

钟原："不是。我只是想说，在我买到新车之前，大概需要一直借用你的车。"

我怒："开玩笑，那我用什么？"

钟原："反正我们一起吃饭，如果你不愿意载我的话，我载你。"

废话，我当然不愿意载你！可是我也不愿意被你载啊……

我刚想拒绝他，脑子里却突然闪过另外一个念头，于是，我一本正经地说道："好吧，不过，你得交使用费。"哇哈哈哈，我果然有商业头脑。

钟原这个冤大头马上就点头答应了，随即说道："这样吧，我的饭卡你可以在超市随便刷，直到我买到新的自行车。"

这年头饭卡都是一卡全能，可以吃饭，可以在校园超市消费，可以进图书馆，可以……

于是，当钟原答应我可以在超市刷他的饭卡时，我竟然突然希望他不要那么快买到新自行车了。这真是个罪恶的想法。

不过我很快想到了另一个问题："我拿着你的饭卡，那你去图书馆的时候怎么办？总不能总是借别人的吧？"这家伙毕竟是金主，我有必要表达一点点关心的意思。当然，如果他说这样确实不方便时，我也要誓死捍卫我对他的饭卡的支配权。

钟原却满不在乎地回答："没关系，我想去的时候就带上你。"

我按捺住心里那股想抽打他的冲动，争辩道："可是这样多不方便……"

钟原："也对，那就把饭卡还给我吧。"

我立即回道："不行！"

钟原却呵呵地奸笑道："其实我可以用你的卡。话说，你还真是根木头。"

我窘，这个方法我怎么没想到呢，自我检讨中……

钟原把我送到我们宿舍楼门口，然后一点不见外地骑着我的自行车离开了。我看着他的背影，咬牙怨念着：刚才也不知道是哪个家伙说的，骑不惯别人的车，这么破的车你骑得惯！

我回到寝室，向"一、二、四"报告了今天的行踪，并且非常遗憾地告诉她们，三爷我一个月之内都不能陪她们一起吃饭了。

"一、二、四"各自低头忙着，一点奇怪的意思都没有。

我有一种被无视的感觉，于是站在门口放声吼道："喂，你们给点反应好不好!"

这时，那三个女人齐刷刷地抬起头，六道闪闪的目光射向我，我一时差点没顶住。

四姑娘古怪地上下打量了我一下，说道："钟原盯上你了，也不知道这算是你的不幸还是他的不幸。"

我被她说得有点发毛，结结巴巴地问道："什……什么意思？"

这时，小二拍了拍桌子，痛心疾首地说道："三木头你不能这样做，我家钟原是陆子键的，谁都不能抢，尤其是女人……啊……"

小二说得正兴奋，却被老大一巴掌拍到头上。老大抚摸着小二的秀发，款款地笑了笑，说道："三木头啊，你和钟原不是一个级别的，趁早离他远点。"

老大一说这个，我就想到钟原对我做过的事情，于是立马悲愤起来。老大我也知道我和他不是一个量级的，可是你不要说得这么直接好不好。

等等，不对，她们三个这是在讨论什么，重点好像不是钟原吧……

为了把话题扭回正常轨道，我扯着嗓子哀号道："我想说的是，我要离你们而去，你们就不打算表现出一丁点的舍不得吗？"

小二翻了翻眼睛，最先表达了她的鄙视："算了，你还是跟着钟原走吧。哪次吃饭不是你最慢？明明挺粗犷的一个人，就喜欢吃饭的时候装文静。"

"吃东西要细嚼慢咽，这是基本的常识吧……"我一边说着，一边瞄着老大和四姑娘，希望她们能支持我一下。

结果老大和四姑娘却赞赏地看着小二，仿佛小二是她们的发言人。

所以我被这个世界遗弃了？

第二天一早，我在宿舍楼下遇到了钟原。他正坐在我的自行车上，一只腿撑在地上，脸上的表情似乎很是不耐烦。

我走上前，讪讪地朝他打了个招呼。

钟原却面无表情地说道："下次七点钟准时出现在这里，不要让我等。"

我爹毛："我凭什么听你的？"七点啊，七点的时候我刚睁开我那惺忪的睡眠好不好。

钟原微挑眉毛，送上一个招牌性的奸诈笑容，缓缓地说："随便你，你要是不来，我就把你的车卖了。"顿了顿，又说道，"反正你这车也就值一堆废铁钱，到时候我也用不着赔太多。"

虽然我很鄙视他这种行径，但是不得不承认，他这个威胁很具有说服力。就算他把我的车卖了，也赔不了我几个钱，可是到时候我得花更多的钱重新买一辆自行车……

钟原你还能再无耻一点吗？

想到这里，我灰溜溜地夹紧书包，耷拉着脑袋有气无力地坐在那本属于我的自行车的后座上。

我就是一出人间惨剧。

食堂里，钟原敲开一个鸡蛋，细细地剥着，一边剥一边问我："木头，你是不是对我有什么意见？"

汗，有意见的是你好吧？我翻了翻眼睛，冷笑道："没什么，只不过看不顺眼而已。"

钟原没有生气，而是说道："其实我看你挺顺眼的。"

我惊讶地看着他，这家伙又"鬼上身"了？

钟原抬起眼睛面对着我，微微一笑，说道："我一看到你那纠结的表情，就想让它更纠结一些。"

钟原你就是一个变态，变态中的极品，极品变态！

这天，我和钟原正在食堂吃饭。我总觉得周围的人若有若无地在看我们，可是当我抬头去寻找那些目光时，又什么都没发现。这情形很诡异，太诡异了。

我把我的想法跟钟原说，钟原却专心致志地吃着午餐，眼皮都不抬一下地说道："木头，你已经过了那个到哪里都觉得别人是在看你的年纪了。"

我瞪了他一眼，没反驳。这时，钟原身后突然有两个男生站起来快速走到我们这里，然后分别坐在钟原的两侧，还钩着他的肩膀，好像和他很熟络的样子。

我咬着筷子，诧异地盯着这两个人。

那两个男生对我友好地笑着，其中之一说道："师妹好，我是路人甲，他是路人乙。"

我差点把筷子咬断，这都什么跟什么呀，还带路人甲乙丙的。

这时，一直沉默的钟原终于把目光从午餐上转移到身边的人身上。他抖开那两个人的手，面无表情地对我说道："我室友，一个姓路，一个姓任。"

路人乙又补充了一句："所以我们是路人组合。"

钟原你室友比你还冷。

虽然比较怪异，但对方好歹是师兄，于是我笑呵呵地朝他们打了个招呼："路师兄好，任师兄好。"

那两个人似乎很开心我这样叫他们。路人甲用一根筷子点着桌子，笑嘻嘻地说道："师妹好乖呀。放心吧师妹，钟原要是敢欺负你，我给你做主！"

我感激地望着他，真……真的？

这时，路人乙却不失时机地揭发他："做主？你还不是照样被他虐！"

路人甲敲了一下路人乙的头，不服气地说道："我们那是互虐好不好！"

我默默地嚼着米饭，心想，这话要是被我家小二听到，那就精彩了……

虽然这个路人甲貌似不一定能为我做主，不过我还是挺欣慰的，至少我知道了，这个世界上被钟原蹂躏的人，并不止我一个……

我像只猴子一样被路人甲、路人乙参观了半天，最后他们总结道："不错，比照片上好看。"

照片？？？

我愤怒地望着钟原："你，把我的照片给他们看了？"就是很丑很丑的那一张！

钟原无辜地盯着路人组合，说道："你们从哪里看到的照片？"

路人甲："最近有人把你们一起吃饭的照片传到学校论坛上了，那帖子很热啊！钟原你不会不知道吧？咦，沐尔师妹你也不知道吗？"

我摇摇头，看着同样一脸茫然的钟原，问道："什么帖子？"

路人乙答道："上网看看你就知道了，就在论坛首页飘着，都飘好几天了。"说着，拉了拉路人甲，"走了，师妹，你们慢慢聊啊。钟原，回头把你和师妹的独家照片给我看看，尺度太大的就不用了。"他说完，两人就鬼鬼祟祟地走了，一如他们鬼鬼祟祟地来。

我红了脸，瞪着钟原说道："那个……不准把我的照片给他们看！"

钟原微微扬起嘴角，笑道："那得看你听话不听话。"

于是钟原又多出一个威胁我的借口。

路人组合刚走，就又有一个身影迅速飘了过来，坐在我身旁。我侧头一看，竟然是我们环保社的副社长，一个大三的师姐，很彪悍的那种人。

我一看到副社长大人，那谄媚的笑容立即爬到了脸上："玲玲师姐，好巧！"

玲玲师姐先是朝钟原甜甜地笑了笑，然后才扭过头来跟我说了声好。

接下来我倒不知道说什么好了。虽然我很景仰社长，可是真正和她面对面说话没几次，我们一点都不熟。

玲玲师姐却十分熟络地摸了摸我的光头，夸了夸我的新发型。在我被她弄得没辙的时候，她终于带给我一个好消息。这个好消息让我激动不已，连饭都没心思吃了。

她告诉我，我中奖了。

环保社最近在组织一场以体验自然亲近自然为主题的野外露营活动，我当时很想参加，可是参加的同学要缴纳帐篷租用费和伙食费等各项费用，那时候我手头紧，于是只好望而却步。后来环保社为了扩大宣传，在全校范围内举行了一次抽奖活动，只要报名的人，就有机会免费参加这次露营。虽然中奖名额很少，不过我还是抱着一线希望报名了。因为希望太渺茫，所以我激动了两天，也就把这件事给忘了。没想到的是，今天，这个好消息却突然砸到了我的头上，我顿时感觉幸福得有些眩晕。

玲玲师姐拍着我的肩膀，笑道："恭喜你呀沐尔，从今天开始要参加我们的集训哦，露营是要有体力保障的。"

我两眼冒星星地看着她，拼命地点头。

玲玲师姐风情万种地朝钟原笑道："钟原啊，我们这里还有一个免费名额，你要不要来？"

我拽了拽玲玲师姐的手臂，难以置信地看着她。免费名额不是抽奖抽到的吗，师姐你难道忘了？

这时，钟原礼貌地对玲玲师姐笑了笑，说道："谢谢，不用了。"

我悄悄松了口气，看不到钟原的身影，是一件多么美妙的事情，我对这次露营更加期待了。

钟原却突然问道："木头，你不希望我去，对不对？"

我此时还处在钟原拒绝玲玲师姐的惊喜中，一时没反应过来，不自觉地点了点头答道："当然。"

钟原扬起嘴角笑了笑，说道："那我还是去吧。"

我彻底无语。

玲玲师姐抱了抱我，兴奋地说道："师妹你干得好！"

放开我，我不是你师妹。

我一回到宿舍，就打开电脑登上学校的论坛。话说，我现在用的这款笔记本电脑还是母校高中奖励的呢，虽然偶尔会呈现假死状态，但基本上对我算是忠心。

论坛首页果然有一篇点击率很高的帖子飘着，那帖子的题目赫然是：这是钟原的女友吗？这是钟原的女友吗？？这是钟原的女友吗？？？

我心里顿时生出一种不祥的感觉，哆哆嗦嗦地点进去看。

照片是偷拍的，技术不怎么样，有点模糊。被拍摄的主要人物是我和钟原，场景很多，有食堂、宿舍楼下，还有在路上骑自行车的时候。楼主没怎么啰唆，只是自称跟踪了我们好几天，这就是成果，然后放上来给大家看看，问这有没有可能是钟原的女友。

这楼主虽然有点八卦，但好歹还算淡定，可是看了下面的回复，我就有些哭笑不得了。

网友 A：LZ 你别搞笑了，这是女生吗？这是女生吗？这是女生吗？

网友 B：好华丽的一颗光头，闪瞎了我的眼！

网友 C：钟原原来是重口味哈，果然牛人的眼光都比较另类。

网友 D：好好一朵仙草插在狗粪上，愤怒出帖！

网友 E：她不是钟原的女友，我才是我才是……

网友 F：说实话，如果安上头发，也是挺水灵的一个娃。

网友 G：钟原啊，男人何苦为难自己……

接下来的留言就比较雷同了，大部分是重复以上几个网友的声音，嘲笑我的光头，说我配不上钟原云云。我越看越愤怒，开什么国际玩笑，钟原？那个小白脸加"鬼上身"而且又渣又阴险的家伙？这种人我怎么可能接受，我的偶像是陆子键好不好！

我再往下看，还有人就"这女的到底漂不漂亮"来了一场大辩论，双方的理由五花八门让人眼花缭乱，我看得头晕。不过看到有人说我漂亮，我还是很欣慰的，毕竟咱顶着这么个发型，能被人接受就已经很不错了。

再往后我就看得脊背发凉了，这群疯狂的人，竟然人肉搜索我了……

虽然人肉搜索是个技术活，不过一群 B 大的人要人肉一个 B 大的人，其实并不难。那些人的效率还真是高，这帖子贴出的第二天，就有人上我的具体资料了，他们连我不吃辣的事情都知道了。

我越看越气愤，招呼"一、二、四"过来围观，顺便找点安慰。谁知"一、二、四"跑过来瞄了一眼我的电脑屏幕，就喊了一声各自散去。

老大算厚道的，温和地拍了拍我的肩膀，笑道："木头你现在才知道啊，果然是木头。"

我沮丧道："你也知道的，我又不怎么上论坛……可是既然你们都知道？为什么不告诉我？"

四姑娘这时候答道："你知道了也没用，徒增烦恼。"

我悲愤地一巴掌拍到桌子上："可是我现在还是知道了，怎么办？"

四姑娘："澄清或者无视，还能怎么办？"

四姑娘你真是有见地，从来都不说废话。

我撑着下巴，开始思考澄清或者无视这个问题。

如果这个帖子的男主角是陆子键，我一定不澄清；如果那帮人不说我难看，我也不会澄清；如果他们没有说我配不上钟原，我还是不会澄清……

综上所述，我还是澄清好了。

考虑到我和钟原的知名度和影响力，这件事情还是他来做比较好。

我捏着手机，犹豫了半天，终于拨通了钟原的电话号码，然后费尽力气把整个事件的始末解释清楚，接着又强调了如果不把事情说清楚将会带来怎样的危害。最后，我严肃地说道："一定要澄清，要义正词严地澄清！"

钟原很干脆地答应了，那一瞬间，我甚至对他的人品有了新的看法。

钟原这个人办事效率果然快，没过一会儿，我就看到了一个 ID 为"我是钟原"的人发的帖子。

帖子的内容很简单："我是钟原，我和沐尔不是男女朋友关系，特此澄清。另外，就算你们想八卦，也要等那个女生长出头发来再八吧？"

我看了这篇帖子，气得直发抖，当即给钟原发了条短信："你这是变相地嘲笑我！"

没一会儿，钟原回复："是。"

我："去死吧！"

第三章
目瞪口呆的操作

　　这次环保社的露营定在五一假期，接下来的半个月我们每天晚上九点钟都要准时出现在操场上进行集训。因为要爬山，这是很需要体力的一件事情，而参加露营的大多数人是业余中的业余者，所以必须提前训练。虽然不能改变体格，但至少能让我们适应一下高强度的体力消耗。

　　集训的内容大部分就是长跑，偶尔会有跳台阶。我的体力也就算正常人的，不上不下，这次集训对我来说虽然不至于要了命，但也很辛苦。当然，对于某些非人类，那就另当别论了，就比如钟原。这厮连续跑半个小时，就像散步一样轻松，我真怀疑他其实是个机器人。

　　集训的时候钟原并没有太多时间欺负我，因为他总是被几个女生围着，尤其是跑步的时候。后来他索性撒开腿跑快点，那几个女生就只能远远地望着他叹气了。这个时候我就会特别有成就感，看吧，原来跑得慢的人不止我一个……

　　有的时候钟原经过我身边，会倒着跑，和我面对面，然后举着手机笑眯眯地说："木头，笑一个。"

　　我这时候已经满头大汗，呼哧呼哧地喘着气，连骂人的力气都没有了，还笑?

于是钟原就会不失时机地抓拍我最丑的一面……你说这个人心理有多阴暗!

出发的前一天我们没有集训,而是坐在一起开了个小会,强调一些露营中应该注意的问题。最后,玲玲师姐宣布了一件事情,确切地说,是一个不大不小的麻烦。

参加此次露营的人有三个分队,分别去不同的地方。我、钟原、玲玲师姐同属于第三分队。第三分队里的二十个人里,有七个女生和十三个男生,关键就在于这两个数字。人家一队二队的人,男女生人数刚好是双数,三队里的却都是单数……而我们租的全是双人帐篷,并且三队刚好只租了十个帐篷……

也就是说,如果按两个人一顶帐篷来分配,那么必然有一个男生和一个女生共用一顶帐篷。

玲玲师姐说,她一直在跟出租帐篷的俱乐部协商来着,但是五一期间帐篷实在是太不好租了。言外之意就是,咱三队只有这么多帐篷,你们看着办吧。

我听到这里,积极地举手发言:"玲玲师姐,我们可以三个人挤一顶帐篷吧?"

玲玲师姐摇头:"三个人挤一顶帐篷太辛苦大家了,况且白天那么累,如果晚上再不能睡个好觉,那第二天会走不动的。"

这时,坐在我身旁的钟原悄悄地用只有我们两个人能听到的声音对我说道:"没有那么夸张,如果是你这样的女生的话,三个人挤一顶双人帐篷没太大问题。"

我奇怪地看了他一眼,低声问道:"那你怎么不和玲玲师姐说?"

钟原扫了一眼玲玲师姐的方向,说道:"你没看出来,她是故意的?"

我诧异地望了钟原一眼,中伤师姐,小心我告发你!

钟原见我不信,又说道:"不然她为什么现在才说?就算有别的办法也来不及了。"

果然,这时候一个大一的男生说道:"玲玲师姐,我家里还有个单人帐篷。"

玲玲师姐遗憾地说道："哎呀，你怎么不早说，现在回去拿估计来不及了，我们明天早上很早就要出发的。"

我半信半疑地看着钟原，问道："那她要干吗？"

钟原摇摇头："不知道。"

这时候，大家已经开始热烈地讨论要谁和谁共用一顶帐篷了。我发现这些人好像都挺愿意男女合用帐篷的，难道这是我的幻觉吗？

最后，玲玲师姐出了个主意，要全体女生投票表决，哪一个男生和女生共用帐篷。注意，女生表决的是男生。

令我震惊的是，当玲玲师姐念出钟原的名字时，三队里除我之外的六个女生，齐刷刷地举起了手。那些大一的女生表情还有些羞赧，玲玲师姐则是两眼冒光地盯着钟原，仿佛饿久了的人在盯一盘食物……

我好像有一些理解玲玲师姐为什么要这么做了……钟原就是个祸害！

玲玲师姐问我："沐尔，你选谁？"

虽然理解玲玲师姐，可我还是觉得这件事情有些诡异，于是说道："那个……玲玲师姐啊，我还是觉得，其实我们三个女生挤在一起，也……"

"不行！"玲玲师姐严肃地拒绝了我的提议，她现在的情绪似乎很亢奋，我只好乖乖地装小绵羊。

这时，玲玲师姐又说道："反正现在钟原已经有六票了，沐尔你投给谁都无所谓了。"

钟原突然问道："被选中的人可以拒绝吗？"

玲玲师姐狡猾地笑道："不可以。"

钟原："好吧，那被选中的人可以自己挑选……呃……同伴吗？"

玲玲师姐犹豫了一下，答道："可以吧……"

事情发展到这里，连那些矜持的大一女生，也开始不淡定了，眼睛直勾勾地望着钟原这个祸害。当然，我是一如既往地淡定，虽然我还是觉得其实三个人共用一顶帐篷没什么不好吧。

钟原的目光在几个女生之间游荡了一下，最终他看着我，笑眯眯地说道："我选她，沐尔。"他刚说完，在场的男生都用暧昧的目光看我，而女生那眼神多少有点愤恨，看得我心惊肉跳。

我当机立断地说道："我不同意！玲玲师姐，我还是觉得三个人……"

玲玲师姐打断我道："钟原，沐尔不同意，你需要重新选一次。"

钟原颇无奈地看着玲玲师姐，说道："我也不知道选谁，其实我比较希望选一个大一的师妹。"他话一说完，那几个大一的女生更激动了。

我瞪了钟原一眼，干吗要把我拉进这件事情来？明明玲玲师姐期待很久了。

玲玲师姐一听说钟原想选大一的女生，立即从包里翻出一个小盒子，说道："好吧，我们来抽签。这盒子里有七张字条，其中只有一张上面打着对钩，其他的都是空白，我们谁抽到打对钩的那张字条，就……"说到这里更加激动，吞了一下口水，继续说道，"就和钟原共用一顶帐篷。"

玲玲师姐果然是早有预谋的……

"为了公平起见，你们先抽，最后一张留给我。"玲玲师姐说着，捧着盒子挨个放到女生面前，大家都在盒子里抓了几下，抓出一张折叠的小字条。

当玲玲师姐把盒子举到我面前时，我瞟了一眼钟原那张让人做噩梦的脸，摇摇头说道："我还是算了吧。"

玲玲师姐刚想收回盒子，这时候钟原却不合时宜地说："沐尔，你这样做会让玲玲师姐很为难的，万一剩下的那个签刚好就是有对钩的呢。反正不过是七分之一的概率，还轮不到你头上。"

我瞪了他一眼，顺手在盒子里抽出一张字条。

我刚想展开字条，钟原却说道："我帮你看。"他一边说着，一边抢过我手里的字条，展开，然后飞快地从兜里掏出一支很小的笔，在上面画了一个对钩。

我在一旁看得目瞪口呆，钟原你是疯了还是傻了？

这时候大家都在看自己手中的字条，钟原的动作又很隐蔽而且非常快，所以那些女生，包括玲玲师姐，都没有看到他的这一恶劣行径。我还没回过神来，就见钟原把那支笔往我手里一塞，然后举着字条说道："好吧，我被沐尔抽中了。"

我急了："不是，我……"

钟原侧头看向我："你想说什么？难道你想说，玲玲师姐的签作假？"

"我不是这个意思。"我看向玲玲师姐，想对她解释。可是我看到她的脸色很诡异，除了失望之外，好像还有一丝丝慌张。

可是钟原在作弊啊……

钟原突然压低声音对我说道："那支笔在你手里，你试试和大家说钟原作弊，看看有几个人相信。"

我低头看看手中那支只有五厘米长的笔，顿时傻眼。要命的是，当我抬头时，发现玲玲师姐好像也盯着我手中的笔，可想而知她有多么愤怒了。

但是，为什么到现在都没有人站出来揭发我们这个签是假的？那六个人之中应该还有一个人抽到打对钩的签了吧？可是为什么没有人拿着真正的签来反驳我呢？刚才我看她们的表情，貌似都想和钟原用同一顶帐篷吧？

我有些摸不着头脑，傻兮兮地问道："你们……你们的字条都是空白的？谁的还有对钩？"

然后我就几乎听到了玲玲师姐咬牙的声音……

散会之后，我问钟原："抽签到底是怎么回事？"

钟原答道："你还没看出来？玲玲师姐的签作假，她所有的字条都是空白的，只有这样她才能有百分之百的把握保证别人抽到的是空白签。"

我不解地问道："可是她自己的呢？她自己的也是空白啊。"

钟原："当其他六个人都发现自己是空白签的时候，自然认定了玲玲师姐的字条不是空白的。"

我明白了。玲玲师姐好阴险啊，竟然用这样的方法作假，枉我还那么忠心地追随她，原来她也会做这么不厚道的事情。

可是我还有一件事情不明白："那你是怎么知道的？"

钟原轻蔑地看了我一眼，答道："因为我不是木头。"

"……"好吧，就算你比我聪明那么一点点，可是你嚣张个什么呀！

我又问道："那你为什么不愿意和玲玲师姐合用一顶帐篷？"

钟原："我怕她非礼我。"

我擦擦汗，说道："我还怕你非礼我呢！"

钟原瞟了我一眼，十分不屑地说道："你想得美。"

X山在B市的郊区，平均海拔一千多米。这样的山在职业登山队看来那简直就算不上一盘菜，可是对于我们这些学生来说，那是相当宏伟啊！

我一大早就从床上爬起来了，因为早晨六点钟就要集合。我草草地洗漱了一下，背着昨晚就整理好的登山包就出发了。这登山包我还是问四姑娘借的呢，里面的空间很大，放了很多水，还有一些要换的衣服，因为据说现在山里面的夜晚依然很冷。除此之外还有小刀、哨子等野外必备的小东西，至于食物和装备等物品，都是由组织分配，有专门的男生负责背的，女生只要拿好自己的东西就行。

因为路途比较遥远，如果乘公交车的话太曲折而且浪费时间，因此社团专门租了辆大巴。我到的时候还早，车里没几个人。我找了个靠窗的位置坐下，然后掏出一块面包开始啃。现在这么早，食堂根本还没开门，所以大家昨天晚上就准备好早餐了。

快到六点的时候，钟原他们几个男生背着全队的装备和食物来了。他们背上的包那叫一个巨大，看得人叹为观止。

这些男生把东西放进车下面的行李舱里，便上了车。钟原手里提着一个塑料袋，在几个女生的注目下若无其事地坐在我身旁的座位上。我往一旁挪了一下身体，继续啃自己的面包。虽然我看钟原不顺眼，而钟原对我也不可能产生兴趣，可是看那些女生的眼神，我还是感觉压力很大。

钟原把手中的塑料袋打开，里面是他的早餐，有面包、牛奶、鸡蛋、香肠、牛肉干……

我一边直勾勾地盯着他那些五花八门的早餐，一边咬着自己干巴巴的面包，在心里悲愤地感叹："这什么世道啊——"

钟原拿出一盒牛奶递给我，说道："一起吃？"

我犹豫了一下，摇摇头。天上不会掉馅饼，这家伙铁定没安好心。

钟原却突然拿过我手中的面包，塞回包装袋里团了两下扔到一旁，然后把他的那堆早餐放在我的腿上，笑道："随便你。"他说完，不再管我，拿起一个卤蛋打开了包装。

我低头看着腿上那堆充满诱惑的早餐，惊奇地发现，那些面包、牛奶、鸡蛋、香肠、牛肉干，都是双份的……

于是我不再客气，拿起一根香肠撕开包装啃了起来。我一边吃一边感动地对钟原说道："钟原啊，其实你也没那么坏。"

钟原挑了挑眉毛，笑眯眯地看着我，问道："我很坏？"他虽然是在笑，我却莫名其妙地感觉脊背上有一股寒气袭来。

于是我心虚地嘿嘿傻笑起来。

钟原却狡猾地笑道："一点吃的就把你收买了，真没意思。"

我叼着香肠，瞬间悲愤得说不出话来。

吃完早餐后，大巴已经行驶在路上了。我们的车程有三四个小时，刚开始的时候我还能打起精神来听他们说笑话，不过到后来，眼皮越来越沉。我不想睡觉，因为不舒服，车的靠背很直而且高过我的头，靠起来睡觉的时候，头会左右摆动，想要不倒下，就必须保持清醒。刚开始的时候我差一点睡着，就是因为司机一个急刹车，我的头撞到了车窗玻璃上，疼醒了。

我被疼醒的时候钟原还嘲笑我。此时他正靠在座位上听音乐，白色的普通耳机线搭在他的胸前，和他的黑 T 恤形成很鲜明的对比，却一点也不冲突。早晨的阳光透过车窗，淡淡地洒在他身上。我眯着眼睛看他那状似迷离的双眼，还有他在阳光下微微勾起的嘴角，心中竟然产生一种错觉：其实钟原也蛮好看的……

我想我是真的被车窗磕傻了，傻得很严重。

我靠在座位上继续闭目养神，想睡而又不能睡的那种痛苦，最终被我那绵延的困意征服。我困得几乎没了神志，朝一边倒去。脑袋中残存的最后一丝理智告诉我我在做什么，可是我已经无法控制了，周公他老人家的杀伤力太强大了。

我的头触到了一个物体，有点硬，但还不至于硌疼我，而且那个物体貌似很坚固的样子。我下意识地调整了一下身体，换了一个更加舒服的姿势靠着。

蒙眬之中我感觉有一个什么东西被塞到了我的一只耳朵里，然后就是一阵陌生但很舒缓的音乐飘到了我的耳中。我仿佛置身一片洁白的羽毛之中，感觉柔软而舒适。

接下来我就彻底没了意识，沉沉地睡去。

大巴在 X 山的山脚下停了下来。我们下车之后，整顿了一下，然后准备出发。在出发之前，我被派发了两部相机，负责给大家照相。

我疯狂地迷恋着摄影，只是由于经济落后，至今没有一部属于自己的相机，连手机都不支持照相功能。这次活动我申请了做三队的摄影委员，和另外几个人PK了半天，才最终用技术征服队员们，成为三队两个摄影委员之一。

这次活动纪律很严格，不准队员私自照相。作为一个有权力照相的摄影委员，我感觉自己的职责光荣而又神圣。

因为不能充电，所以我们多预备了几部相机，每个摄影委员派发了两部。我得到的是一部索尼的火红色普通相机，而另外一部赫然是佳能EOS 5D MarkII……

当我看到那部佳能时，眼睛都直了，当机立断翻看了半天，在排除了"这部相机是山寨"这一可能性之后，我不禁仰天长叹，苍天哪，我一直以为这款相机我只能在做梦的时候摸摸了，没想到现在……幸福来得太突然了，我都快要喜极而泣了……

也不知道这相机是从哪个财大气粗的社团那里借来的，我突然很想知道到底是哪个社团这么有爱。

我紧紧地抱着这部光像素就两千多万的单反相机，激动地问玲玲师姐："玲玲师姐，这部佳能是从哪里借的？"

玲玲师姐十分仇视地瞪了我一眼，气鼓鼓地说道："这不就是钟原的？你是真不知道还是装不知道？"

钟……钟原的？

我愣了一下，随即在玲玲师姐鄙视的眼神中跑到钟原身边，举着相机问道："这……是你的？"

钟原点点头，反问道："有问题吗？"

我谄媚地嘿嘿笑了笑，没说话。虽然我很鄙视钟原这个人，不过不得不承认，他在某些时候还是挺有眼光的。当然，想要买部佳能EOS 5D MarkII，光有眼光是不够的，最重要的还是要有经济实力。我记得有一次陪四姑娘去数码商城，当时我盯着这款相机的各种参数和产品说明，两眼直冒星星，然而当我看到它的标价时，我泪流满面了。

这款相机当时的标价是人民币19900元。是的你没有看错，我也没有说错，这款相机的价格是五位数，将近两万元，可恶的是，当时那帮人还自称这是特价!

于是你可以想象,当我把这个宝贝真真切切地捧在怀里,那是一种怎样的满足感!

这时,钟原看着我接近痴呆的表情,淡淡地笑道:"木头,你如果表现好的话,以后相机可以借你用。"

我两眼放光地点点头,又有些疑惑:"可是怎么样才算表现好?"

钟原煞有介事地思考了一会儿,一本正经地说道:"这个问题要你自己来思考,我只负责评价。"

这不就等于没说!我被他这句话气得不轻,可是又很无奈。这时,钟原又笑眯眯地补充道:"反正就是想办法让我心情好点,至少不能气我。"

好吧,我好像有一点懂了……大不了讨好他一下下,为了我的佳能宝贝,咱忍!

X山是个已经开发过的国家级森林公园,如果在这里爬山,正常的路线下都有修好的台阶,不过由于山路的艰难,有些地方的台阶修得实在是有些另类。

X山主峰的海拔是一千五百多米。我们这次行军的计划是,今天先翻几座山头,到达主峰的半山腰,第二天继续爬,一直到主峰,然后沿另外一条路返回山脚。

刚开始爬的时候,我们一个个精神很饱满,也没觉出有多累,翻了一座小山包,然后在一处歇脚处吃了午饭。午饭很简单,只有馒头咸菜腐乳,每个人发一小根香肠。我惦记着我的佳能宝贝,所以狠了狠心,把自己的香肠让给了钟原吃。这家伙一点都不客气,笑眯眯地把我的香肠吃了个一干二净。

吃过午饭大家接着行军,接下来的事情就有些无聊了,无非一级一级的山路。山坡上生长着一丛丛叫不上名字的紫色花朵,开得很繁华,在漫山的绿色之中显得尤其热烈而超然。山林之中传来各种各样的鸟叫声,有些很细很愉悦,就像待字闺中的欢快少女,有些又很深沉,仿佛参透生死的老和尚。山路下还会时不时出现一两条水流很细的小溪,有些甚至已经干涸,因为现在雨季还没到来。

爬山是个体力活儿。虽然这里的景色很美丽,可是当我们累得满头大汗连呼吸都不均匀的时候，又哪里来的闲情逸致欣赏这里的美景？

可恶的是我还是个摄影委员，要跑前跑后给大家照相。

更可恶的是，当我气喘吁吁地停下来大口呼气时，我那丑样总是及时被钟原抓拍到，他还举着手机对我说："木头，你这个样子真像一只小狗。"我当时悲愤得真想夺过他的手机扔在地上狠命地踩……当然，我也只是想想。

最可恶的是，对于如此邪恶的一个人，我还得费尽心思去讨好，他出太多汗的时候我得谄笑着纸巾伺候，他口渴的时候我得特狗腿子地把水奉上，他说"木头你走太慢了"的时候我就得赶紧屁颠屁颠地跟上……

我就是一出人间惨剧。

我们二十个人跋涉了很久，终于在太阳落山之前到达半山腰上一个比较平坦的地方，这里将是我们安营扎寨之处。

休整了一会儿，队长就分发了帐篷和防潮垫以及睡袋，并且给我们演示了一下扎帐篷的方法。我和钟原扎好帐篷，把东西扔进去，然后还坐在帐篷门口合了个影留作纪念。说实话，我对于和一个男生特别是我不怎么喜欢的男生共用一顶帐篷，还是有点怨念的，好在到时候大家都钻进自己的睡袋里，秋毫无犯。现在大家集体活动，我也不能太无理取闹。

扎完帐篷，大家便围在一起做晚饭。

虽然这里是已经开发过的森林公园，但除了接近山脚的地方有一些卖水以及食物的地方，其他依然是一副荒无人烟的样子。我们的食物和炊具都要靠自己的人力背上来，由于要背的东西太多，因此食物炊具什么的基本上也都比较简单。炊具的话，只有几个煤气炉和煮锅，拒绝烧烤用具。而且在山里，防火是第一要注意的事项，因此我们对那几个煤气炉看得非常严格。餐具每个人自备，不统一管理。至于食物，只带了一些能煮的肉、鱼丸虾丸、蔬菜、豆制品，以及大量面条，还有一些调料……这些虽然简单，不过在这前不着村后不着店的荒山野岭里，倒是算很丰盛了。

我端着饭盒，馋涎欲滴地蹲在煮锅旁边，从翻腾的汤水里捞出些羊肉和几片蔬菜，然后跑到一边小心地浇上调料，最后……谄笑着把这些东西捧给了钟原……

周围顿时传来鄙夷的哼声。

钟原却毫不客气地接过去，尝了一口，点头说道："还不错。"

看着他那副资本家的嘴脸，我真想抢过他手里的饭盒然后扣到他头上……可是我要忍，为了我的佳能宝贝，我忍！

除了面条，其他要煮的东西都属于稀有资源，是定量分配的，也就是说，如果钟原吃掉我的那份，我就没的吃了。

我正寻思着要怎么既不惹钟原生气又能捍卫自己的羊肉，这时候，玲玲师姐竟然把自己的那份肉递给了钟原，说道："钟原，我不喜欢吃肉，这些给你。"

我欣喜地偷偷看他们，玲玲师姐你干得好！

钟原却没有接玲玲师姐的饭盒，对她特温和地笑了笑，回答："不用了，我吃沐尔那份就好。"

听听，听听，这叫什么话！明明他是剥削者是掠夺者，为什么他说这些话的时候还能这么中气十足？果然人的脸皮是需要修炼的，果然我的脸皮虽然厚，可是跟钟原一比，那厚度连他的零头都不如！

我悲愤地转开脸，捞肉，加调料，然后不等钟原说话，立刻大口地吃掉。可惜由于太着急，我被烫得直瞪眼，眼泪都快下来了。我含着肉呼哧呼哧喘着气，却舍不得把肉吐出来，可是又不敢咽下去。

我这副丢人的样子很快被钟原捕捉到，他还算有良心，立即倒了杯水给我，然后笑眯眯地看着我，说道："就为几片肉，你不至于吧？"

我喝了一大口水，非常有效地降了温，并且一不小心把那团肉像吞药丸一样吞了下去。可是我不愿意领钟原的情，说来说去我这个样子还不是他害的，而且他现在的表情实在是有点不怀好意，就差在脑门上贴上"幸灾乐祸"四个大字了。

此时钟原半躺在防潮垫上，很惬意的样子，像个大爷似的吩咐我："木头，去，捞肉。"

我悲愤地瞪了他一眼，然后就乖乖地去捞肉了……

吃过晚饭，大家围在一起做游戏。刚开始的时候玩"摸人"的游戏，游戏规则是，把一个人的眼睛蒙上，大家都站着不动，让他摸，摸的人要叫出对方的名字才算摸出来。然后被摸出来的那个人继续蒙着眼睛进行下一轮。如果在一定时间内没有摸出人来，蒙眼睛的人就要受到惩罚。当然，如果被摸的人发出声音导致露出马脚什么的，两个人就要一块儿被罚。文艺委员专门准备了个大大的盒子，里面装着写有各种各样惩罚方法的字条，让人看了就胆寒……也不知道文艺委员是从哪里搜索来的这些方法。我个人看来这简直太不公平了，要知道，虽然这时候我已经长出一点点头发来了，可依然是全队里头发最短的……

　　果然不出我所料，我顶着个半光不光的头，在第一轮里就中招。

　　很有自我牺牲精神的队长大人自愿第一个被蒙上眼睛。然后他在原地转了几圈，大概晕得差不多了，就直奔我来。我不能动，不能说话，就这么傻乎乎地被他鬼一样轻轻摸着。他摸到我的光头时，咧嘴笑了笑，非常和蔼地拍了拍我的头顶，这才说道："沐尔吧？"

　　我摘下他脸上的黑布，蒙在自己的眼睛上，跑到中间转了几圈，然后停下来，随便选了个方向走去。

　　很快我就撞到一个人，那人被我撞到之后，稳如泰山地站在原地一动不动。因为怕对方是女生而一不小心袭胸，所以我摸索着找到对方的手臂，然后顺着手臂往上摸。这个人的手臂比我的粗，而且很硬，本队没这么雄壮的女生，那么应该是个男生。我又摸到他的肩膀，他的肩膀好像有我的头那么高，那么他本人应该有 1 米 78 到 1 米 87 这么高。我思索了一下同行的十三个男生里有几个人的身高符合，好像……有五个？这样一来，我已经排除掉十四个人了。

　　然后我顺着他的肩膀往上摸，在脖子上逗留了一下，有喉结，嗯，再次确认是男生。而且这个人挺有意思，他的喉结好像还会动。

　　接下来我顺着脖子往上，摸到下巴，没什么特别。再往后摸到耳垂，我记得队伍里有个男生是戴着耳钉的……这个人没有戴耳钉，我又排除掉一个，然后回来接着摸脸。他的脸有点硬，不像我的脸软软的还有婴儿肥，不过他的皮肤貌似不错，没痘痘。我想了一下剩下的四个可疑人员里没有痘痘的人，好，又排除掉两个。

　　现在嫌疑人只有两个了，分别是钟原和一个大二的学长，我姑且称之为 A 学长。这两个人的发型差不多，用摸的应该分辨不出来吧。我又回忆了一下钟原和 A 学长五官上的区别，可是脑子里的印象很模糊，怎么也想不出来。怪只怪我这个人没有仔细观察别人的脸的习惯。我一边努力在大脑深处挖掘着，一边不经意地触摸着他的五官。眉毛？嗯，很浓。眼睛？眼睫毛好长，刷得我的手指肚都有些痒痒的。鼻子？很挺。嘴唇……嘴唇！

我突然发现，对方此时的嘴唇是微微向上勾着的，一个不怀好意的笑容顿时浮现在我的脑海里，如果我没猜错的话，这个人应该是……

我刚想说话，这时，一个熟悉的声音在我面前响起，他有些吃力地说："木头，你摸够了没有？"

"钟原！"我已经脱口而出。

然而我还是慢了一步，因为钟原先我一步说话，所以大家认定是因为钟原作弊我才猜到他是谁的。我委屈地和大家辩解，可惜没人信。

文艺委员举着惩罚盒子，坏笑着逼我们俩抽一个。我看了看钟原，他完全没有动手的意思。好吧，我来。

我硬着头皮从盒子里抽出一张字条展开。字条上非常人性化地写了两个方法，被惩罚者可以任选其中之一。

第一个是跳舞，这个必须 pass。而第二个，是……三十度角调戏，被调戏者必须是男生。这……什么意思？？？

"调戏"两个字已经让人很惊悚了，更何况被调戏的还要是男生。可问题是，这个"三十度角"又是什么意思？我不解地问文艺委员。

文艺委员非常热心地给我做了解答。原来这个主意是模仿了某部电影里的动作，在那部电影里，某男向前倾着身子抬起某女的下巴，这个动作很搞笑，剧中那个男人前倾的角度非常大。

我擦汗，要调戏钟原？还要抬他的下巴？这个动作也太有挑战性了吧……况且还要非常有技术地前倾三十度？还让不让人活了！

我捏着字条，为难地皱着眉头，在文艺委员的催促下，我只好怨恨地瞪了一眼钟原："都是因为你！"

钟原无辜地看着我，面无表情道："这是你自己抽的。"

我被他噎到，恼羞成怒地团了团那张万恶的字条，随即凶狠道："你过来！"过来给我调戏！

钟原很配合地走到我面前，还非常体贴地微微弯了一下腰，抬起下巴送到我面前。

这时，文艺委员非常敬业地纠正他："这样不行，你要配合沐尔，后仰三十度。"

　　我幸灾乐祸地看着钟原，身体微微前倾，抬起手去挑他的下巴。

　　钟原稍微后仰着，似笑非笑地看着我。

　　我被他看得手抖了一下，不过依然托在他的下巴上。

　　这时，周围的人开始起哄，另外一个摄影委员则抓紧一切时机拍照。

　　"不行，角度不够！"

　　"沐尔你要前倾，对，还要前倾！"

　　"钟原后仰，不然沐尔就趴到你怀里了。"

　　"别和哥装羞涩。"

　　"表情，注意表情！沐尔你不用这么纠结吧？"

　　"钟原你被调戏了还这么开心？"

　　我在他们的起哄声中很不自在地偷眼看钟原，这家伙竟然没事人一样怡然自得，嘴角始终挂着笑意。我怒从心中起，干脆使劲向前倾了下，打算来个瞬间三十度然后回撤。然而钟原不配合我，我前倾的过程中一个不小心撞到他，他本来后仰着就不稳，被我一撞，直直地向后摔去。

　　要命的是，他竟然拉着我和他一起摔下去。临死还拉个垫背的，你说这人阴险不阴险。

　　于是我们两个就这样华丽丽地摔到了地上。

　　钟原这厮双臂展开贴在地面上躺着，一副非常无辜的样子，眨着眼睛，扬起嘴角笑眯眯地说道："木头，你好热情。"

第四章
栽在他手里

我红着脸从他身上爬起来，然而这历史性的一刻已经被周围的人纷纷用手机拍了下来，其中自然包括另一个摄影委员的高清特写。后来他们惨无人道地把这些照片传到了学校论坛上，起名为"光头学妹英勇，钟原惨遭调戏"……

天色很快黑了下来，大家开始围在一起玩"杀人游戏"。

第一局我是平民，却很不幸地在第一轮就被杀掉。我强烈怀疑是钟原行凶，结果钟原淡定地甩出一句"我和你比较熟，杀你不就等于暴露自己"就博取了大家的信任。结果这厮作为唯一一名幸存的杀手，笑到了最后。

第二局我依然是平民，不过钟原在第一轮就被杀掉了，我那个幸灾乐祸呀。可是"死者"钟原在留遗言的时候，环顾了一周，最后一口咬定是我干的，还说得头头是道，罗列出一大堆理由。他说："第一，我上次杀了你，这次你很可能杀我报仇，以我对你的了解，这种事情你干得出来；第二，你这次明显情绪不是很稳定，这是大部分当杀手的人的通病；第三，我上一局说'因为和你熟，所以不会杀你'用以排除嫌疑，你这次很可能也用这种方式排除嫌疑，可惜这样的方法不是每次都好用……那么，你还有什么好说的？"

我难以置信地看着他，欲言又止了半天，最终无力地说道："我不是杀手啊……"

投票的时候，出现了令我哭笑不得的一幕，二十个人里，除去法官、钟原和我，另外十七个人齐刷刷地举起手把杀手票投给了我……我以前当杀手的时候也没得过这么多票啊……

我委屈地坐在一旁，看着其他人玩，不甘心地低声对钟原说道："看到了吧，我明明不是杀手。"

钟原答道："我知道。"

我怒道："那你为什么一口咬定我是杀手？"

钟原歪着头看我，笑眯眯地答道："我死了，总得有人陪葬吧？"

我压住心中的怒气，又说道："可是这样别人会觉得你判断力不好，以后就不容易相信你了。"

钟原："这样大家才更愿意和我玩吧？"

对于钟原的这种自恋，我不予评价。

第三局，我依然是个平民。我斜着眼睛偷窥钟原的扑克，然而夜色太暗，我看不清。钟原却十分大方地把他的扑克在我面前晃了晃，然后我就发现，原来他也是平民。于是我放心大胆地偷偷把我的扑克亮给他看，并且警告他，不准诬蔑我。

钟原却扫视一圈，漫不经心地答道："不用担心诬蔑的问题了，你第一轮估计就要死了。"

我疑惑不解。

钟原眯着眼睛盯着坐在我们对面的玲玲师姐，声音像个算命先生一样缥缈，说："看到玲玲师姐那杀气腾腾的眼神了没？木头，你死定了！"

我顺着钟原的目光望去，在惨白的应急灯光下看到玲玲师姐瞪得大大的眼睛，顿时感觉脊背上笼罩着一股凉气。

果然不出钟原所料，我第一轮就死掉了。然后我就指认玲玲师姐，可惜大家似乎都不太相信。接着轮到钟原发言，这家伙开始发挥他坑蒙拐骗的特长，说什么自己是个警察，已经指认出玲玲师姐就是个杀手云云……

于是投票的时候，玲玲师姐当仁不让地得票数最多。

然而钟原表演得太像了，第二轮的时候，他就被剩下的杀手当作警察杀掉了。

我揪了揪钟原的衣角，不解地说道："你这样不是相当于自杀吗？"

钟原却勾起嘴角答道："我这是给你报仇啊，你不谢谢我？"

我擦汗，你当杀手杀掉我的时候，怎么不说给我报仇呢？

接下来我们又玩了几局，其间，钟原干的最卑鄙的事情就是，他明明是个杀手，却要装警察，然后领导一众愚民投票把最后一个警察解决掉。当这局游戏结束的时候，大家无不捶胸顿足扼腕叹息："钟原太阴险了……"

晚上十点多，游戏结束，大家准备睡觉。

我尾随着钟原钻进帐篷，笨拙地铺好防潮垫，展开睡袋。说实话，我还是第一次和一个男生单独在这么狭小的空间里相处，而且一起过夜，可想而知我有多别扭了。

钟原却十分淡定地铺好睡袋，脱掉厚外套，然后拎起裤带……

我犹豫着说道："那个……钟师兄啊，你能不能，喀喀，自重一点……"

钟原把运动裤的裤带系好，抬头，似笑非笑地看着我，说道："你说什么？"

我顿时窘得无地自容，苍天哪，其实我是很纯洁的啊……

这时，钟原叫我："木头。"

"啊？"我抬头看他，此刻他的表情那叫一个严肃，真是莫名其妙。

钟原盯着我身后，脸色越发严峻，说："看你的身后。"

我被他的表情弄得心里发毛，于是战战兢兢地转身看去。

干电池台灯的微光下，一段鳞甲反光的东西躲在帐篷的角落里，那东西的大部分身体被书包挡着，只剩下一小段尾巴露在外面。然而就这一小段尾巴，已经足够让我彻底崩溃了，因为那赫然是一条……蛇！

我嗷的一声怪叫，惊慌失措地向后退，一边退一边失声大喊道："蛇！蛇啊！"

帐篷里的空间很狭小，我一不小心就撞进了钟原的怀里。然而此时我已经顾不得那么多了，恐惧占据了我的全部意识。我下意识地紧紧抱住钟原，全身战栗。

钟原却一点都不害怕，拍了拍我的后背，怡然自得地笑："你不用害怕的。"

狗屁不用害怕，那可是蛇啊，蛇！

这时，周围帐篷里的人听到我们这里的动静，纷纷赶过来表示慰问。最凶猛的莫过于玲玲师姐，当先拉开我们的帐篷，探进一颗脑袋来看，然后她那张如花似玉的脸，便黑了下来。

玲玲师姐气呼呼地收回脑袋，把帐篷给我们拉好。接着我听到她对外面围观的人说："没事，两人调情呢。"

"调情"两个字顿时刺激到了我的神经，我用力把钟原推开，不敢看他。然而我还是没有勇气回到自己的位置上，那里有蛇啊……

于是我蹭到钟原身后，那条蛇保持最远的距离。

钟原却不慌不忙地挪到了那条蛇那里，非常神勇地拽着它的尾巴，把它拎了起来！

那一瞬间，我感觉钟原简直就是神兵天降，英勇无比。

钟原拎着晃晃悠悠的蛇，笑眯眯地朝我蹭了过来。

我拼命地摇着头，惊慌道："你你你……你别过来，你……"

钟原晃了晃他手中的小蛇，笑道："你还没看出来？这是假的。"

我定睛一看，发现那条蛇根本不会自己动，完全就是钟原在晃。我脑中紧绷的那根神经终于有一些放松。

钟原把小蛇拎到我面前，说道："送给你？"

我仔细端详着那条假蛇，这是一截一截的木头连接在一起的，表面漆上了和蛇皮很相似的图案，乍一看去，简直和真正的蛇没什么两样。我心有余悸地看着这条木头蛇，顿时火冒三丈，抢过它来就扔到一旁，怒气冲冲地说："钟原！恶作剧很有意思是吧？"我说着，不再看他，爬回自己的位置，甩掉外套钻进睡袋里，背对着钟原。

一阵沉默之后，是窸窸窣窣的声音，我听到钟原挪到了我身后。他轻轻拍了拍我的肩膀，说道："我没想到你会这么害怕。"

我闭着眼睛，不予理会。

钟原："你……真生气了？"

我依然不予理会。

钟原："好吧，我道歉，对不起。"

我始终不予理会……道歉管什么用？我的精神已经造成创伤，这伤害是不可磨灭的！

钟原："木头，你大度一点吧，刚才你非礼我，我都没说什么。"

我爹毛，扭过脸去怒视着他道："谁非礼你谁非礼你！你有什么好非礼的！"

钟原低下头，眸子亮晶晶地望着我，说："好吧，你没有非礼我，你只是热情过度。"

我瞪他，哪壶不开提哪壶！

这时，钟原又说道："好了，你别生气了。你要是再生气，我也许会心情不好，如果我心情不好，就不确定自己会做出什么来了。"

我心里一抖，这绝对是威胁。可是我都气成这样了，如果再屈服于他的强权之下，那多没面子。想到这里，我干脆扭过头闭上眼睛，不理他了。他爱做什么就做什么吧，反正我已经习惯被他虐待了。

钟原见我没反应，又说道："木头，相机你拿去用吧，随便用。"

我抓着睡袋的手有些颤抖……真、真的？

钟原："你不愿意就算了。"

我转过身，瞪大眼睛看着他，激动地说道："我愿意！"

钟原看着我，扬起嘴角，眼里缓缓散开一些笑意，如七月的荷塘吹来的风，沁人心脾。

现在是五一，夏天还没到，如果在市区，是很难遇到雷雨天气的，没想到在这里，我们竟然被轰隆隆的雷声惊醒了。

我活了快十九年了，从来没有发现原来雷声可以这么响，原来闪电可以这么亮，那个瘆人啊……

关键是，那雷声我怎么听怎么像是就在我们头顶上方，那闪电随时有可能劈下来把我烧得只剩几根骨头的样子……太恐怖了！

我把头埋进睡袋里，捂着耳朵，想人工降低一下那雷声的响度，奈何无效。雷公今天和电母吵架了吗？那声音，越来越响，而且仿佛近在耳旁，吓得我全身绷紧，脑袋发涨。

钟原也被吵醒了，翻了个身，喃喃道："大自然要发威啦！真是个好天气。"

变态！

我心里越来越怕，谁知道下一道闪电会不会劈到我头上？看这阵仗，莫非我今天要把命交待在这儿？不要啊，我还没有活够啊……

这时，钟原的声音又响了起来，配合着那时不时把黑夜亮得如白昼的闪电，那气氛，要多诡异有多诡异。钟原说："木头，你怕打雷？"

我颤抖着答道："我不怕打雷，可是我怕死。"

钟原呵呵笑了笑，低声说道："没事，就算死，不还有这么多人给你陪葬吗？"

我哀号道："我不要死啊，我希望大家都好好活着，谁都不要死啊……"

钟原伸出一只手来轻轻拍了拍我的肩膀："放心吧，哪那么容易死。"

我不理他，从睡袋里钻出来，打开小台灯，然后拎过背包开始翻东西。

钟原好奇地问道："你在干吗？"

我回道："写遗书。"

我从背包里翻出一个崭新的小本子和一支笔，还好我这次带的东西齐全。

钟原也从睡袋里钻出来，凑了过来，说道："你真相信自己会死？"

我扫了他一眼，意味深长地说道："孩子，做人要有忧患意识。"

钟原屈起手指敲了一下我的头："孩子也是你叫的？叫'钟哥哥'。"

哟……我瞪了他一眼，没搭理他，翻开小本子开始写遗书。写什么好呢？如果我真的死了，我需要留点什么信息给活着的人呢？

我用圆珠笔的笔头轻轻敲打着下巴，最终在小本子的第一页认真地写道："爸爸，我爱你。"

笔势孱弱，透露着垂死的挣扎与哀怨，我看着那几个软得不像话的字，突然悲从中来。

我不会真的要死了吧？我还没有好好孝顺我老爸呢……

钟原突然抢过我的小本子看着，我扭头瞪他，却发现他正诡异地盯着我。

他一定是在嘲笑我写的字难看。我心里这么想着，更加生气了，于是毫不犹豫地抢回小本子："你要是也想写的话，我可以借给你一张纸。"

钟原摆摆手："我是怕你死了，你的遗书又下落不明，所以帮你个忙，备个口头遗嘱，万一到时候用得着呢？"

虽然我很怀疑他是不是真的有这么好心，但是他说的话貌似还是有一些道理的。

钟原又说："那，除了你爸爸，你还有什么话要和别的人说吗？"

我想了想，说道："告诉我们宿舍里那三个没良心的人，让她们在我的葬礼上多夸我几句。"

钟原点头，又问："还有没有？"

我继续："跟实验室的老师说声对不起，并且恭喜她。"我们班男生给我起了个外号叫"实验室杀手"，因为我每次做实验，几乎都会打碎点东西，或者搞坏个仪器什么的。也正因为如此，我那点入不敷出的生活费，往往不到月底就弹尽粮绝了。

钟原："还有呢？"

我想了想，羞答答地说道："告诉陆子键，我崇拜他。"

钟原眯了眯眼睛："还有呢？"

"还有？"我侧着头想了一会儿，摇摇头，"没什么了，虽然我会死得很壮烈很惨烈，但是我做人很低调的。"

钟原："那你就没什么想和我说的？"

我一拍脑门："对啊，差点忘了……你啊！我能不能拜托你一件事？"

钟原端着架子点点头："说吧。"

我嘿嘿笑了笑，说道："那啥，你能不能给你的相机拍张照片，等我死的时候给我烧过去？我……"

钟原眼神不善："那你等着去死吧。"

我无语，这么个小要求都不能满足？这人真是小气得可以。

我不再理钟原，自顾自地研究起遗书的内容来。我越想越觉得有好多话要说，于是在昏暗的灯光下奋笔疾书起来。

钟原在一旁说风凉话："你不会是临时想写个自传吧？"

我连头都懒得抬，没好气地回他："关你什么事！"

钟原却懒洋洋地说道："现在不打雷了，你确定要继续写？"

我丢下笔，竖起耳朵听了听，真的不打了？此时帐篷外很安静，唯一的声音就是沙沙的雨滴落地的声音，雷公电母的家庭纠纷结束了？

我合上小本子，长长地出了口气："还好还好，捡回一条命。"

钟原却说道："忘了告诉你，我们选的这个地方防风防雷防洪水，而且咱们的帐篷也是能避雷的。"

也就是说，我刚才的惊吓都是多余的？我写的遗书都是没用的？

我压抑着心中的怒火："为什么现在才告诉我？"

钟原笑眯眯地答道："我以为你演戏自娱自乐呢。"

我："……"

第二天早上我起来的时候，天已经放晴，不过周围还是湿漉漉的，空气很清新。我们简单地吃了点早餐，便整装出发，这次的目标是主峰。

爬山真是个力气活，中间有多累我就不说了，相信爬过山的人都知道。至于没爬过山的，呃，大家都爬过台阶吧？主峰的海拔是一千五百多米，山脚算是平原。我们今天从半山腰开始爬，保守估计，垂直距离上至少要向上升六百米。六百米是个什么概念，如果一层楼三米高的话，六百米就是两百层楼。是的，我们要爬两百层楼，从一层开始爬起，一直爬到两百零一层，不允许坐电梯……而且，这还是保守估计。

不过，爬山的成就感也在于此。当我们大汗淋漓地爬到山顶上的时候，心中澎湃而来的"一览众山小"的豪气，顿时让我们觉得，流再多汗也是值得的。人生的意义是什么？如果你在这个时候问我，我一定会回答，人生的意义就是征服。

当然，虽然我们英雄了一把，下山的时候也着实狗熊。上山容易下山难，在这里我是深刻地体会到了。我们下山并不是原路返回，而是选择了另外一条比原路更险的路。这条路的台阶跟没铺一样，而且很高，有的地方甚至高达一米。幸亏我在家的时候喜欢爬树，整天上蹿下跳，所以这不算什么。倒是苦了那些平时不怎么运动的女生，在这些地方都需要男生拉一把才能过去。除此之外，还有更离谱的。有些地方的路完全是"地上本没有路，走的人多了，也便成了路"，坡陡一些也就算了，土里还有沙石，好几次我差点滑倒，好在被后面的钟原及时扶住。虽然昨天晚上钟原惹毛了我，但是看在他今天帮了我的分上，我也不好意思和他生气了。

走了一会儿，我们来到了此番下山之路最凶险的地方。此处的台阶形同虚设，坡陡，有沙石，很窄，如果两个人迎面相遇，其中一人就得紧帖在山壁上，另外一个人才能过去。就是这么窄的一条路。

我们一行人紧紧靠着山壁缓慢行进着，生怕一脚踩空掉下去。走过一个滑坡时，我脚下的一块作为支点的石头突然松动，我本能地趔趄了一下，另一只脚随即踏空，朝山崖边上踩去。我竭力想要保持身体的平衡，奈何脚下的路真是太滑了，眼看着就要往路外的山崖倒去……

钟原手疾眼快，一把拽住我的胳膊，将我拉了回来。

可是我更沮丧了。因为刚才我惊慌失措的时候，相机一不小心脱了手，掉下了山崖……

我死死地盯着相机消失的方向，失声说道："相、相机……"

我想，我迎来了人生中最大的危机。

一台价值近两万人民币的相机，就这么被我弄"丢"了。

同行的人都对此表示关心，但没有一个人能说什么，毕竟这不是个小数目。队伍里出了这么大的事，也是很影响气氛的吧？

我们停在一个地方休整的时候，大家都有些担心地看着我。

此时的钟原却一脸轻松，把一只手搭在我的肩上，用手指轻轻敲着我的肩膀，就差哼小曲了。我就这么紧张兮兮地站在他的魔爪下，接受审判。

钟原对大家说道："这是我和沐尔之间的事情，你们不用担心了。是吧，沐尔？"他说着，敲击我肩膀的力道重了一些。

我哭笑不得地扯了扯嘴角："是……"

众人松了口气，但随之又换上了悲悯的眼神看着我。

队长是个厚道的人，犹豫了一下，对钟原说道："这件事情我这个做队长的也有责任。"

钟原却十分大方地摆摆手："不用了。你们也不用担心了，我还能把她怎么样？"说完，他笑眯眯地看了我一眼。

大家听到这话，脸上的表情立即变得诡异起来，看得我胆战心惊的。我就不明白了，钟原这次又要搞什么鬼？

露营归来的时候，大家进行了一次疯狂的聚餐。之所以说这次聚餐很疯狂，除了因为大伙情绪比较高涨外，还因为他们的胃也比较高涨。是的，是他们，没我什么事。我因为一直惦记着钟原的相机，所以没什么胃口。

钟原却吃得津津有味，桌子上的菜被他尝了个遍。他还把一个超级大的鱼头夹到我碗里，不怀好意地笑："你担心什么，反正你是要钱没有，要命一条。"

我用筷子愤恨地戳着那个大鱼头，他说的是什么话！

要命的是，虽然这话不中听，却是事实……

我们聚餐到很晚才散，一大群人呼啦啦地回到学校。钟原被玲玲师姐他们灌了点酒，走路都有些摇晃。我寻思着现在趁他喝得有些不清不楚跟他商量相机的事，也许他就不会太难为我。

于是我就静静地、悄悄地，架着钟原离开了众人的视线，偷偷来到一个偏僻的凉亭。

我把钟原丢到木凳上，开门见山地问道："钟原，你打算让我赔多少钱？"

钟原靠着身后的柱子，眯起眼睛仰头看我。周围微弱的路灯光洒到他的脸上，他的面容很平和，像一只食草动物一样，乖巧而无害。我不禁感叹，喝醉了就是好，现在的钟原杀伤力与攻击力都已经降到最薄弱的程度了吧？

我盯着那张完全无害的脸，又感叹，这小子的皮肤怎么这么好，羡慕嫉妒恨！

钟原就这么看了我一会儿，突然清了清嗓子，说道："你觉得多少合适？"声音很清明，吐字很清楚，他一点不像喝醉了的样子。

我睁大眼睛，难以置信地看着他。

钟原大概是被我看得有些不好意思，扭过脸去，表情有些扭曲，仿佛在忍受着什么："我要是不装，他们就没完没了了。"

　　我挠挠头，他说得也对。现在是箭在弦上不得不发了，于是我鼓起勇气说道："你看，你的那相机虽然挺好，但再怎么说也是二手的不是？"

　　钟原点点头："确实是二手的，我才买一个星期，这次是第一次用。"

　　我狠了狠心，说道："不管怎么说，它就是二手的，二手的就是不值钱的！"

　　钟原不置可否："那你说，它值多少钱？"

　　我再次狠了狠心："也就……一万吧？"

　　"很好，"钟原点了点头，"那么，你拿得出一万块钱吗？"

　　我："……"

　　好吧，我确实拿不出来……

　　钟原继续对我进行深层次的批判："那么你现在和我说这些是什么意思？谈好了价钱，又不给钱，你不会是想趁着我喝醉了敲我一笔吧？"

　　他这么一说我更愧疚了，低下头不敢看他："我不是这个意思……"

　　钟原："那你是怎么个意思？"

　　我鼓起勇气看着他，咬牙说道："我……我要钱没有，要命一条……"

　　钟原勾起嘴角笑了笑："很好，你的意思是，你打算以身相许了？"

　　我："……"

　　钟原，你不要总是那么让人无语好不好！

　　谈判进行到这儿，我那点气势已经完全被打压下去了，此时我只好弱弱地说道："我不是那个意思，那个……我能先欠着你吗，慢慢还……"

　　钟原不满地皱眉："木头，你也为我考虑一下吧，我也很穷的，也很需要钱……"

　　你穷吗？你穷吗？你穷的话还买近两万块钱的相机？你穷的话，饭卡里的钱比我银行卡里的钱多出好几倍？

　　当然，这些话我只敢在心里嘀咕一下，万一这变态气急了要剁了我的手指偿债呢……

　　于是我弱弱地问道："那你说要怎么办？"我真的没钱啊，我爸也没钱……

　　钟原思考了一下，答道："这样吧，我最近正好想请个陪练，还没找到合适的，要不就你吧，到时候我就不给你发工资了。”

我吞了吞口水，以为自己听错了："陪、陪练？"

钟原挑眉瞪我："你不愿意？不愿意就算了，拿钱来吧。"

我慌忙摇头："不是不是，我当然愿意，可是你为什么要请陪练？陪什么练？"

钟原答道："跑步打球做运动什么的，我总不能自己跟自己打网球吧？"

我默默地点了点头，无语。

钟原又问道："你还有什么问题？"

"我就是想问问，钟原你真觉得自己穷吗？"我就没见过这么乱讲究这么架子大的穷人，还陪练！

钟原脸不红心不跳地答道："我当然穷了，不然为什么要请一个不用花钱的陪练？"

我总觉得他这话里的逻辑有问题。

我和钟原又就"劳动力偿债"的细节问题做了深入探讨，最后我们达成一致：我银行卡里的钱完全归钟原所有，钟原每个月给我发二百块钱的零花钱，但是我保留对他的饭卡的支配权，一直到我还完债为止。根据那台倒霉相机的估价以及现在的劳动力市场价值，我们的还债期限暂定为十五个月，当然，如果我表现好，可以适当缩短。

除了还债期限让我有些愤愤，其他条件都还好，反正我银行卡里也没多少钱，而且这样一来，我用不着担心吃饭问题了。

可是代价是十五个月啊，十五个月……

第五章
风波无处不在

　　我把我和钟原的劳资关系跟宿舍里那仨姑娘讲了一遍，她们听完，派小二做了个总结陈词："也就是说，你被包养了？"

　　我无奈地抓了抓脑袋："拜托，你们哪一只眼睛看到我被包养了？这根本就是债主与良民、老板与员工、压迫与被压迫的……血泪史啊……"

　　我还没说完，四姑娘就点着头说道："不仅被包养了，还被潜规则了？"

　　这群唯恐天下不乱的人！我求助性地望着老大，我美丽高贵善良的老大啊，帮我说句话吧……

　　老大摸了摸我那刚长出一层毛的脑袋，笑眯眯地说道："木头啊，回头给我们开个专题讲座：怎么样才能泡到优质美男。"

　　我欲哭无泪，拍开她的手："等我泡到陆子键我就开！"

　　我一提陆子键，小二不淡定了，使劲敲着桌子，带着哭腔说道："陆子键怎么就这么命苦啊……"

　　四姑娘皱眉："哭什么哭，那小子又没死。"

　　小二："他要是死了，就该换你哭了吧？"

　　四姑娘抬脚就朝小二的椅子踹去。

我看着这个混乱的场面，淡定地爬到床上去。算了吧，反正流言止于智者，她们爱怎么想怎么想，等我熬过这十五个月，嗯哼！

也或者，我什么时候一不小心交到一个陆子键那样的男朋友，然后……呵呵，呵呵呵……

我这么想着，躺在床上不由自主地傻笑起来。

我和钟原的雇佣关系在刚开学就得到了充分体现。无语，这就是压迫者的嘴脸。

因为要陪钟原晨练，所以我要比平常提前半个小时起床，对于这一点我是非常怨念的，当然我也只敢在心里怨念一下，实在没有别的办法。

钟原这个变态，大清早拉着我去跑步，我眼睛都没全睁开呢。不仅如此，他还很风骚地穿了一套很拉风的全身雪白的运动服，比白雪公主都白。再加上他马马虎虎也算是美型，可想而知我们遭到了怎样的围观，当然，大家围观的主要是他，我充其量就是一个陪衬，还是一个寒酸的陪衬。

而且，我是多么多么痛恨跑步啊……

于是我上诉："钟原我能不能申请不跑了？"

钟原一边脸不红气不喘地慢跑着，一边问我："理由。"

我想了个很冠冕堂皇、大多数人都不会拒绝的理由："小腿会变粗。"

钟原满不在乎地驳回我的上诉："没事，我不嫌弃。"

我觉得他这话很奇怪，想了半天，恍然大悟："你有什么权力嫌弃或者不嫌弃！"我就不相信这天下还有嫌弃员工小腿粗的老板，这样的老板也太斤斤计较了。

钟原停下来看着我，不悦地道："本来我还想着等你表现好了给你加薪什么的，没想到你第一天就跟我唱反调。"他说着，不理会我，转身接着跑。

我很没骨气地拔腿追上去："我在跑，我不怕小腿粗……"

钟原没说话。

我喘着粗气说道："你……你能不能跑慢点……"这就是腿长的优势，嫉妒！

钟原还是没说话，但是速度降下来许多。

　　我感动地侧头看他，发现他此时眼睛半眯着，嘴角微微上扬，像是在笑。那种笑，不像平常那么邪恶，倒是有点清新，就像早晨的空气一样。

　　所以说嘛，任何坏人都有良心发现的时候，钟原就是个活生生的例子。

　　当然，就算良心发现了，坏人依然是坏人。

　　我渐渐发现，在对于我和钟原的雇佣关系这件事情上，我们寝室那仨无良家伙的表现，已经算是淡定的了，至少她们的话里多多少少带着玩笑的语气，而这几天我遇到的一些人，已经完全把我和钟原看成情侣了，窘死个人啊。

　　我问钟原怎么办，钟原淡定地回答："我们用时间证明给他们看。"

　　我觉得他说得很有道理，时间久了，流言就不攻自破了。

　　不过我们还没来得及证明，就有人上门踢馆了。

　　话说这天晚上社团里要举行露营展示会，钟原有事没来，我作为三队的摄影委员之一，光荣出席。

　　展示会结束之后，玲玲师姐把我叫住。我问她有什么事情没，她却严肃地对我说："沐尔，我要向你挑战。"

　　我挠了挠头，不明白："什么东西？"

　　此时有一些没走的人也愣住了，迟迟没有离开。

　　玲玲师姐骄傲地看着我，答道："我要向你挑战，我赢了的话，钟原是我的，你放手。"

　　本来这几天我就被那些传言折磨得头大，于是此时不怎么恭敬地说道："钟原不是我的，爱谁谁，师姐您随意。"

　　玲玲师姐攥了攥拳头，目露凶光："你什么意思？你这是看不起我吗？"

　　我吓得后退一步："师姐您别激动，我和钟原真没……"

　　玲玲师姐摆了摆手，不耐烦地说道："你们该做的不该做的都做了，你还好意思说没有？沐尔，我没想到你是这么矫情的一个人啊。"

　　我觉得我很委屈，我们做什么了？我们什么都没做啊……还有，我哪里矫情了？

　　玲玲师姐继续居高临下地问我："总之，你接不接受我的挑战？"

我觉得玲玲师姐的逻辑很让人费解，先不说我和钟原没什么，就算我们真的有什么，她喜欢钟原就去追啊，我就算被人挖了墙脚那也只能自愧魅力不如，问题是她为什么要气势汹汹地找我挑战？

玲玲师姐继续目光灼灼地盯着我，仿佛要在我头上灼出一个洞来她才肯罢休。我打了个寒战，笑嘻嘻地说了句"师姐再见"，然后一溜烟跑出了报告厅。

我回到宿舍，把这事跟"一、二、四"一说，大家都表示理解。可为什么我始终不能理解呢？

不过这事还没完。第二天，我接到社团里的一个朋友小杰打来的电话，她神秘兮兮地问我，要和玲玲师姐比什么。

我觉得莫名其妙："我没有啊。"

小杰已经完全沉浸在自己的世界里，也不管我说什么，自顾自地说道："大家都在赌你和玲玲师姐谁赢，我也想押，可是不知道押谁。我说，你到底和玲玲师姐比什么？"

我怎么觉得最近社团里的人都不太正常呢……

小杰见我没说话，又说："他们都押了二十块，要不我也押二十？可是会长大人一下押了一百块啊……"

我吞了吞口水："押……押钱？"

小杰："是啊，你不会才知道吧？"

我擦擦汗，这不才是昨天的事情吗，没想到环保社团里的人新闻敏感度比新闻社那帮家伙还高，要是让这帮八卦的人去统治新闻社，搞不好新闻社一直疲软的社团建设从此就能焕然一新了……

不对不对，我又扯远了。我在心里小小地算计了一下，问道："那什么，玲玲师姐最擅长的是什么？"

小杰想了一会儿，答道："应该是跆拳道吧？我听说她是黑带三段，还得过奖呢。"

跆拳道……好像有点恐怖吧？

不管了，人为财死鸟为食亡，于是我咬咬牙，说道："那好吧，我就和她比跆拳道。"

小杰惊叹："你疯了？"

"听我说，我没疯，"我淡定地笑，"小杰，你帮我也押两百块钱，用你的名义。应该押谁赢，你知道吧？"

小杰沉默良久，终于感叹了一句："沐尔，你也太无耻了。"

我奸笑，挨顿打就能赢点钱，这种好事情可不是天天都有的！

于是我十分自信地主动和玲玲师姐说，我接受她的挑战，并且指定，除了跆拳道，我不比别的。我们俩还签了生死状，不管受什么伤，一律后果自负。

这事我一直没敢告诉钟原，毕竟我是拿他做赌注，虽然赌得有些莫名其妙。幸亏环保社的规模也不是很大，所以没太多人知道这事，不至于传到钟原的耳朵里。

其实我主要是怕他知道了，扣我工资。

比赛定在周六下午，正好这天钟原去了 H 大，因为他有一场校际足球赛要踢。本来他还要求我去给他当业余啦啦队的，后来我说我头疼，他也就没逼我。

于是下午三点，我准时来到练功房，那里已经有一些人在等了。

我豪气万丈地走过去，热了热身，喝了点水，象征性地环顾了一下周围的观众，然后就看到了几个熟悉的身影。

"一、二、四"此时正兴致勃勃地朝这边看，还朝我竖大拇指。我之前已经警告过她们不许来，毕竟是我被别人狠揍一顿，有什么好看的？

"一、二、四"看到我，干脆大大方方地挤到前面来。老大拍拍我的肩膀，语重心长地说："我是来给你加油的。"

小二："我是来拍照的。"

四姑娘："我是等着把你抬出去的。"

我挨个瞪了她们一遍，随即豪情万丈地走进比赛场地。

会长大人是裁判，此时他举着面小旗，挥了挥。预备，开始。

玲玲师姐眼神犀利地盯着我，浑身散发着杀气。她赤着脚，在地板上跳啊跳，跳啊跳，活像一只小兔子。

我比画了个李小龙的手势，然后很有大侠风范地一动不动。

玲玲师姐突然大吼一声，抬脚朝我踢来。

我在她的脚还没接触到我的胸口时，先一步往地板上一倒，然后捂着胸口哀号起来，一边假装痛苦地号叫一边说道："师姐，我输了，我输了还不行吗……"

玲玲师姐一头雾水地看着地上的我，当意识到我是装的时，凶狠地弯腰来拉扯我："你给我起来！我还没打呢！"

我倒在地上哼唧着，死活不起来。

到目前为止，一切都在我的预料之中。然而接下来，意想不到的事情发生了。

我家凶猛的四姑娘突然气势汹汹地走上来，在其他人都还没搞清楚状况的时候，突然飞起一脚，稳准狠地踢到了玲玲师姐的下巴上。

随着一声惊天地泣鬼神的惨叫，玲玲师姐重重地摔到了三米开外，这回轮到她哀号了，而且是发自肺腑地哀号。

周围人见势不妙，纷纷上前。

四姑娘大概觉得不过瘾，一边说着"会打架了不起啊，我打架的时候你还不知道在哪里啃棒棒糖呢"等邪恶的话语，一边怒气冲冲地要走上前去，似乎打算在玲玲师姐身上补上两脚，还好小二和老大拉住了她。

我战战兢兢地从地上爬起来："四啊，我……我没事……"

就在这时，围在玲玲师姐那里的一群人里，突然有人高声说道："不好了，玲玲师姐的下巴脱臼了！"

玲玲师姐下巴到头顶缠了一圈绷带，那样子很滑稽。此时，她正哀怨地瞪着我……她不敢瞪四姑娘。看来某些时候，武力才能证明实力。

此时社团里的人们都走完了，就剩下我和四姑娘在这里对玲玲师姐赔礼道歉……其实四姑娘也是我硬拉着来的，这孩子简直太彪悍了，把玲玲师姐打得下巴都脱臼了，还说没打过瘾。当时玲玲师姐一不小心听到她这句话，看她的眼神立马从怨恨转为敬畏了。

我抓着玲玲师姐的手，忏悔道："玲玲师姐，对不起。"

　　玲玲师姐想甩开我的手，但是她看到四姑娘凶神恶煞般的眼神，立马改变了姿态，紧紧地抓住我的手，那表情，别提多纠结了。

　　我觉得面对着玲玲师姐这个便秘表情实在是压力大，于是招呼四姑娘："乖四四，今天谢谢你啊，要不……你先回去？回头我请你吃饭啊……"

　　"算了不用了，老规矩，帮我打一星期的水。"四姑娘说着，威胁性地看了玲玲师姐一眼，转身离去。

　　四姑娘走后，玲玲师姐终于"重振雄风"。可惜她下巴上绑着绷带，严重影响到她的形象以及气质，加上她下巴脱臼不能正常说话，于是……唉。

　　此时她张口含含混混地和我说了句话，我琢磨了半天，才发现原来她说的是："沐尔"你干得好。"

　　我刚想说话，却见钟原突然闯了进来，我差点以为自己眼瞎了，这家伙不应该在踢球吗？不会他又是替补吧……

　　玲玲师姐一见到钟原，立马像个受了委屈的兔子一样眼泪汪汪的，激动地盯着钟原，声音含混而黏糊地叫道："嗯……东……玩……"

　　此时钟原还穿着球衣，以证明他确实曾经去过球场。他满头大汗，拉着我从头到尾看了看，说道："你没事吧？"

　　我很感动，最近钟原这种"间歇性变好人"的症状，让我很受用。于是我摇了摇头："我没事。"

　　玲玲师姐锲而不舍地呜呜低叫："东……玩……"

　　钟原看了看她，问我："是你打的？"

　　我："不是，是四姑娘……话说，你不是在踢球吗？怎么回来了？"

　　钟原："听说你被人打残了，我回来给你收尸。"

　　我擦擦汗："好吧，谢谢你。"这小子虽然总是压迫我，不过还算仗义。钟原其实很有变好人的潜力嘛。

　　钟原："到底怎么回事？"

　　我："这个……呵呵……"

　　钟原扫了一眼玲玲师姐："出去说。"

　　"可是玲玲师姐……"我有点犹豫，虽然我也不怎么待见玲玲师姐吧，可是她这个惨状毕竟是因为我造成的，所以这会儿丢下她出去，我似乎有些不太厚道。

钟原却二话不说，拉起我就出去了，留下口齿不清的玲玲师姐在哀号……

钟原把我丢在医院走廊的椅子上，凶狠地问道："木头你长出息了啊，还学会打架了？"

我挠挠头，还是觉得这件事情离奇："钟原你现在不是应该在 H 大吗？其实替补也是很重要的岗位，你不能看轻自己的作用……"

钟原怒道："闭嘴！谁说我是替补了？你见过穿 1 号球衣的替补吗？"

我仔细看了看他的球衣，果然是 1 号的："啊，那么，1 号是什么？"

"当然是门将。"钟原在原地踱了两步，脸色阴沉，"不对不对，我们现在讨论的不是这个，我都让你气糊涂了……喂，谁让你打架了？就你这身板，你觉得你打得过谁？"

钟原貌似很生气，我寻思着如果我把真正原因告诉他，他大概会更生气，于是我挠着后脑勺，嘿嘿笑道："钟原你误会了，我就是想和玲玲师姐切磋一下武艺，呵呵……"

"切——磋——武——艺？"钟原一字一顿地反问，眯起眼睛阴森森地看着我，然后突然一只手撑着墙，倾下身来凑近我的脸，冷冷地说道，"你真以为别人没告诉我是怎么回事？"

失算失算，我怎么忘记这回事了，社团里有很多人知道这件事情的，可能有人一看我闯出大祸了，就赶紧给钟原打了电话吧？估计当时那人没说清楚是怎么回事，所以钟原以为我被打残了。唉，也不知道他是真的担心我，还是担心我给他带来的麻烦。如果是真的担心我，那么，现在看到我没事他应该放心下来才对吧？现在他这么生气，肯定是因为我给他带来的麻烦，因为玲玲师姐被虐，他的麻烦也会不少吧？呃，还是不对，为什么我闯了祸我会理所当然地认为这会给他带来麻烦？他又不是我的监护人！

越想越乱，我索性不想了，脸直接挂上一副谄媚的笑，说道："对不起啊，钟师兄，我真不是故意拿你和玲玲师姐打赌的……"

"打赌？拿我打赌？"钟原说话冒着凉气，本来医院就阴气重，现在我浑身都开始打寒战了。

于是我低下头不敢看钟原。我突然发现钟原也许在套我的话，这么短的时间内他应该还不会知道得那么详细，可惜我现在才反应过来……

"木头，你再不说实话，下个月的工资别想拿了。不要试图挑战我的忍耐力。"

我突然激动地抓住钟原的胳膊，眼泪汪汪地把事情的起因经过结果陈述出来，说完还补上一句："钟师兄啊，我什么都说了，工资能不能先别扣了？"

钟原脸上的表情阴晴不定，待听完我的讲述，他甩开我的手，暴躁地在原地来回踱着脚步，怒不可遏："好啊，你干得好！拿我当赌注，还跟一个黑三段打架，你其实就是特别想把我输掉对吧？"

我委屈地看着他，答道："反正你又不是我的，输不输都一样。"

"好吧，我不是你的，我……我不是你的。"钟原喃喃地重复着，突然恶狠狠瞪我，"我的确不是你的，可是，你是我的！"

呃……呃？

钟原抓了抓头发，凶狠地道："你别忘了，你可是签了十五个月的卖身契的。"

那不是卖身契，那是劳资关系好不好……我心里很不平，不过看着眼前暴走的钟原，我又不敢有什么忤逆。扣工资什么的，太可怕了。

钟原又发泄了一会儿，我一脸虔诚地看着他，表情上写明了"我错了，我一定改，麻烦你再给我个机会好不好"，这小子似乎吃软不吃硬，最后也没把我怎么样。他横眉立目地骂了我一会儿，最后总结道："总之，你做错了事情，要接受处罚。"

我就知道这小子不会放过我，做人怎么可以这么小气。

于是我提心吊胆地问他："那你想怎么处罚我？"不要扣我工资啊……

钟原托着下巴思考了一会儿，说道："扣你工资？"我心里一沉。

"你肯定不愿意。"他扫了我一眼，"这样吧，你那卖身契，再加一个月吧。"

我心里默默地飙泪，自由对我来说，那都是浮云啊……还有，那不是卖身契！

第二天是周日，钟原在N大还有一场球赛要踢。他以"避免我惹是生非"的理由，毫不犹豫地强行把我带去了N大给他当业余啦啦队。

一场B大的校级篮球赛，引起全校师生的关注，而这场市级的足球赛，知道的人却寥寥无几。钟原作为管理学院篮球队的一名小小替补，风光成那样，而他作为B大足球队队长的身份，却没有受到同样的关注，只除了几个眼神不好使的花痴女对他的这些档案了如指掌。

而校方也基本上是把足球队当后娘养的孩子看待，连专业啦啦队都不给分配，至于宣传造势什么的，那更是奢望。

好吧，我说这么多，就是想要表达，我好像是唯一一名被官方认可的啦啦队队员……

学校还算良心未泯，给足球队租了辆专车，送我们去N大。于是我作为这辆车里唯一的一个雌性动物，遭到了惨无人道的围观。其中有个戴眼镜的斯文败类还说："早知道我也把我女朋友叫上了。"

我小声辩解道："我不是他女朋友。"

钟原此时正靠在座位上闭目养神，随口说道："省省吧，你说了他们也不信。"

于是大家都暧昧地笑了起来。

我把头埋得低低的，不知道说什么好。说实话，我已经被刺激得出现幻觉了，总感觉头顶上有一群乌鸦在飞。

虽然很鄙视钟原，但是我也不得不佩服他的淡定，我摇头感叹，脸皮厚点就是好。

N大球场的草坪不错，我真想在上面打个滚。当然，作为啦啦队队员，我只能游走在球场之外。话说球场周围的观众堪称少得可怜。不过，令我震惊的是，有那么几个人，竟然是从B大跑来给本校球队加油的，可亲可敬！

比赛很快开始了。作为本校唯一一个官方认证的啦啦队员，我被打发去帮大家看东西。

我不懂足球，就是个围观群众，当然，看着看着也大概能看出点形势来。

上半场B大踢得很顺利，暂时二比零领先。下半场的时候，N大调整了一下队形，进攻能力有了明显提高，好几次差点射门成功。还好钟原这人虽然表面看起来像个豆腐渣工程，不过关键时候也还算中用，扑球扑得那叫一个稳准狠。我看到N大的一个穿10号球衣的人，他看钟原的眼神像是要吃人一样……足球真是一项充满暴力的运动。

现在N大的10号正在控球，B大的几个队员跑上去围堵他。那个彪悍的10号干脆飞起一脚直接射门！

足球划着弧线朝球门飞去，钟原跳起来张开双臂去拦截。眼看着那足球就要飞入钟原手中，谁知它下降的时候，轨迹突然急剧向下偏移……

这个球后来听他们解释过，叫什么香蕉球，因为这种球在运动的时候像个地球一样在自转，所以它的轨迹会产生一些很大的扭曲。我当时听得似懂非懂。

话说现在，那个"香蕉球"虽然没有撞到钟原的手，不过还是被他拦住了，只是牺牲有点大……因为足球不偏不倚，正好打到了钟原的命根子……

是的，我没有看错，带着强大冲击力的足球，打到了钟原的关键部位上……

钟原摔倒在地上，脸色惨白。

我……哦，不光是我，全场几乎所有人，包括裁判，都张大嘴巴看着他。

这个世界真是太多姿多彩了。我抬头望了望天边的浮云，突然发现老天爷对待我算是厚道的了……

钟原被换下场来，吃力地走到我身旁，坐下。我看着他发白的脸色，以及额头上不断渗出的汗珠，友好地问候道："你还好吧？"

钟原拧开一瓶矿泉水，摇了摇头："我没事。"他说着，仰头喝水。

我于是安慰他道："其实六根清净了也不错。"

噗——

钟原的嘴像个喷壶一样，把水全喷了出来，还有一部分水洒到了他的身上。他握着矿泉水瓶低头剧烈地咳嗽着，额头上的青筋都显现出来了。

我意识到自己失言，慌忙起身站到他面前，掏出纸巾弯下腰帮他擦着。

钟原抬头似笑非笑地看着我："六根清净？"

"呵呵，呵呵呵呵……"我不就开个玩笑嘛，钟原你配合一下会死啊。

钟原任我帮他擦着身上的水，勾起嘴角，不怀好意地看着我："我六根有没有清净，你可以试一下。"

我一直以为钟原只是有点毒舌和阴险，今天才发现，原来他也是这么具有流氓气质的……

本来以为他吃瘪了我可以趁机嘲笑他一下，却没想到竟然被他反调戏了。我摇头感叹，我的世界永远这么悲催。

我直起身刚想说话来挽回一下面子，却见钟原脸色一变："小心！"他说话的同时，飞快地拉住我的手臂，往下一扯，然后我就华丽丽地栽倒在他身上了。

一个足球从我们的身体上方飞过，砸到了不远处的铁丝网上。

还好钟原反应快，不然被袭击的就是我了。

此时我和钟原双双倒在地上，我几乎全身都覆盖在他身上。钟原躺在地上，半闭着眼眸看我。他的眼睛又黑又亮，让我好嫉妒。

我动了一下，然后就发现一件很尴尬的事情。

钟原他，他好像……硬了……

第六章
有蹊跷！

我凌乱了……

一个人如果遇到一件窘到极致的事情，最常见的第一反应——呆。此时我也不例外，我的大脑像是被冻住了一样，呆呆地趴在钟原身上，没动。

钟原躺在地上也没有动，他的身体似乎有些僵硬。大概是被我压得太惨，他的呼吸都有些困难。此时他喘着粗气吃力地说道："木、木头，你不会打算在这里就把我非礼了吧……"

我听他这么一说，神经恢复正常。我赶紧从他身上爬起来，低头不敢看他。此时我的脸上仿佛涂了层辣椒一样，火辣辣地难受。苍天哪，太丢人了！不对，是钟原，是钟原丢人！

钟原从地上坐起来，双手向后撑着地面："木头，你果然热情。"

我恼怒地瞪他，却对上了他那双似笑非笑的眼眸，于是我更加气不打一处来。明明丢人的是他，为什么幸灾乐祸的也是他？

此时钟原又欠扁地说道："不过你就算再热情，也要分个场合吧？"

我捏了捏拳头，又放下了。算了，这是个意外，细节问题我们不过多讨论，尤其不能跟钟原这种家伙讨论！

回去的时候，在车上，有人询问钟原挨了那一下子要不要紧。钟原淡定地摇头："没关系。"

于是开始有人起哄开玩笑，说什么这种事情搞不好会影响他下半辈子的幸福生活，要不他还是去医院检查一下云云。他们说这些话的时候那个表情，猥琐到让人叹为观止。

钟原依然淡定地摇头，补上一句："真没事，沐尔可以做证的。"

那一瞬间，周围死一般安静……

我坐在钟原旁边，闭着眼睛装死，顺便在大脑中把这家伙凌迟一遍又一遍。

晚上回去的时候，我接到了小杰的电话。她十分遗憾地告诉我，我押在玲玲师姐身上的那两百块钱打水漂了。

我不相信："不对吧？玲玲师姐虽然受了伤，可那又不是我打的，这事应该算作弊。"

小杰叹了口气，说道："这事算不算作弊，那得会长说了算，谁让他是裁判呢。"

我不满："就算他是裁判也不能颠倒黑白啊……"这件事情涉及经济问题，是很严肃的！

小杰答道："会长说，当初你们俩立生死状的时候，也没说不许别人帮忙。"

这样也行？会长的脑袋被狗啃了吗？？？

小杰又说："其实关键问题在于，会长他押的那一百块钱，买的是你赢。"

"……"

原来会长也是阴险的人，鄙视他！

最近我得到一个好玩的东西，是一枚印章。当然，印章不是重点，重点是这枚印章的形状——一个正常人的嘴唇的形象。也就是说，这东西要是印在脸上，就像是有人亲了你一下似的。我用这个印章在笔记本上试了试，感觉挺有意思。可惜"一、二、四"她们都不让我在她们脸上试，就因为这事，我差一点被她们合力围剿。

下午没课，我被钟原拉去图书馆上自习。本来我觉得陪他上自习不在我的工作范围之内，可惜钟原说陪读也算陪练的一种……去他大爷的陪读。

我摊开高等数学的课本，一边打着瞌睡一边有模有样地看。钟原坐在我身边，随手翻着一本闲书。我扭过脸偷偷瞄了一眼他在看什么书……《恋爱心理学》？

钟原啊钟原，这次我要是不鄙视你一下，都对不起这本书的书名。

于是我非常明显地嗤笑了一声，一脸鄙夷地低头看我的高等数学。看见了吧，这就是差距！

钟原被我鄙视之后，也没生气。他拎过我的笔记本，胡乱翻看着，翻着翻着就翻到了我做印章测试的那一页，就是烈焰红唇的那个印章。那一页满满都是红红的唇印，让人触目惊心。

钟原的目光停留在那些唇印上，他看了一会儿，突然侧过脸来不怀好意地看着我，嘴唇轻扬，目光微闪。他说："木头，你有这么饥渴吗？"

我恼羞成怒地抢过笔记本，对于他的毒舌不予理睬……没办法，我也只能不予理睬，跟人抬杠斗嘴什么的，我不是很擅长，要是我们老大在，一准堵死他，哼哼！

对于我的忍让，钟原完全没有领情。他笑眯眯地说道："你如果实在想找个人亲一亲，那么……"

"闭嘴！"我恶狠狠地瞪着他，冲动得刚想把那枚印章掏出来秀一秀以证清白，却突然有了另外一个想法……

好吧，钟原，是你逼我的。

于是我压了压心中的火气，淡定地又看了会儿书。钟原则有滋有味地看着他那本《恋爱心理学》，也不知道这小子又要算计谁家小姑娘了，我为那个倒霉孩子默哀一下。

过了一会儿，我碰了碰钟原的手臂，低声说道："你不困吗？"

钟原莫名其妙看了我一眼，没说话。

我又说："看这种书应该很困的吧？你一定很困，就别跟我装了。"

钟原这回连眼皮都懒得抬了，目不转睛地盯着手中的书，抬起另一只手按住我的脑袋，强行将我的脸转回去。

我恼怒地拍开他的手，默默地期待着钟原犯困。

大概是上帝听到了我的祈祷，过了一会儿，钟原果然犯困了……要知道，这小子平常上自习的时候从来都像是打了鸡血似的精神，这次真是难得。

"我睡一下。"钟原说完打了个哈欠，趴在了桌子上。

我又三心二意地看了一会儿书，估摸着这家伙睡着了，于是轻轻碰了碰他，小声地叫了两声"钟原"，他没反应。

看来是真的睡着了。我窃喜，轻轻掏出我的那枚印章。钟原此时趴在桌子上，侧着一张脸，他的皮肤真好，太可恶了。

我打开印章，悄悄地凑近他，这家伙睡觉睡得好专心，一点都没察觉到危险逼近。我得意地偷笑着，举着印章轻轻地盖在了他的脸上……

一切都进行得那么顺利。然而就在我的印章还贴在钟原的脸上而没有来得及拿回来的时候，这个家伙竟然缓缓地睁开了眼睛……

我吓了一跳，手一抖，那枚印章就落在了钟原的手背上，等到我回过神来，他已经把它捡起来仔细端详了。他用指尖轻轻点了点上面的印泥，然后抬头看了我一眼。那一瞬间，我的心都凉了……完了完了，被发现了，钟原你是要杀要剐麻烦你给个痛快话吧……

钟原捏着印章，诡异地笑了笑，把印章放回到我面前，说道："你幼稚不幼稚。"

我小心地把印章收好，等待着他的惩罚。谁知道，等了半天，等得我都困了，他也没说什么，只是继续翻看着那本书。而那个火红的唇印，依然肆无忌惮地趴在他的脸上。

我觉得很奇怪，就算他很大度，不和我计较，可是他不会不知道自己脸上有什么东西吧？于是我好心提醒他："你的脸……"

"我知道，"钟原低着头，淡定地说道，"不过我觉得应该还不错。"

我不解："然后呢？"

钟原："然后我暂时不打算洗掉。"

我现在开始怀疑我和钟原不是一个星球的人了，为什么那么多窘的事情，他都愿意义无反顾地去做，而且做起来是那么自然那么淡定，这需要多么强大的神经以及"雄厚"的脸皮作为支撑啊！

不过管他呢，反正丢人的不是我。

于是，钟原就顶着这么个火红的唇印，优哉游哉地看了一下午的《恋爱心理学》……

晚上吃饭的时候，我意外地在食堂看到了陆子键。天哪，我的陆子键！于是我端着盘子坐在陆子键面前，死活赖着不走。钟原没办法，只好也坐到我旁边。

我甜甜地朝陆子键打了个招呼。陆子键友好地对我笑了笑，然后移过目光看钟原。当他看到钟原脸上那华丽丽的唇印时，窘了，表现得很腼腆，又有些不好意思，看得我心里怪不落忍的。于是我好心地劝他："陆师兄你别理钟原，这家伙神经病。"

钟原这个厚脸皮的，面不改色心不跳地一边夹菜一边说道："也不知道是谁神经病，在我睡着的时候偷袭我。"

喂喂喂，你睡着了吗？你明明是故意装睡，引诱我作案的！

这个时候，陆子键身旁又多出来两个人，不是别人，正是路人甲、路人乙两位师兄。他们坐下来之后，钟原一抬头，脸上那枚红艳艳的唇印赫然昭示在俩人面前，于是那两个人傻眼了。过了好一会儿，路人甲才反应过来，左右打量着钟原的脸，咻咻地笑了一会儿，然后意味深长地看了我一眼。

我一抖，筷子差点没拿稳，路人甲这眼神，什……什么意思？

此时，路人乙正拿筷子低头戳着一只鸡腿，摇头感叹："这年头的年轻人啊，唉……"

我只好哭笑不得地解释："不是我……"

钟原面无表情地扫了我一眼，说道："你敢说不是你？"

我："……"

钟原，你能不能不要瞎搅和，你不知道他们在想些什么好不好！我瞪了他一眼，锲而不舍地解释道："呃，不是你们想象的那样……"

路人甲故作天真地看了一眼路人乙，笑道："我们想象的是怎么样？"

我张了张嘴，却无论如何也说不出口，最后，我只好无限委屈地低下头。我吃东西，不说话。

那两个人还算有口德，也没说什么。于是他们开始讨论别的话题，这个别的话题是我非常感兴趣的，因为它跟陆子键有关。

话说，学校对大一大二的学生，要求每年暑假都要有一次社会实践，这个是要计入学分的。所谓社会实践，就是大家组个团，弄个主题，实地考察探讨一下。前几天我还正和"一、二、四"她们一起讨论这件事情来着，大家都想自己组个团，可惜没有好玩的主题。现在路人甲、路人乙他们讨论的，就是这个社会实践。

他们说，陆子键组织了一个社会实践团，是调查某个自然生态区的水污染及治理情况。他们正商量着要不要跟陆子键一起。我激动地看着陆子键，问道："陆师兄，我可不可以参加？"

陆子键还没有回答，钟原先说话了："不行，你跟着我。"

我怒道："凭什么？"

钟原："我管饭。"

好吧，我承认我是个没有节操的人，偶像什么的，那都是浮云，关键还是要吃饱喝好啊！

晚上临睡前，我收到钟原的一条短信。

钟原："我室友都夸你了。"

我好奇，回他："他们夸我什么了？"

钟原："他们都夸你热情，很热情。"

我无奈："那你有没有跟他们解释？"

钟原："该说的我都说了。"

我问道："那你说什么了？"

钟原："我让他们别乱想。"

"……"

大哥，你这样一说，他们可能会更加乱想了吧？

　　我放弃："算了，你重点跟陆子键解释一下吧。"我那美好的形象，在陆子键面前千万不能被这件事破坏了。

　　过了好一会儿，钟原才回复我："麻烦你别惦记陆子键了。"

　　我夵毛："为什么？"

　　钟原："我不忍心眼睁睁地看着自己的兄弟跳进火坑。"

　　我怒道："去死吧！"

　　过了一会儿，钟原又发来一条短信："你想和陆子键一起做社会实践，也不是不可以。"

　　我疑惑："那你呢？"你不是说要管饭吗？

　　钟原："一起。"

　　我激动地握着手机，看吧看吧，我就说陆子键魅力大嘛，连钟原都被他吸引住了……

　　钟原："不过我有个条件。"

　　"什么？"

　　钟原："带上你们宿舍的四姑娘。"

　　"为什么？"

　　钟原："到时候你就知道了，先别让她知道是我要求的。"

　　奇了怪了，这小子是什么时候盯上四姑娘的？我突然想到了今天他一直在看的《恋爱心理学》，难道，难道……可是不应该啊，他和四姑娘不像是一个星系的，何况四姑娘此人虽然彪悍，但审美也算正常，应该不会喜欢他这种不明星球的生物吧？呃，那意思就是说，钟原注定要心碎了。

　　当然，也未必是这么回事，钟原此人一向喜欢作怪，指不定他这次又要出什么幺蛾子呢，如果能被我猜到，那才算是稀奇呢。

　　虽然我对钟原这种神神秘秘的勾当表示不齿，不过四姑娘暂时是可以出卖的吧？呃，我好像越来越无耻了……

　　当然，与其我和四姑娘去，倒不如我们整个寝室都去，这样也能避免四姑娘起疑。于是我兴冲冲地和"一、二、四"商量起这件事情，老大和小二表示对此事很有兴趣，尤其是小二，一听说陆子键和钟原都去，她眼睛直冒绿光。而四姑娘，是一听到有陆子键，就坚决不去。

这个结果远没有达到我的预期效果，于是我和老大、小二组成同一个阵营，开始游说四姑娘，眼看着这孩子马上就不耐烦地要动用武力了，小二当机立断地大吼道："四姑娘我把你的 SD 娃娃藏起来了，你要是不从我们，我就把它的手卸下来垫桌子腿，我说到做到！"

于是四姑娘抬到半空中的手，悄然地放下了……

我笑眯眯地朝小二比画了一个剪刀手的造型。

四姑娘握了握拳头，凶狠地说道："三天之内，你要是不把娃娃还我，到时候我把你的手也卸了。"

小二很没节操地嘿嘿笑着："报完名就给你，我敢不给吗……"

于是我特豪迈地给钟原发了条短信："搞定。"

今天中午一回到寝室，我就看到小二坐在电脑前，双眼冒光地噼里啪啦地敲着键盘。

我放下包，问道："小二，又赶稿子呢？"

别看小二猥琐，人家还是个网络写手，据说在某个网站混得还挺不错。据说这家伙在网站上发表的字数已经有一百多万了，又据说她当年高考的前一天晚上睡不着觉，于是挑灯夜战写了篇中篇小说，并以此吸引了她的第一批读者……因此，作为一个写手，小二对写作的执着与忠贞还是很值得我这种对什么都三分钟热度的人学习的。有时候我觉得好奇，就问她："小二，写文章是什么感觉？"

我至今犹记得小二当时那彪悍的回答："写这东西就像○○××，开始的时候充满期待，中间的时候充满兴奋，完结的时候快乐而空虚。"

当时老大和四姑娘也在场。淡定如老大，彪悍如四姑娘，在听到小二这一番形容之后，也是呆愣当场，久久回不过神来，更不用说我这种道行的了。从那以后我就再也不敢鄙视小二了，因为这家伙虽然猥琐，可是她猥琐得够深刻。

从那以后，别人问我们小二喜欢干什么，"一、三、四"会齐刷刷地回答："她喜欢○○××。"

好吧，话题又扯远了。且说现在，疑似在赶稿子的小二一边敲着键盘，一边回答我："没，我在回帖子。"

"哦。"不逛论坛的宅女不是好宅女。

小二突然转过身施舍给我一点注意力："听说了没，咱学校最近有色狼出没。"

这时，老大和四姑娘也回来了，正好听到小二的话。于是老大凑到小二的电脑前看了看，说道："还真是，不过这几个色狼似乎是同一个人啊？"

我对此没什么兴趣："我不关心色狼，只关心我的期末考试。"

老大转过身来摸了摸我的脑袋，此时我的头发刚长出不到一寸，不过我也知足了，虽然短，但好歹是有的。

老大说道："你确实不用担心，就算要担心，也应该担心女色狼吧？"

小二也跟着附和："三木头，你现在真像个可爱男孩啊，让人流口水的可爱男孩……"

我怒，这是赤裸裸的发型歧视。于是我敲了敲小二的脑袋，说道："流口水那是因为你智障，关我什么事？"

晚上我和钟原一起上自习。我以前一直梦想着和自己暗恋的男生上自习，然后在自习的过程中擦出点火花什么的，现在……唉，算了吧。不过和钟原上自习有一点好处就是，有什么不会的问题可以问他。虽然我们专业不同，但是这小子参加过数学和物理竞赛，还拿过奖，所以对于高数和物理这两门课，找他肯定没问题。至于我的专业课，本学期的专业课只有一门定量分析，钟原这小子把我的课本看了一天，竟然就能像模像样地开始给我讲题了，我都怀疑他是不是化学学院打入管理学院的卧底。对此，我除了羡慕嫉妒恨，还能说什么呢？

不过有时候我也在想，如果让我和陆子键一起上自习，我不会的地方他肯定也能帮我解答吧？而且他肯定比钟原解答得好……

好吧，闲言少叙。话说今天钟原上自习的时候竟然不辞劳苦地把电脑带进了自习室。钟原是一个爱美的人，他的电脑也是干净的白色。我发现这家伙是真喜欢白色，平常的时候他就喜欢穿干干净净的白衬衫，加上简单利落的短发，给人造成一种"我很纯情很善良"的假象，天知道他到底有多阴险、多邪恶。

钟原打开电脑，问我："你选修了什么课？"

我不解："问这干吗？"

钟原打开学校的选课系统，登录："还能干吗。"

我就知道这小子阴魂不散。想跟我选一样的选修课是吧？想到时候点名我帮你点、作业我帮你做是吧？你你你想得美……

于是我答道："不告诉你。"

钟原淡定地盯着电脑屏幕："别逼我盗你的账号。"

我觉得钟原是在诈我，这小子又不是第一次用这种伎俩。哼哼，我总不能次次都上当吧？我还就不信了，你一管理学院的学生，会些数学物理定量分析什么的还勉强说得过去，总不能什么杂七杂八的手艺都会吧？

想到这里，我冷笑道："你盗啊你盗啊，喊！"

"嗯，是你让我盗的。"钟原说着，在网页上鼓捣了一会儿，敲了几下键盘，"好了。"

我难以置信地盯着他的电脑屏幕，真、真的……

钟原欠扁地说道："用户名是你的学号，密码是系统默认的身份证号，你没有改……其实我这不算是盗号。"

我瞪大眼睛看着他："你怎么知道我的学号和身份证号的？"

钟原："你的饭卡在我手里。"

于是我悲愤了。

钟原找到我的课表，指手画脚了一番，说道："能在不了解的情况下同时把全校最容易挂的四门选修课全部选中，就算自虐也没必要这么狠吧！木头你真是奇才。"

我擦汗，怀疑地看着他。

钟原坦然地翻看着课表选单，说道："这个、这个，还有这个，这几个都比较好过，你要不要选？"他说着，侧过头来征询我的意见，算是民主了一把。

废话，就算我说不选，你也会义无反顾地给我选了吧？

　　钟原一点也不为自己的伪民主感到羞愧，大刀阔斧地删掉了我原来的选课，重新给我选了几门。后来的事实证明，重新选的这几门课确实比较好过。

　　钟原把我的公共选修课改得面目全非之后，还意犹未尽地把我的体育课也改了，从原来的乒乓球改成了网球。理由是乒乓球对人的反应速度和灵活性要求比较高，然后……他同情地看着我，摇了摇头。

　　怒，我有那么矬吗？

　　选完课，钟原又从书包里翻出一个小巧的像手电筒一样的东西给我。

　　我接过来，仔细端详着："这是什么东西？"

　　钟原答道："电击器，据说最近学校里不怎么太平。"

　　这就是传说中的电击器啊，我还是第一次见到。于是我感动地看着钟原："谢谢你啊。"虽然这家伙比较阴险，不过瑕不掩瑜，我们要辩证地看待问题。

　　"不用谢，你以后表现好点就行，最起码别气我了。"

　　我点点头，这算是老板对员工工作的认可和鼓励吧？看来我前一阵表现得还不错。不过至于我怎么气到钟原了，这一点我还是觉得莫名其妙，明显是他一直在气我好不好。

　　我仔细端详着手中小小的电击器，问钟原："这东西要怎么用？"

　　钟原指着它，比画着："把这里对准敌人，按下这个按钮就好。"

　　"是这样吗？"我说着，不由自主地听从着钟原的指导，按下了开关……

　　于是下一秒，钟原就趴在了桌子上。

第七章
投怀送抱

考试永远是折磨学生身心健康的利器。我在考试的风波中挣扎了许久，终于浮上岸。考完最后一门课，我走出考场，长长地舒了口气。这时，钟原打来电话。

我："喂？"

钟原："考得怎么样？"

我："物理考得不太好，估计奖学金是拿不到了。"

钟原："拿不到更好。"

怒，我早就应该猜到他会幸灾乐祸的。我忍了忍，又说道："转专业估计也不行了。"学校有规定，想转专业的话，成绩必须本专业排名前十，我的成绩估计够呛。

钟原沉默了一会儿，最后说道："可惜了。"

虽然考试没有给我太多惊喜，不过接下来的日子足够我开心的，因为，暑假要来了。

暑假里的第一件事情就是社会实践，和陆子键一起的社会实践。这真是一个千载难逢的好机会，陆子键，我来了！

陆子键这次组织的项目是调查一个自然生态区的水污染以及治理情况，而那个自然生态区正是他的家乡——白洋淀。陆子键现在的家并不在白洋淀，不过他家在那边的湖边有一座老房子，我们这次的社会实践，就住在他家的老房子里。

关于白洋淀我了解得并不多，只知道那里有湖水，有荷花，还有就是抗日战争时期那里有许多神出鬼没的抗日游击队，搅得日本鬼子不得安宁。

当然，那里到底怎么样不是重点，重点是那里是陆子键的家乡！

B市离白洋淀很近，坐车也很方便。下午两点钟，我们坐上了开往白洋淀的汽车，四点多的时候就到达了目的车站。陆子键的爸爸开着一辆小面包车亲自来接我们。陆子键的爸爸也是高大威猛的类型，简直就是一个中年版的陆子键。和陆子键不同的是，这位叔叔很健谈，而且和蔼热情，非常能活跃气氛。从车站到老房子，几十分钟车程下来，叔叔和我们已经非常熟络了。通过交谈我们得知，原来陆子键他爸爸在市区里开了好几家特色饭店，生意做得不错，他们全家住在市区里，这次陆叔叔是专程赶回来招待我们的。

陆叔叔不仅自己来了，还把他们饭店的一个金牌大厨带了过来，大厨晚上给我们做了一顿精彩的白洋淀特色大餐，吃得我肉体和灵魂都得到了极大的满足，那个欲仙欲死啊。

后来陆叔叔有事先走了，令人振奋的是，他把那位金牌大厨留了下来……

大家白天赶了半天路，晚饭又喝了点酒，于是也没精神干别的，都早早地睡下了。这座房子里一共有四间卧室，两间超级大，另外两间稍微小一些。金牌大厨自己住一间小卧室，另外一间小卧室空着，那两间大卧室正好男生一间女生一间。陆子键的爸妈得知我们来，已经提前在卧室里拼好了很大的床，足以供好几个人同时在上面打滚。柔软的床上还铺着竹制凉席，躺上去又软又凉快，甭提多舒服了。

我们"一、二、三、四"并排着躺在床上，说了一会儿话。"一、三、四"都比较累，唯独小二，打了鸡血一样，精神振奋得不像话。她不停地在我耳边絮絮叨叨着"陆子键和钟原睡在一张床上"之类的话，搞得我迷迷糊糊睡梦之中竟然看到陆子键和钟原紧紧地抱在一起睡觉，顿时惊出一身冷汗。

我又睡了一会儿，凌晨的时候被尿憋醒。虽然我极度不想起床，奈何这种事情又不好太忍，于是只好迷迷糊糊地爬起来，跌跌撞撞地出去上了个厕所。厕所在院子里，此时天上挂着半个月亮，月光有些模糊，一如我此时的意识。

我上完厕所，摸进了房间，倒头就睡。蒙眬中似乎有人吃惊地叫了一声"木头"，我认为那是幻觉，来源于我的潜意识里对某人深深的恐惧。于是我也没在意，伸手在身旁胡乱抓了起来，想找一角被子盖上。凌晨的夏天还是有一些凉意的，我现在就冷得睡不好，可惜抓了半天什么东西都没抓到。真奇怪，昨晚明明有被子的，难道被小二那家伙踢到床下了？

我不得不恢复一丝清明，刚想睁开眼睛坐起来看看究竟，却冷不防身体被一只手拖拽进怀里，然后那人的四肢干脆全缠了上来，一只腿还大大咧咧地搭在我的腰上，俨然我就是一只抱枕。

被这么一个恒温动物抱着，我的身体渐渐暖和起来，困意也重新席卷回来，于是，我也没去想这个家伙到底是小二还是四姑娘，干脆利落地睡着了。

第二天一早，我是被一阵谈话声吵醒的。

院子里有自来水龙头，此时传来哗哗的水声，估计是有人在洗漱。

这时，有人问："他们俩怎么还没醒？"声音粗犷，应该是那金牌大厨。

有人回答："谁知道，估计这会儿正缠绵呢吧。"说完，那人还不怀好意地笑，那声音是如此猥琐，一听就是小二。

又有人说："算了吧，他们俩就算有这贼心也没这贼胆吧？"四姑娘的声音。

"喂，你们昨晚有没有看到不该看到的？"老大的声音。

一个猥琐程度不亚于小二的男中音回答："没有没有，非礼勿视。"

另外一个人随声附和："就是就是，他们非礼，我们勿视。话说，我们一直在很厚道地睡觉。"

虽然他们的谈话没头没脑的，我暂时搞不清楚是什么意思，不过我那半睡半醒的神经瞬间被另外一个发现给劈醒了。

"一、二、四"都在外面，那么，那么……此时八爪鱼一样把四肢都缠在我身上的，又是何方神圣？我我我……我不会撞见鬼了吧……

别怕别怕，据说大部分鬼只会吓人不会吃人，我按捺住心中的恐惧，一边安慰着自己，一边低头去看搭在我腰上的那只手。那只手很白，皮肤细腻，手指修长，指甲的形状很漂亮，这只鬼的手倒是蛮好看的，不过就是有点眼熟。

我顺着这只美手往上看去，手臂、肩膀……我心中涌起一种不祥的感觉。

然后，我就看到了一张熟悉的脸。

钟原此时正扬着嘴角低头看我，黑亮的眼睛里盛满了不怀好意的笑。

我的脑袋轰的一下炸开了，这这这……怎么回事？

我惊慌失措地从钟原怀里钻出来，跳下床，然后结结巴巴地问他："你、你、你怎么会在这里？你对我做了什么？！"

钟原悠闲地侧身躺着，一只手撑着头，那姿势，仿佛一只妖娆的美人鱼。他看着我，淡淡地笑了一下，答道："麻烦你看清楚这是哪个房间。"

我环顾了一下，顿时无地自容了。这房间和我们的房间很相似，不过角落里放着钟原他们的行李，这说明什么？

难道我走错房间了？我突然想到了凌晨那场模模糊糊的如厕，当时稀里糊涂地就摸进了房间里，也没看清楚床上躺着的是谁……这么说，从那时候起，我就已经睡在这个房间里了？不仅如此，我还和钟原睡得如此暧昧，更重要的是，其他三个人肯定都已经看见了，尤其是陆子键……

我现在是欲哭无泪了。

钟原饶有兴趣地盯着我这个无可奈何的表情看了一会儿，突然说道："怎么，怕陆子键看到？"

我点了点头，想了一下，觉得不好意思，于是又摇了摇头。

钟原舒舒服服地笑着："遗憾的是，陆子键已经看到了。"

对于钟原这种损人不利己的恶劣行径，我只能在心底里表示强烈的谴责和鄙视："那你怎么不叫醒我？"

钟原说："我叫了，你没醒，不光如此，"意味深长地看着我，得意地笑，

"你还主动投怀送抱。"

这么丢人的事我都干得出来吗？我真恨不得天上一道闪电下来劈死我算了。

对于昨晚的事情我只知道自己中途上了个厕所然后就走进这个房间了，至于后来发生了什么事情，我完全不记得了。虽然钟原这家伙所说的话值得怀疑，不过，一想到我主动投怀送抱往他怀里钻的画面，我一阵哆嗦。苍天哪，不带这么玩的啊……

我刚想说话，却听到门外传来一阵窸窣的声音，好像还有人在窃窃私语。我屏息走到门口，唰的一下打开了房门。

三男三女挤在门口，那表情，一个比一个猥琐。最令我受不了的是，连陆子键都跟着他们凑热闹！

考虑到这个偷听团伙人多势众，我也不敢把他们怎么样，况且我还怕钟原心血来潮说出点什么更雷人的话，因此，我只好酷酷地扫了他们一眼，然后几乎是落荒而逃地挤出房间。

于是这个本来让我充满期待的社会实践，以如此窘的一个早晨拉开了序幕。

吃过早饭，我们八个人划着两条船荡进了白洋淀的湖中。我们今天的任务是先要熟悉一下白洋淀的大体情况。

船是从附近农家租来的普通木船，有两个桨，要靠人力来划。我们分成两组，我、四姑娘、陆子键、钟原在一条船上，其他人在另外一条船上。几个人中比较专业的会划船的只有陆子键和路人甲，当然，其他人偶尔跟着捣捣乱。

今天的天气很晴朗，虽然是夏天，不过湖上凉风习习，并不热。天很蓝，映得湖面也蓝，让人心情格外好。湖面宽广而平静，微风推着细细的波浪撞击在船上，卷起一堆堆细小的泡沫，像顽皮的孩子。船桨轻轻拍打着水面，那有节奏的哗哗声，让人心神宁静。

这里的风光并不美艳，却很怡人，就仿佛一个普通人家里的清丽少女，亲切而清爽。

我在这宜人的风光里不禁陶醉，干脆脱下凉鞋，把双脚荡入水中，水清凉而轻柔，让人神清气爽。于是我舒舒服服地闭上眼睛，享受着这通透入灵魂的舒爽。

耳边传来熟悉的一声咔嚓，我知道钟原这厮肯定又在拍照。这个家伙很奇怪，自己有相机，却从来没见他用，每次都是举着手机拍来拍去。

我睁开眼睛，无聊地扫了他一眼，却见他此时正一动不动地盯着水面，两眼发直。我觉得奇怪，顺着他的目光看去，却看到了一双白皙的脚。

此时那双脚正兴致盎然地在水中荡啊荡，激起清凉的水花，在阳光下分外耀眼。两只脚浸得湿湿的，闪着光泽，踝骨纤细，肌肉丰泽，指甲圆润……那双脚不是别人的，正是不才的。

我干咳了一下，有些不好意思地缩了缩双脚，规规矩矩地搭在船舷上。小木船在水面上轻轻地游走，于是我的脚浸在水中，划出了两道波痕，在船尾荡漾。

钟原中了邪一般，两眼发直，我看到他嘴唇发干，喉咙轻轻地动了一下。于是我开始担心这家伙是不是中暑了。虽然湖面上有凉风，并不热，但太阳公公的威力还是不可小觑的，尤其是那要命的阳光，烤得我连眼睛都不敢睁得太大。

我友好地轻轻戳了戳钟原的手臂，问道："你怎么了？"

钟原回过神来，移过目光，看了我一眼，随即扭脸，看向远处。

然而令我感到惊奇的是，他的脸颊上竟然爬上了微不可察的粉色，淡淡地洇着。我难以置信地揉了揉眼睛，再看，还是有。呃，这个世界再次玄幻了。

不过我很快就明白了。钟原此人脸皮比城墙都厚，能让他脸红的唯一原因，也只有生病了。看来这小子是真的中暑了，于是我随手拎过背包，从里面翻出藿香正气水给他："喝这个吧。"

钟原看都不看我手里的是什么，接过去拧开，干脆地喝下，喝完才想起皱眉头："你给我喝什么东西？"

这么呆的反应要是发生在钟原身上那就太离奇了，这小子难道丢魂了？

此时，钟原把握着的空空的小瓶看了一会儿，然后递给我，不咸不淡地说了声"谢谢"。他抬眼看我，目光若有若无地扫过我的双脚。

我缩了缩脚，气氛一时有些尴尬。这种尴尬并不是我自己感觉到的，而是钟原带给我的，我不知道他此时在想些什么，可是我总觉得他的神色有些诡异，于是我莫名其妙地也跟着尴尬起来。真不知道为什么钟原的情绪这么有传染力。

此时，钟原的目光依然似有似无地缠绕着我的双脚，我于是干咳了一下，没话找话地说道："那个……我的脚很好看吧？呵呵……"其实我这并不是自恋，跟人比脸的时候我有时候会落下风，不过跟人比脚，我确实基本上没输过。好多人都夸过我的脚长得好看。虽然我也承认脚长得好看没什么用，不过好看总比不好看强。

钟原浅浅地勾起嘴角，笑得生动而妖娆，我都怀疑这家伙不是中暑而是中邪了。他大大方方地盯着我的脚，微微点头答道："确实挺好看的。"

虽然气氛依然诡异，但是被钟原夸一句也着实是一件不容易的事情，于是我的心情好了起来。

钟原此时的目光忽明忽灭，完全是一副深度中邪的状态……反正，藿香正气水已经拯救不了他了。

很久之后，当我被某人推倒在床上然后脚指头被他一根一根亲吻的时候，我才醒悟，原来脚长得好看也并非完全无用，原来小二曾经说过的"木头，你单凭一双脚就有可能引起某些男人的性冲动"也并非全无道理。

因为这世界上有一种病，叫作恋足癖。而钟原，正是此病的轻度患者。

钟原因为中暑加中邪，躺在船篷里闭目养神。我则靠在船篷外，津津有味地看着陆子键划船。

陆子键此时已经放开船桨，单扶着一根竹篙，缓缓地撑着小船。开阔的湖面成了天然的背景，他立在这背景之中，显得越发高大威猛，丰神俊朗。夏日热烈的阳光打在他古铜色的皮肤上，使他浑身散发着男生特有的阳刚与朝气。

我满脸神往地看着陆子键，抿了抿嘴。

这时，钟原凑了过来，一只手臂弯起，手肘毫不客气地搭在我的肩上，懒洋洋地说道："好看吗？"

我正看得出神，想也不想便回答他："好看。"

钟原凉飕飕的声音在我耳边飘荡着："好看也不是你的。"

我怒,侧过脸瞪他,顺便把肩膀上那条胳膊甩开。

钟原却得意地笑着:"怎么,我戳中你的痛处了?"

我又羞又怒,却不知道说些什么辩驳的话,因为这家伙好像确实戳到我的痛处了。我靠着船篷闭目养神,尽量使自己平静下来。

陆子键是一个内敛的人,对待感情似乎有点迟钝,指望着他主动靠近我,那是想都不要想。好吧,看来,我得采用点激进的办法了。想到这里,我睁开眼睛,站起身来,走到船边,假装欣赏着湖面的美景。

漫不经心地和陆子键聊了一会儿天,我突然站直身体,假装脚下不慎,踩到了船外。接下来一个趔趄,我直接从船上掉进了水里。

在落水的那一刹那,我用凄厉的声音高声喊着:"陆师兄救我!"说完我就老老实实地掉进水里,等待救援。

我现在开始佩服自己了,竟然在这么短的时间内想出这么一个完美的主意。话说,其实我这个人水性无敌好,当然,现在我不能让他们知道这事,我得假装是一不小心溺水,然后等待着陆子键上演一场英雄救美的大戏。想象着他担心地把我从水里捞出来,然后我迟迟不能醒来,再然后人工呼吸……

于是,我们走出了亲密接触的第一步。接下来的情节就好说了,知恩图报、以身相许、郎情妾意什么的,呵呵……

我这么想着,在水里扑腾了两下,就开始等待救援。

果然没过一会儿,我就被人拖出水面。我紧闭眼睛,四肢无力地垂着,任他抱着我,陆子键的胸膛真宽广啊……我在心里默默地流起口水。

我被拖上了船,然后有人按我的胸口,把我呛进去的水逼出来。我只好象征性地吐了几口水,但眼睛依然紧闭。

身体斜上方传来了陆子键的声音:"钟原,沐尔怎么还没醒,要不要给她做人工呼吸?"

钟原的声音离我很近:"我试试。"

于是我顿悟,救我的人是钟原,钟原!我猛地睁开眼睛,正看到钟原低下头来,于是我及时抬手捂住他的嘴,嘿嘿笑道:"那个,我……我没事。"

钟原看到我睁开眼睛,先是松了口气,然后嫌恶地拎开我的手,怒气冲冲地说道:"你其实自始至终都没事吧?"

“哪有。”我从船板上爬起来，心虚得不敢看他。

“木头，”钟原板起脸来，眼中有火苗在冒，“这种玩笑会出人命你知不知道！”

我烦躁地低下头：“我水性好得很，不劳你费心。”

“你……”钟原的胸口起伏很大，这表明他很生气。他停顿了好一会儿，才恶狠狠地说道：“好啊，算我多事，反正你是死是活不关我的事！”他说完，自顾自地走到船尾坐下，不再说话。

我被他噎得心里发堵，干脆也扭过脸去不看他，把脚伸进水里，无聊地拍打着湖面。

陆子键挠了挠头，疑惑地看看我又看看钟原，大概实在摸不清楚我们是怎么吵起来的。别说他了，我自己都不清楚。本来是一个玩笑，说着说着就火大了，至于钟原，我也是很少见他发这么大的脾气，这小子虽然坏，但脾气向来是很好的。

真是莫名其妙。

陆子键犹豫了一会儿，终于说道：“沐尔，钟原也是为你好。”

我刚想说话，却听船那头的钟原回头朝陆子键吼道：“陆子键你闭嘴，以后不要跟她说话！”

陆子键愣了一下，果然闭嘴了。

我顿时更火大了，钟原你欺负我也就算了，为什么还要欺负陆子键？他招你惹你了？于是我脑子一热，吼回去：“这关陆子键什么事？”

钟原冷笑：“我跟陆子键说话，又关你什么事？”

我噎了噎，最后恼羞成怒地闭嘴。斗嘴并不是我的强项，不管对方的战斗状态是什么样，更何况现在钟原正处于暴走状态，虽然他暴走得莫名其妙。

气氛一时冷到了极点，四个人都没有说话，小船在哗哗的水声里，缓缓地荡进了大片荷花之中。阵阵荷花的清香飘入鼻端，我的心神一时宁静不少。不过我还是有一些萎靡，耷拉着脑袋，有一搭没一搭地拨弄着咫尺之遥的荷叶。

四姑娘揪了一大片荷叶顶在脑袋上，看起来很滑稽。她坐在我旁边，怀里抱着几枝硕大的莲蓬，一边剥一边吃，还问我吃不吃。我摇了摇头，没心情。

四姑娘却低声骂了句：“笨蛋。”

我耳朵灵，马上捕捉住了她的话，于是反问道："说什么呢你？"

四姑娘这回直视着我，光明正大地说道："我说你是笨蛋，钟原真倒霉。"

我翻了个白眼，答道："那你还胳膊肘往外拐呢，你们干吗都为钟原说话？"

"废话，"四姑娘用一枝莲蓬敲着我的脑袋，"因为旁观者清啊，别人都知道钟原对你做了什么，而你又对钟原做了什么。"

我揪过她的莲蓬："比如说？我怎么觉得是他一直在欺负我？"

四姑娘拿过另外一枝莲蓬，接着敲，敲得我很是无语。她说道："拜托，钟原以为你出事了，把你从水里捞出来好不好？当时我都吓傻了，还好他反应快。你说你水性好，可是我们又不知道，在当时看来，你就是失足落水，随时有生命危险的。谁知道到头来是你逗我们玩呢？别人付出的真心到你这儿都成了多管闲事，别说钟原了，连我都想踹你两脚。"

我低下头，吞吞吐吐地说道："我……我有那么过分吗？"

"没有吗？你敢说你没有？来来来，你给我底气十足地说，说你没有，说你没有辜负别人的担心，说你没有光顾着玩自己的，置别人的感受于不顾。来，说啊！"

我老老实实地任她敲着，别别扭扭地说道："我有……我错了……"

于是四姑娘把莲蓬收进怀里，接着剥莲子吃。

我突然发现自己做得确实有点过分，其实人命关天这种事情，在谁看来都是很凶险很紧急的，钟原好心好意地下水去捞我，我却连个谢谢都没说，不光这样，还嫌弃他多管闲事……何况本来这种玩笑就开不得，吊着别人对生死的担心，自己却玩得不亦乐乎，我还真是无耻，无耻透顶！

苍天哪，我有罪！

于是，我揪着四姑娘的袖子，眼泪都快掉下来了："我对不起你们大家啊！"

四姑娘不耐烦地甩开我的手，继续剥莲子吃："去去去，你该朝谁道歉你不知道吗？离我远点！"

被四姑娘嫌弃了之后，我站起身，心虚地一步一步朝钟原挪去。

第八章
名草有主，黯然神伤

我走到船尾，小心地坐在钟原身旁。

钟原此时正盘腿坐着，板着脸盯着水面发呆。我们身上的衣服已经被太阳烤干了，不过凉风吹来，我还是很没形象地打了个喷嚏。

钟原动了一下，没说话。

我用手蹭了蹭鼻子，随即嘻嘻地笑着，捅了捅他的手臂，说道："那个……对不起啊……"

钟原依然板着脸，没说话，也没看我。我知道自己这次是真的寒了他的心，于是内疚地说道："对不起，我知道你是为我好，我太不懂事了，我……我以后不会这样了，你别生气了行不行？"

钟原用指尖轻轻叩着船沿，依旧没有说话。

我咬了咬牙，狠心说道："要不，你扣我工资吧！"

钟原突然扭过脸去背对着我，我看到他的肩膀轻轻颤动了一下……他现在肯定在压抑着心中的愤怒，他的这个背影太决绝了，看得我心惊胆战的。这回我是真的把他得罪了，估计扣工资不足以平复他的愤怒。苍天哪，我要怎么办啊……

小船缓缓前行，我看着身旁伸过来的莲蓬，顺手揪了起来。谁知道那莲蓬的根很结实，我一下没揪下来，倒被它带得向前倾去，小船又在向后划，眼看着我就要再次跌入水中了。

钟原适时地伸过手臂，把我连带着莲蓬一起扯了回来。

我重新坐稳，冲他谄媚地笑："谢谢你啊，嘿嘿嘿嘿……"

钟原却酷酷地没有说任何话，把一个清高孤傲的侧脸留给了我。你还别说，他板着的侧脸，看起来还挺英俊的。

当然，现在不是欣赏帅哥的时候。我手握着莲蓬，讨好地问钟原："你吃不吃莲子？"

意料之中没有回答。

我剥出一个莲子，去掉中间的绿芯，然后送到他嘴边："吃吧吃吧。"

傲娇的钟原终于禁不住清新莲子的诱惑，张口含住，嚼了几下。我像是被恩赦一般，心中大喜，于是接着又剥了一粒，去芯送到他嘴边。他又毫不客气地伸出舌尖将莲子卷进口中，脸色却依然阴沉。

这个家伙还真是难哄。

我小心翼翼地给他剥着莲子，真希望他看在我那无微不至的服务的分上，消消气。可惜这个家伙却如磐石一样，除了吃莲子的时候嘴动几下，脸上的表情基本上没什么变化，而且依然惜字如金，一句话不说。我渐渐有些气馁，寻思着要不试试别的办法。

这时，小二他们的船渐渐划了过来，离我们很近。小二站在船头，望着我和钟原，高声喊道："哈哈，我都看到了！"

我手一抖，一颗莲子落入水中。

小二接着兴奋无比地喊："你们俩，够有情趣的啊，不过木头，你也注意点影响！"

我立即觉得别扭，脸也跟着烧起来了。好像……好像我们俩这样做，确实显得过于亲密了……

正当我犹豫的时候，钟原却淡淡地扫了小二一眼，满不在乎地说道："别理她，我们继续。"

我："……"

小二你干得好，钟原终于肯说话了。

于是我也顾不得其他了，赶紧收拾起情绪来伺候这位大爷。我一边剥着莲子，一边谄媚地笑道："钟原，你不生气了吧？"

钟原面无表情："你说呢。"

我把一颗莲子塞进他嘴中："我觉得是，你那么大方，呵呵，呵呵呵呵……"

钟原一点也不谦虚，接受了我的赞扬，说道："考虑到我比较大方，你做一件事情，我就不生气了。"

我警惕道："什、什么事情？"

钟原没说话，却扬起嘴角，脸上绽出一朵颠倒众生的微笑。

五分钟后。

我头顶着一只巨大的长歪了的荷叶，嘴里叼着一根枝秆很长的莲蓬，双手垂在胸前做小狗状，面无表情地对着某个手机镜头。

钟原举着手机，笑眯眯地看着我："木头，笑一个。"

于是我咧嘴，同时还不忘死死地咬着那枝莲蓬，然后阴恻恻地一笑。

咔嚓一声，钟原的手机记录了我这历史性的一刻。我长这么大干过无数丢人的事情，每次都是把自己的丢人时刻记在大脑里，唯有这次，我被人记在了手机里。所以说，我的这次丢人是一次飞跃，一次突破，一次质的改变。

我看着钟原手机中那张窘得让人几乎迎风流泪的照片，彻底凌乱了。

后来，我和这厮结婚之后，他惨无人道地把我这张小狗叼莲照洗出来放在了相框里，然后把相框摆在床头，每天睡前必瞻仰。

这几天的相处，我终于相信了陆子键曾经说过的话，他的室友确实都是牛人。陆子键和钟原就不说了，单说路人甲、路人乙两位师兄，也真是让我刮目相看。

路人甲和路人乙两位师兄都是计算机学院的，不过他们两个却走了两个极端。路人甲是一个天才的黑客，黑到什么程度我不知道，总之，钟原讲路人甲是黑客的时候表情很赞赏，于是我就相信了。钟原这个人虽然坏，不过他说的话也够得上权威，因为此人的眼光向来独到，能被他夸奖的东西，那就一定是很好的东西。话说，钟原这人其实本身也勉强算个黑客，盗号入侵什么的都不在话下，据说路人甲曾经尝试过盗他的号，结果貌似没成功，又据说钟原以前曾经被他爹逼着学了很多杂七杂八的东西，其中就包括计算机这一项。以此看来，钟原也算得上博学了，当然，同样博学而且博学得浑然天成的，还有我们的路人乙师兄。

如果说路人甲是个天才，那么路人乙就是个奇才。这个人除了对计算机相关行业不感兴趣，对其他的很多领域都有所涉猎，从天文地理到文艺复兴，从娱乐八卦到国际纵横，每个地方都遭受到了他的"魔掌"的洗礼。他不光博学，还文艺，他文艺的结果就是，创造了一本小册子，在这本小册子中，他以其精益求精的研究精神以及"囧囧有神"的创造精神，闪瞎了一片眼睛。

于是我开始膜拜路人甲、路人乙两位师兄，他们果然都是人才。

此时钟原正慢吞吞地吃着西瓜，他漫不经心地问道："木头，你不崇拜我吗？"

我鄙夷地扭过脸去："我为什么要崇拜你？"

钟原微笑："以后你就知道为什么了。"

后来，我从无关人士那里得知钟原他们混编宿舍的生存原则。此原则只有四句话：

一、不要和陆子键比篮球。

二、不要和路人甲比电脑。

三、不要和路人乙比装 ×。

四、不要和钟原比……什么都不要和他比！

晚上，金牌大厨说我们的酱油用完了，于是派钟原去打酱油。作为被这厮长期压榨欺凌的对象，他理所当然地拎着我一起去了。

从我们的住处到最近的小卖部大概要走十五分钟，其间要经过一片小树林。虽然今天有月光，但树林里还是阴风阵阵的，我鸡皮疙瘩都起来了，紧紧地跟在钟原身后。钟原走了一会儿，停下来转身看我："害怕？"

我差一点撞上他的胸，于是趔趄了一下，答道："没……没有……"

钟原却不由分说地拉起我的手："走吧。"

钟原的手把我的手攥得很紧，我抽也抽不回来，于是只好任他攥着，跟在他身旁。奇怪的是，我果然不那么害怕了。

看来钟原此人还有驱邪的作用。

为响应金牌大厨节约成本以及循环利用的理念，我们打的酱油是散装的。小卖部里值班的是一个胖胖的姑娘，一看到钟原，羞涩地笑了笑，然后拎着酱油瓶站在巨大的酱油桶前呼啦呼啦地灌酱油。这姑娘手里灌着酱油，眼睛时不时地朝我们这边瞟，钟原面无表情地提醒她："你的酱油洒出来了。"

那姑娘的脸霎时通红，她赶紧盖好盖子把酱油递给我们，也顾不得手里还沾着酱油，自顾自地对着钟原傻乎乎地笑。

我接过沉甸甸的酱油瓶，心里乐开了花。钟原这小子果然是人间祸害，打个酱油都能让他占人家小姑娘的便宜，我们竟然花一斤酱油的钱打了两斤。天哪，占便宜的感觉太爽了……

我们回去的时候，打酱油的姑娘依依不舍地把我们送到了门口，站了好久才回去。我一手拎着酱油瓶，一手捂着肚子，乐不可支："钟原哪，人家可是看上你了。"

钟原面无表情，没说话。

我更嚣张了，戳戳他的手臂，笑道："要不你就把她娶了吧，看人家姑娘多善良，给了我们两斤酱油呢！"

钟原拍开我的手，不悦："两斤酱油就把你卖了？"

我笑嘻嘻地答道："也不是，我这不是为你好嘛……"

钟原突然一把抓住我的手腕，死死地攥着，攥得我生疼，我只好很没节操地求饶。

钟原抓着我的手腕往回一拉，把我拉近了几分，低头阴恻恻地看着我，说道："老婆我自然会娶。"

我觉得他说话的内容和他这个表情完全不搭，明明不过是一句废话式的陈述句，为什么他说的时候，竟然要这么诡异地看着我？看得我心里一阵发毛，总觉得他似乎又在算计我什么。

我干咳了一声，低下头，想把手抽回来。

钟原的手掌滑下我的手腕，直接握住了我的手，攥着。

我这次没有反抗，因为我发现我们又走回了那片阴森森的小树林。

月光星星点点地透下来，衬着树枝斑驳的影子，显得有些狰狞。我缩了缩肩膀，刚想说点话，却突然听到不远处的树林深处，传来了一阵奇怪的声音。

好像是两个人，一男一女，他们仿佛受了伤，很痛苦的样子，哼哼唧唧地呻吟着。

我好奇心来了，伸长脖子想探个究竟，钟原却拉着我的手，脚下的步伐加快了很多，我迈着小短腿，几乎是被他拖着前进的。

断断续续的呻吟声渐渐离我们远去，我们很快走出了那片树林。在走出树林的那一刹那，我突然就觉悟了，刚才的声音……喀喀，不会有人在那树林里打野战吧？天哪，这里的民风还真是奔放啊……

说实话我还是第一次听这种现场版的声音，所以反应得有点后知后觉。此时当我意识到那树林深处的真相，也禁不住脸颊发烫。其实，我也挺纯洁的……

钟原一边拉着我，一边十分缥缈地说道："怎么，现在知道害羞了？"

果然我的猜测是没错的。此时我低头不知道说些什么好，满脑子都是刚才的声音。

我就这么一边胡思乱想，一边被钟原拖回了我们的住处。

一群人正在院子里乘凉，看到我们回来，大家的表情都有点暧昧。我正纳闷，却听到小二说道："呵呵，小手都拉上了？三木头你脸怎么这么红呢？"

我才意识到我的手还被钟原攥着，于是急忙抽回来。

这时，老大笑眯眯地附和道："嘿，拉小手算什么，人家都投怀送抱了。"

路人甲顺手抄起桌上的一根筷子，嘴对着筷子说道："钟原同学，采访一下，有人投怀送抱是什么感受？"说着，他把筷子递到钟原面前。

我本以为钟原会面无表情地拨开他的筷子，却没想到他竟然对着筷子，轻轻地勾起嘴角，不怀好意地说道："很软，很舒服。"

我怒了，脑子一热，不经过大脑的话脱口而出："很软很舒服？你当我是卫生巾呀？！"

所有的人："……"

一群乌鸦飞过，一会儿排成个窘字，一会儿又排成个窘字……

由于昨天晚上我把头放在电扇底下吹了很久，所以今天早上起床的时候，脑子很沉，浑身发热。简单一句话说就是，我感冒了。在这么一个炎热的季节感冒，真是一件丢人而又悲催的事情。

于是我只好留守在大本营，眼巴巴地看着其他几个人划着小船漂走了。

钟原和我一样也留守了，因为他要整理资料。我被他逼着喝了两瓶双黄连口服液。话说，这东西真不是人喝的，可是钟原说了，我要是不喝，就不许我吃西瓜。这人太卑鄙，净拿这样的事情威胁我。

喝完药，我顶着沉重的脑袋，抱着半个西瓜一边用小勺挖着吃，一边看钟原整理资料。自己吃东西，看别人干活，这种感觉太爽了。

美中不足的是，每当钟原抬起头张开嘴，我就得识趣地挖一大块西瓜送入他的口中，看着他被伺候得得意的样子，我是真的想把西瓜直接扣到他的脑袋上，可惜我不敢。

金牌大厨无所事事地跑来和我们聊天，他端详了我们许久，终于说道："你们什么时候结婚？"

我一口西瓜噎在嗓子中差点挂掉，这大厨思维也太发散了吧，这都哪跟哪呀……

钟原却淡定地抬起头对金牌大厨微微一笑，答道："暂时不打算结婚。"

我不得不感叹，钟原这厮的段数就是比我高，被人误会了还能如此淡定。可惜我实在无法淡定，于是擦了擦嘴角，幽怨地对金牌大厨说道："我们，喀喀，我们不是你想象的那种关系……"

金牌大厨非常不屑一顾地嘿了一声，似乎完全把我说的话当笑话来听，于是我悲愤了。

钟原把嘴凑到我耳边，笑眯眯地说道："知道我为什么不解释了吧？"

这时，金牌大厨干咳了两声，说了句"不打扰你们了"就轻飘飘地离开了，留下百口莫辩的我无语凝噎。那一刻我悲催地发现，我和钟原之间的事情，貌似怎么也说不清楚了，或许唯一的办法就是，他找个女朋友或者我找个男朋友。

我在这两个方法之间权衡了一下，发现还是钟原找个女朋友比较容易，毕竟这小子是个祸害，喜欢他的人太多，连小卖部里的小姑娘都惦记着他。可是钟原为什么没有女朋友呢？虽然这事他没说过，但我和他接触的频繁程度都能够用"形影不离"四个字来形容了，所以如果他有女朋友，我应该早就发现了。

我突然想到了钟原曾经在图书馆里看的那本《恋爱心理学》，继而又想到了社会实践之前他是怎样羞答答地通过我间接地邀请四姑娘一起参加社会实践的，那么，那么……

答案显而易见。我摸着下巴深思了一会儿，严肃地对钟原说道："钟原，要不，你帮我追陆子键，我帮你追四姑娘？"

钟原正噼里啪啦敲着键盘的手停了下来，他扭过脸正对着我，眯了眯眼睛，显然是难以置信："你说什么？"

我从钟原的眼神里读出了危险信号。我私以为这是他的隐私一不小心被我揭露之后引发的恼羞成怒，于是大大方方地拍了拍他的肩膀，豪爽地笑道："其实你对四姑娘那点心思我都知道啦，四姑娘对你的印象也不错哦……咱俩谁跟谁，别跟我见外啊，哈哈……"

钟原脸色不善地盯着我，然后突然把我按到地板上，倾身撑在我的身体上方，目光闪闪地看着我，低下头，慢慢地向我凑近。

我吓了一跳，不知道这小子又要出什么幺蛾子，不就是隐私被窥探了吗，有什么了不起的，虽然我也觉得四姑娘不一定看得上你，可是也不应该在这个时候气急败坏啊……

　　我撑起手臂想要从地板上起来，却被他毫不犹豫地按了回去。他一只手扶着我的肩膀，眼睛微眯，冷冷地说道："我和四姑娘不可能，你和陆子键，也不可能。"

　　我也不知道是被他的话吓到了，还是被他此时恐怖的气势震慑到了，总之失了神，傻傻地问道："为……为什么？"

　　就在这时，客厅的门被唰的一下打开，金牌大厨探进身来大声问道："小沐尔，你今天晚上想吃什——"话到这里，突然止住，迅速把门关上，然后在门口干咳了两下，说道，"那个……不好意思啊，你们继续，继续……"

　　我才发现此时我和钟原的姿势有点暧昧，于是尴尬地推开他，从地板上爬起来，眼神飘忽地说道："麻烦你自重。"

　　"自重？"钟原重复了一下这个词语，突然笑了起来，抬起食指在我的脑袋上戳了一下，"笨蛋。"

　　我捂着脑袋，莫名其妙地看着他。钟原这厮的情绪也太变幻莫测了，前一秒钟还因为被人揭发了隐私而恼怒不已，下一秒又神奇地笑了，也不知他为什么那么开心，看到别人发窘就很开心吗？这人的良心真是大大地坏了！

　　我晚上睡觉前和"一、二、四"凑在一起聊天才知道，今天这六个人出去的时候，并没有重新分配船只。也就是说，四姑娘和陆子键这两个人，单独在一条船上，一整天！

　　我不安地拉着四姑娘的手臂，问道："你有没有欺负陆子键？"

　　四姑娘不耐烦地甩掉我的手，闷声答道："没有。"

　　小二笑道："当然没有，陆子键还给她摘莲蓬吃呢，回来的时候我们遇到一只大型狗想咬四姑娘，人家陆子键非常霸气地挡在了四姑娘面前，然后把那只狗赶跑了。啧啧，英雄救美啊！"

　　我越听越不淡定，和陆子键单独相处，被陆子键英雄救美，这是我梦寐以求的事情啊，这种好事情怎么就落到四姑娘头上了呢……太浪费了，以四姑娘的身手，哪需要陆子键去救啊，她一脚就能把任何生物踢废。话说，真正需要被英雄救美的是我啊陆师兄……

这时，老大看出了我的心中所想，拍了拍我的脑袋，和蔼可亲地说道："三木头啊，你就别肖想陆子键了，你这辈子栽在钟原手里了。"

于是我更加沮丧了。

第二天全体休息。那几个男生去买回家的火车票了，我和"一、二、四"闲着无聊，打起了院子后面那棵核桃树的主意。

话说陆子键家院子的后头有一棵很大的核桃树，结满了圆圆的小鸡蛋似的核桃。因为核桃长在树上的时候，外面是包裹着一层厚厚的青绿色果皮的，我们平常吃的核桃，其实是这种绿色果子的果核。巧的是"一、二、四"这三个没见过世面的家伙都是从城市里来的，没亲眼见过长在树上的核桃，所以当我告诉她们这东西其实是核桃时，她们都表示怀疑。尤其是四姑娘，压根就不信，还说什么"三木头你白痴惯了我不介意"。

于是我一怒之下，打算摘下几个核桃，削去青色的果皮给她们见识见识。

这棵核桃树很高大，站在下面够不到核桃，我只好搓搓手，爬上了树。我这个人最擅长的就是爬树和翻墙了，虽然此时的这棵树很高很大还有点滑，但我爬起来毫不费力。

四姑娘一见我爬树，来了精神，抱着树干也吭哧吭哧地往上蹭。这家伙一看就经验不足，好在她身手很好，所以勉强也算能上来。我坐在树上，笑嘻嘻地看着一脸吃力的她，十分有成就感。说实话，四姑娘这个人脑子聪明又会打架，我能够把她比下去的时候还真不多，此时当然要得意一下。

四姑娘很不服气地抓着树枝，恶狠狠地瞪我。

这时，树下突然有人喊道："你们做什么呢，快下来！"

我探出身体往下一看，原来那几个买车票的人回来了，刚才说话的正是钟原。

四姑娘本来爬树就吃力，此时下面有人说话，她一分神，脚下踩空，顿时从树上掉了下去，与此同时我的心也跟着沉了下去。四姑娘此时已经爬了有几米高，虽然她学过功夫，可是这么突然掉下去也是很危险的，搞不好她的腿骨、股骨、脊椎骨什么的，就得修理了。

　　然而就在这关键时刻，有一个人挺身而出，张开双臂，稳稳地接住了四姑娘。四姑娘从惊吓中回过神来，定定地看着救她的人，两人四目相对，有莫名的情绪在燃烧……

　　我坐在树上，默默地飙泪，因为挺身而出的那个人，正是陆子键。苍天哪，如此经典而狗血的桥段，为什么不是发生在我身上啊，为什么我梦想中的英雄救美一次又一次发生，女主角却一次又一次是四姑娘啊……

　　我正在树上伤心欲绝，忽然听到钟原在下面大声喊道："木头，你还不下来！"

　　我吓了一跳，一个没抓稳，差一点也和四姑娘一样掉下去。钟原看到我出丑，心情愉悦了不少："傻子，你要直接跳下来？"

　　我瞪了钟原一眼，随即麻利地从树上滑了下来。一回头，正看到陆子键把四姑娘放下来，然后安慰地轻轻拍了拍她的肩膀。多么美好的画面，可惜我是个旁观者。

　　钟原戳了戳我的脑袋，说道："爬树吗？你多大了？"

　　我拍开他的手，对陆子键说道："陆师兄，你快告诉四姑娘，这其实是一棵核桃树。"

　　陆子键小心地看了四姑娘一眼，只见她很不服气地瞪着我，噘了噘嘴。于是，我们以诚实厚道人品好著称的陆师兄，此时别过脸去很不厚道地说道："这个……我不认识这是什么。"

　　我飙泪，大哥你蒙谁呀，你在这里生活了至少十年你不知道这是什么树？就算你想袒护四姑娘，也用不着这样吧……指鹿为马！沆瀣一气！狼狈为奸！

　　在陆子键的歪曲事实下，四姑娘挽回了面子。她得意地看了我一眼，转身离开。陆子键歉意地看着我，低声对我说了一句："不好意思，这确实是核桃树。"说完他急忙跟上了四姑娘。

　　我擦汗，大哥你现在对我说这个有什么用！

　　老大捏了捏我的脸，小二钩了钩我的下巴，路人甲、路人乙非常有内涵地长吁短叹了一会儿，几个人也都散开。

我和钟原并排走在后面。钟原看着前面那两个身影，对我说道："你不觉得他们两个很般配吗？"

我怒，他们俩般配不般配的，关你什么事。

钟原却扬起嘴角笑道："就算你不这么觉得，他们两个也还是很般配。"

我欲哭无泪。

第九章
我把钟原拐回家

为期两周的社会实践接近尾声，最后一天的时候，我们几个人聚在一起，吃了一顿最后的晚餐。

金牌大厨拿出了看家本领，做了一顿全鱼宴给我们。蒸鱼、炖鱼、烤鱼、鱼头汤……看着这一桌子的美味，脑袋里那淡淡的离别惆怅瞬间就被我抛到脑后了，忧伤什么的都是扯淡，还是美食最正经。

四姑娘也是个吃货，不过由于这家伙吃得太急，又笨，所以被鲫鱼刺卡到喉咙了。众所周知，鲫鱼的刺又多又硬，卡一下可不是闹着玩的。

我们一时都有点慌，唯有陆子键，淡定地举着一个手电筒，然后，然后伸进两个手指头——注意，是手、指、头——一边伸进两根手指头到四姑娘的嘴里，他一边轻声安慰着四姑娘："你别紧张……"

小二凑到我耳边，低声说道："陆子键太邪恶了！"

我："……"

陆子键的手指刚伸进去就拔回来了，然后手上就多出一截两厘米左右的鱼刺。如此精湛的技术，如此娴熟的手法，大家瞬间就对陆子键惊为天人了。只有我，幽怨地看着他们的互动，一声不吭……陆子键第 N 次英雄救美的女主角，依然不是我……

于是大家接着吃饭。陆子键夹起一块鱼，小心地剔掉上面的刺，然后放在了四姑娘的碗里。

我已经被打击得没有什么感觉了。

第二天，除了陆子键以外，几个人收拾东西都要回家了。老大、小二、路人甲、路人乙直奔火车站，其他四个人则去汽车站。

四姑娘要去 B 市乘飞机，陆子键选了一个特别烂的理由，要送她去 B 市。

看着陆子键和四姑娘坐上汽车，我眼泪汪汪地朝他们挥手告别，心里那个痛啊。这时，四姑娘突然从车上跑下来，我以为她舍不得我，要和我来个拥抱话别什么的，谁知道这家伙突然一把揪住我的衣领，凑近我耳边，凶狠地说道："再打陆子键的主意，小心我废了你！"

我惊起一身冷汗，连忙挤了两把眼泪蹭到她的肩膀上。

四姑娘和陆子键走后，长途汽车站只有我和钟原了。我挠挠头，不解地看着钟原。这家伙今天晚上去上海的飞机，本来我以为他要和陆子键他们乘同一班汽车，谁知道他却非常神秘地拒绝了，这让我很费解。钟原这个人脸皮厚大家都知道，他会因为不好意思当电灯泡而选择等下一班车？

这时，钟原突然勾了勾嘴角，笑道："我突然想去旅游了。"

我挠头："旅游？你去哪里？"

钟原："那些名胜古迹什么的我也看腻了，这回我倒是想去乡下体验一下自然风光。"

"哦，那再见。"我说着，捏着车票，开始寻找我要乘坐的汽车。钟原去哪里干什么跟我没什么关系，他只要不压榨我就好。

钟原却自言自语道："不知道乡下有没有旅馆，食宿的话一天多少钱呢？"

我突然转身，问他："你想好去哪里玩没有？"

钟原茫然地摇头。

我又说道："这年头农家乐这么火，乡下的旅馆都很贵的好吧？喂，你的心理价位是多少钱一天？"

钟原伸出两根手指头，比画了一个剪刀手的造型。

我双手叉腰："二十？你做梦呢吧？"

钟原微笑："两百。"

我："……"

钟原："那么，你能不能给我推荐个好玩的地方？"

我拉住他的手腕，豪气冲天地说道："跟——我——走！"

我有点后悔把钟原拐回我们家了。说实话，虽然我一直觉得我们村的风景不错，可那多少是掺杂了感情因素在里面的，钟原此人号称游山玩水惯了，我们这穷乡僻壤小门小户的景色，也不知道能不能入他的眼。当然，他喜不喜欢不是关键，我怕他因为不满意所以不给我钱……

算了，一不做二不休，干脆坏人做到底吧。于是还没下车，我就朝他伸手："先拿一个星期的钱做定金。"

钟原翻了翻钱包："我只有一千块钱的现金了，刷卡行吗？"

"算了算了，一千就一千，看在你是熟人的分上。"

钟原递上钱，微笑着看我："是吗？"

我心虚地接过来，躲闪着他的目光。我这人果然不适合做坏人。

我爸知道我今天回来，所以没有去村东头的张三爷家玩，而是一个人坐在我家门口那棵大杨树下纳凉。

当我和钟原走到我家门口时，我爸挥了挥手里的蒲扇，眼神越过我，在钟原身上来回打量，打量了半天，他终于说道："丫头，这算女婿上门不？"

我："……"

我爸这人有时候脑子会比较抽，不过大多数时候是正常的。此时我擦擦汗，对他说道："爸，这人暂时借住在咱家，你不用管，饿不死他就行。"

钟原却已经走上前，朝我爸恭恭敬敬地弯腰，叫了声"伯父"，乖巧得像个小学生。

这回我爸乐得嘴都合不拢了。钟原这厮太能装了。

我也不理会那一老一小的互动，拖着行李箱走进了院子。我和我爸现在住的这套房子堪称豪华，不过这不是我家的。话说我爸有一个好兄弟，前几年发了财，盖了这么一套房子，前前后后装得特别棒。后来没住几天，他家又在县城里买了套别墅，于是举家搬到了别墅里，这套房子就空了下来。那位叔叔和我爸爸关系向来好，除了老婆之外其他什么都可以共用，当时他觉得这套房子空着也是空着，干脆就强烈要求我爸搬了进来。就这样，我们告别了那两间几乎可以称为文物的灰不溜秋的小屋。

说到这里我不得不说，我爸这个人前半辈子活得还真是相当凄惨，幸亏有一些贵人相助。

我爸年轻的时候是个泥瓦匠，给人盖房子的时候从施工架上掉下来摔伤了手臂，从此以后干不了重活。当时没什么保险，也没合同，这种事情只能自认倒霉。后来我爸的老婆——不是我妈——觉得他没前途，就跟着村里一个从外地来的开理发店的流氓私奔了，顺便卷走了家里大部分钱以及值钱的东西。然后我爸就这么光棍下来了。至此我爸还不算最倒霉，大不了没老婆，他还是能自己养活自己，一个人吃饱全家不饿，光棍自有光棍的潇洒与快乐。直到某一天，老天爷把一个没人要的小孩丢给了他，给他增加了点不必要的累赘。

这个没人要的小孩就是我。

说起这件事情来，我和我爸还真是有缘分。话说十九年前的某一天，我爸正在田里锄草，天空忽然之间狂风大作，电闪雷鸣，大雨如注，当时整个黑得伸手不见五指。我爸《西游记》看多了，以为有妖怪来了，拖着锄头就往家跑。于是神奇的事情发生了。话说当时雨下那么大，还打雷，我爸在这么多噪声之中，竟然听到了婴儿的哭声……不得不说这真是一个奇迹。

后来我爸就把那个被丢在路边的倒霉孩子捡回了家。

我爸没有拾金不昧的精神，捡了孩子也没交给警察，就自己私藏起来，当亲生女儿养了。据说那天我爸回家之后心情超级好，于是美滋滋地炒了几个菜，招呼几个交好的兄弟一起喝酒。兄弟们问他给小娃娃起什么名字，我爸当时正在吃一块木耳，于是大手一挥，就叫沐尔了，正好他姓沐。

这就是我这个人的来历，说不上传奇，只能说是，神奇。孙悟空还知道自己是从石头里蹦出来的呢，我从哪来的我都不知道。

好吧，我一激动又扯远了……话说此时钟原被我爸引着进了屋，只听他左一个"伯父"右一个"伯父"叫得那个甜啊。狗腿子是什么样的？就是他这样的。

钟原的房间就在我隔壁。我爸把他安顿好之后，拉着钟原在客厅里喝茶聊天。我则坐在小板凳上一边啃西瓜一边看电视。

钟原从行李箱里翻出一个巴掌大的缎面盒子，双手递给我爸："伯父，第一次见面，也不知道送您些什么好，这东西据说能舒脉通络，希望您能喜欢。"

我爸笑呵呵地接过盒子，一个劲地夸钟原客气夸他懂事夸他怎么看怎么顺眼……

我不淡定了，把钟原揪到一边："喂，你干吗要送我爸东西？"

钟原面无表情地答道："我和伯父投缘。"

我警惕道："你……不要以为你送点礼物就不用交食宿费了！"

钟原皱眉："木头，你就那么喜欢钱吗？"

我老脸一红："这个，这个是个原则问题……"

钟原："要是有人给你两个亿，你会不会就这么嫁给他？"

我瞪他："我像那样的人吗？况且我爸说了，不许我嫁有钱人。"

钟原目光闪闪地看着我："为什么？"

我刚想说话，却看到我爸一个劲地伸长脖子朝我们这里望，顿时发现我们俩把他老人家冷落了实在是一件不厚道的事情，于是我只好把钟原拉回去。我蹲在我爸身边，把那漂亮的盒子拆开，只见里面躺着两枚核桃，红红的亮亮的，像两块玛瑙石，非常好看。我把那两颗核桃拿出来掂了掂，确定这东西确实是核桃，顿时松了口气。反正这俩核桃也值不了几个钱，我也就不用担心不好意思收钟原的食宿费了。

后来我爸被一个收古董的老家伙缠了一个多月要收他这俩核桃，那时候我爸才很庆幸自己当初没有把这俩可爱的小家伙敲开吃掉。

拜钟原所赐，我爸一整个下午都没去张三爷家侃大山，于是吃过晚饭他迫不及待地去了。我爸这人不爱吹牛，但是最喜欢和别人说他家丫头怎么怎么样，尤其在我考上一所罕见的大学之后。当然，当爹妈的都好这一口，对此我表示很理解。今天他握着钟原给他的那两个核桃雄赳赳气昂昂地去张三爷家了，我真怕他一激动说那是他女婿给他的。这种事情他干得出来。

我爸走后，隔壁和我同龄但是比我大几个月的张旭哥哥来找我聊天。我和张旭哥哥其实挺有缘分的，从小学到初中再到高中，我们一直是同班同学，一般情况下他是班长我是学习委员，当然，高中的时候我因为学习不够好没当上学习委员，他却一如既往地是班长。

不过后来我和他之间发生了一些比较尴尬的事情，所以两人之间没以前那么亲密了。今天他来找我，两人之间也没说什么话，他坐了一会儿就走了。

张旭哥哥走后，钟原望着他的背影，意味深长地问我："青梅竹马？"

其实我和张旭哥哥的确算是青梅竹马，好歹从小到大一起上学一起做作业的交情在那摆着，就算没有什么深刻的爱情，感情也总归是有的。高中的时候我正赶上青春期，荷尔蒙分泌旺盛，也就看张旭哥哥怎么看怎么顺眼了。后来想一想，那时候我真正渴望的也许并不是一个人，而是一段感情。

后来事情的发展就比较悲剧了。本来嘛，我和张旭哥哥俩人两小无猜郎情妾意的，不在一起确实有点说不过去。可是张旭哥哥此人有一个软肋，就是他妈妈。他妈妈的话比老师的话管用多了，想当初我们俩在学校里稍微有点暧昧火苗的时候，老师也劝过我们，说了一堆乱七八糟的道理，他当时完全没往心里去。可惜等他回家被他妈妈教训了一顿之后，这小子算是彻底缩了。我当时就是情窦将开未开的矜持小姑娘，还能怎么样。

于是忍着吧，"忍到高考大家就解脱了……"这是张旭哥哥的原话。我听到他说这些，心里也就有底了，以为高考后他会跟我来个表白什么的，要多浪漫有多浪漫。可惜高考完的当天晚上，我等到的是一句话。

"我妈不让我和你在一起，她说我们俩去的地方不一样。"

这算是婉拒了吧。过了几天我爸爸从张三爷八卦团那边听到的八卦，隐隐约约的意思好像是说，张旭的妈妈嫌我成绩不好，和她儿子不是一个档次，她希望她的儿媳妇是能和张旭同一个大学的高才生什么的。

总结一句话就是说，我被嫌弃了。

我当时火大，找到张旭哥哥当面质问他是不是这么回事，他吞吞吐吐了半天，最后对我说了三个字：对不起。

没过多久，校长和村长就带着一帮人吹吹打打地跑到我家给我戴大红花来了。

如果没有我，张旭哥哥应该就能稳稳当当地做成我们县的高考状元了。他的大学也在B市，只是没我们学校牌子大。

后来在B市的时候张旭哥哥也联系过我要一起出去玩，只是我当时一门心思在陆子键身上，也没顾得上这件事。

我把这些事情简单地和钟原讲完，最后说道："没想到你也这么八卦。"

钟原却皱眉说道："都没什么瓜葛了还'张旭哥哥'前'张旭哥哥'后地叫个不停，你怎么不叫我'钟原哥哥'呢？"

我讪讪答道："我这不是叫了十几年，一时半会儿没法改口嘛。"

钟原："你最好还是改了吧，我听着都牙疼。"

我窘了窘，又说道："钟原啊，你看，我把我和张旭哥……呃，我和张旭之间的事情都和你说了，你也跟我说说你的情史吧！我知道你的情史一定比较丰富，所以你选重要的你能记住名字的说说就行了。"我认为，钟原的情史肯定比我的情史值钱，关键时刻也许真的可以卖钱。

钟原沉思了一会儿，答道："我以前喜欢过我的一个世姐，她爸爸和我爸爸是好朋友，我们也算是青梅竹马吧。"

我点了点头："后来呢？"

钟原长长地叹了口气："自从她把我打成骨折，我对她就再也没什么想法了。"

我擦了擦汗，同情地拍了拍他的肩膀，心里却暗爽得要命。钟原你也有被人虐的时候？老天爷果然没瞎眼。

钟原突然抬眼似笑非笑地看着我："你其实很高兴对不对？"

我慌忙摇手："怎么可能，我像那么不仗义的人吗？话说，这么不愉快的回忆咱就不提了，说点开心的，比如你的初恋是什么时候？第二春呢？第三四五六七呢？"

钟原无奈地笑了笑："我有那么花心吗？"

"当然有……啊不，我的意思是，你……你比较有魅力啊，呵呵呵呵……"

"是吗？"钟原挑眉，笑意更盛，"可是，我好像没有初恋。"

我吞了吞口水，难以置信地问道："没、没有？"

钟原："是没有，和你一样。"

这么一个人间祸害竟然没谈过恋爱？这个世界又玄幻了……

钟原在我家住了几天，也没见他有什么观光的动静，我觉得奇怪，就问他。结果他回答说："前几天休息。正好，明天你陪我去看日出吧。"

我真是闲得没事找事。

第二天一大早钟原就咚咚咚地敲我的门，我睁眼看了看表，才四点，于是没理会他，倒头继续睡。

谁知道这小子却在门口喊道："你再不起床我就进来了，我帮你起床。"

我抓了抓我那一寸长的头发，无奈哀号道："别进来，我没穿衣服。"

这几天比较热，我晚上睡觉的时候干脆就脱光了，还舒服一些。此时，我顶着一颗昏昏沉沉的脑袋，抓起衣服来胡乱穿好，幽怨地去开门。

钟原站在门口，眼神缥缈，若有所思。

我伸手在他面前晃了晃："想什么呢？"

钟原脸上爬上了些微淡的粉色，他收回眼神打量着我："没什么，只是……你的衣服好像穿反了。"

我十分淡定地把门关上，换好衣服。话说我在钟原面前干的丢人事也不是一件两件了，像现在这种程度比较低的丢人事件，已经窘不到我了。

洗漱完毕，我跟钟原抱怨说我还没吃饭呢，结果这厮剥了一颗硕大的棒棒糖塞进我的嘴里。我还就奇怪了，这家伙的行李箱里怎么什么都有啊，比哆啦A梦的口袋还科幻。

不过你还别说，这糖的味道还真不错。

我和钟原溜溜达达地朝田野中走去。清晨的空气很清新，各种各样的鸟儿也都起了床，叽叽喳喳地叫着。植物的叶子上爬满了晶莹的露珠，手一碰，就滴溜溜地往下落。路边窄窄的草丛中零星点缀着各色小野花，清雅而野趣横生。

钟原深深地呼吸着，满足地说道："果然不错。"

"那当然。"我骄傲地抬起头，被钟原夸奖可不是那么容易的事情。

这时，我们村的村花小曼骑着自行车经过，一手扶着自行车的扶手，一手扛着锄头，显然是去锄草。小曼一向是个勤劳的人，我爸都经常夸她，说也不知道哪家的小子有福气能娶到她。

我看着小曼的背影，对钟原说道："那是我们村的村花，怎么样？"

钟原远远地望着她，点头道："不错，比我都英俊。"

我擦擦汗，说道："你是不了解那种健康的原生态美好吧？你们这种人都是被那些病态的审美观荼毒了。"小曼确实长得身材高大体态丰盈，我们村的人就是喜欢那种健康而饱满的美。像我这样的曾经也入围过村花候选人名单，不过后来因为太瘦，被淘汰了。

这时，钟原听了我的挖苦，奇迹般没有反驳，而是说道："我的审美确实挺变态的，要不然也不会……"

"不会什么？"

"没什么，"钟原突然扬起嘴角笑了笑，"我突然想起，你喜欢陆子键，是不是也因为他长得比较健康以及原生态？"

我犹豫了一下，点了点头。虽然不怎么习惯和别人讨论感情问题，不过和钟原讨论一下好像也没关系，反正我们俩连情史都交换了。

钟原又说道："现在陆子键成别人的了，你心里难过吗？"

我点了点头，又摇了摇头，最后说道："刚开始的时候难过肯定有，但太难过又说不上。这几天我想了想，觉得我对陆子键的感情其实也算不上爱情，至多是一种向往，呃……就是……他是我的偶像。正常人都希望和偶像亲密接触的，而如果不能，也无所谓。也没听说谁因为和自己的偶像没怎么怎么样而想不开的。总之就是这个样子吧，反正陆子键现在也是我家四姑娘的了，肥水不流外人田。"

钟原长长地出了口气，说道："这样啊，原来我的担心是多余的。"

我侧头看他，笑道："你担心什么了？"

钟原淡淡地笑：“我担心你一时想不开，做傻事。”

我摇头笑道：“我像会做傻事的人吗？”

钟原：“你天天在做傻事。”

我：“……”

此时我们两个正坐在一处高高的土丘上，身后是一片红薯埂，茁壮茂盛的红薯藤蔓延铺满了整片土地。面前则是一望无垠的田野，田野里种着各种各样的农作物。田野的尽头，一轮红日冉冉升起。

记得小时候，语文老师经常要求我们描写日出的景色。每次我都会写，太阳像一个红心咸鸭蛋的蛋黄，冉冉地升了起来……

太阳周围的云彩被刷上了一层金，加上它本身那奇异的形状，看得人心潮澎湃。我看着眼前的日出，心事暗涌，终于忍不住冲动，问钟原道：“你来我家这么多天了，怎么不问我为什么没有妈妈？”

钟原静静地看了我一会儿，低头说道：“伯父都跟我说了。”

我叹了口气，无奈道：“我爸还真不把你当外人。”

钟原却缓缓地勾起嘴角：“是啊。”

于是我们继续看日出。钟原轻轻地拍了拍我的肩膀，什么也没说。我抿了抿嘴，也没说话。

其实有没有妈妈有什么要紧的，我有那么好的一个爸爸。

今天我们高中同学聚会。我叮嘱了钟原好好在家待着别捣乱，便一个人出门了，在车站很不幸地遇到了张旭哥……呃，张旭。话说我们村到县城的公交车每一个小时才一班，所以大家一不小心坐同一辆车是很正常的。于是我和张旭坐到了一起，俩人磕磕巴巴地说了一些没营养的闲话。

我和张旭现也应该算是相逢一笑泯恩仇吧，我们在一起待着真没感觉出什么不适来，倒是他，一直期期艾艾的，像是个被虐待的小媳妇。我真奇怪了，我以前是被什么油给蒙了心，怎么就看上他了呢？现在我睁大眼睛好好看一看，其实他还不如钟原呢，钟原那小子虽然坏，可到底说话做事什么的是个爽快干脆的。

果然人是比出来的，钟原你可以瞑目了，原来，在你那些黯然无光的缺点之中，也是有那么一两点可以闪光的优点的……

奇怪，为什么我一想到钟原，脑子里就突然冒出一些不太好的预感呢？难道我已经被他虐出被害妄想症了？

同学聚会无非花天酒地吃喝玩乐，寒假聚会那几天我生病了，没来，说来这一次还是我进入大学之后第一次和高中同学相聚。我们高中的几个老师也被请来了，我和张旭作为老师的"得意门生"被安排和老师们坐一桌，当然，我是高考之后才突然跻身"得意门生"之列的。

我们聚餐的地方是在一个很大的大厅里，没有包间。我嘴里叼着根鸡翅撕咬的时候，冷不丁一抬头，看到不远处一个熟悉的身影，顿时惊出一身冷汗。

那不怀好意的笑，那凉飕飕的目光……我叼着鸡翅仰天长叹，钟原你还真是阴魂不散。

钟原此人长相很具有欺骗性，加上他又超级能勾搭人，因此没过一会儿，我们高中时候的女班长就坐在他旁边跟他聊起来。他们俩一边说还一边不时地朝我的方向看，吓得我夹菜都不利索了。

果然，没过几分钟，女班长拉着钟原来到我们这桌，跟那几个老师说道："这是沐尔的同学钟原，今天跟沐尔一起过来的。"

我默默地喝了口水，鬼才跟他一起过来的。

钟原恭恭敬敬地欠身，乖巧地问好。事实证明，没有人会拒绝一个狗腿子般的人。此时，我们班主任老太太上上下下打量了钟原一会儿，竟然叫服务员添了把椅子在她旁边，拉钟原坐下。于是我这个"得意门生"被成功地挤到了一边。

我不满地低声问钟原："你怎么来了？"

钟原低头笑："无聊，来凑热闹。"

你是来添乱的吧。我又问："你是怎么来的？我在车上没看到你。"

钟原："租了一辆车。"

我突然想起来了，我们来的时候，公交车后面一直跟着一辆红色的小面包车，我们的车停的时候它也跟着停，我们的车走的时候它就跟着走。当时我还跟张旭开玩笑，说这年头的公交车都发达了啊，还有一辆小面跟着保驾护航，没想到是钟原这厮搞鬼。

钟原你不当间谍真是可惜了。

我环顾了一下四周，发现大多数人的目光都在朝我们这个方向看，悲催的是，他们的眼神是何其暧昧。

也就是说，我和钟原又被别人误会成那啥了。关键是这种情况下我想解释一下也不行，大家既然心照不宣地什么也没说，我要是解释，那就是"此地无银三百两"了，而如果不解释，我又觉得别扭。

算了算了，反正误会我们的人已经很多了，不在乎再多这一个班的同学。

于是我豁达地吃菜。班主任来了兴致，拉着钟原问长问短问东问西，还说了一堆诸如"沐尔在学校多亏你照顾"之类的客气话，我一边吃东西一边腹诽着，照顾个毛，老娘天天被他压迫！

在同学聚会里，最不能缺少的项目就是喝酒，一般这种情况下我铁定是第一个醉的。倒不是因为我爱喝，而是我的酒量实在是有点拿不出手。普通的杯子，喝一杯就晕乎，喝两杯就变迟钝，再喝，大脑就罢工了，只能听别别人说话，但是不能思考。因此我跟别人聚餐的时候通常是不喝酒的。可是现在是同学聚会，大家一年才见那么一两次面，要是还一副宁死不屈的样子，就显得有点过了。何况就算不和同学喝，老师的酒总是要敬，不光要敬，还得"您随意，我干了"……

我端着酒杯，看着一旁谈笑风生的钟原，顿时怒从心中起恶向胆边生，好吧，钟原，你这是自己送上门来的，就不要怪我不见外了。于是我把酒杯递到钟原面前："你给我喝。"

钟原也不含糊，接过酒杯一饮而尽，喝完之后还挑眉看我，顺便伸出舌尖舔了舔唇上沾的酒。他此时的眼神有点迷离，嘴唇因为湿润而透着光泽，那个样子怎么看怎么妖娆。

我干咳了一声，小声问他："要不，你帮我挡酒？"

钟原弯了弯嘴角，笑道："我为什么帮你挡酒？"

我咬了咬牙，心疼地说道："免你两天的食宿费，怎么样？"

钟原却失笑道："不怎么样，我有那么缺钱吗？"

我有点挠毛："那你说怎么办？"

钟原侧过头去看着班主任的手机："我喜欢那个。"

我握了握拳，痛心疾首地说道："大哥你这是敲诈啊，她那手机很贵的……"

"手机链，"钟原打断我，"她的手机链好像是个十字绣。"

我仔细看了看班主任的手机链，确实是，钟原这厮的眼神还真不是吹的。于是我大方地拍了拍他的肩膀："好了好了，回头我也给你绣一个。"

钟原像个弱智儿童似的："我要个大的。"

于是钟原开始负责帮我挡酒。

我敬完几个老师的酒，已经飘飘欲仙了，四肢软得像橡皮泥，只好趴在桌子上。耳边充斥着诸如"沐尔不能喝了，这一杯我代她""哦，沐尔提到过你，高中时多亏了你的照顾"之类的话，可惜现在我的大脑已经完全停工了，无法思考他们在说些什么。我现在就像一个没有主机的显示器，能听到他们的话，但是不能分析处理。

过了一会儿，有人把我从桌子上拎起来，然后我就靠在了一个有点软又有点硬的东西上，那东西还一起一伏的，我的肩膀被人揽着，有点紧。我抬起头，茫然地睁开眼睛，看到的是一个下巴，很白，弧线很美。我的手不受控制地抬起来，摸着这个美丽的下巴。周围传来了一阵笑声，好像有人说"沐尔都醉成这样了还能调戏人"，还有人说"钟原，你别光顾着傻笑，这一杯必须喝"……

我听到一阵咕嘟咕嘟的液体滑进食道的声音，然后我的手被人拉下来，紧紧地攥着。

我趴在这个人的怀里睡了一会儿，后来被吵醒了。好像有人商量着去唱K，又好像有人在说不去。我迷迷糊糊地睁开眼睛，看到桌上摆着一杯酒，脑子里莫名其妙地涌起一股冲动，于是抓起那杯酒，仰头就喝。

还没喝完，手上的酒忽然被人抢去，我不满，追着那个酒杯要抢回来，还喊着"给我酒"。

然而没有人给我酒。我的身体突然离开了地面，有人抱着我，在我耳边说道："木头，我们回去。"

我不知道这句话是什么意思，我只想喝酒。

我被人抱着走了出去，离酒桌越来越远。我不甘心，一个劲地吵着："放我下来，你放我下来我自己走，你们都欺负我，你们……"我说着说着眼泪就流了出来，于是我干脆大哭起来。

耳旁有人轻声地叹息了一下，然后我的脚就站在了地面上。我想回去喝酒，可是肩膀被人圈着，手臂被人拉着，完全失去了自由。我只好步履蹒跚地被人拖着走。

我看到路边有一个小姑娘围着一个女人转，口里说着妈妈我要这个妈妈我要那个。于是我突然挣脱开身边的人，冲了过去，指着小姑娘大声说道："你有妈妈你了不起啊你？啊？！"

小姑娘大声地哭了起来，然后我就被人拖进了一辆车。

我趴在一个人的怀里，眼泪又流了下来，我说："有妈妈就了不起了？我告诉你，我也有妈妈。我爸说了，我完全可以拿他当妈妈！"

有人在轻轻拍打着我的后背，还低声说着什么。他的声音很温柔，像细细的泉水。

我又说："我这辈子的理想，就是让我爸过上好日子。我拖累了他将近二十年，他为我操碎了心。我要出人头地，要让我们村所有人羡慕他。我要让他知道，他捡了一只潜力股。老子明明是潜力股，凭什么把我扔掉？你要是不想要我就别把我生出来啊……"

我在那个人的怀里蹭着，顺便把眼泪蹭到了他的衣服上，我哭哭啼啼地说道："我一定要让我爸过得幸福，一定……"

第二天一早醒来，我头疼得要死。想想昨天都发生了什么，我只记得钟原帮我挡酒了，脑子里杂七杂八地会闪过一些画面，可是很乱，连不成一条线。我甩甩头，干脆不去想了，反正不过是一群醉鬼在胡闹。

我从床上爬起来，准备穿衣服，昨天又把衣服脱得只剩下小裤裤了……等一下，不对劲！

我看到我昨天穿的那些衣服，被整整齐齐地叠好放在了床边。

我睡觉脱掉的衣服从来不会叠的，只是随便甩到一边。而昨晚就算我喝醉了，也不会叠衣服，况且还叠得这么整齐。也就是说，如果没有灵异事件发生，那么一定有人进了我的房间，并且还帮我把衣服叠好放好。如果情况再糟糕一点的话，搞不好我的衣服都是他给我脱的。

那会是谁呢？除了我之外，家里就还有两个人，我爸绝对不会进我的房间，那么，钟原……

我的额头上开始往外冒汗。如果只是叠衣服也就算了，关键床上还有一个只穿着一条小内裤的我啊。苍天哪，我的清白啊……

我匆忙穿好衣服，大叫着冲出房间："钟原，我有话要问你！"

第十章
调戏流氓的下场

钟原正一个人在院子里慢吞吞地吃着早饭。

院子里有一棵巨大的梧桐树，此时花开正盛，一朵一朵淡紫色的小花密密地挤在一起，安静而热烈，像我们静静燃烧的青春。

梧桐树下支着一张小桌，有一个长得极具欺骗性的人在桌旁安安静静地吃着早餐。虽然我很了解钟原此人的气质并不适合"安静""梧桐花"这些美好的词汇，不过我不得不承认，此时我面前的这个画面倒是挺美的……

于是，我那集中冲向大脑的血液顿时流回去一大半。我慢慢地走上前，坐在钟原对面。看着钟原那个淡定的样子，我倒不知道如何开口了，只好先说些没营养的话："我爸呢？"

"出去遛弯了。"钟原把桌上那碟包子推到我面前，很有主人翁意识地说道，"洗手了没？不洗手不许吃。要吃粥的话自己去盛。"

我翻了翻眼睛，这到底是你家还是我家。当然，此时我也没心情跟他计较这些，于是咬咬牙，郑重地说道："钟原啊，昨天是你把我送回来的？"

钟原淡定地答道："不然你以为是谁，'张旭哥哥'吗？"他把"张旭哥哥"四个字咬得很重，听得我一阵暴躁。

我忍了忍，又问道："那么，我房间的衣服……你给我叠的？"

钟原点头，眼皮都不抬一下："是啊。"

我心里一紧："那……"

"你自己脱的。"钟原抬起头，面无表情地看着我，"除了助人为乐地帮你叠了叠衣服，我什么都没做。"

助——人——为——乐？我捏了捏拳头，压抑住心中的怒气，问出了我的最后一个问题："你都看到了？"

钟原勾了勾嘴角，笑得很奸诈："看到什么？"

我幽怨地看着他，废话，还能看到什么？

钟原笑意更深，挑眉说道："该看的不该看的我都看到了，需不需要我对你负责？"

我盯着他咬牙切齿："你……流氓！"

钟原却从容地说道："真正要流氓的是你，我刚把你扶进房间你就开始脱衣服，我想转身出去你却挂在我身上下不来，幸亏你当时喝醉了，要不然我真以为我遇到女流氓了。"

我低着头，脸开始发烧。苍天哪，这也太丢人了吧？

钟原又说道："麻烦你以后别乱喝酒了，你这酒品真是百年不遇地差。幸亏我是个正人君子，要是遇到张旭、李旭之流的，指不定你就耍流氓成功了。"

我被他说得羞愤交加，反驳道："明明偷看别人的是你，为什么你却要在这里倒打一耙？"

"偷看？"钟原低声重复着这两个字，目光似有似无地扫过我的胸前，不屑地笑了笑，说道，"我偷看你什么？我看你还不如看我自己，我自己好歹还有胸肌，你有什么？"

这下我彻底悲愤了。

我把自己关在房间里，在镜子面前照来照去。太可恶了，他凭什么说我没有，我明明是 A 罩杯里最大的啊。钟原这厮绝对是故意的，故意鄙视我，故意让我自卑。

不行，我要报复！

我想来想去，也不知道怎么对付钟原，最后只好给"一、二、四"发短信求救。我编了条短信群发出去，短信内容是："怎么样让一个男生自卑？"

不一会儿，四姑娘回复我："问小二。"

又过了一会儿，老大回复我："小二会给你满意的答案。"

我坐立不安地等了将近半个小时，小二这家伙终于慢吞吞地回复了我，说："嘲笑他的生殖器。"

好吧，我决定了，就按小二说的办。

我坐在客厅里，一边吃着西瓜，一边思考要如何嘲笑钟原的小弟弟，说实话，我也不知道要怎样嘲笑。

我正胡思乱想，我爸回来了，手里还拎着两个苦瓜。他一进门就对我说："咱们今天中午吃凉拌苦瓜吧，给小原子败败火，我看到他昨天流鼻血了。"

我咬牙说道："流得好，他血流成河才好呢。"

我爸摇头叹道："你跟他有什么深仇大恨啊，我看这孩子挺不错的。"

我无语，看来我爸也被钟原那厮攻陷了。认识钟原这么久，我发现这家伙有个特长，那就是，他总有办法让别人不知不觉地对他好，而且特别心甘情愿，这简直比妖法还要可怕。

当然了，考虑到我是一个意志坚定的人，所以我是不会受到他的迷惑的。

晚上，钟原在洗澡。

虽然钟原锁了浴室的门，但是为了通气，浴室的窗户是开着的，当然，窗前拉着窗帘。

我鬼鬼祟祟地趴在浴室的窗前，唰的一下拉开窗帘。钟原正在面对着窗户冲澡，他看到窗帘被拉开，显然吓了一跳。

我趴在窗前，飞快地扫了一眼钟原的下半身，然后收回目光。因为太快，我并没有看清楚，别问我为什么不看仔细一些，我怕啊。我是多么矜持而纯洁的一个人，这会儿因为迫不得已跑来偷看别人洗澡，我实在没那个胆量盯着别人私密的地方看，虽然我其实真的挺想看的。

钟原愣了一下，问道："你干什么？"

我目光飘忽，鼓足勇气嗤笑道："好好好好好难看啊！"说完我就等着钟原的反应。

然而钟原并没有我预期中暴跳如雷或者郁闷气结的反应，他只是微微侧了一下头，疑惑地问道："什么？"

我觉得不对劲，一溜烟跑开了。

我回到房间里，给小二发了条短信："我说，他怎么没反应？"

小二很快回复我："你说什么了？"

我："好难看。"

小二："笨蛋，说了多少次，那东西关键是尺寸问题，不是美观问题。"

我："那要怎么样？"

小二："你就对他说，哎呀，你好小啊，比七号电池还小，不仔细看都看不到，你简直就是一个纯天然的太监。"

我："好吧，我试试。"

我正想再杀出去，此时房间外却传来了敲门声。

我拉开门，看到钟原站在门口。他的头发还湿着，浑身冒着水汽，表情有点慵懒。这家伙见我开门，一点也不客气地走进我的房间，还帮我关好了门。他抱着双臂，眉头轻皱地看着我，问道："你刚才说我难看？我哪里难看了？"

我莫名其妙感到一阵心虚："我说错了，你不难看。"

"嗯。"钟原满意地点了点头，"那么你为什么偷看我洗澡？你很想看？"

我后退一步，狠了狠心，说道："我其实是想说，想说……钟原你的小弟弟好小啊！"

钟原脸色一沉，前进一步逼近我："你说什么？"

我后退："我说你好小，比七号电池都小，不仔细看都看不到。"

钟原又往前迈了一步，离我越来越近，目光微闪，过了一会儿，突然挑眉，嘴角微微地翘起："你看得很仔细？你确定看清楚了？"

我没来由地紧张了一下，结结巴巴地答道："我当当当当然看清楚了，你简直就是一个纯天然的太监！"

钟原继续逼近我，我不由自主地一步步倒退，最后退到了墙角里。钟原抬起一条手臂撑着墙，把我困在了一个狭小的空间里。他低下头，脸靠我很近。我突然感觉到有一股无形的气场压迫着我，让我几乎透不过气来。我低下头，紧张地说道："你想干吗？"

钟原脸微侧，凑到我耳边凉飕飕地说道："到底有多小，要不要用尺子量一下？"

我身体一僵，没想到这家伙会厚颜无耻地来这么一招："不不不不用了吧？"

"怎么不用？拜托你有点学术精神好不好。"钟原说着，收回手臂，低头撩起 T 恤，双手扣上了休闲短裤的裤腰。

我吓了一跳："你干吗？"

钟原低头答道："还能干吗，当然是测量了。好吧，先让你目测一下。"他说着，已经解开了短裤上的扣子，眼看就要拉开拉链。

我急忙握住他的手，死死地抓着不放开："真不用……"

钟原没有挣扎，抬起头，目光闪闪地看着我："木头，我不是什么正人君子，你一而再再而三地逼我，我少不得也要从善如流地做点下流的事情来回应你。"

说自己是正人君子的是你，说不是正人君子的也是你。当然，我此时是没有心情和他理论这些的，我只是抓着他的手，痛苦地说道："钟原，我错了还不行吗？"

钟原微微勾起嘴角，说道："你哪里错了？"

我硬着头皮答道："我不该偷看你。"

钟原显然不怎么满意："还有呢？"

我："呃，还有……"

钟原挑眉看我："我很小？"

我脸红，连忙摇头："不小，一点都不小。"

钟原："不小？"

我狗腿地点着头："很大，很大很大。"

钟原把手从我的手中抽出来，重新抬起手臂撑着墙，整个身体突然前倾，几乎贴到了我的身体上，我感觉呼吸都有点困难了。他抬起另一只手，轻轻地刮了一下我的下巴，然后展颜一笑，说道："木头，你真坏。"

我想咬死他！

后来钟原又调戏了我一会儿，大概是玩够了，就揉了揉我的脑袋，丢下一句"不看清楚就没有发言权，况且大小这个问题，等你亲身体会之后就知道了"，然后飘走。

留下我一个人缩在墙角里默默地无语问苍天唯有泪两行。这种厚颜无耻的话，估计也只有钟原才说得出口，亏他还曾经自诩正人君子。

晚上睡觉前，我收到了小二的一条短信。她说："忘了告诉你，你说过那些话之后，可能会迎来一些后果自负的事情。"

我再次有了想咬死人的冲动。

这件事情教育我们，不要试图跟流氓耍流氓，否则你会死得很惨。

这件事情还教育我们，小二的主意是不靠谱的。

我们家后院有一片空地，后来被我那见缝插针的爸爸开辟成了一片菜园。菜园里种着各种时令蔬菜，绝对的纯天然绿色有机食品。我在B市的时候曾经买过几个用化肥和激素堆积出来的西红柿，当时的感觉是，睁开眼睛知道自己吃的是西红柿，但是一闭上眼睛，根本不知道自己吃的是什么玩意儿。

于是，当我再次吃到我爸种出来的西红柿时，顿时泪流满面了。我爸当时就慌了，一个劲地劝我："丫头啊，不就几个西红柿嘛，咱有点节操好不好？"

这天，我正左手一根黄瓜右手一个西红柿，一边兴致勃勃地吃着，一边猜测着钟原这厮又要出什么幺蛾子。他吃过午饭就出门了，现在都傍晚了，还没回来。我问他做什么，他只是神秘兮兮地说，到时候你就知道了，搞得好像在从事什么地下工作。

虽然很鄙视他的鬼鬼祟祟，不过没有钟原的日子就等于没有压迫，我得抓紧时间好好珍惜。于是我在梧桐树下挂上吊床，躺在上面荡啊荡，一边欣赏着满树的梧桐花，一边美滋滋地啃着黄瓜和西红柿。

突然，一个身影挡住了我的视线。

张旭正站在我身旁，微微弯着腰，低头看我。

我被这个突然蹦出来的人吓了一跳，连忙从吊床上坐起来，抬头看他："张旭……有事吗？"

张旭手里拎着个竹篮，像个采蘑菇的小姑娘。他看到我看他，脸一红，低下头，沉默了好一会儿，终于说道："你怎么不叫我张旭哥哥了呢？"

我抓了抓我那一寸多长的头发，答道："呃，我比较目无尊长。"我要是再不改口，一定会被某个家伙嘲笑死。

张旭依然低着头，扭扭捏捏了半天也没说一句话，那样子像个受气的小媳妇。我实在不明白是什么事情让他变得如此束手束脚，记得以前他跟我说话并不像现在这样如临大敌啊，何况他当了十几年的班长，在和别人说话的时候，基本的大方得体还是能够做到的吧？

我越想越觉得头疼，干脆不去想了，啃了一口手中的西红柿，直截了当地问他："你找我到底什么事情？"叙旧的话免谈，老子这几天被折磨得身心俱疲，现在想休息。

张旭把手中的竹篮递到我面前："这是我家李子树上新摘下来的李子，我妈让我拿给你。"

我低头看去，那竹篮里盛着好多李子，红亮浑圆，新鲜饱满，光是看着就让人流口水。我吞了吞口水，咬咬牙，摇头说道："不用了，我家里还有很多，你们留着吃吧。"虽然我很馋，但是我要用实际行动向我爸证明，我是一个有节操的人。

张旭却把那篮李子放在一旁的小桌子上，说道："今年的李子长势好，收下来给街坊四邻尝尝鲜，没别的意思。"

他这么一说，我倒不好意思再推辞了。好吧，那我只好不客气了……我盯着李子，暗暗摩拳擦掌，节操什么的，那都是浮云。

张旭放下李子之后，站在原地一动不动，完全没有要走的意思。我当着他的面又不好意思吃那红红的李子，于是只好问道："你还有事？"

张旭再次表现出小媳妇的娇羞别扭样，我只好凌乱地抚额，幽怨地瞥了一眼桌上的李子。那一颗颗新鲜的小果子，仿佛一个个小人，在向我招手："快来吃我呀，快来吃我呀……"

张旭像下了很大的决心一般，抬起眼睛直直地盯着我，说道："那个，沐尔，我其实很想问你，你和钟原……是男女朋友的关系吗？"

我以为他要说出什么惊天地动鬼神刺激人的话，结果他扭捏惆怅嗫嚅别扭了半天，就是来打听我和钟原的八卦的。虽然我和钟原的绯闻已经被大多数人公认，但是本着说实在话做厚道人的原则，我还是有必要否认一下，于是摇头答道："怎么可能。"现在这样我都整天被他折磨得死去活来的，要是成为他的女朋友，天哪，我不敢想象。

张旭似乎不怎么信："可是……"

"我们的确不是男女朋友关系。"一个声音突然响起来，我回头一看，正看到钟原走进院中，手里还拎着一个袋子。他走近，站定，先看了我一眼，随即微笑着转头看着张旭，说道："我们只不过是互相看光光的关系。"

我就知道，这厮一张嘴准没好话。

张旭瞪大眼睛，看看钟原又看看我，良久才回过神来："你们……"

钟原继续保持着毒蛇一般的微笑："我们怎么样和你没关系，如果你很想知道的话，我可以稍微透露给你一点，比如说，"他突然转过头，对我邪邪一笑，说道，"比如说，木头已经肯定了我的尺寸。"

我觉得我好像有点明白钟原在说什么了，顿时低下头，脸烧得不像话。钟原你真是个禽兽啊，这种话都说得出来，我的名节、我的清白，全毁在你手上了！

我平复了一下羞愧的心情，抬头想解释点什么，却发现张旭已经落荒而逃了。

我恼怒地瞪着钟原，不满道："你为什么要和他说那些话？"

钟原淡定地笑："我说什么了？"

我气结，又实在没有勇气把话挑明，于是只好羞红着脸，扭过头去不理他。

钟原凑过来也坐在吊床上，挨着我。他轻轻碰了碰我的手臂，说道："喂，别告诉我你没看出来，那个张旭对你有想法。"

我往一旁蹭了蹭，躲开他："好像是有那么一点点，可是……"

"所以，"钟原打断我，"我其实是在帮你，你肯定也不喜欢总被他纠缠，对不对？"

我想了想，好像有点道理，可是他的这个方式，我实在不能接受，于是我埋怨道："你说那些话会让他误会的啊，这样传出去，大家会认为我是个不自爱的人，以后就没人敢娶我了。"

钟原却笑道："你没人要才好呢。"

我彻底怒了。说来说去，这家伙其实是打着帮助我的幌子，破坏我的名节吧？我就不明白了，我招他惹他了？想到这里，我愤怒而又沮丧地瞪着他，说道："钟原，你哪天不虐待我那么几次，你吃不好饭睡不好是怎么的？"

钟原却突然拉下脸来，一声不吭地盯着我，盯得我心里直发毛。钟原就是有这个本事，有时候他不说话，光用眼神就能杀死人。

我干咳了一声，鼓足勇气说道："看什么看，你明明是想搞破坏，还装什么好心？"

"木头。"钟原叫了我一声，突然抬起一只手，扣住我的后脑勺。我吓了一跳，背脊挺得僵直。他突然凑近我，鼻尖几乎碰到了我的鼻尖。他盯着我的双眼，深黑色的瞳仁里能清晰地看出一张睁大眼睛一脸戒备的脸。他眯了眯眼睛，随即偏过头，凑到我耳边低声说道："有的时候，我真想掐死你，一了百了。"说完他站起身，大步走开。

我依然全身僵硬地坐在吊床上，脊背发凉。我知道钟原这厮恨我，可是我不知道他竟然这么恨我，每天折磨我还不够，竟然还有过想掐死我的冲动！

我实在不知道钟原为什么看我如此不顺眼。我和我的同学、老师都相处得非常融洽，偶尔小打小闹也没真红过脸，甚至我经常破坏实验室的仪器，实验室老师也没有过多责怪我，有的时候在计算清偿的时候还会给我打个折什么的。可是现在，为什么我站在钟原面前，他却总是虐待我，还想掐死我？

我想来想去，最后得出的结论是，大概因为钟原此人眼光太过高端吧！好吧，作为他的陪练兼陪读，也许我的工作做得不够好，让他不满意了。这人也太会绕弯子了吧，他哪里不满意就直说嘛，他说了我当然会改了。

　　我做了深刻的自我反省，发现刚才我的态度好像并不怎么友好。不管怎么说，钟原确实帮到我了，我连声谢谢都没说，还堵他……惭愧惭愧，我实在是太可恶了。

　　现在这个傲娇上司有点生气了，我好像需要安慰他一下。

　　于是我把张旭拿来的那一篮李子仔仔细细地洗干净，又摆回篮子里，提着竹篮，屁颠屁颠地敲开了钟原的门。

　　钟原倚着门框，下巴微抬，以十分居高临下的姿态看着我："有事？"

　　"钟原，这个给你。"我献宝似的把一篮李子捧到他面前，讨好地笑着。

　　钟原低头扫了一眼篮中的李子，挑眉："张旭拿来的？"

　　"嗯！我一个都没吃，都给你留着呢！"我发现我狗腿子的功夫又深厚了许多。

　　钟原刚刚有一些缓和的脸色突然一沉："我不吃。"

　　我傻掉，不知道哪里又得罪他了，只好站在原地，愣愣地看着他，希望他给个明示。

　　钟原也没说话，我们俩就这么面对面地站了许久。最后，钟原终于叹了口气，说道："笨蛋，你手不酸吗？"他说着，拎过我手中的竹篮，把我拉进了房间。

第十一章
初吻很热闹

我一走进钟原的房间，就低下头主动认错："钟原，对不起，我错了。"

钟原的声音平平淡淡的，并没有什么怒意："哪里错了？"

我抬头虔诚地看着他，说道："我不该朝你发火，不该曲解你的好意。我平时工作也不努力，经常忽略你的感受……我还老觉得你是变态。"我看到钟原的脸色马上又有变黑的趋势，于是又补充道，"其实你不是，呃……你怎么可能是变态，哪有变态长这么帅的……"

自恋的钟原一听说"帅"这个字，立马精神抖擞起来，脸也不绷着了，眼睛里也开始放光了，就连嘴角都挂上了隐隐约约的笑意。

我在心里暗暗记下，钟原喜欢别人夸他帅。

看到钟原心情变好，我趁机说道："呃，那什么，你能原谅我不？"

钟原扬起嘴角，微微笑了一下，答道："你说呢？我还能把你怎么样？"

呃……虽然这话听起来怪怪的，不过钟原的意思好像就是原谅我了。于是我兴奋起来，一个劲地夸钟原大度，后来又假惺惺地说道："其实我想做一些事情来弥补的。"说完这句话我就不安起来，以钟原兴风作浪的本事，他不会真的……

果然，钟原拿过一个袋子递给我，嘴里说道："那正好，弥补吧。"

我忐忑不安地接过袋子，翻出里面的东西看了看，是一个新买的空白十字绣，图案好像是在大海里嬉戏的两条小鱼。

钟原提醒我："你答应过我要送我一个大的。"

我把那个十字绣展开，顿时欲哭无泪："可是这个也太大了吧？"当初你喜欢的是一条手机链，而这个，明明是一个抱枕！

钟原皱眉："一点诚意都没有。"

我说不出话来，犹豫了好半天，终于咬牙说道："好了好了，我绣就是了，当初答应你的事情当然要做到。不过我没玩过这个，而且这个太大，我也不知道什么时候能绣好。"

钟原十分大度地摆了一下手："不急。"

于是我就抱着这个抱枕十字绣，哭笑不得地走出了钟原的房间。

事情怎么会发展成这个样子，我一直想不明白。

第二天，钟原把一个空篮子还给了我，李子一个都没有了。我问他是不是都吃了，他还不承认。他不承认我也知道他都吃了，这人真虚伪，还馋！

夏天的下午，有一点闷热。知了不厌其烦地唱着歌，唱得人心中也跟着烦躁起来。我坐在梧桐树下，一针一针地绣着十字绣。话说这东西可真难绣，我的眼睛都快花了。因为绣错，我已经拆过好几次了，而拆的时候比绣的时候还痛苦。钟原净会找这些残忍的方法折磨我，我上辈子一定欠他的。

而此时钟原在做什么呢？别提这个，一提我就更来气。他此时正悠闲地躺在那原本属于我的吊床上闭目养神，耳里还塞着耳机，神情那叫一个悠然自得，看得我眼睛直冒火。而他一旁的桌子上，摆着笔记本电脑、一盘水果、水果刀，还有一瓶花露水，这种享乐主义的生活，是人民坚决鄙视的。

我把十字绣丢开，从小板凳上站起来。

钟原十分机敏地睁开眼睛看我："做什么？"

我揉了揉手，答道："口渴了，摘个西红柿吃，你要吗？"

钟原重新闭上眼睛，懒洋洋地答道："好吧。"

无视这位大爷让人喷火的态度，我转身朝后院的菜园子走去。

钟原却突然从后面叫住我："回来。"

我不耐烦地走回去站在他身旁："您还有什么吩咐？"

钟原从吊床上坐起来，拿过一旁的花露水，二话不说朝我唰唰唰地喷了几下，花露水的味道太浓了，呛得我直咳嗽。

钟原喷完花露水，满意地挥了挥手，依旧是一副黄世仁的表情："去吧。"

于是我乖乖地去了。

菜园里的蚊子很多，但是由于我身上刚刚喷了很多花露水，所以没有蚊子敢靠近我……钟原这家伙还算有点良心，不过我一想到他剥削压榨我的样子，想到他睡吊床听音乐我却坐小板凳绣十字绣，我还是觉得气不平。于是我只摘了一个大大的熟透了的西红柿，顺手又摘了一个翠绿的辣椒。

把西红柿和辣椒洗干净之后，我兴致勃勃地跑回钟原身边。钟原依然躺在吊床上，还一晃一晃的，他看到我，嘴角微微勾了勾，说道："摘个西红柿有那么开心？"

我笑嘻嘻地说道："钟原，把眼睛闭上。"

钟原深深地看了我一眼，嘴角弯出一小道好看的弧线，竟然真的闭上了眼睛。

我压抑着兴奋，又说道："张开嘴巴。"

钟原迅速把嘴巴张开。

"张大一点，对，就这样。"我一边说着，一边把辣椒掰开，把里面的辣椒籽全部挖出来。辣椒最辣的部分就是辣椒籽了。我把辣椒籽挖出来之后，一股脑地全部丢进了钟原的嘴巴里，然后眯着眼睛等着看好戏。

果然，钟原的嘴巴动了一下，然后发现不对劲，他唰的一下从吊床上坐起来，然后弯着腰猛烈地吐着，把嘴里的辣椒籽全部吐了出来，一边吐还一边咳嗽。可惜他吐得再凶也已经来不及了，那些辣椒籽的辣味肯定已经蔓延开来。

我在一旁看着，不禁捂着肚子大笑。钟原啊钟原，你也有被我折磨的这一天啊？果然，折磨别人的感觉太好了，怪不得这个变态整天折磨我！

钟原一边吐着，一边抬起眼睛看我，目光很凌厉，吓得我脊背一阵发凉。我干咳了两下，突然有点害怕，万一这家伙报复我怎么办啊？

钟原坐直身体，胸口剧烈起伏，昭示着他此时的怒意。

我停住笑，眼神飘忽地说道："我……那个……嗯……"

我话还没说出口，嘴巴突然被堵住了，等我反应过来是怎么回事，大脑顿时一片空白。

钟原，他他他……

他此时正用自己的嘴巴堵着我的嘴，嘴唇不停地蹭着我的嘴唇，还咬我！咬完之后，他又伸出舌头舔啊舔……

我僵在当场，过了好一会儿才回过神来。我摇摆着脑袋挣扎，伸手使劲去推他。

钟原感受到了我的不满，放开我，但双手依然扶着我的肩膀。他目光闪闪地低头看着我，轻声问道："什么感觉？"

他不说还好，他一说，我才发现此时我嘴唇上的感觉，一个字——疼！

我对辣椒很敏感，几乎从来不吃辣，此时钟原嘴里沾染了辣椒，又来袭击我，自然也把那种辣味带到了我的嘴唇上。现在我只感觉嘴上火辣辣地疼，仿佛有一种热热的砂磨过一遍，又仿佛在往好多细小的伤口里渗盐水，疼得我整个人都要烧起来一样，眼泪都快掉下来了。而且我的嘴唇一旦沾上辣椒，经常要肿上一整天，像叼着两片香肠一样，这让我怎么见人啊。

我一边呜呜地哀号着，一边咬牙切齿却又含混不清地对钟原说道："你这个浑蛋、流王、禽兽！竟然用这种荒华告护我，你简直为有人性（你这个浑蛋、流氓、禽兽！竟然用这种方法报复我，你简直没有人性）！"

对我来说，辣椒是最残忍的武器好不好，况且还是嘴对嘴！苍天哪，我这么纯洁一个人，可是连初吻都没送出去的好不好！

钟原似乎也有点蒙，眼神有那么一丝慌乱："对不起，我不是这个意思，我……"

事实胜于雄辩，我才不要听这个巧舌如簧的家伙解释。我扭头就走，一边走一边愤恨地说道："再也无要理你了（再也不要理你了），呜呜……"

钟原捉住我的手腕，脸有点红，口吻很着急："你别生气，我下次不这样了。"

我恼怒地甩他的手："你还想有下次？"

钟原低下头，攥着我的手腕的手却没有放开。他垂着脑袋，闷闷地说道："对不起，我真的不是故意的。"

我这个人吃软不吃硬，太容易心软。此时看到他一副乖乖认错的小学生模样，我心中的怒火莫名其妙地被浇灭了。好吧，虽然他知道我不吃辣，但是并不知道我对辣椒如此敏感，刚才他也许只是恶作剧一下，并没有想到我能疼成这样。其实这貌似也没什么大不了的，当然，他这个方式我还是难以接受，不过好像一开始就是我不对，我不该在他的嘴里放辣椒籽，我这是自作孽不可活……

想到这里，我只好一边怪自己不争气，一边痛苦地仰天长叹："钟原啊钟原，我上位子（上辈子）欠你多少啊……"

钟原也学着我的样子叹了口气："是我欠你的吧。"

我大大咧咧地躺在吊床上，还扭来扭去的。吊床就是比板凳舒服啊，这种地位可是我牺牲嘴巴换来的。

钟原此时坐在小板凳上，在我旁边。他正握着一个药瓶，低沉着声音说道："躺好不要动。"声音难得有点温柔，果然是知错就改的好孩子。

钟原右手握着药瓶，左手捏着棉签，用棉签蘸了消肿的药，在我的嘴唇上轻轻地擦着。他的力道很轻，可我还是疼得咝咝地直吸气。

不过，疼痛之余，我又开始感叹钟原的行李箱之丰富了，连消肿药都有。

我正闭着眼睛哼哼着享受钟原的服务，突然一个声音说道："你们在做什么？沐尔你怎么了？"

我睁开眼睛，看到张旭又提着一个篮子来了，那造型、那神态，又让我很不厚道地想到了采蘑菇的小姑娘。

我们村里的习惯，白天的时候村民们的院子都是敞开着的，并不避讳有人突然进来。当然，如果你有什么隐私的活动，可以在屋子里进行，如果一个人想进你的屋子，要先敲门，或者在院子里喊两嗓子。

所以此时张旭虽然来得有点突然，但也并不突兀，可是我心里总是觉得别扭。

我坐起来刚想说话，却听钟原回答他："没什么，都怪我刚才不小心，咯咯……"他说着，还很不好意思地咳了两下。

他这一咳，我又想到刚才我们两个嘴对嘴的样子，脸顿时也烧了起来。钟原这个禽兽，毁我初吻！

"我……我来给你们送些桃子，是我叔叔家园子里新摘的。"他说着，把竹篮放在了桌子上。

我看到他眼睛里闪着莫名其妙的光，脸上还有点红，估计他也想歪了吧。算了算了，他爱怎么想怎么想吧，我已经很无力……

张旭把竹篮放下之后，钟原很有主人翁意识地问他："你还有什么事吗？"

"没、没有了。"张旭说完，急匆匆地走了。

张旭走后，钟原一边给我涂药，一边低声嘟囔着："这家伙怎么还没死心呢？"

我眨巴着眼睛，答道："估计是他哇勿死心，他哇让他送他就送（估计是他妈不死心，他妈让他送他就送）。"

钟原却道："谁让你说话了，不许动。"

我："……"

等钟原给我涂完药，我睁大眼睛伸长脖子，充满渴望地看着篮中那几个水灵灵的大桃子，好想吃。

钟原却把桃子往远处挪了挪，学着我爸的腔调道："麻烦你有点节操好不好。"

我眼睛直勾勾地盯着桃子，痛苦地说道："可是，勿（不）吃可惜了。"如果都被你吃了，更可惜。

钟原提着篮子走到门口，招呼正在外面玩的小孩子："宝柱，过来，这个给你吃，吃完把篮子送到张旭家去。"

小宝柱高兴地接过篮子，说了句"谢谢原子哥"，就跑开了。

我张着两片香肠嘴，怨念地看着小宝柱的背影。

钟原坐回小板凳上，抬手揉了揉我的脑袋："明天给你买。"

钟原勇敢地承认了错误，作为对我的补偿，这几天那吊床一直是我在霸占着。其实我想说的是，它本来就是我的啊……

因此，一般我们在乘凉的时候，吊床归我，小板凳归钟原。他坐在小板凳上，有的时候会上上网、玩玩游戏什么的，而我躺在吊床上，当然不会再绣那劳什子十字绣。没事干的时候，我就容易犯困。

这天下午，我优哉游哉地在吊床上荡着，又一次迷迷糊糊地睡了过去。当然，这不是重点，重点是我做了一个梦，我从来没有做过如此清晰的梦。

我梦到自己在吃村西头李家饭店里李大厨做的水晶猪舌头。李大厨的水晶猪舌头做得像水晶猪皮冻一样滑，而且味道香浓可口，是我的至爱之一。

我正梦到自己把一片水晶猪舌头放在嘴里来回品味。我做梦从来没有如此充实的感觉，就仿佛自己嘴里真的有一片滑溜溜的猪舌头。可是我的肺里又仿佛堵着一口气喘不过来，使我不得不醒过来。

我睁开眼睛，使劲呼吸了几下，顿时顺畅了许多。可我总是觉得刚才吃猪舌头的感觉是那么真实，那种嘴里含着一片滑溜溜的东西来回翻动的触感，仿佛还残存着。我不由自主地伸手抚摸着自己的嘴唇，发现我的嘴唇还是湿漉漉的。呃……估计是我刚才做梦做到兴奋处，自己舔的吧，好丢人。

我小心地去看一旁的钟原，希望他不会发现我馋到做梦去舔嘴唇，可是我看到了什么？天哪！

钟原正出神地削着一个桃子，不对不对，这不是重点，重点是他把手都割破了而不自知，还一个劲地削，手上流出来的血染红了桃子，那场面好暴力……

我睁大眼睛难以置信地看着这个诡异的场景，一时忘记提醒他。只见此时钟原眼神怔怔的，两颊通红，显然很不在状态。可怜的桃子被他虐得惨不忍睹，当然，同样惨不忍睹的还有他的手指……

"钟原？钟原？"我不无担忧地叫着他。

"嗯？"钟原扭头看我，眼神有点慌乱。

我此时也顾不得他这个表情有多离奇，而是指着他的手，说道："你的手被割破了，不要紧吗？"

钟原低头一看，立即把水果刀和桃子放到一旁，眼神依然有点发直地盯着自己的手指："没、没事。"

我进屋取来创可贴和紫药水，一边帮他处理伤口，一边说道："钟原，你中暑了？脸怎么这么红？自己割破手指都不知道。"

钟原并没有正面回答我的问题，而是说道："你睡着了？"他的声音有点缥缈。

我嗯了一声，用卫生纸蘸着清水帮他把伤口清理了一下，这伤口还挺深的，也不知道这家伙在想什么，竟然一点没感觉出疼来。

钟原又问道："你……做梦了？"

我又嗯了一声，蘸着紫药水，涂到他的伤口上。

钟原的声音突然轻飘飘的像蚕丝一样："梦到什么了？"

"呃……"我有点不好意思，"梦到吃猪舌头。"

钟原突然把手抽回去，沉着脸瞪着我，嘴角有点抽搐。

我被他这个突然转换的表情吓了一跳："你怎么了？"

钟原不理我，站起身走开。

我跟上他，说道："你怎么了，创可贴还没贴上呢。"

钟原头也不回："死不了。"

我怒了，不知道自己哪里又做错了："喂，你怎么回事？"

钟原却沉声回道："别跟着我，我怕我会忍不住掐死你。"

我招谁惹谁了我！

钟原终于在暑假的最后半个月大发善心不再折磨我，飞回了上海，据说他爸妈都在国外，上海只有一个留守的爷爷。

我在剩下的半个月里也没闲着，而是回了学校，参加学校今年的迎新。作为有服务精神的年轻人，我当然不会像钟原那样自私自利，享乐主义。

迎新活动进行得很成功，师弟师妹们都很友好，唯一美中不足的是，我的性别总是被他们搞错。当一群女生围着我尖叫着"师兄你好可爱"的时候，我实在是凌乱得很。

我的头发现在是五厘米左右，由于比较软，已经能够服服帖帖地耷拉下来了，而不是跟以前一样，像个生长旺盛的仙人球。虽然美感增加了，却依然太短，碎碎的刘海、薄薄的鬓角，以及软软短短的头发，我看着镜子中的自己，有的时候都恍惚有一种"这是男生"的错觉。更何况，最让我受不了的是，学校里统一发的迎新服装，是一件大大的很宽松的 T 恤，我穿上它，我那"最大 A 罩杯"的型号完全显示不出优势，有的时候还容易让人忽略。

几天下来，在被师弟师妹们叫"师兄"叫得麻木之后，我竟然能够淡定地面对这一切了。当他们挥着手跟我说"师兄好帅"的时候，我通常会从容地笑着，跟他们说"谢谢"。

至于性别什么的，那都是浮云。

于是，当有人一口把我的性别喊正确之后，我顿时感动得几乎喜极而泣。苍天哪，可见着识货的了！

那天，我刚送一个学妹到宿舍，回来的时候感觉又累又热，于是刷了钟原的校园卡买了一盒冰冰凉的酸奶，美滋滋地吸着。

我路过一辆蓝色跑车的时候，感觉有点奇怪。不知道是谁这么有本事，竟然把车开到了教学区，我特想指着那个"此处禁止机动车辆通行"的牌子给他看。

我这么想着，一不小心多看了那辆车两眼。就在这时，那跑车的车门突然打开，从车上走下来一个人。我一看到这个人，就感觉特别亲切。

因为他的头发很短，紧紧贴着头皮的一层板寸头，让我突然想起了几个月前的自己，顿时眼眶都有点湿润。

那人迈开长腿朝我走来，走到我面前站定，友好地朝我笑了笑，说道："请问这位师姐，新生报到处怎么走？"

我傻傻地看着他，没说话。

那人诧异："师姐？师姐？"

"呃……"我吞了一下口水，疑惑地问道，"你是怎么一眼就认出我是女的的呢？"

他愣了一下，随即笑呵呵地说道："我有一双善于发现美女的眼睛。"

这句话让我很受用，于是我决定亲自带他去报到现场。

　　他转身从车上搬出一个旅行箱，拖着跟在我身旁。我还是有点奇怪，一边走一边问道："你有本事把车开到这里，又怎么会不知道报到的地方在哪里？"

　　他皱了皱眉，答道："我想甩掉车上那个家伙。"

　　我不解："车上的家伙？"

　　他解释："司机。"

　　我又扭头看了看他的那辆跑车，刚才还真没发现上面还有一个人。

　　他在一旁说道："我的车怎么样？"

　　我点头赞道："不错。"

　　他笑道："哪里不错？"

　　"呃，"我挠了挠头，"很大。"

　　男生："……"

　　我对这些从来不了解的好不好。

　　他惆怅地说道："你很特别。"

　　我有点窘，没话找话地说道："你既然不喜欢你的司机，怎么还要带他来？"

　　他眉头皱得更深，沉默了一下，答道："我没有驾照。"

　　呃，我瞬间就明白了，估计他还没有满十八岁。于是我十分善解人意地笑了笑，没有说话。

　　他却有点不满，急忙说道："我还有一个月就可以拿了。"

　　我亲切地点了点头："孩子，恭喜你。"

　　他更加不满："我不是孩子……话说，我叫苏言，请教芳名？"

　　"芳名"一词弄得我怪不好意思的，于是我十分矜持地答道："我叫沐尔。"

　　"沐尔？"他沉吟了一下，抬头盯着我看，"沐尔，你有男朋友吗？"

　　我差点被酸奶呛住："喀喀，你……麻烦你叫我师姐。"

　　苏言："沐尔。"

　　我："叫师姐。"

　　苏言："沐尔。"

　　我："……"

好吧，沐尔就沐尔吧，还有人叫我木头呢，我这人大度得很。

苏言见我默认了他的坚持，又重复了一遍他刚才的问题："沐尔，你有男朋友吗？"

我无力，挠了挠头，答道："别人都说有，其实没有。"

他似乎更无力："什么意思？"

我反问他："你又是什么意思？"哪有人第一次见面就问别人有没有男朋友的，姐姐很矜持的好不好。

他眼睛直勾勾地看着我，一点都不含蓄地说道："我想追你。"

我差点没站稳，后退一步睁大眼睛看着他："喂，咱俩认识多长时间？"

苏言看了看手表："十分钟。"

才认识十分钟就要追我，我是应该感叹自己魅力大，还是应该哀叹自己遇上个疯子？

考虑到眼前的人是需要呵护的师弟，我这做师姐的也不好意思太欺负他，于是只好委婉地问道："为什么？你为什么要追我？"

他很天真地看着我："追女生需要为什么吗？"

我算是看出来了，我们俩的思维似乎不在一个星系上，不，是他的思维不在太阳系上。我捏了捏额头，叹道："同学，你以前有没有追过女生啊？"

"没有。"他摇了摇头。

我释然，看来是个单纯的娃，也不能对人家要求太苛刻了。

这时，他又补充道："一般是别的女生追我。"

"……"我又问道，"那你答应人家了没？"

他点点头："长得好看的就答应。"

我再次无语，果然男生都是以貌取人的家伙："那你以前有多少女朋友？"

他思考了好一会儿，为难地答道："不知道，我没数过。"

我抓了抓头发，暴躁地说道："那你就别追了，你就等着被无数美女追吧，小——帅——哥！"

他一点没被我的气势吓退，郑重地说道："可是，我一见你，就想追你。"

我压抑着喉咙中的一口血，语重心长地对这另类得让人发指的师弟说道："孩子啊，一般情况下，大家都是喜欢一个人的时候才去追她，明白？"

"我不是孩子。"他固执地摇摇头，又说道，"那么，我想追你，是不是就代表我喜欢上你了？"

师弟，你的思维太缜密了。

我现在真的有一种一走了之的冲动，这位小帅哥实在让我吐血，大爷我不伺候了！

他突然伸手来拉我的手，并且眼神真挚地看着我，说道："沐尔，带我去报到，我不认识路。"

他这么一说我又觉得自己有点狭隘，人家师弟也许只是随便说说，我怎么能因为这个就把他抛弃了呢，这样也太罪恶了。想到这里，我挥去脑子里的不健康情绪，带着他直奔报到处……当然，我也不忘甩开他的手，开什么玩笑，师姐的便宜你也想占吗？

我本来以为他报完到我的苦日子也算是到头了，没想到接下来他又缠着我陪他买这买那，甚至连袜子都不放过。中途他的司机来找他，他拉着我就跑，一想到这里我就郁闷，你说他跑也就算了，我跟着起什么哄啊……

晚上的时候，这位师弟感慨于我的奉献精神，请我吃了顿饭。因为饭太好吃了，所以我攒了半天的脾气就没有了。我不由得想鄙视一下自己，怎么这么没有节操呢！

晚上他把我送到宿舍楼下的时候，对我说了一句话，我差点当场吐血。

他说："沐尔，我对今天的约会很满意。"

我算是发现了，这师弟就是一个大灰狼的灵魂穿越到小白兔身上的悲剧。

这几天苏言让我很头疼，他经常莫名其妙地就出现在我面前，有的时候手里还拿朵花，嘴里说着各种把人雷翻的话。最可恨的是，我一着急暴躁的时候，他又瞪着两只无辜的眼睛，小白兔一样看着我，让我想发火都发不出来。

而且，这位神通广大的小师弟还神不知鬼不觉地拿到了我的手机号，对此我表示愤慨，却又无奈。我曾不止一次地问他你到底喜欢我哪一点，结果他每次都是特惆怅地思考很久，最后回答："我也不知道，反正我一见到你就心跳加速，就想和你在一起。"对此我表示压力很大。

小二和老大也已经返校，看到我和小师弟纠缠不清，俩人合力把我拎回宿舍，对我进行了一番激烈的批判，从人生观、世界观、价值观到思想觉悟、人格品位以及共产主义理想等把我全方位分析，最后得出的结论是："三木头，你招惹了钟原又来勾引人家小师弟，你这是活腻味了吧？"

我特委屈地缩在角落里，哭笑不得，关我什么事啊……

小二却一点同情心没有地看着我，凶神恶煞般地说道："不许哭！再不老实就把小师弟配给钟原，到时候就没你什么事了！"

我擦擦汗，表面上一副很有道德、痛心疾首的表情，心里却很不厚道地想，这倒也不失为一个好主意……

又过了几天，苏言突然找到我，郑重其事地对我说："我想过了，这应该就是传说中的一见钟情。"

"哦。"我答应了一声，面无表情地从他身边走过。这个世界很让人暴躁，不过雷着雷着，我也就淡定了。

苏言突然从背后扯住我的手腕，很受伤地说道："沐尔，你给点反应好不好？"

"好。"我说着，甩开他的手，随即在他头上狠狠地敲了两下，转身就跑。

今天钟原回 B 市，我得赶去接机，去晚了谁知道这厮又要想什么方法折磨我。

钟原拉着他的奇幻行李箱，笑吟吟地朝我走来。他走到我面前，抬起手揉了揉我的脑袋，说道："想我了没？"

我偏过头躲开他："想了……"

钟原："你用不着说这么勉强。"他的心情似乎很好，并没有生气。

我看着他，脑子里突然闪过一个想法。钟原他不是我的男友，可他是我的绯闻男友。

如果苏言相信钟原是我的男友，那么我的世界就和谐了吧？我真是个天才，这么卑鄙的办法都想得到，果然，经常跟奸诈的人待在一起，是会受到传染的。

我这么想着，忍不住笑起来，两眼放光地盯着钟原。钟原难得纯良地缩了缩肩膀，说道："木头，麻烦你不要用这种看食物的眼神看我。"

我不好意思地干咳了两下，说道："钟原啊，我想请你帮个忙。"

钟原漫不经心地问道："什么忙？"

我揉着衣角，咬牙说道："那什么，你能不能……能不能假扮我的男朋友？"

钟原突然顿住脚步，转过头来看我。他的两只眼睛黑亮黑亮的，目光很深，意味不明。我被他看得有点不自在，目光躲闪地说道："你不愿意就算了，我可以找别人。"

"找别人？"钟原喃喃地重复着，声音凉飕飕的，微微倾身，脸凑近了一点。他眼眸微垂，一副闲闲散散的样子，然而他眼睛里的光芒暴露着他此刻的心情——貌似不怎么样。他微微勾起嘴角，笑得迷人而危险："你打算找哪一个别人？"

我感觉脊背发凉，缩了缩肩膀说道："目前没有想到。"

"哦？"他抬起眼睛，直直地盯着我。

我只好拿出我的撒手锏，说道："我实在找不到别人了。你长得这么帅，气场又这么强大，当然是最适合做我男朋友的了。"其实主要原因是，想要劝走一个人间祸害，就必须动用另一个人间祸害。

果然，钟原一听到我夸他，心情立即好起来，表情也变得舒畅而友好了许多。他直起腰，微微抬起下巴，给人一种很玉树临风的感觉，得寸进尺而又厚颜无耻地问道："我真的是最适合的？"

我小鸡啄米似的点着头："是的是的，我就没见过比你更帅的人了。"

钟原满意地揉了揉我的脑袋，说道："好吧，我答应你，做你的男朋友。"

我有点窘，纠正他："是假扮。"

"你哪来那么多废话。"钟原说着，不由分说地拉起了我的手。

我使劲往回抽手："钟原你干吗？"

钟原莫名其妙地看着我，那眼神充分传达着一种"你是笨蛋我鄙视你"的信息，他说："男女朋友不都是这样吗？你以为我在干吗？"

我欲哭无泪："现在好像不需要……"等见到苏言我们再表演。

钟原攥着我的手始终没有放开，他扬起嘴角，说道："现在我们先练习一下，我没当过别人的男朋友，不熟练。"

我想了想，貌似他说得有道理。我也没有谈过恋爱，我们需要适应一下，到时候才能演得逼真一些。想到这里，我反握住他的手。当然，心里还是有一点点紧张。

钟原也没再说话，攥着我的手，悠闲地朝机场外走去。

我有点不明白，为什么事情的发展总是超出我的意料，而看起来又似乎那么合理？

我想过我和钟原在一块儿的时候会遇到苏言，但是我没想过有那么快。

钟原回到学校的时候，我厚颜无耻地用他的饭卡到学校食堂开小灶给他接风，他今天心情好，也没说什么。然而就在食堂里，我看到了我此刻最不想看到的人。

苏言正举着一把餐刀，把盘子里的肉一点点切开，只见切不见吃。那个画面让我想到一个成语——碎尸万段。

当然，神经不正常的人干这种不正常的事情是再正常不过了，我面无表情地躲在钟原身后，心里默念：看不到我，看不到我。

然而我还是被他看到了。苏言丢下餐刀，跑到我面前，笑着朝我招手，柔柔地叫了声"沐尔"。

我打了个冷战，把钟原扯到面前挡住自己。

钟原十分冷淡但礼貌地伸出手来："你好，我是沐尔的男朋友，钟原。"

苏言握住他的手："你好，我是沐尔未来的男朋友，苏言。"

我："……"

紧接着这两人深情地对望着，互相握着的手也舍不得松开了，一直死死地攥着。我突然想起了小二曾经说过的把钟原和苏言凑成一对之类的话，现在再看看眼前这幅画面，怎么看怎么和谐。于是我不由自主地后退两步，抚着下巴感叹道："你们俩看起来倒是挺般配的。"

那俩人以迅雷不及掩耳之势放开了彼此的手。

苏言看了我一眼，对钟原说道："师兄不介意一起吃个饭吧？"

钟原攥着我的手紧了紧，面无表情地答道："不介意。"

我有点意外，好歹从名义上来说，钟原和苏言算是情敌，我们这三个人坐在一起让我有点不能接受，何况钟原也不是那种喜欢节外生枝的人。

于是我们开始吃饭，饭桌上的气压很低，一顿饭吃得我心惊胆战的。

苏言夹了点菜放到我的碗里："沐尔，谢谢你这几天来对我的热情照顾。"

我哪里热情了？我躲你还来不及。

钟原却对此话题产生了兴趣，挑眉问道："哦？她怎么照顾你了？"

苏言答道："她主动带我去报到，还帮我买东西、带我吃饭、介绍朋友给我认识。"一边说一边看我，说到最后，状似羞涩地一笑，"她还夸我帅。"

我："……"

为什么这些明明是事实，可是从他嘴里说出来，我自己都觉得不可思议呢？何况这些话听起来，怎么听怎么像是我在打他的主意。这是个什么情况？

钟原淡定地夹了一只鸡翅放到我的碗里，盖住了苏言刚才夹的菜。他状似宠溺地看了我一眼，说道："我家沐尔就是热心，喜欢帮助别人，可总是会被一些人误会，她一直很苦恼这件事情。"

我在桌子下戳了戳钟原的手背，你干得好！

钟原趁机反握住我的手，还捏了捏，然后抬起眼睛，似笑非笑地看着我。

我顿时羞红了脸，钟原你也太敬业了吧，越演越逼真了……

苏言看着我们俩的互动，突然说道："你们两个不用装了。"

呃？

苏言："我能看出来，沐尔并不喜欢你，师兄。"

我不得不佩服苏言了，这小师弟有时候看起来很精神错乱，可是他说的话总是犀利得让人流汗。

如果是一般人的话，说不准就败在他的犀利言辞之下了，然而，此时面对他的是钟原，一个变态，强大的变态。

钟原听了苏言的话，突然一把将我拉进怀里搂着。因为太突然，我反射性地挣扎了一下，挥着手不小心打翻了桌上的一个盘子，弄出了很大的声响，然后周围一片人都扭过脸来看我们，再然后，他们的目光就不愿意离开了……

考虑到我这几天一直被弄得很错乱的性别，我觉得我很理解周围人目光中的惊愕与火热。公共场合，一个帅哥搂着另外一个"帅哥"，和第三个帅哥剑拔弩张着，多么狗血，多么有价值的八卦！我已经看到有人在偷偷地拍照了。于是我很矜持地把脸埋到钟原怀里，留给拍照的人一个销魂的背影。

钟原抬起我的下巴，在我的额头上狠狠地亲了一下，周围顿时传来一片吸气声，我的小心肝儿也跟着跳个不停。然后钟原抬起头，挑衅地看着苏言："要不要我们当众接吻给你看？"

有感于钟原这话似乎太过无耻，我红着脸，偷偷地扭过头去看苏言，只见他脸色阴阴的，仿佛随时能酝酿出一场雷阵雨。他直直地盯着我，不说话。

"喀喀，"我压抑着心跳，双手环住钟原的脖子，"我真的喜欢他。"说完我还特深情地抬头和钟原对望，其实我的胃里一阵翻腾……

师弟唰地站起身，头也不回地走开了。

我在心里小小地比画了一个剪刀手，打算从钟原怀里坐回去。钟原却搂着我不放，使我丝毫没法动弹。

我不满："喂，他已经走了。"

钟原拥着我，凑到我耳边说道："围观群众在拍照，你不想把戏演得逼真一点吗？"

我想想也是，如果我们马上就分开，围观群众拍到的照片反差很大，万一苏言看到照片发现真相，再杀回来就不好了。于是我乖乖地趴在他怀里，不耐烦地蹭了蹭。不过钟原竟然能如此配合拍照的群众，也算是奇迹了。

钟原附在我耳边，问道："他很帅？"

我一时没反应过来："啊？"

钟原声音凉飕飕地重复着他的问题："苏言，很帅？"

我打了个寒战，特狗腿子地答道："没你帅。"

钟原的手臂紧了紧："这还差不多。"

我叹，钟原你还能再自恋点吗？

又过了一会儿，我问钟原："这下可以放开我了吗？"

钟原："不可以。"

我觉得钟原今天有点奇怪，可是又不知道他奇怪在哪里。

新学期新气象，当然，我还是不可避免地要面对那倒霉催的专业课和实验课，除此之外，我的日子过得倒也舒服。苏言虽然也隔三岔五地来缠我，不过他一来我就抓钟原帮我挡，然后顶着胃痛来秀个恩爱什么的，倒还算和谐。

至于钟原让我帮他写选修课作业，我也忍了。

子曰："世界如此美好，总会有人暴躁。"

这话说得一点没错，不过这次暴躁的人是小二。

国庆假期回来，小二就开始举着一份打印的资料追着让"一、三、四"帮她欣赏。本来我以为那是什么重要的专业资料，不过我高估了小二的智慧，等我把那沓厚厚的东西拿到手中一看，霎时凌乱了。

那竟然是一个电影剧本，不，这不是重点，重点是，那是一部同性恋题材的电影剧本……

我哆哆嗦嗦地拿着这个剧本，叹道："小二，你写点浪漫小说荼毒一下网民也就算了，怎么又搞出个剧本来？再说了，这东西就算你写了，有人拍吗？"

小二信誓旦旦地说道："放心吧，我这是先约的电影，再写的剧本。我跟电影社的副社长都说好了，这剧本她很满意，只要找好合适的演员，立即开拍。"

我抓了抓头发："电影社的副社长？不会是小杰吧？"我和小杰在环保社认识，交情还不错，上次听说她参加了电影社的换届选举，貌似竞选的就是副社长。

"没错。"小二拍了拍我的肩膀，一脸向往地说道，"想象一下啊，充满活力与激情的大学校园里，像从漫画里走出来的美少年，这个画面光是想一想就让人热血沸腾啊。"

我蹭了蹭胳膊，说道："光是想一想就让人毛骨悚然吧。"原谅我可以接受一个美少年，但是无法接受两个。

小二敲了敲我的头，鄙夷道："你这个人，一点情趣都没有。"

好吧，如果这算是情趣的话，我宁愿我永远没有。

小二批评了我一会儿，又用手托着下巴惆怅地说道："作为编剧兼制片人，我有责任和义务为导演选几个美型演员，可是我手头上的美男资源太少了。其实我最理想的组合是陆子键和钟原，可是四姑娘已经为这事揍了我一顿，看来很遗憾，我们不能跟陆子键合作了。不过我还是希望能争取到钟原的支持……话说，三木头，我打算请钟原参演这部电影，你有意见没？"

"我？"我摇摇头，"我能有什么意见，不过钟原这厮未必会同意。"

小二眼泪汪汪地看着我："那你愿意帮我游说他吗？"

我缩了缩脖子："开玩笑呢吧你。"钟原是何许人也，他不想做的事情，我怎么可能劝得动？

小二紧紧地锁着眉头："怎么办怎么办，好不容易认识了那么几个美男，人家都不愿意参演，我的理想啊，你不会就这样胎死腹中了吧……"

我擦汗，小二，你有必要动用"理想"这个词语吗？

小二在宿舍里急躁地来回踱着，突然，她抬起头，两眼放光地看着我，严肃无比地说道："三木头，你愿意出演我的电影吗？"

我被她这个表情整得有点茫然："可是你的电影需要女生吗？"如果需要女生跑龙套的话，我想我可以的……

小二认真地看着我："没关系，你可以反串。"

小二你太有想象力了。

我哆哆嗦嗦地擦汗："小二啊，我可以说'不'吗？"

小二瞪我："不可以！"

我："可是……"

小二："没有可是！你不参加就是不支持我，不支持我的电影就是破坏我的理想，就是不讲义气、见死不救！"

我无力地点头："好吧，我答应你。"

我真没想到，自己这辈子竟然还有拍电影的机会，我更没想到，第一次拍电影，就要演个男的，跟另外一个男的……生活太有挑战性了。

于是小二雀跃了。

而我，默默地凌乱了。

第十二章
电影很混乱

"喂，小杰吗……嗯，是啊，不是跟你说了嘛，反串……你肯定认识，三木头啊，就是沐尔，你们环保社的沐尔……放心吧，她长得那么好看……对对对，我也觉得她很合适……是啊，发型也很合适，刚刚好……什么？裹胸？你也太看得起她了……"

我满头黑线地坐在一旁，强忍着揍人的冲动，听着小二给小杰打电话。

两个人啰唆了半天，小二终于挂断电话。挂完电话，她两眼冒光地看着我，兴奋地说道："嘿，我听小杰说，她最近认识了一个哲学系的学弟，长得特帅，已经答应出演这部剧的另外一个男一号了。"

我丝毫不为这个消息振奋，懒洋洋地答道："恭喜。"

小二抓着我继续兴奋："可是本来我打算让钟原演啊，这下怎么办？"

我摇头："放心吧，钟原才不会演，有胆量你去找他。"

于是小二默不作声了。

晚上，小杰作为导演，约这部电影的两个男主角（其实我是女主角）一起去咖啡厅里坐了一会儿，商量这部电影的具体事宜，顺便叫上了此电影的制片兼编剧，也就是小二。

然后，当我看到那个传说中的哲学系帅哥学弟时，华丽丽地愣在了当场。

我还就不明白了，B大里的帅哥也不少啊，小杰你怎么单就把苏言给放出来了呢？

苏言惊喜地跑到我面前，笑呵呵地说道："沐尔，原来那个女扮男装的人是你？"

我把小二抓到面前挡住自己："我是编剧，这个才是你的搭档。"

然而小二不遗余力地出卖了我。

苏言把一只手臂搭到我的肩上，心情看起来相当不错："沐尔，你不用不好意思。"

我怒，甩开他的手臂，指着苏言对小杰说道："导演，我可不可以申请换掉我或者换掉他？"

我的一句话引来了小杰的怒目而视："不可以！"

由于苏言的极度配合和我的极度不配合，今天晚上的商谈虽然不算失败，但也并不成功。其实我也并不是故意无理取闹，可是对于和苏言合作演一对情侣这事，我心里无法不别扭。不管他对我的感情是真是假，再怎么说他也追过我，目前貌似还在追，以我们俩现在这样的关系，搭戏的时候难免尴尬。我这人对待感情比较绝对，喜欢就是喜欢，不喜欢的话，我也不愿意和别人有任何牵扯，你最好离我越远越好。

从咖啡厅回来的时候，小杰和小二鬼鬼祟祟地先回去了，留我和苏言单独交流。

苏言和我并肩，慢慢地走在橙黄色的路灯下。

"沐尔，你很讨厌我？"他突然站定，目光直视我，淡淡地问。

我摇头："没有。"

"那你为什么不接受我？"

我抓了抓头发："呃……我有男朋友了啊，你这种行为是第三者插足，很恶劣的好吧？"不好意思啊钟原，关键时刻还是你比较好用。

苏言高深莫测地笑，那样子一点都不像个未满十八岁的少年："你不用骗我，我看得出来。钟原表演得很好，可是你，太差劲。"

我心虚地低下头，不知道他这话是真是假。

苏言又说道："所以，我现在和钟原或者其他什么人是处在公平的地位上的，我希望你不要歧视我。"

我摇头："我没有歧视你，只是我不喜欢你，当然不能接受你，就这么简单。我也不讨厌你，但是不讨厌不代表喜欢，你明白的。"

苏言却笑道："你还没有尝试着喜欢我，怎么就知道你不喜欢我？"

呃？这是什么逻辑？？？

苏言："这就像一盘点心，你还没有吃，怎么就知道它好吃不好吃，合不合你的口味呢？至少要尝一口，才能断定要不要继续吃下去吧？这一口是给点心一个机会，也是给你自己一个机会。"

"你真有口才。"

苏言笑："过奖，我只是希望你能给我留个机会，为什么明明没有尝试接受，就先说拒绝呢？"

我挠挠头，觉得他说得好像对，又好像不对："可是……"

"没有可是。"苏言突然双手扶着我的肩膀，认真地看着我，"我希望你先尝试着接受我，等你确定自己真的无法接受的时候，再将我推开，可以吗？"

"呃……"我想说"不"，可是看到苏言那么真挚地看着我，又觉得他说得很对，于是我只好点点头，"好吧。"

苏言脸上突然散开温暖的笑："你答应我追你了？"

我傻傻地看着他："好像……是吧。"

苏言："你为什么这样看着我？"

我："没什么，只是觉得你突然变得很正常，好不适应。"

苏言："……"

第二天，小二还是和钟原说了她的电影的事情，并且是以告密者的姿态。出乎我意料的是，钟原很愉快地答应了出演这部电影，但前提是，他只能演主角。

于是我们剧组内部产生了小小的分歧。

这部电影的主角有两个，配角有一个，剩下的属于比较次要的角色。

本来主角之外的角色被电影社里自产的那些姿色中上的男演员瓜分了，虽然他们不怎么愿意参演一部这类题材的电影，不过碍于副社长的压力，他们也不好拒绝。

考虑到这部电影遵循的原则是，演技可以没有，但外形一定要有，所以主角定为我和苏言。现在钟原出现了，以这厮的硬件条件，演一个配角以上的角色肯定没问题，问题是这个家伙耍大牌，非主角不演。

因此，现在的局面是，其他角色的演员都已经到位，只有我们三个人，主角配角分配不均。

钟原坐在电影社的会议室里，面带微笑地耐心听小杰诉说着角色分配的难处，她要表达的中心思想就是，主角都已经定好了，麻烦钟原将就一下演演配角，配角也是很重要的角色，大不了给他加戏……

钟原听完小杰的话，淡定地说道："好吧，你们按原计划进行，就当我没来过。"

钟原话一说完，小二首先坐不住了，拉着小杰私下里商量了很久，也没商量出个结果来。小二希望钟原能替换下苏言，小杰则坚持捍卫苏言的地位不动摇。两个人从很多方面进行了分析，最后还是僵持不下。

这时，沉默了很久的苏言发话了："这部电影我可以提供冠名赞助，你们的设备也该改进一下了吧？"

小杰听到这话，眼睛瞬间放出光来，这个诱惑无疑是巨大的。

然而钟原又不紧不慢地说道："他的赞助有多少，我的赞助就可以有多少，或者更多。"

于是谈判又进入僵局。

小二和小杰最后商量得口干舌燥，终于达成一致：这个问题由沐尔来回答！

一瞬间，四双眼睛全看向了我，个个目光火热得可以把我烤熟。

我干咳了一下，弱弱地说道："我有一个很完美的建议。"

"说。"

我看看钟原又看看苏言："那什么，你们为什么不让我做配角呢？"

"不行。"

"我反对。"

"我同意。"

"这个主意好。"

四个声音同时响起，那俩男生听了我的话之后十分暴躁，而小二、小杰这两个猥琐的家伙，则是一脸恍然大悟、醍醐灌顶之后的惊喜，小二甚至激动得把我的发型都揉乱了。

钟原和苏言还想说什么，小杰很有气场地用笔敲了敲桌子，说道："不要吵，就按沐尔说的办，我是导演我说了算！"

钟原看着我，突然诡异地笑了笑，然后转头看向苏言，说道："好吧，我决定听从导演的安排。"

苏言瞪大眼睛，难以置信地看着钟原。

钟原翻了翻手中的剧本，一本正经地对苏言说道："这里有一场戏里有个公主抱，是你抱我还是我抱你？"

苏言吃了苍蝇一样面容扭曲地看着钟原："你不会真的要演吧？"

钟原点点头："不然还能怎么样，我又不想演配角……话说，到底是你抱我还是我抱你？我个人比较喜欢抱别人，当然我会尊重你的选择。"

苏言用手抚额："我不会抱一个男人也不会被一个男人抱！"

钟原淡定地摇了摇头："这个可由不得你，我们得听导演的。话说，导演，我觉得这剧本太纯情了，力度不够啊。我建议加一场吻戏，最好是法式深吻……"

小杰捏着笔杆子诌笑着："好好好，这个主意好，编剧，加戏！"

而小二那只狼，直接快要飙鼻血了。

苏言惊恐地望着钟原，说不出话来。

钟原合上剧本，意味深长地看着苏言："导演要加吻戏，我们……是不是要先练习一下？法式深吻哦……"他说着，抬起苏言的下巴，脸慢慢地凑近……

小二的鼻血终于成功地流了出来……

"变态！"苏言推开钟原，呼的一下从椅子上站起来，"导演，我不要跟他搭戏！"

钟原淡定地笑："开什么玩笑，咱俩是主角。"

苏言："我要演配角！"

钟原放松地往椅子上靠了靠，笑嘻嘻地朝我眨眼睛。

我在心里悄悄地对他竖起了中指……

散会之后，我和钟原单独走在一起。我按捺不住好奇心，问他："你……真的能够忍受和苏言一起，呃……公主抱、法式深吻什么的？"

钟原："当然不能。"

我黑线："那你还……"还那么淡定，仿佛你完全可以接受并且乐于接受。

钟原："因为我知道，他也不能接受，我只要等着他退出就好。"

我："……"

钟原你还能再阴险一点吗？

钟原和苏言的赞助很快到位，小杰乐得合不拢嘴。电影社更新了一下设备，又给我们几个主要演员定制了几套比较靠谱的服装。我们的校园制服做得真是不错，钟原和苏言那两个人穿着这样的制服，直接就是制服诱惑了。

一切准备就绪，我们的电影在一个秋高气爽的日子里，低调地开拍了。

第一天开拍我们什么都没干，大家聚在一起商量了一会儿，互相鼓励了一下，然后直奔饭店，席卷饭店之后，又跑去唱 K。作为时刻跟集体保持步调一致的人，我当然也跟着凑热闹去了。

吃饭的时候小二、小杰这俩不厚道的人灌了我点酒，弄得我现在浑浑噩噩的。到 KTV 的时候这帮人又好死不死地叫了几打啤酒，我此时也来了兴致，跟着他们抢酒喝。

钟原坐在我旁边，一把拎过我的酒瓶，皱着眉头说道："醉成这样还喝。"

我大着舌头答道："就……就喝，给我！"

钟原把酒瓶拿开，举着离我远远的，我怎么抢都抢不到。

这时，小二握着一瓶新开的酒，揽过我的肩膀，笑嘻嘻地说道："别理他，扫兴！来，三木头，咱们喝！"她说着，把手里的酒塞给我。

我接过酒，不管不顾地仰头喝了起来，才喝几口，酒瓶就又被钟原夺走。我怒，趴到他身上去抢本属于我的酒，结果这家伙三两下把我扣在怀里，沉声说道："别胡闹！"

我脑子越来越沉，除了想要喝酒，此时也没什么其他的想法了。于是，我抓着钟原的衣服胡乱扯着，一边扯一边嚷嚷道："你给我酒，给我！我讨厌你，你快给我！"

扣在我背上的手并没有挪动丝毫，我头顶上有一个声音响起："你真那么讨厌我？"

我晃着脑袋："我最讨厌你了！快给我酒！"

我没有得到自己想要的酒，而是被抱得更紧，紧得我都有点喘不过气来了。我只有呜呜地低哼着，发泄我的不满。

这时，有一个很大的声音突然说："这首歌是送给沐尔的，从今天开始，我要正式追求她。沐尔，你已经答应我的追求了，对不对？"

我觉得似乎有好多人在看我，于是我艰难地抬起脑袋，冲周围的观众嘿嘿地笑了笑。

突然，我被人从沙发上拉起，然后那个人拉着我飞快地走出了包厢。我脚步虚浮地被他拖着走，等他停下来的时候，我直接撞进了他的怀里。

呃，这个味道好像有点熟悉。

我抬头迷茫地看着对方，嘿嘿地笑了笑，口齿不清地说道："同学，你有两个头！"

他的面孔有点模糊，我看不清楚。此时他扶着我的肩膀，把我推到墙上："你真的答应苏言的追求了？"

我咧嘴笑："关我什么事，我只想喝酒。"

他好像抬手在我脸上蹭了蹭："别答应他。"

我乖巧地点头，笑嘻嘻地说道："好，你给我酒我就不答……嗯……"

我不明白，为什么我的嘴巴突然被堵住了，嘴唇上有软软的东西在轻轻地蹭，还有滑溜溜的东西滑进我的嘴巴里，堵着我的嘴不让我呼吸。

我摆头，想甩开嘴里的东西，可是我的后脑勺被扣住，被迫迎接这个东西。同时我的腰还被人揽住，越收越紧，我快被勒死了。

不过我觉得嘴里那个东西也挺有意思的，滑溜溜的还会动，于是我勾着舌头想试试能不能把这个东西完全含住，如果能吃掉那就更好了。可是此时，揽在我腰上的手臂突然一紧，我更加喘不过气来了。

我以为我会憋死，然而我被放开了，呃，貌似只有嘴巴和后脑勺被放开，腰上还被揽着，依然勒得我呼吸困难。

我突然感觉胃里一阵难受，一个没忍住，哇的一下吐了出来，好像吐在了谁的衣服上……

头顶上一个声音响起："跟我接吻就这么恶心？"

我挣扎着："嗯，我难受。"

"你就这么讨厌我？"

"嗯，你放开我，我难受。"

"有时候我真的想掐死你。"

"呜呜，你放开我，我想喝酒。"

"算了，今天你说的是醉话，我不会信的。"

"那我可以喝酒了吗？"

"不可以！"

第二天我醒来的时候，发现自己躺在宿舍的床上。据老大她们说，我昨天比小二回来得早，是被钟原送回来的。

重要的是，钟原当时被人吐了一身脏东西……

我觉得这事有点恐怖，钟原……不会是我干的吧？钟原这个人很爱干净，如果真的是我干的，天晓得他会想出什么样的办法报复我。我想着想着，不禁打了个冷战。

要命的是，我想破脑袋，也想不出我昨天到底有没有干过这事。我脑子里最后的记忆只停留在和小二她们抢酒喝，再往后就一点印象都没有了。

算了，我现在着急上火也没有用，一切等见到钟原就清楚了。

今天上午钟原和苏言有一场戏。小二、小杰这两个人不仗义，刚开始拍戏就把我抛弃了，把钟原和苏言的戏提到前面拍。今天上午他们的戏好像是一场……我翻了翻剧本，呃，打斗？

于是我草草收拾了一下，夹着尾巴来到电影社的办公室。

我看到钟原的时候，两腿都有点发软。此时他正靠在办公室的椅子上，手臂上搭着制服外套。他穿着一件衣领上有绣纹的白衬衫，很简单的款式。衬衫上的第一个扣子没有系，隐隐露着白皙的锁骨。秋天清晨的阳光透过窗户铺进办公室，淡淡地洒在他的头发、睫毛、嘴角上，他微低着头，从我这个角度看去，那个侧脸有一种沉静却动人心魄的美。我觉得我一定是中邪了，为什么会觉得钟原越看越好看？

钟原突然抬起头，朝我的方向看来。

我吓了一跳，莫名其妙地突然感到心虚，差一点就转头逃跑。

钟原微微扬起嘴角，叫我："木头，过来。"

我硬着头皮挪过去，刚想说"钟原要杀要剐悉听尊便"，他却突然微微向前倾了一下身体，低下头说道："给我系领带。"

他的眼角挂着笑意，但好像又不是那种要耍阴谋诡计的坏笑，我心里有点发毛，不知道他葫芦里卖的什么药。

我拿起领带在钟原胸前比了比，又放下，抬手帮他把衬衫的第一颗扣子系好。钟原没说话，垂着眼睛看我，可是我不敢看他。

钟原衬衫上的扣子凉凉的，不像是塑料或者有机玻璃，我一边帮他系着扣子，一边问道："这个是水晶的？"

"嗯。"钟原答应了一声，声音有点慵懒。

水、晶！我不禁咬牙切齿："小杰这家伙太不仗义了，给你做这么好的衣服，我的衬衫上就没有水晶！"

钟原的声音里含着笑意："这是我自己的衣服。"

我有点窘，给自己找回场子："太奢侈了，一点革命的优良传统都没有。"

钟原依然在笑："是。"

我觉得有点奇怪，钟原今天脾气太好了，像一只温柔的大白兔，这简直不是他的作风嘛。不过他的不正常又使我提高了警惕，这家伙指不定又要出什么幺蛾子呢。

我取过领带绕到他的衬衫衣领下，依然垂着眼睛不敢看他，他的呼吸淡淡地喷洒在我的手上，我竟莫名其妙地觉得手好烫，脸更烫……

我壮了壮胆子，说道："那个……昨天……"

钟原：“昨天你醉了。”

"呃，我知道，"我的头垂得更低了，十分心虚，"我想说的是，我有没有对你做什么过分的事情？"

钟原："有。"他的语气淡淡的，却不容置疑。

我僵住身体，担心得手指头都有点哆嗦："你……不生气？"我好像真的没看到他生气，不知道他是不是在酝酿什么灾难。

钟原："不生气。"

我错愕地抬头看他，太神奇了，钟原什么时候变这么大度了？

钟原低头看着我，勾了勾嘴角，说道："如果什么样的事我都跟你生气，早就气死了。"

就在此时，神奇的事件发生了。我看着他那双慵懒却又很黑很亮的眼睛，心尖上突然有一丝发麻，这是个什么情况？！

我捶了捶胸口，慌忙低下头继续帮他系领带。手指通过衬衫触碰到他的体温，热热的，呃，我的心跳又凌乱了。

今天的气氛有一种说不清道不明的诡异。

系完领带，钟原突然问我："吃过早饭了没？"

我摇头："不饿。"

钟原却指了指桌子的一角："那里有早餐。"

我扭过脸："你吃过的。"

钟原："爱吃不吃。"

我："……"

刚刚发觉他脾气好了一点，现在他就原形毕露了，果然我是不能对此人抱有任何幻想的。

我走过去，翻了翻桌上那个凌乱的塑料袋，发现里面竟然有一盒没有撕包装的牛奶，还有面包、香肠……都是完整的，没有被人染指过。

我有点感动，其实钟原这厮也不是不会体贴人，就是偶尔脾气有点怪而已。

我正吃着早餐，苏言突然从外面走进来，他一看到我，就高兴地说道："沐尔，我穿这身好看吗？"

"还行。"我漫不经心地点头，感受到了某个方向传来的冰冷的目光，顺便又加上了一句，"没我家钟原好看。"

钟原得意地仰起下巴，挑衅地看着苏言。

我见过自恋的，没见过这么自恋的，鄙视他。

苏言没有理会钟原，走到我身边，靠在桌子上看我："沐尔，今天晚上有空吗？"

我还没说话，钟原就帮我回答了："她今天晚上有选修课。"

我咬着面包点头，我是好孩子，从来不逃课。

这时，钟原朝外面的小杰喊道："导演，开工吧。"

于是小杰屁颠屁颠地招呼大家开工了。我觉得这事有点不可思议，明明小杰是导演，为什么导演要听演员的呢？我早就看出来了，钟原不是什么善茬，可是我没想到，这厮连导演都要欺负，太坏了。

剧组里的一帮人浩浩荡荡地来到了附近的一处草地外面。这部电影的设定里，钟原和苏言是不打不相识，所以他们俩见第一面就是打架。

几个人商量了一下，便开拍了。钟原和苏言站在路边争辩了几句，俩人越说越激动，突然就扭打到一起。钟原一拳打向苏言的脸，苏言不等他的拳头触碰到自己，就迅速擒住钟原的手，拉着他的胳膊翻转，想把他制住。钟原见状，身体跟着翻转，飞起一脚踢向苏言的肚子，以摆脱钳制，苏言放开钟原，后退，沉着脸望着钟原。

我凑到小杰身边，偷偷说道："咱剧组的动作指导是谁啊，拜倒了。"

小杰茫然地看着此时已经从路边一路打斗到草地上的两个人，摇头说道："咱没有动作指导啊。"

我震惊地看着那两个人华丽丽的动作，说道："别瞎说了，这俩人怎么看怎么像武功高手，要是动作再快点，都能赶上那些动作大片了。"

小杰不可思议地摇着头："我不知道，我昨天和他们说，随便假装一下就可以，反正咱这是部爱情电影。"

这时，那两个敬业的人已经打得难解难分了，钟原把苏言按到草地上，直接坐到了他身上，然后一拳打到他的脸上，我看得直吸凉气，这太逼真了……与此同时，我又看到苏言的鼻子里流出了红红的东西。两个人都红了眼，野兽一样，看着还挺让人心惊肉跳的。

我拍着小杰的肩膀，说道："咱的道具是谁呀，也挺到位的啊，连血袋都准备好了。"

小杰有些慌张："没……没有准备这些啊……"

我傻掉，这个事情好像有点离奇。

这时，反应比较快的小杰突然大叫一声："不好！快点把他们拉开，这俩人真打起来了！"

于是围观群众一哄而上，把这两个人拉开。那两个被暴力因子统治了大脑的人，在人民群众的钳制下依然在挣扎，红着眼睛要扑向对方，幸亏群众人多力量大，没有让这俩歹徒得逞。

小杰抓着我的后领，说了一声："沐尔，上！"接着她就把我推到了那两个人中间。

我一边诅咒着小杰，一边拉起钟原就跑。钟原这厮还算给我面子，没有挣扎。当然我觉得他这应该算是比较识时务，反正继续留在这里也只有被群众讨伐的份，他还不如趁现在比较乱赶紧逃，剩下的事让苏言一个人顶。

我和钟原坐在药店附近的小花园里。我拿着药，用棉签轻轻地帮钟原涂着嘴角。他的嘴角青了一块，不过没有破，除此之外，其他地方倒是完好无损。

钟原咝咝地吸着气，我停下来，问他："疼？"

钟原摇了一下头："没事。"

"疼也得忍着，"我继续帮他涂着药，想到刚才的情景，不禁奇怪，"怎么真打起来了？"

钟原弯起嘴角，这个动作牵动了他的伤口，引得他又是一阵吸气。他挑起眉毛，眼睛里染上笑意，答道："不是为了演得逼真一点嘛。"

我无奈地翻了翻眼睛："你也太敬业了吧？"

"还行。"钟原嘟囔，一点没有作为肇事者的自觉，抿了抿嘴唇，突然问道，"你怎么没去拉苏言呢？"

"我看出来了，先打人的是你。"

被揭发后的钟原没有说话。等到我把药涂好了，他才低声说道："谢谢。"

钟原的突然客气让我有点不适应，于是我打着哈哈说道："不用谢，反正买药刷的是你的卡。"

我们两个都没再说话。秋天的风吹来，隐隐有一丝凉意。我盯着不远处开得正盛的一丛丛金色菊花，心里仿佛有什么东西要涌动出来，感觉怪怪的。

晚上的选修课很无聊，听得让人犯困。我趴在桌子上，无聊地在笔记本上画着圈圈。一旁的钟原凑过来，看到我的笔记本上不是笔记而是一堆圈圈，很鄙夷。

我只好忧郁地望着天花板："无聊啊。"

钟原点头："那就做点有意思的事情……要不我们练习一下剧本吧。"

我扭过脸："现在上课，练习什么？"

钟原取出剧本翻了翻："在教室里的戏……呃，有一场是我趁你睡着偷偷吻你。"

我头皮发麻，讪讪地说道："小二这家伙太不靠谱了！"

"我倒是觉得还不错，"钟原合上剧本，"那么，我们练习一下？"

我抓了抓头发，无奈地说道："那就练吧，反正早晚的事。"

钟原点头，又问："那么，你希望我吻你的哪里？脸颊还是……嘴唇？"

呃？我不解："剧本上没说？"

"没说。"

我代表自己鄙视小二："吻脸吧，我想留着我的初吻。"

钟原妖娆地笑："你的初吻早没了。"

我突然想起暑假里钟原对我做过的那件禽兽的事情，顿时暴躁："那个不算好不好！"

钟原无视我的不满，轻轻按着我的头强迫我趴在桌子上："开始吧。"

于是我只好收回情绪，趴在桌子上装睡觉，等着钟原亲我的脸。

我突然就有点紧张，心脏咚咚咚地跳得很有力，仿佛随时能跳出来。老师讲课声以及周围人的说话声似乎已经被隔离，我唯一能感受到的就是自己不怎么平稳的呼吸，以及如擂鼓般的心跳。我不断安慰自己，稳住，稳住，不就是被人亲一下嘛，我这是为艺术献身……

我闭着眼睛，能感受到钟原在向我靠近，他的呼吸打在我的脸上，渐渐清晰。我感觉我的脸痒痒的，还有点热，仿佛走火入魔一般，连呼吸都开始不顺畅了。

钟原离我很近，近到我能清楚地感受到他的呼吸，他却久久没有进一步的动静。我闭着眼睛，身体有点僵，等得都快崩溃了，也没有等到他的进犯。于是我终于没有忍住，睁开了眼睛。

钟原的脸几乎和我的脸贴到了一起，此时他正垂着眼睛看我，他的眼睛又黑又亮，如夜空下的黑珍珠，长长的睫毛像两把小刷子，刷得人心里痒痒的。他的眉目很柔和，脸上淡淡的没什么表情，目光很深邃，如深秋里的湖水。

钟原就那么直直地盯着我，没有要离开的意思。我觉得我们之间的气氛有点诡异，刚想说话，却听到他低声说道："你脸红了。"他说这话的时候，眼睛一直盯着我的眼睛。

我的脸腾的一下如一把火烧过，热热的，而且有越烧越旺的趋势。

钟原微微低头，在我的脸上轻轻地印上了一吻，蜻蜓点水的一个吻。我呼吸一窒，心脏几乎跳到了嗓子眼处。

他的嘴唇软软的凉凉的，可是我的脸没有被他凉凉的嘴唇降温，反而越来越烫了。

钟原坐回到座位上，一只手撑着下巴，笑眯眯地看我："你的脸，怎么红成这样？"

废话，你被个异性亲一下试试？我有点不好意思，也懒得和他争辩，扭过脸去接趴在桌子上，不理他。

钟原伸出手来搭在我肩上，轻轻地摇晃我："怎么了？"

我躲开他，埋头不说话。

钟原的声音里有压抑不住的笑意："你害羞了？"

一句话说得我更窘了，真希望能钻到桌子底下永远不出来。

钟原十分自恋地叹了口气，说道："木头，你是不是喜欢上我了？"

第十三章
我喜欢你，却不敢说

我想都没想就反驳道："胡说，我自虐才会喜欢你。"

这时，讲台上的老师突然说道："后面的两位同学，请注意一下场合。"

我更加无地自容了。

晚上回去的时候，我的脑子里翻来覆去都是钟原的那句话："木头，你是不是喜欢上我了？"

我、我不会真的喜欢上他了吧？这样太恐怖了……

本来我当他的陪练就已经备受压迫了，要是再喜欢上他，那我就永无翻身之日了……何况如果我喜欢他而他不喜欢我，那我多没面子。

最重要的是，这家伙品位那么奇特，眼光那么高端，他鄙视我还来不及，所以肯定不会喜欢我的，如果我真的喜欢他，那么也只能沦落到单相思的地步。

我又回忆了一下当时的情况，最后得出结论：任何一个女孩子被另外一个男孩子亲都是会害羞的，这关喜欢不喜欢什么事情？

我想到这里，心里的石头放下，安安稳稳地睡觉去了。

最近我遇到了一件比较麻烦的事情。

我这学期的体育课选的是网球，而作为一个从大脑到小脑再到脑垂体都不怎么发达的普通人，我学起这个东西来还挺费劲。关键问题是，我们的体育老师是一个很严肃很严肃的人，下周她要检查发球，表现不好的同学会被扣成绩。

我为这事茶不思饭不想，心里特惆怅。后来钟原听了我的诉苦，拍着我的肩膀淡定地说："我教你。"

我突然想起来，钟原当初雇我当陪练的时候，陪练项目之一貌似就有网球，不过后来我整天被他拎出去跑步上自习，搞得我怨念很深重，他也没找我练别的。

于是我兴奋地拉着钟原的手臂摇晃着，谄媚地笑："钟原你太神奇了！"

钟原被我一夸，得意地笑了笑，说道："怎么报答我？"

我就知道这家伙没那么好说话，当然作为一个知恩图报的人，我也没什么好说的："你说怎样就怎样。"

钟原想了一会儿，大度地挥挥手："算了，周末陪我去采摘园吧。"

我不禁感叹，钟原你可真会玩。可是，我挠了挠头，不解地问他："你不是要拍电影社的戏吗？"

钟原漫不经心地答道："苏言脸上的伤还没好，暂时无法拍。"

钟原你下手太狠了！

钟原穿着一身骚包十足的白色运动服，手腕上还戴着一个浅绿色的护腕，看起来英姿飒爽。他在网球场上一站，周围可视范围内的雌性生物的目光就唰唰唰地射向他。果然这年头的女生都是外貌协会的成员，好吧我承认，其实我也是。

钟原身处这么多如狼似虎的眼神中，一点都没觉得有压力。他淡定地握着一个球拍，慢慢示范着，给我讲解道："身体向后侧大概四十五度，注意保持平衡，胳膊顺着身体倾斜的方向伸开，球拍和身体的角度一致，然后挥拍，注意网面保持向前，挥拍的时候用臂力而不是腕力，不然很容易受伤，挥完之后不能急刹车，要掌握球拍的惯性……别傻站着，你试一试。"

钟原和体育老师讲的差不多，我能听懂，可总是做不好。此时我又莫名其妙地有点紧张，抓着一个球拍，发现自己连拿都拿不稳了。

钟原恨铁不成钢地摇摇头："我真佩服你，上了这么长时间的课，怎么连握拍都不会？"

我惭愧，换了一个姿势抓球拍，却怎么抓怎么别扭。

钟原鄙夷地叹了口气，丢掉球拍，上前来掰我的手指，帮我矫正握拍的姿势。他一边掰一边说着："你的手怎么这么小？"

我看着他修长的手指和圆润的指甲，一时有点心猿意马。

我觉得自己的心脏莫名其妙地又不安分起来，呼吸也有一些困难。钟原似乎没有感觉到我的异样，帮我摆好姿势，又抬起手敲了敲我的头，笑道："你在想什么？"

"没、没有。"我尴尬地摇了摇头，后退几步，握着球拍胡乱挥了起来。

钟原抱着手臂站在原地看着我，等到我因为手酸挥不动了，他才说道："怎么样？"

我耷拉着脑袋，气喘吁吁："累。"

钟原却幸灾乐祸："谁让你不按我说的来。"

我哭丧着脸，答道："我学不会，总是听起来是一回事，等做的时候，就是另外一回事了。"

钟原走过来，抓住我握着球拍的那只手，突然一把把我扯进怀中！

我傻掉，这是个什么情况？！

周围传来一阵阵女生的尖叫声，我惊慌失措地抬头看钟原，然而此时他并没有低头，我只能看到他的下巴。我紧张得两腿发软，吞了一下口水，说道："你……"

钟原的声音不冷不淡地传来："我帮你矫正动作，有意见？"

我此时大脑里一片空白，机械地答道："没、没意见。"

于是钟原一手抓住我握着球拍的手，一手扶住我的肩膀。他拉着我的手，使我身体的一侧向后旋转了一下，我不由自主地向后迈开一步，得到了他的夸奖："不错，就是这样。"

然后他拉开我的手臂："手臂不用伸直，保持一定角度，这样才会有弹性……对，就是这样，木头你做得不错。"

我窘得不行，哪里是我做得不错，明明从头到尾都是你在做。

钟原抓着我的手，缓缓地向前挥拍，动作很流畅。做完这个动作之后，他低头问我："学会了吗？"

我："……"

钟原的呼吸喷到了我的脖子上，我顿时感觉脖子有点痒有点烫，不自在地缩了缩。

然而钟原保持着这个挥拍完毕的姿势迟迟没有动。我有些奇怪，抬头看他。他的眼睛亮得可怕，有一种洞穿一切的敏锐和融化一切的热度。我不敢和他直视，于是垂下眼睛不去看他。

"木头，"钟原轻声叫我，"你一点都不专心。"

我把头垂得低低的，不知道怎么回答。

"你不会是真的喜欢上我了吧？"

我："……"

钟原轻声笑着："如果是真的，我不会介意。"

我心里涌起一股莫名其妙的烦躁："拜托，你自恋也要有个限度。"说着，我挣扎着逃开，拎着球拍扭头就走。

钟原上前挡住我，我差一点就撞到他的胸口上。他低头看着我："生气了？"

我垂下眼睛："我敢吗我。"

钟原笑："说得好像我有多压迫你一样。"

我不满："你本来就压迫我。"

钟原拍着我的肩膀："好了好了，我开玩笑的。"

我低下头，闷闷地说道："没事。"

我也不知道自己为什么会突然生气，更不明白为什么钟原解释之后，我心里会有一种失落感。

晚上，我们宿舍四人在宿舍里聊着天，我问她们："两个人好好地说话，一个人突然暴躁起来，是因为什么？"

四姑娘答道："被戳到痛处了呗。"

小二附和："我家四四真是一针见血。"

我有点蒙，痛、痛处？

这时，老大和蔼地摸着我的头，问道："三木头，遇到什么感情问题了，说出来大家分析一下？"

我假装淡定地摇头："没有。"

然而我心里很不淡定。如果——我是说如果——我今天跟钟原生气是因为他戳到我的，呃，痛处，那么也就是说，我是真的喜……欢他？

这是一个多么让人毛骨悚然的命题……

如果真的是这样，那么也就能解释为什么我听到钟原说他在开玩笑的时候，而觉得失落了……我不会真的喜欢上他了吧？

我又想起了最近这些日子，钟原一距离我近了我就心跳加速大脑空白，我碰他一下就好像是被他烫了一下似的……还有我貌似总会想到他，在各种时候……我从来没有过这样的感觉，总是觉得自己生活里好像充满了一个人的存在，如果他不在身边，就会莫名其妙地想到他，想他在干什么，想之前他的种种事迹，想着想着，时间就这么过去了。我以为这是因为我总是被钟原压迫，形成了条件反射，现在看来，不会是我在思春吧？

种种迹象表明，我，沐尔，好像真的喜欢上钟原了。

这个结论让我手足无措。苍天哪，难道我沐尔的一世英名，真的要败在钟原这厮手中吗？

我又想了一下钟原有没有可能喜欢我，答案是：No。

钟原眼光那么高端，追他的美女不计其数，我简直就是万花丛中的一棵小草，除了被践踏、被蹂躏，我貌似没有别的戏份。况且我们俩一开始地位就是不对等的，我永远是被压迫的那一个，我们俩之间的矛盾那就是浓缩的阶级矛盾，我们俩要是产生了感情，那就是资产阶级和无产阶级产生了感情……这、是、不、可、能、的！

可是现在的问题是，无产阶级喜欢上了资产阶级……

我简直要咬牙切齿，真恨自己不争气。我喜欢谁不好，怎么就喜欢钟原这个以剥削别人为己任的家伙了呢？

我进行了一次深刻的自我反省与自我批评，想弄清楚我到底喜欢上那厮的哪一点。可最后我还是没有想明白我是怎么喜欢上他的，为什么会喜欢上他。钟原此人浑身上下没有一个我喜欢的特点——除了越看越帅之外。然而长得帅又不能当饭吃，况且众所周知，小白脸是这个世界上最不安全的生物。

我只好无力地问"一、二、四"，她们为什么会喜欢一个人。

老大回答说："因为他对我好。"

小二回答说："别问我，我喜欢的只是一台电脑。"

四姑娘回答说："因为我比较倒霉。"

我想来想去，发现四姑娘说得最贴切。我为什么喜欢你？因为我倒霉啊遇到你还跟你纠缠不休！

然而想通了这个问题之后，我更加郁闷了。因为"倒霉"这个问题不是我能左右的，换句话说，喜欢不喜欢钟原这个问题，也不是我能左右的……这是一个多么悲催的结论。

我又在心里做了个斗争，斗争的核心问题是到底要不要让钟原知道我喜欢他这件事情。我觉得他知道这件事情之后估计会花枝乱颤地嘚瑟，搞不好还会打趣嘲笑我；或者因为比较尴尬，从此我们俩之间的距离越拉越远，我只能默默地站在远处看他的背影……这两种情况都不是我愿意看到的，算了，还是先不让他知道吧，我假装没事人似的就好。

总之，我觉得如果他知道我喜欢他，我会好有压力……

总结：我确实喜欢上钟原了，而且莫名其妙地就喜欢上了。虽然目前不知道如何挽回，但是我会坚守住我的秘密，不会让他知道。

想完这些之后，我战战兢兢地爬去睡觉了。

现在这个季节里，所有的采摘园里估计也只剩下苹果可以采摘了。我和钟原早上坐了一个多小时的出租车才到达目的地——绿园采摘园。

绿园采摘园是一个集观光旅游度假采摘为一体的地方，据说此处有一个试验园，种的是红富士，引进的是日本的先进技术，而且全部是有机化种植，没有化肥没有农药。当然其价格也是贵得吓人，不过总有一些冤大头愿意上当，就比如钟原。

当我们来到这个试验园时，我被眼前的景象惊呆了。一树树火焰一般红彤彤的苹果密密地挤在枝头上，仿佛一个个小小的红灯笼。由于果实太多，果树都不堪重负，只好靠着人工搭的架子支撑起来。

我站在高处放眼望去，入眼的全是那一片片红色，使人如置身火海，好不壮丽。

我嗷地怪叫一声，撒开腿跑进了这个苹果园里，摸摸这一个，拍拍那一个，一会儿又绕着某棵树转圈圈，好不得意。

钟原没我这么疯，只是站在离我不远处，举着手机乱拍照。

发泄了一会儿，我就在手臂上挎着一个篮子，正儿八经地开始摘苹果了。新鲜的苹果就是不一样，每一个都蕴含着饱满的生命力，让人看了心情无端都跟着变好起来。我摘了一篮子苹果，到后来提不动了，干脆就坐在苹果树下开吃。还好钟原想得周到，连水果刀都带好了。

第一个苹果还没削好就被钟原抢了去，考虑到他是这次采摘游的出资方，我也不好意思说什么。

钟原慢吞吞地吃了半个苹果，就将其丢开，然后躺在树下的草地上闭目养神。

于是我就一边啃苹果，一边欣赏着美男秋睡图。

钟原身下的草长得很茂密，有些已经枯黄了。参差的草叶掩盖了一部分他的脸，从我的这个角度，只能依稀看到他的额头，以及挺挺的鼻子。那句话怎么说来着，有一种朦胧美。

秋日的阳光透过苹果树洒在他的身上，斑斑驳驳的，仿佛在他身上覆盖了一层薄薄的破碎的金，华丽却不流俗，一如此人高端的审美。

钟原胸前的起伏渐渐缓慢而均匀下来，这是他睡着的表现。

于是我吞了一下口水，阴森森地爬向他……

以前我一直不明白为什么在我眼里钟原会越来越帅，现在我知道了，因为我喜欢这小子了，情人眼里出西施什么的，估计就是这个意思。我前几天试着将陆子键和钟原对比了一下，想借此拯救一下我那悲催的灵魂，然而我悲剧地发现，我竟然觉得钟原比陆子键帅了……原来钟原不仅压迫了我的身躯，还扭曲了我的审美。

于是此时，面对我垂涎了不知多久的美男，我再也无法控制自己，一点一点凑向他。

钟原面容安详，呼吸均匀，疑似已进入深度睡眠的状态。我趴在他旁边，用食指轻轻地拨了拨他的长睫毛，自言自语道："比我的都长。"

我又点着他的眉毛，说道："其实这眉毛如果不皱，还是挺好看的。"

接下来我又把他的五官评点了一番，就看到了他的嘴唇……一个邪恶的念头顿时在我心里生出。

据说，一个人睡着的时候，是可以偷偷亲的……

我被我心里突然涌出来的这个想法吓了一跳，这好像……不太好吧？

可是人家真的喜欢上这个败类了啊……

可是这总有点偷偷摸摸的感觉……

没关系吧，电视里都这么演的……

这样不够光明磊落……

光明磊落的我不敢啊……

好像有道理……

而且我的初吻是被这个禽兽破坏的啊，现在到我报仇的时候了……

呃……

我推了推钟原，轻声叫他："钟原？钟原？"

钟原不耐烦地动了一下身体，没有醒。

于是我屏住呼吸，做贼一般，轻轻地把脸凑了过去。此时我的心跳如擂鼓一般，仿佛随时会崩溃。

我把嘴唇凑近一点，再凑近一点，眼看就要亲到钟原的嘴唇了……

然而就在此时，意外发生了。

一团黄色的东西落到我的手背上，紧接着手背上传来一阵钻心的疼痛！

我嗷的一声怪叫，从地上跳起来，使劲甩着手。钟原被我吵醒，迅速站起来，急急地问我："你怎么了？"

"我不知道啊。"我的声音几乎带了哭腔。手上的东西怎么甩都甩不掉，我干脆停下来仔细观看那到底是什么。当我看清楚之后，瞬间感觉头皮发麻。

我知道我这人比较倒霉，但是不知道能倒霉到这种程度。此时落在我手背上的赫然是两只黑黄相间的马蜂，它们两个似乎在打架，其中一个恶狠狠地把毒刺刺入了我的手背，正缓缓地拔出去……这个场面比那种刺痛感更能刺激到我的神经，我看着那两只恐怖的虫子，都快崩溃了。

钟原突然捉住我的手，屈起手指重重一弹，那两只小东西就被弹了出去，还没来得及落地，就缓缓地飞了起来，越来越远。

我盯着手背上那慢慢变得红肿的一片肌肤，越来越强烈的痛感传来。

突然，火辣尖锐的疼痛被一种凉丝丝的湿润感所掩盖……钟原此时正低着头，小心地吸吮着我的手背。他的嘴唇软软地覆盖在我的伤口周围，认真地吸着我的伤口，由浅至深，由轻到重，舌尖或顶一顶伤口，一种麻麻的、凉凉的舒适感瞬间由我的手背扩散至全身，我紧绷的神经也放松下来。

我从来没有发现，原来一个简单的吸吮动作，竟然可以有这么多功效，它可以让我忘记疼痛，忘记害怕，甚至忘记整个世界……除了那张柔软、似乎带着一点魔力的嘴。

我盯着钟原那微微皱起的眉，心里突然有点堵，也不知道哪里来的一股冲动，我猛地把手抽了回来，其间手背不小心触到了钟原的牙齿，一阵钝痛。

钟原不等我完全把手抽回，重新捉住我的手，抬眼看我："疼？"

我摇摇头，心底却有个柔软的地方悄悄地疼了一下。

"疼也得忍着。"钟原说着，作势重新低下头，要接着吸我的伤口。

我张嘴想说话，却冷不防眼睛一热，有液体从眼眶中滑了出来，烫烫地滑过脸颊，脸也跟着烫了起来。

钟原微微笑了一下，眉头却依然皱着。他放下我的手，转而轻轻地揉了揉我的头，说道："有这么疼？"

我胡乱擦着眼泪，继续摇头。

钟原似乎也觉察出我有些奇怪，仔细看着我的眼睛，问道："你到底怎么了？"

他这么一问，我哭得更凶了。

我怎么了？我喜欢上你了，可是我不敢跟你说……

钟原见我一直哭不说话，最终无奈地摇了摇头。他捉住我受伤的那只手的手腕，说道："走吧，园主那里应该有药。"

我终于知道喜欢一个人是什么感觉了。你想让他知道，可是又怕他知道，怕他知道后拒绝你，怕你们连现在的关系都保持不下去。你想忘记他，可是目光又时时刻刻离不开他；想追求他，可是当你看到他一个个拒绝那些主动贴上来的女生时，你又彻底没了力气。这种感觉是不是很受折磨？可是明明很受折磨，你却又开心无比，觉得自己心里整天都填得满满的……

我想我真是走火入魔了。

我和钟原就这样不温不火地相处了一个多月，其间他和苏言的对手戏顺利拍完，我和他的戏也拍了大部分。苏言也曾多次向我示好，可是我因为魂都被钟原牵住了，所以也没什么心思理会他。

有的时候，钟原会淡淡地望着追求他的某个女生的背影，问我："这个怎么样？"

我大多数时候会撇撇嘴，回答："还不如我呢。"

钟原这时候就会把我上下左右打量一遍，然后说："确实不如你。"

不管他是说真话还是仅仅客套一下，反正这个时候我都会很高兴，至少……他其实是有一些在乎我的吧？

有的时候我会幻想，钟原其实喜欢我。可是我自己都无法说服自己，他为什么会喜欢我，而不是喜欢某校花、某才女或者某个张扬的富二代千金。

日子就这么慢吞吞地过着，转眼就到了初冬季节。才十二月中旬，竟然就下起了小雪，怪冷的。

晚上，我和钟原上完晚自习，一路吱吱呀呀地骑着自行车回宿舍。事实证明不仅人不可貌相，车也不可。我那辆早就该报废的破烂自行车，在我和钟原两个人的联合压迫下，依然顽强地工作着，这是一种何其坚强的精神。

我坐在自行车的后座上，一手扶着包，一手抓着钟原的衣服。路灯下钟原的背影泛着一圈橙黄色的光晕，很温暖，让人有一种在上面靠一下的冲动。

我尴尬地收回思绪，抬眼看天空中飘扬着的雪花。黑色的天幕下，洁白细小的雪花如一颗颗流星，安静地滑落下来，很唯美的感觉。

路上遇到一对疑似情侣的男女吵架，男的直接给了女的一巴掌，然后扬长而去，女的傻傻地立在原地，只是哭，连声音都没有。

我突然就感觉，自己其实挺幸福的。至少我和钟原这个状态很和谐，他暂时也没有扬长而去的打算。

我正胡思乱想着，自行车突然停下。我因为惯性没稳住，直接撞到了钟原的后背上。呃，这是我肖想了很久的后背……

我尴尬地咳了一下，问道："怎么了？"

前面的人回过头，朝我扯着嘴角笑："木头，请我喝杯奶茶吧？"

我跳下车，跑到路边的奶茶店门口，翻遍了身上所有的口袋，只翻出五块钱。于是我只好硬着头皮买了一杯奶茶，跟店主要了两根吸管。

钟原很少让我请他吃东西，好不容易有这么一次……我感觉真是丢脸啊。

此时钟原已经走下自行车，正扶着车子看我。我捧着奶茶递到他面前，他双手扶着自行车，并没有接，而是直接倾过身体，低头在吸管上吸了两下，然后直起身体。

我握着奶茶收回手臂，那滚烫的热度仿佛通过手臂传递到了我的脸上。

"还不错，"钟原说着，空出一只手奖励性地在我的脑袋上敲了敲，"嗯，我们走走吧。"

于是我们俩肩并肩在路上走着，钟原推着自行车，我捧着奶茶，隔一会儿就将奶茶凑到他面前，他毫不客气地吸两口，我再收回手臂。然后我就用另外一支吸管喝。这种感觉，说不出地奇怪，我心里却被奶茶的温度熨得十分舒服。

然而……我看着钟原淡淡的表情，窘了窘，说道："钟原，那支吸管是我的。"

"唔，"钟原放开叼在口中的吸管，勾起嘴角笑了笑，"是吗？"

我的脸又烫起来了，于是我低下头，蚊子一样嗯了一声，不敢看钟原。

"木头，"钟原突然停下来，"你知道我们明天要拍哪一场戏吗？"

我点了点头，脸却烧得更厉害。

话说，明天我和钟原要拍一场吻戏……

钟原站在橘色的路灯下看着我，淡淡地笑，那笑容如冬日里的阳光一般暖暖的，却又有一种无法触及的不真实感。

他说："我们，要不要先练习一下？"

他的声音如泉水般清冽动听，我却惊得脊背都僵直起来。练习一下，练习一下……

钟原把自行车支在一旁，转过身来握住我的肩膀，盯着我的眼睛，说道："不可以吗？"

他的眼睛本来就生得很好看，此时黑亮的瞳仁又染上了一层橘色的旖旎光芒，这种目光，一般女生都无法抗拒，更何况，我对他肖想已久……

此时路上的行人已经非常稀少，我的胆子也大了起来。于是我攥紧拳头，轻轻地点了一下头。好吧我承认，其实我是心怀不轨假公济私的。

钟原轻笑一声后，低下头，唇压向了我。

我很紧张，睁大眼睛一动也不敢动。

软软热热的两片嘴唇，就这么贴到了我的嘴唇上。明明做好了准备，我却依然感到措手不及。我全身僵硬着，大睁着眼睛看着钟原近在咫尺的双眼。他此时也直直地看进我的眼里，那眼睛里透着的温软的光，一时让我忘记了唇上的触感。

是幻觉吗，为什么我感觉钟原眼底有笑意一闪而过？

钟原突然放开我，伸出舌尖舔了一下嘴唇，说道："怎么这么凉，你很冷吗？"

我看着钟原因舌尖的湿润而显得更加润泽丰满的嘴唇，突然有一股冲上去咬上一口的冲动……呃，我越来越邪恶了。

我的脸因为这个变态的想法，瞬间烧了起来。

钟原抬起一只手在我的脸上摩挲着，笑道："害羞了？"

他的手指像一桶酒精，我的脸一下子烧得更旺了。我低下头不敢看他，然而刚低下头，下巴就被他抬起，随之而来的是一个猝不及防的吻。

依然是软而热的嘴唇，覆在我的嘴唇上轻轻摩擦着，并且越来越热。然后他张开嘴，衔住我的嘴唇，重重地吸吮着，我的嘴唇被他吸得有些发麻。他又不满足似的，伸出舌头卷我的嘴唇，缓而重地舔着。我感觉自己全身的血液都集中在了嘴上，全世界的东西都在后退，只余下唇上那种酸麻而灼热的感觉。

钟原左右摇摆着头，眼睛紧紧闭着。我看到他的睫毛在微微颤抖，仿佛被风吹起的细小而精致的羽毛。

唇上的触感突然消失，我微微一怔。钟原此时放开了我，但并没有站直身体。他的嘴唇擦着我的脸颊，移向了我的脸侧，最后他附在我的耳边，怨念颇重地低声说道：“木头，麻烦你闭上眼睛，给我点反应。”呼吸热热地打在我的耳朵附近，让我本来重如擂鼓的心跳又加重了几分。

我窘了窘，突然觉得自己很没有用，可是又有些不知所措。我要……怎么反应？

钟原抓起我的手臂，环上了他的脖子：“抱紧我。”

我有些难为情，但还是照做了，双手交错，搂住了他的脖子。

钟原没有再抓我的肩膀，而是直接环住了我的腰，搂紧我道：“闭上眼睛。”

我小心地闭上眼睛，黑暗使人更加敏感。此时我和钟原的身体紧紧地贴在了一起，我能感受到他胸膛的大幅度起伏，甚至耳边还能听到他并不平稳的呼吸。

钟原含住我的嘴唇，轻轻地咬了一下，我吃痛，头下意识地向后仰，他却迅速扣住了我的后脑勺，强迫我迎接着他的攻击。

渐渐地，两个人的呼吸越来越灼热，热到几乎把我融化掉。钟原伸出舌头在我的牙齿外打转，我不自觉地张开了嘴巴，他的舌迅速滑入了我的口腔，随即勾着舌尖在我的口腔四壁来回扫着，然后又卷着我的舌头嬉戏，嘴巴不忘记一下一下地吸着，仿佛把我全身的力气都吸走了。我连站都站立不稳，只能全身都贴在钟原身上，勉强靠他支撑着。

钟原将我搂得越来越紧，我的脚几乎离了地。

　　渐渐地，那种因为陌生而导致的不适应，被满脑子的灼热与甜蜜代替。我觉得我心里填得满满的，连骨头里都开始冒起绚丽的泡泡。

　　原来接吻是这样一种感觉，如深海里粉色的旋涡，让人禁不住沉沦下去，甜蜜地沉沦。

　　这个吻仿佛有一个世纪那么漫长，直到我因为缺氧而满脑子冒起星星，钟原才放开我。我和他都喘着粗气，热热的呼吸交织在一起。

　　钟原目光闪闪地盯着我，脸上泛起胸有成竹的那种笑，他说："木头，承认吧，你爱上我了。"

　　我难以置信地看着他，他都知道了？怎么办……

　　钟原在我的额头上重重地亲了一下，笑道："别用这种眼神看我，我当然能感觉到。"

　　我突然就不知所措起来，脑子一热，挣开他转身就跑。我不知道我为什么要跑，我现在脑子很乱，不知道要怎么面对他，面对这个比狐狸还狡猾的人。

　　不一会儿，钟原骑着自行车追到了我旁边，熟悉的含着笑意的声音在我身旁响起："木头，你能比自行车跑得快？"

　　我侧头看他，他此时笑得很从容，这让我心里莫名其妙地涌出一股火气，于是身体反应快过大脑，我不假思索地抬脚朝他身下的自行车踹去。

　　因为离我太近，钟原顺利地遭受到了我的袭击，跟着自行车直直地朝一旁倒去。令人遗憾的是他的腿比较长，及时地踩在地上顶住了冲力。

　　此时宿舍将近，我趁着这个时机倒腾着两条腿拼命跑进宿舍楼。身后似乎有人在喊我，不过不管了，我现在脑子很乱。

　　我做贼似的闪进宿舍里，坐在椅子上喘着粗气。

　　"一、二、四"被我吓了一跳，一齐看向我。我朝她们摆摆手表示不好意思我没事，然后我就趴在桌子上，回放着刚才的那一幕幕场景。

　　我的脑子里又冒出了那个绵长的吻，甜蜜得令人窒息。

　　可是有什么用，那是假的！

　　我想到这一点，心里渐渐冷了下来，大脑也开始摆脱狂躁状态，重新发挥思考的功能。

钟原发现了，他发现了……

我突然觉得好委屈，连喜欢一个人都要偷偷摸摸的。钟原这个家伙太可恶了，他一定要揭发我吗？假装一下什么都不知道又能怎样啊！

我越想越难受。今天他跟我说话那神情，明明就是揭发了我等着看我笑话，这个禽兽！

接下来他会怎么做？居高临下地对我说，木头不好意思我不喜欢你，然后再配上一段淡定从容的笑？或者笑得荒诞而不屑，看着我说，我怎么可能喜欢你？又或者得意地边笑边说"哎呀，我早就知道我这个人魅力无边，连你个木头都喜欢上我了"……

我抓了抓头发，不能再想下去了，人类的想象力实在是太恐怖了……

就在这时，我的手机嗡嗡地振动起来，我摸出手机一看来电显示，脑门顿时就冒出汗来。

是钟原。

我盯着那一亮一亮的屏幕许久，没有接。我不敢接，也不知道接下来要怎么面对他。

手机却不死心地一遍一遍振动着，仿佛电话那头的人知道我在捧着它看。

我干脆挂掉电话，然后把手机关机了。

我一夜没有睡好，第二天是周六，我和钟原有一场吻戏要拍。可是经历了昨天那件事，我实在不知道要怎么面对他。于是只好央求小杰先拍别人的戏，我则窝在宿舍里不敢出门。

中午，小二回来告诉我："钟原在楼下等你，他让我跟你说，他快饿死了。"

小二帮我转达了钟原的饥饿感，我却并没有下楼去找他。我很想看到他，可是又怕看到，那个心情，要多矛盾有多矛盾。

反正钟原是个聪明人，肯定不会在一张饭卡上吊死的。

我这个周末就窝在宿舍里，靠着几袋快过期的方便面度日。话说我已经好久没有吃方便面了，钟原此人对吃饭要求很高，从来不吃垃圾食品，于是我整天跟着他准时吃饭，吃方便面对我来说已经是一件很久远的事情了。

我戳着面前热气腾腾的泡面，叹了口气，为什么我做什么事情都会想到钟原？

我百无聊赖地爬上校园论坛，在搜索框里敲进"钟原"两个字，这厮果然没让我失望，好几页的相关内容，其中百分之九十是关于他的八卦。而他的每一个八卦之中，必然牵扯到一个女生，我也曾有幸成为这浩浩荡荡的绯闻女主角中的一员。记得当时我特贞烈地严肃要求他澄清，现在想想，他要是能顺水推舟地从了我该多好啊……

我一边胡思乱想，一边点开了最近的一个相关八卦帖。

这次的绯闻女主角是钟原的同班同学，据说经常和钟原同组做作业，两个人因此培养起了革命感情，再然后从革命感情升级到不正当的男女关系。

又据说此女生是钟原他们学院的院花，论坛里贴着张这女生的照片，长得还不错，我个人感觉没有我们学院的院花好看……呃，忘记说了，我们学院的院花正是不才在下。

好吧我知道这个想法很自恋，可是在这种情况下我需要鼓舞自己的斗志。

再往下看，我竟然看到了这个院花和钟原的合照。两个人似乎在一个比较正式的场合，都穿着西装，女生的妆化得很好看，钟原的衣服很合体，显得他身材特别修长匀称，看得我口水都出来了。爱情真是一个变态的东西，它不仅能让人将近半年不吃泡面，还能让我们怎么看对方怎么顺眼，甚至连打个喷嚏都是帅的……

好吧啰唆来啰唆去，虽然我很嫉妒，不过我不得不承认，这两个人看起来真的很般配。

更重要的是，钟原还对他笑！此时这两个人相视一笑，钟原脸上挂着的是那种眉眼柔柔的笑，我和他在一起时很少见他这样笑。果然男生都是好色的家伙！可是我如果化了妆，也不一定比她难看啊……

说来说去，我不就是没有胸肌嘛。

我郁闷地关掉网页，怎么想怎么难过。我知道我的情绪被钟原影响得太厉害了，可是我控制不住，无法不去想他，无法不去在乎他的一举一动。

我发现我和钟原，仿佛小鸡和母鸡的关系。一只母鸡可以有很多小鸡，但是一只小鸡只有一只母鸡。

这个比喻貌似不太恰当。我们其实更像是星星和月亮的关系，他是月亮，我是星星。月亮在大家眼中永远是最独特、最有吸引力的，我们做星星的只能沦为陪衬。

我一遍一遍告诉自己，钟原的绯闻那么多，那院花不过也是众多星星中的一颗，可是我心底里又不断冒出一个声音：万一是真的呢?

就因为这个长他人志气灭自己威风的想法，我郁闷了一整个下午。

晚上的时候，我发现自己穴居两天了，实在是需要出去走走，思念也是需要力气的。更何况我吃了两天泡面，这对于一个每日三餐正常吃饭的人来说，可以算是从身到心的打击了，我需要一点安慰。

我打算去超市逛逛，用钟原的卡来安慰一下我因为对他的思念而造成的伤害。

我却在超市里看到了我此时最怕看到的人，以及那个阴魂不散的绯闻女主角。

两个人正说笑着在收银台前排队，那院花笑得直龇牙，口水都快流出来了。

我心里涌出一股烦躁感，也没心情买东西了，转身快步离开超市。

出了超市，我漫无目的地走在路上，一边走一边踢着脚下的雪。我脑子里都是刚才的那个场景，还有论坛里的那张照片，他们穿的衣服相似度那么高，像情侣装似的……

越想越沮丧，我正胡思乱想着，冷不防撞到一个人，我抬起头正想道歉，然而当看到那个人的脸时，这句"对不起"却无论如何也说不出口了，留下的只是不知所措，还有那么一点……愤怒。

我定了定神，冷笑道："怎么一个人，那院花呢?"

钟原静静地看着我的眼睛，突然弯起嘴角，笑道："吃醋了?"

我被他揭发了，立即恼羞成怒："你……胡说!"

然而我话音刚落，却突然跌进一个怀抱里，一个结实而宽阔、并不陌生的怀抱。

钟原的下巴抵在我的头顶上，双臂紧紧地箍着我，像抱兔子一样抱着我。他叹了口气，无奈地轻声说道："我的五脏六腑都快碎了，你怎么还不明白呢?"

第十四章
这癫狂的世界

我身体一僵，诧异地想要抬头看他，却被他紧紧地按在怀里，动弹不得。我被他勒得呼吸都有些困难了。

钟原用下巴蹭着我的头发，柔声说道："木头，我喜欢你，很喜欢。"

我吞了吞口水，感觉自己的魂魄像是离开了身体，轻飘飘地道："真、真的？"

钟原没有回答，只是低低地骂了声"笨蛋"，然后把我抱得更紧了。

我十分吃力地说道："钟原……我、我要被你闷死了……"

钟原放开我，双手捧起我的脸，额头抵着我的额头，两只眼睛神采奕奕。他深深地看着我，说道："那你呢？你喜欢我吗？"

我有点不好意思说出口，更何况你已经揭发过我了，这说明你已经知道了啊……

钟原没有领会到我此时的心理活动，他的眼睛里漫上了一层寒气："说，你喜不喜欢我？"

我眨了眨眼睛："呃，喜欢。"

钟原步步紧逼："喜欢谁？"

我咬了咬牙："喜欢你，钟原，我喜欢你，唔……"

突如其来的吻，让我有些措手不及，下意识地往后退。然而钟原飞快地揽住我的腰，一把将我重新捞回怀里。

他的嘴唇很烫，仿佛在燃烧。他不管不顾地含着我的嘴唇，一下一下地啮咬着、吸吮着，我的嘴唇被他弄得又疼又麻，心里却被铺天盖地的甜蜜淹没。于是我主动抱住他，闭上眼睛迎接他的吻。

钟原手臂一紧，更加灼热而急切的吻席卷而来。

我被吻得气竭，抓着钟原的衣服使劲要把他推开。这个时候钟原终于放开我，他目光灼灼地看了我一眼，转而结结实实地把我抱在怀里。他附在我耳边，灼热的呼吸喷在我的耳朵上，我闭了闭眼睛，觉得这一切是那么不真实。

钟原突然叼住我的耳垂，用两片嘴唇轻轻地蹭着，我那被冻得冰凉的耳垂因此而暖暖的，很舒服，又有些痒，于是我禁不住咯咯地笑出了声。

钟原放开我的耳垂，也低低地笑了起来，隔了一会儿，他在我耳边喃喃道："木头，我终于等到这一天了。"

我趴在他怀里，还是觉得有些不可思议："我一直以为你不喜欢我，还看我不顺眼。"

钟原咬了一下我的耳垂，笑道："所以你是木头。"

我在他怀里蹭了蹭，又说道："那你为什么喜欢我？"你有那么多选择。

钟原无奈地笑："我也想知道。我整个人就像着了魔似的，总是想着你。"

我抱紧他，心里甜甜的："我也是。"

我们两个都没再说话，就这样在雪地里紧紧地拥着，路边人来人往的，我有些不好意思，干脆把脸埋进钟原的怀里，掩耳盗铃。

回到宿舍的时候我依然有些神魂颠倒，这一切发生得太梦幻了，我心里甜得要死，可是又感觉不踏实。

我就这样像个游魂似的飘进了宿舍，小二正在宿舍打游戏，扭头看到我，顿时奸笑道："嘿嘿，三木头啊，你被钟原搞定了？钟原下手也太狠了吧。"

我被她说得一阵心虚，又有些奇怪，于是小心问道："你怎么知道的？"

小二嘿嘿嘿嘿笑得像个狼外婆。这时，老大和四姑娘从外面走进来，老大一看到我就问："三木头，嘴怎么肿成这样，又吃辣椒了？"

我终于明白小二为什么笑得如此奸情四射了。

这时，小二朝老大眨了眨眼睛，笑得那叫一个猥琐："咱家三木头这是被人啃了，你装什么纯洁。"

"我本来就纯洁。"老大一边说着，一边走到我面前，捧着我的脸仔细盯着我的嘴唇看，看完之后满意地点了点头，说道，"原来钟原是属狼的啊。"

我顿时红了脸，躲在椅子上不说话。老大胡乱揉着我的头发，笑道："来来来，给我们详细描述一下大灰狼啃小白兔的全过程。"

我单手撑着下巴，想了一下，说道："两情相悦，郎情妾意，嘿嘿。话说，我还是觉得这件事情有点离奇，你说钟原怎么就喜欢我了呢？"

老大敲了敲我的头："孩子，你确定这不是炫耀？"

四姑娘帮我解答疑问："这叫一物降一物，上善若水，以柔克刚，大智若愚……"

小二笑嘻嘻地打断她："四四，你说的是谁？"

四姑娘面无表情地踹了一下小二的椅子："你又挂了。"

小二扫了一眼屏幕，随即皱眉："又是这个变态。"

老大问："哪个变态？又是那个什么沉星石？"

于是"一、三、四"齐刷刷地凑到小二的电脑前，只见屏幕上的地上躺着一具尸体，旁边一个金光闪闪的人扛着大刀嚣张而去。那个行凶者头上赫然顶着"沉星石"三个字。

小二不服气地砸着键盘："操作强了不起啊？装备好了不起啊？人贱自有天收，老娘早晚把你一刀一刀切了！不光切了，还要趁着新鲜涮了！"

小二不愧是耍笔杆子的，说的话实在是有画面感，我不禁打了个寒战，拍了拍她的肩膀，说道："消消气消消气，不过是游戏嘛。"

小二盯着那个人远去的身影，咬牙切齿："我、要、报、仇！"

小二现在正在玩一个网游，她在里面因为一些比较复杂的事得罪了一个叫沉星石的高人，导致经常被他追杀。那个高人，据小二说，是个变态，比东方不败还强大，她认识的人没人敢惹他，于是她的报仇大业天天在喊，也天天在破灭。

"一、三、四"一哄而散，留下小二一人缩在电脑前长吁短叹。

第二天，我起床很早，确切地说我是一晚上没睡。话说昨天晚上我翻来覆去地想着我和钟原的事情，想着想着就窝在被窝里偷偷地乐，我觉得我真是疯了。

下楼的时候，钟原已经在楼下等我了。昨天晚上又下了雪，今天全世界都银装素裹起来。钟原站在皑皑的白雪中望着我，那画面挺唯美的。

我踩着雪跑到他面前，傻笑着看他，不知道要说些什么。

钟原抱了抱我，刮了一下我的鼻子，扬起嘴角笑道："昨晚没睡好？"

我想到自己昨晚疯狂的样子，有点不好意思。

钟原在我的额头上亲了一下："我昨晚一夜没睡。"

于是我不厚道地笑了。

钟原拉起我的手："今天我们不跑步，堆雪人吧。"

我从小到大都没堆过一个完整的雪人，今天钟原一下子堆了两个，然而让我意想不到的是……

那两个雪人的头触碰在一起，从眼睛鼻子的位置来看，它们应该是面对面的。

也就是说，这两个雪人在接吻……

偏偏钟原还笑眯眯地问："像不像我们？"

我别开脸，人家很害羞的好不好。

钟原低低地笑了起来。他一边帮我暖着手，一边低头飞快地在我的嘴唇上亲了一下。

因为钟原成了我的男朋友，按照惯例，他要请我们宿舍里的那三只狼吃饭。我问钟原去哪里，他想了一下，答道："临江阁怎么样？"

我擦汗："有点贵吧？"

钟原却意味深长地看着我，不怀好意地笑："木头，你这么着急帮我省钱？"

我……喀喀，我又羞涩了……

上午我只有一节课，下课之后就跑回宿舍睡觉了，一觉睡到傍晚，起床之后联合"一、二、四"和钟原他们集合，八个人齐刷刷地奔向临江阁。

我们坐在包间里，老大他们翻着菜单，都不好意思点太贵的，虽然之前这些家伙口口声声地要让钟原放血。

于是这时候路人甲在一旁给她们鼓舞士气："美女们别客气啊，钟原这家伙作为长期潜伏在我们无产阶级队伍里的资本主义分子，活该被修理。"

路人乙也跟着附和："就是就是，这家伙横行霸道为害乡邻也不是一天两天了，我就是永远被压迫、被奴役的一分子，今天让我们出一口恶气吧。"

我默默地看着路人乙，师兄，你不是一个人……

这时，钟原攥着我的手，心情很好的样子，笑呵呵地对众人说道："跟我客气就是跟木头客气。"

一句话成功引起了大家的起哄，路人甲一个劲地说着："不能客气，不能客气……服务员，把这本菜谱先给我们炒一遍！"

于是席间的气氛就这样热闹起来。大家本来就挺熟的，这会儿再客气也真有点矫情了，因此抢着点自己喜欢的菜。路人甲、路人乙两位师兄还因为鲈鱼要烤的还是清蒸的而展开激烈辩论，最后钟原敲了敲桌子："来两份，一份清蒸一份烤。"

我盯着菜单上那鲈鱼的价格，默默地感叹，钟原你个败家子……

酒菜很快上来，第一轮酒要大家一起干掉，钟原挨个给桌上的人倒酒，轮到我时，他只往我杯子里倒了一点，意思意思就好。

于是在场的人不干了，叫嚣着要他给我倒满，结果他挑眉，镇定地说道："我喝双份。"

一句话引来的又是起哄。

我有点不好意思，拉了拉他的袖子："其实我可以的……"

钟原似笑非笑地看着我，低声说道："就你那点酒量和酒品？脱衣服什么的，当着我一个人的面就好了。"

我哆哆嗦嗦地擦汗，往事不堪回首啊……

于是大家开始吃菜。这里不愧是一家烧钱的饭店，做的东西确实不错，我一边痛痛快快地吃着，一边和钟原玩着互相夹菜的游戏，围观群众表示很胃疼，纷纷提醒我们他们的存在。然而我一抬头，正看到陆子键把一块挑过鱼刺的鱼肉放到四姑娘的盘中，众人却视而不见，继续对着我和钟原起哄。

喂喂喂，不带这么选择性无视的。

开始的时候大家有说有笑地吃着，到后来完全演变成喝了。钟原这家伙今天特别豪放，简直来者不拒，只要是酒，仰脖就干。同时他还监视着我，不准我喝酒。我一碰酒杯，他就抬出"脱衣服"的事件，搞得我后来一看到酒杯就脸红……我真是没出息。

于是除了我之外，剩下的那六个人丧心病狂地打着车轮战来给钟原灌酒，开始的时候是啤酒，到后来他们觉得不过瘾，干脆换白酒……太令人发指了！

我实在看不下去了，拦住钟原拿着酒杯的手："别喝了……"

钟原揉了揉我的脑袋，眯着眼睛笑："心疼了？"

一句话换来的是如下反应：

小二："心疼了耶……"

老大："心疼了啊……"

路人甲："我胃疼。"

路人乙："我牙疼。"

四姑娘："哈哈。"

陆子键："呵呵。"

我："……"

钟原干掉手中的酒，笑呵呵地坐下来说道："不喝了，吃东西。服务员来，我们再点一遍菜。"

一句话换来的是一阵狼嚎。

我看着满桌子没吃完的菜，默默地念，浪费可耻浪费可耻啊可耻……

于是大家暂时停止围攻钟原，开始一边吃吃喝喝一边聊天。我们几个本来在暑假里已经混得挺熟的了，这会儿便天南海北无话不谈。

大家说着说着，也不知道怎么的就说到游戏上了。

小二一说游戏，顿时两眼冒出了凶光："别提游戏，一提游戏我就想到了我那心碎的《仗剑传说》。"

《仗剑传说》就是小二最近在玩的那一款网游，也是她被深深地虐到的那一款。

一听这个，路人甲、路人乙两个人也来了兴致，路人乙："你也在玩《仗剑传说》啊？在哪个区？"

路人甲："名字？职业？"

小二答道："我在江山如画，话说我们区有一个变态，整天追着我杀，我咬碎一口钢牙，却拿他没有办法。"

路人甲轻轻地敲着桌子，风骚地笑："谁啊这是，敢欺负咱们二师妹？师妹别怕，为兄替你报仇，以为兄的操作，在江山如画还是鲜有敌手的。到时候咱们取他首级扒他装备，你要是实在不解气，为兄还可以承揽盗账号、黑电脑、篡改信息等各项业务，免费试用，包君满意。"

小二眼睛一亮："真的？"

路人甲胸有成竹地点了点头："放心吧，交给我了，师妹速速报上那狗贼的姓名，今天晚上为兄便让他死无葬身之地。"

小二感激地看着路人甲："太好了，那厮叫沉星石，是个变态刀手，不知道你有没有听说过？"

路人甲那自信的微笑突然僵在脸上，他瞪着眼睛上下打量着小二，眼神说不出地诡异。

小二也觉得不对劲，歪着头看他："你怎么了？"

路人甲："……"

小二善解人意地笑了笑，说道："打不过也没关系啦，反正那狗贼在江山如画里算是横着走的，你打不过他很正常，不用不好意思。"

路人甲："……"

小二奇怪地伸手在路人甲面前晃了晃："喂，你到底怎么了？"

这时，路人乙的声音突然飘来："他就是那狗贼。"

沉默。

沉默。

还是沉默。

至此，现场的形势华丽丽地逆转了。

最先从沉默中苏醒过来的是小二，她眯着眼睛危险地看着路人甲，咬牙哼道："是你？"

路人甲动了动嘴唇，想解释什么，被小二打断："你就是沉星石？"

路人甲的气势顿时矮了下去，他犹豫着问道："你……你不会是那个人妖吧？"

小二的脸色又阴下来三分："人、妖？"

"喀喀，我不是这个意思，"路人甲的眼睛里闪过一丝疑惑，眉头也跟着锁了起来，他自言自语道，"可是我查过你的注册资料，你的身份认证里明明是一个男的呀……"

"我用我哥的身份证注册不可以吗？不对，你……"小二的脸色彻底变成了一朵浓重的积雨云，"你偷看我的资料？"

"那个，我……呵呵，呵呵呵呵……"路人甲干笑着看着小二，不知道说些什么。

小二狠狠一拍桌子，从牙缝里挤出两个字："变、态！"

"师妹，其实这是误会，我……"

小二突然转过身体，双手揪住他胸前的衣领，以一种十分凶神恶煞的表情面对着他。她的这个表情说明，她暴走了……

我不禁擦汗，小二这人虽然猥琐，但是脾气很好，想让她暴走实在是一件不太容易的事情，于是我很不厚道地竟然有点佩服路人甲了。

当然，小二暴走是一件很危险的事情，路人甲师兄啊，你保重吧……

此时，路人甲惊恐地看着小二："女侠饶命！"

小二盯着路人甲的脸，阴惨惨地笑着，仿佛一只要吸人血的千年女鬼。我在一旁听着都脊背发凉。

钟原捏了捏我的手，凑到我耳边低声问道："你们宿舍的人都这么凶猛吗？"

钟原你闭嘴！

这时，小二的脸凑近路人甲几分，她死死地盯着他，表情十分凄惨而怨毒："误会？再大的误会，能抵过我至少一天被杀一次的痛苦吗？整整一个月啊，你知道我过的是什么日子吗？"

路人甲苦着脸叫道："师妹……"

小二怒吼："不许叫我师妹！"

路人甲："女、女侠……女侠我错了……"

小二咆哮："杀一次两次也就算了，咱俩就算有什么深仇大恨，值得你追杀我一个月吗？而且为什么我藏在哪你都能找到？"

关键时刻，路人乙的声音再次飘来："他自己编了个追踪器，千里追踪，精确定位，免费试用，包君满意。"

路人乙的一席话无异于火上浇油，小二已经接近崩溃的边缘了："说，为什么要对我苦苦相逼？"

路人甲无奈苦笑："杀习惯了而已……"

围观群众："……"

"你！浑蛋！变态！"小二仰天长叹，"苍天哪，我造了什么孽了啊啊啊……"

路人甲："造孽的是我……"

"闭嘴！"小二突然又凑近几分，两个人的鼻子几乎碰到一起了，路人甲吓得脸都红了。

小二："今天晚上回去你不许动，让我蹂躏一百遍！"

路人甲："……"

路人乙在一旁摸着下巴嘿嘿地笑，表情那叫一个奸诈猥琐幸灾乐祸："一百遍啊一百遍，这句话太有内涵了。"

围观群众："……"

从临江阁回来的时候已经是晚上十点，我们八个人在 B 大的校园里游荡着，除了路人甲对小二有点胆战心惊唯唯诺诺围观群众表示幸灾乐祸之外，气氛倒还算和谐。

我因为心情比较好，在路边团了一个雪球，直接丢向了前面的四姑娘。四姑娘中招，回过头来抓了个雪球狠狠地丢过来，钟原手快，敏捷地把我往旁边一拉，那雪球错过我直直地砸到了老大身上。老大不服，同样回敬以雪球，结果一个没瞄准，小二中招。关键时刻路人甲坚定地表明了立场，十分狗腿地团了个雪球丢向老大，却一个不小心打到了我身上。于是钟原怒，丢了两个雪球过去，路人甲、路人乙纷纷中招……

混战就这样开始了。

我们八个人分成了 N 个阵营，坚决贯彻敌中有我我中有敌的战略方针，团好雪球见人就丢，宁可错杀一千，不能漏网一人。一群人追追打打玩得不亦乐乎。

我握着个雪球在前面喊打喊杀地追着小二跑，钟原紧紧跟在我身后。突然咚的一声，我转过身，发现钟原滑倒了，此时他正仰面躺着，笑嘻嘻地看着我。这家伙今天喝得有点多，走路不稳很正常。好在地面上是雪，他穿的衣服也厚，他估计没摔疼。

很少见钟原出糗，虽然觉得此时有点乘人之危的嫌疑，不过我还是很不厚道地叉腰狂笑。

钟原也没生气，就那样老老实实地躺在地面上，眯着眼睛看着我。他这个样子配上橘红色的路灯光，实在让人很有犯罪的冲动。我吞了吞口水，有点不好意思。

钟原扬了扬嘴角，抬起手臂示意我拉他起来。于是我弯下腰，拉住他的手。

然而，突然而来的一股强大力道将我往下拉，我一个没站稳，生生摔倒下去。等我反应过来的时候，已经趴在钟原的怀里了。

钟原一手环着我的腰，一手围住我的肩膀，把我紧紧地抱在怀里。他垂着眼睛笑嘻嘻地看着我，半闭的眼眸中有瑰丽的光在流转，然而已不复平日的清明。他今天是真的喝多了，我心里顿时涌出一阵愧疚感。

此时钟原眯着眼睛，嘴角微微上翘，柔和的橘色灯光打在他的嘴角上，有一种别样的旖旎感。

看着他的嘴角，我有点心猿意马，急忙想要从他身上起来。这家伙却将我扣得很紧，让我几乎动弹不得。

这时，其他人已经围上来了，纷纷不怀好意地起哄，引得路人一阵好奇。

我更加不好意思了，干脆把脸埋在钟原怀里，鸵鸟就鸵鸟吧，我认了。

然而毫无预兆地，钟原突然翻身，将我压在身下。我惊呼一声，正不知所措，抬眼却发现那几个丧心病狂的人正齐刷刷地举着雪球朝我们砸来……

接下来的事情我再也没看到，因为钟原把我的头按在他的怀里，他用整个身体挡着我。当然我不用看也可以想象到，那几个猥琐的家伙，会把钟原弄得多狼狈。

钟原在我的头顶上方低笑着，声音里带着几分蒙眬的醉意，他柔声说道："别怕，有我呢。"

我心里有一阵暖流滑过，喉咙有点发紧。我在他怀里吃力地蹭了蹭，答道："我知道。"我一边说着，一边抬手环住了他。他的后背触手一片冰凉，全是雪。

钟原突然站起身，拉起我就跑。

身后的人高声喊着："呔！有人私奔！""抓回来浸猪笼，点天灯！"声音虽然杀气腾腾，却渐渐远去。

那帮家伙没有追上来，然而钟原一刻不停地跑着，我被他拖在身后，两条腿都倒腾不过来，气喘吁吁的。真奇怪，不是说这家伙喝醉了吗，怎么还跑这么快？

钟原终于停了下来，我还没反应过来，就已经被他推倒在一片墙上，紧接着嘴巴上覆盖上了两片温热柔软的唇。

钟原紧紧闭着双眼，含住我的嘴唇细细地吸吮着，伸出舌尖小心地舔着。一阵淡淡的酒精香气从我的唇间渗入，让人忍不住跟着沉醉、沉沦。

钟原眉头微微皱了一下，眼睛并没有睁开，却含着我的嘴唇含混不清地说道："眼睛闭上，嘴巴张开。"

我有些奇怪，为什么这家伙明明闭着眼睛，却仿佛什么都能看到似的？不过奇怪归奇怪，我还是照做了，闭上眼睛张口迎接他，顺便还双手环住了他的脖子。

钟原低低地笑了一声，随即伸出舌头长驱直入，在我口中的每个角落里仔仔细细地扫着。浓浓的酒精气息传来，我有些招架不住，顿时感觉脑袋发晕，四肢发软。

钟原却抱紧我，似乎越战越勇。

等到这厮终于良心发现把我放开的时候，我已经满脑子都是金色的小星星了。他还嫌不过瘾，顺着我的嘴角一路蔓延，下巴、脸颊、耳垂、脖颈……

钟原的嘴唇软软的，吻在皮肤上仿佛是羽毛轻轻地扫过，很舒服的那种感觉。不过我还是有点怕，这小子现在神志不清的，万一他一个不高兴，咬我一口怎么办……我瞬间想到了电影中的吸血鬼，于是全身一个激灵。

钟原抬起头，伸手轻轻摩挲着我的脸颊，眸子里盛满了笑意："怕？"

我只好实话实说："呃，怕你咬我。"

钟原低声笑了起来。他用指尖点着我的嘴唇，眉角弯弯的似乎很是龙心大悦。他突然低头凑近我，伸出舌尖在我的嘴唇上轻轻地舔了一下，然后目光闪闪地看着我，声音轻飘飘的，仿佛电视里偷情的淫贼："怕什么，又不是没有咬过。而且，"他的目光若有若无地扫过我的身体，在我的胸前打了个转，才又抬起眼睛继续说道，"以后要咬的地方还有很多。"

我："……"

大哥，我很矜持的好不好。

"害羞了？"钟原摩挲着我发烫的脸，低笑着道，"其实你也可以咬我的。"

我："……"

钟原："嗯，我很期待。"

我彻底怒了，抓过他的手狠狠地咬了一口……真硬。

"不是这里，"钟原抽回手，转而指了指自己的嘴唇，"是这里。"

我扭开脸，大哥你知不知道我很害羞啊喂！

钟原凑近，在我耳边喷着热气说道："当然，还有别的地方也可以咬，以后我慢慢教你。"

我被他的无耻搞得彻底没脾气了，哭笑不得地问道："钟原，你到底有没有喝醉啊？"要说喝醉了，此人逻辑很正常；要说没喝醉，他说的话，又不怎么正常……简直太色情、太无耻了……

钟原听我这么一问，呵呵地笑了笑，抱紧我，在我脸上重重地亲了一口，然后说道："我喝醉了，所以，"他低头不怀好意地看着我，"我要霸王硬上弓。"

我："……"

上帝啊，你把这个妖孽收走吧……

第十五章
甜蜜蜜

霸王最终没有上成弓，我哄了钟原半天，这家伙才肯回宿舍。说实话，我对滚床单这种事情目前还保持着敬畏的心态，有点期待，但不敢尝试。何况我和钟原才确认关系没多久，现在就往那个方向发展，未免太快了。

至于钟原到底有没有喝醉，这对我来说一直是个谜。从他的眼神来看，他应该是有些神志不清了，可是他的脑子很清醒，一点没有喝醉的样子。我知道他以前有时候会装醉，但在我面前他又没有装醉的必要。

如果他是真的醉了，那他的醉态也算得上奇葩了吧。

我回到宿舍的时候，"一、二、四"都在。老大和四姑娘正围观小二在游戏里厮杀，我凑过去瞄了一眼她的屏幕，只见一个叫作"沉星石"的男的立在地上一动不动，一个叫作"霸王不厚道"的姑娘围着他拼命地砍呀砍，同时释放着各种光芒四射的技能。他们周围，密密麻麻地围了好几圈人。

沉星石的头顶上每隔半分钟左右就会出现一句话："女侠，饶命……"

围观群众头顶上冒出得最多的一句话就是："大神被盗号了！"

在那众多"大神盗号论"的淹没下，我竟然看到一个人不停地说着"一百遍啊一百遍"，那估计就是路人乙那个唯恐天下不乱的家伙了。

我不禁擦汗，原来游戏里的世界也挺精彩的。

这时，小二收到了一条消息，来自沉星石："女侠，三师妹回宿舍了没？"

霸王不厚道："回来了，怎么了？"

沉星石："钟原那恶霸回来之后就睡觉了，躺在床上还哼哼着，说什么'老婆我来了'，一副深度中邪的样子，我就是好奇想问问三师妹，她把那小子怎么了……"

这条消息一来，"一、二、四"也不看游戏了，齐刷刷地转头盯着我，意味深长地笑。

钟原你搞什么，睡着了杀伤力还这么强悍。

小二阴阳怪气地对我说："三师妹，给解释一下？"

我挠头，一句话打发了她们："钟原要霸王硬上弓，我宁死不从。"

那三只狼顿时一阵欢呼，小二还急忙对路人甲说："还能怎么样，霸王硬上弓呗。"

于是就在这个时候，悲剧出现了。

话说，刚才小二一不小心把和沉星石私聊的对话框关闭了，现在这句话发在了当前频道，也就是说，游戏里周围的人都能看到。当然这不是关键，关键是在这句话之前，路人甲为了表达一下厮杀的激烈，像模像样地说了一句："你到底要怎样？"

于是——

沉星石："你到底要怎样？"

霸王不厚道："还能怎么样，霸王硬上弓呗。"

于是乎，围观群众的八卦之魂熊熊地燃烧起来……

"一、三、四"纷纷拍着小二的肩膀："节哀。"

小二盯着屏幕上的对话，握着鼠标的手直哆嗦。她砸着键盘，仰天长叹道："冤孽啊，冤孽！"

第二天晚上，我和钟原躲在自习室的角落里上自习。快要期末了，我这学期有几门专业课很难，作为一个化学白痴，我要早早地复习。我没有老大那么精英的学习能力，也没有小二那么好的运气，更没有四姑娘那么发达的大脑，我有的只剩下笨鸟先飞的自觉了。

冬天天气又冷又干，嘴唇要好好保护。我看了会儿书，掏出唇膏在嘴上蹭了蹭，刚想收起来，却一个没注意被钟原夺去。

他捏着我的唇膏看了看，喃喃道："牛奶的？苹果味？"

我一时没反应过来他要做什么："呃？"

钟原挑眉看我："我试试可以吗？"

呃……虽然说唇膏这种东西不适合与人共用，不过既然我和钟原都已经那啥了……好吧，其实也没什么……

于是我点点头："试吧。"

然而，钟原突然低下头，飞快地在我的嘴唇上亲了一下。我没料到他会这样做，等我反应过来，他已经收回身体正襟危坐了，仿佛刚才行凶的人跟他完全无关。

钟原笑眯眯地看着我，伸出舌尖舔了舔嘴唇，挑眉说道："甜的？"

我觉得我此时就像一个爆炸的烧瓶，脸已经烧得要崩溃了……苍天哪，这世界上怎么可以有这么无耻的人啊啊啊……

偏偏钟原还一副泰然自若的样子，伸手扣上我的后脑勺，低头作势又要吻我。

我抬起手指挡在他的嘴唇上，慌张地说道："大哥，这是在自习室！"

钟原拉下我的手，握在自己的手里，满不在乎地说道："自习室怎么了，咱们又不是没做过。"

我突然想到了曾经我和他在选修课的教室里排练电影情节的事情，可那是演戏啊，我们那样做是敬业好不好……

钟原揽住我的肩膀，不由分说地低下头来又要吻我。

"不要，会被人看到。"我说着，扭过脸去，把后脑勺对着他。

钟原好久没有说话。我有些奇怪，这不像是他的作风啊。于是我扭头看向他，只见他此时正盯着自习室的门口，我顺着他的目光望去，看到了一个人。

苏言正站在门口朝我们看来，表情有些模糊。

我有点不知所措，低下头不敢看他。对于一个自称喜欢我而我又没什么感觉的人，我实在不知道要怎么和对方相处，除了躲，我也找不到别的办法。

苏言很快走到我们的座位旁边，低声问我："沐尔，我能单独跟你谈谈吗？"

我不知道是该点头还是摇头。其实我希望能一次性地和他把话说清楚，可是我又怕钟原生气。

我们就这样僵持了一会儿，钟原先开口道："去吧，一次把话说清楚最好不过。"

我和苏言坐在教学楼外的长椅上，钟原隔着窗户望着我们，我一抬头就能看到他那张因为距离太远而有些模糊的脸。虽然模糊，他的笑我却能感觉到。

沉默了一会儿，苏言先开口了："你……真的决定跟他在一起？"

我点点头："我喜欢他，所以……"

苏言："所以你想让我离你远点是吧？"

"呃，"我挠挠头，不太适应眼前这个突然变暴躁的苏言，"我不是这个意思，你也看到了，我和钟原……嗯，反正咱们两个也不可能在一起啊，牵扯太多徒增烦恼……"

苏言苦笑道："我真的没有机会了吗？"

我摇摇头，答道："会有女孩适合你的，但是我不适合。"

苏言扫了一眼远处的窗户："我很想知道，我到底哪一点不如那个钟原？"

"你没有不如他，只是……他能让我喜欢上他，而你不能。"我知道自己这话有点伤人，不过当断不断反受其乱，与其纠缠不清，倒不如说些狠心的话，断绝他的念头比较好。

苏言似乎有些沮丧："那么，如果我比他更早遇见你呢？"

我挠挠头，答道："这个假设不成立，说了也没意思。"

苏言犹豫了一会儿，又说道："那……我还能继续喜欢你吗？"

我："呃，这个……最好不要吧……"

苏言有点暴躁："那是我的事，不要你管！"

我："……"

那你还问我干吗？

苏言走后，钟原突然走过来，坐在我旁边。他抬手揉了揉我的头，把我扯进怀里搂着，然后抓过我的手握着。我的手在冬天里总是很冷，钟原的手却可以像火炉一样暖和，老天真是不公平。

沉默了一会儿，钟原说道："我的生日快到了。"

我在他怀里蹭了蹭，答道："我知道。"

钟原的生日比较悲催，据说他是 12 月 31 号的晚上十一点钟出生的，结果他刚生出来一个小时不到，他爸妈就把他丢到一边，俩人卿卿我我地过新年去了。

12 月 31 号这天我一整天的课，晚上还有实验要做，钟原对此十分不满，却没有办法。

中午吃饭的时候，钟原很不淡定地问我："给我准备了什么礼物？"

我有点不好意思："呃，十字绣可以吗？"暑假里我答应给他绣十字绣，现在终于绣好了。

钟原微微挑了挑眉毛，有点不满地说道："那个是你已经答应过我的。"

我惭愧，可是真的不知道送他什么好。于是我只好问道："那你想要什么？"

钟原低头想了一会儿，突然不怀好意地看着我，笑道："把人送给我吧。"

我："……"

虽然钟原比较流氓，不过我多少还是有点内疚的，于是干脆一不做二不休："好吧，今天晚上我们去刷夜，玩通宵怎么样？"

钟原意味深长地笑："刷夜？"

我擦汗："你、你别乱想啊……"

钟原笑眯眯地看着我，问道："哦，那怎么样才算乱想呢？"

我低下头，感觉脸上热热的。我现在有点疑惑了，到底是我猥琐还是他猥琐？

我更疑惑的是，为什么我们明明都已经是男女朋友关系了，在他面前我还总是脸红呢？

晚上的实验有点麻烦。

我在实验这方面算是落后分子。一般情况下，我都是班里最后一个做完实验的，并且隔三岔五地搞点破坏，实验室的美女老师都认识我了，她一看到我就表现出很头疼的表情。

平常的时候我实验做到九点钟左右就差不多完工了，于是我和钟原约好了九点半见。谁知这厮八点钟就跑来找我了，那个时候我正因为打碎了一个容量瓶而遭到美女老师幽怨眼神的控诉。

虽然我脸皮不算厚，不过这种事情做多了，我也就很厚脸皮地泰然处之了。

美女老师走后，我看到钟原正靠在门口，笑着看我。我无视他，清理掉容量瓶的尸体，继续做我的实验。过一会儿老师要拿新的容量瓶给我，我得表现出很努力地在工作，咱虽然笨，但是态度是绝对端正的。

钟原却旁若无人地走进来，站在我旁边。他看了一会儿，说道："有那么难？"

我瞪他，你这是在变相地嘲笑我笨……虽然我的确很笨。

这时，老师走过来把一个新的容量瓶放到我面前，目光在钟原身上停留了几秒钟，然后看着我："男朋友？"

我有点不好意思，这个话题好像不太适合在实验室讨论。

钟原却十分从容地摆出一副乖巧有礼的样子，朝老师弯了一下腰，笑道："老师好。"

老师十分受用地点了点头："既然有约会，那就快点做吧。"说完她又看了一眼钟原，然后飘走。

我看着老师的背影，不解地问钟原："什么意思？"

钟原敲了敲我的头："笨，意思就是，今天可以放水。"

虽然老师表示可以放水，不过我是一个态度端正的学生，所以基本的实验过程还是要走一遍的。本来我对这些就迷糊，如果不实际操作一遍，就什么都搞不明白了。

当然现在身边有个现成的帮手，不用白不用，于是——

"钟原，这些试管拿去洗，注意要用去离子水冲洗。"

然后钟原就乖乖地捧着试管架走到水池边。

"钟原，去称量五克高锰酸钾，注意要读到小数点后四位。"

然后钟原就拿着小烧杯屁颠屁颠地去药品台了。

"钟原……"

过了一会儿——

"木头，你把零点一摩尔每毫升的盐酸溶液和一摩尔每毫升的盐酸溶液弄反了。

"木头，那个是酸式滴定管，你放了碱性溶液。

"木头，那个试管里的反应时间还没到，你不要乱动。

"笨蛋，浓硝酸怎么可以往手上滴！"

又过了一会儿——

钟原耀武扬威地站在实验台前，对我颐指气使着。

"木头，四氧化三铁的浓溶液。

"木头，稀硝酸。

"木头，去把这个做离心。

"木头，去洗试管。"

我悲催地任劳任怨着，实在想不明白，我一堂堂化学专业的学生，怎么会在化学实验室里给一个学金融的家伙打杂。

我把这个疑问对钟原说了，结果这厮一边在纸上记录着实验现象，一边十分不屑地说道："实验步骤里都写着，照做就可以了……乖，把实验现象抄在报告里，然后找老师签字就完工了。"

我捧着实验报告泪流满面地跑到老师的办公室里，还是没弄明白，为什么实验步骤里明明写着，我还是做不好。这种事情，单单用一个"笨"字已经无法解释了……

老师扫了几眼我的实验报告，在末尾签好字："做得不错。"

我攥着实验报告，激动地看着老师，美女啊，你第一次夸我耶……

老师大概是被我看得有点不舒服，别过眼睛，淡淡地说道："眼光不错。"

我没反应过来："啊？"

老师没管我，开始翻看其他学生的报告。我想老师终究还是不喜欢我，于是灰溜溜地迈步想要撤，结果她却在背后叫住我："回来。"

我站定，胆战心惊地看着她："老师……"你不会后悔了吧？

老师敲了敲桌子，有点不耐烦道："赔钱。"

汗，怎么把这事给忘了。我摸了摸口袋，糟糕，我的钱包忘在宿舍里了……

这时，钟原正好在办公室的门口往里面张望，看到我迟迟不出去，干脆走了进来。我只好扯了扯他的袖子："借点钱。"

钟原笑着掏出钱包："多少？"

"二十一块五。"回答的是老师。

钟原递上一张百元钞票，老师皱了皱眉道："没零钱？"

"剩下的钱下次再扣吧。"钟原说着，拉着我就往外走。

我也没在意，心想一会儿回宿舍取了钱还他就好了。然而我没想到的是，这么小的一件事情，却给我带来了很大的不痛快。

总之，我要给钟原过生日了。

本来所谓刷夜，我只是想陪他唱唱歌什么的，然而出乎意料的是，我们刷夜竟然刷到酒店去了。

这个事情说起来比较复杂。

我把绣了好几个月的十字绣抱枕拿给钟原："钟原，生日快乐。"

钟原拆开礼品盒，把那十字绣拿出来仔细看着。那抱枕的正面是一片大海，大海里有两只可爱的小鱼，其中一只小鱼正抬着鱼鳍，敲着另一只小鱼的脑袋，被敲的那鱼明显一副受气包的样子，让人忍俊不禁。

钟原指着那两条小鱼，弯了弯嘴角："这个是你，这个是我。"

我怒，不满道："凭什么我是被调戏的那一个？"

钟原抬眼深深地看着我："需要解释？"

我悻悻地垂下头，好吧我承认，我确实一直是被调戏的那一个……

今天晚上我打算给钟原献歌，我这人擅长的东西还真不多，唱歌算是其中之一。作为纯洁的学生，我们的夜生活也仅限于唱唱歌、打打球之类的了。

我和钟原来到了离学校不远的一处俱乐部。元旦要到了，俱乐部里很热闹。一进大厅，我就看到一张关于此俱乐部的台球比赛的海报，很显眼。海报内容我没具体看，我只是两眼放光地盯着"一等奖价值1888的球杆＋神秘礼物"那句话，吞了吞口水。

钟原搂着我的肩膀，说道："喜欢？"

我指着那句让我口水横流的话，骄傲地说道："钟原，我把那个球杆赢来给你怎么样？"

钟原很怀疑地看着我："你会玩？"

我盯着那张海报，阴森森地笑："让他们在我的球杆下颤抖吧，哈哈哈哈哈……"

钟原："……"

其实我这也不算吹牛，说实话我一直觉得我的球技不错。如果说我擅长唱歌那是天生的，那么我擅长打台球，那就是后天被我们村的台球室慢慢磨炼出来的。话说我们村台球室里的球桌，几乎没有一个正常的。每一张球桌的桌面，多多少少有些倾斜，后来我才知道，那些球桌是店主二十块钱一张，买的二手货。

虽然桌子很破，偏偏我对台球很是狂热，小时候经常跟着一帮男孩子去打球。考虑到我家里的条件，我爸不会有闲钱让我打球，而我们打球的习惯是，输了的付钱。因此这种情况导致的结果是，我只能赢。

我的球技就是这么被逼出来的。当然最主要的还是在面对那些二手球桌时，我慢慢学会了根据每张球桌的特点来制订作战计划……

后来，我终于能够在面对千奇百怪的球桌时，在两个回合之内虐掉那个无良的店主——他的球技一直被全村的地痞流氓们认可，当然他的人品亦如此。

我很清晰地记得，当初我第一次一杆挑掉那无良店主时，围观群众掌声雷动，接着就把我抬起来往天上抛（后来没接住），大家似乎都有一种终于出一口恶气的感觉。

自此，我一直用"人外有人天外有天"来告诫自己不要自大，因此也没有觉得自己球技有多好。直到后来高中的时候，有一次在一个有着正常球桌的台球室，我一个人虐了七个男生，其中包括一个有着我们学校"球王"之称的学长。那个时候年轻气盛的我，终于忍不住嘚瑟起来。

好吧，回忆完毕，且说眼前的这个台球比赛。

据说这是俱乐部里的某两个主管因为打赌而临时决定举行的，似乎完全是为了增加一下节日气氛，不那么严肃。因此组织得也比较仓促，比赛规则更是简单：报名的人一层层地挑战俱乐部里的各级陪练员，只要在一定时间内搞定对手，就可以晋级。虽然规则简单，想要晋级却不那么简单——因为时间限制，所有的对决，都要求速战速决。

不过不好意思，这个苛刻的要求正好成了我的竞争优势，因为我打球最大的特点就是快，至少别人是这么评价我的。

于是，九点半开始的比赛，到十点半的时候，我已经站在了领奖台上。

当然大家也不用觉得我有多神，其实由于今天这比赛很仓促，所以报名的人大多数是像我这样毫无准备的路人，我不过是一群玩票者里面玩得还算不错的。

台球室的主管把一根沉甸甸的球杆递到我手中，我嘚瑟地朝钟原丢过去一个骄傲的眼神，钟原笑得柔和而温暖，轻轻地拉起了我的手。

然后，主管公布了那个所谓的神秘礼物。他一说出来我就汗了，那神秘礼物竟然是这里的某个明星陪练员的拥抱。本来我有点不以为然，然而周围的人一听到那谁谁谁的拥抱，立即传来一片女人的尖叫声。

咯咯，看来那明星陪练员挺有群众基础的嘛。

我东张西望，发现一个长得很妖娆的人向我走来。呃，没错，是妖娆，所谓男生女相，说的就是他。这人我刚才见过，我打球的时候，他一直若有若无地朝我这边看，估计是在评价我的技术。所以我对他有点印象。

他朝我走近，我倒退一步，摇摇头说道："不、不用了吧？"

他却笑了笑，笑声蛮好听。然后他不由分说地朝我伸出双臂……

关键时刻，钟原把我往身后一拉，挡在了我面前。那个美人陪练员由于惯性，直直地扑进了钟原的怀里。

两大美男就这样抱上了。

周围的尖叫声比刚才更疯狂了……

我看着眼前这俩错愕的美男，点了点头，心想，竟然有点赏心悦目？

我正胡思乱想着，钟原已经推开对方。转身敲了敲我的头，脸色有点尴尬："木头，想什么呢？"

我没反应过来，脱口而出地答道："挺般配的。"

然后我就看到钟原的脸更黑了。

这时，那个妖娆的美男走过来，问我："小妹妹，有没有兴趣来我们这里做兼职陪练？"

钟原重新拉起我的手，淡淡地扫了妖娆美男一眼，十分有气场地帮我拒绝了他："她是我的私人陪练。"

汗，我都快忘了自己的这个身份了。

钟原拉着我开了一张球桌，举着球杆，说道："木头，我们赌一局。"

我挠挠头，问道："呃，怎么赌？"

钟原："我赢了，我亲你一下，你赢了，你亲我。"

五分钟后，我把钟原搞定了。

钟原笑着弯下腰，把嘴唇凑到我面前："亲吧。"

我才突然发现不对劲，好像不管是赢是输，都是他占我便宜？

呃，也不能这么想，我自己不是也挺喜欢那种感觉的吗……惭愧惭愧，不过我还是有点不好意思，长这么大没有主动亲过别人，更别说一个男性。

我别扭地推了一下钟原，找借口："这里人多，算了吧。"

钟原不肯罢休，拉着我去开了间 KTV 的包房。他一走进包房，就靠在沙发上笑眯眯地看着我，一副"大爷你来蹂躏我吧不要因为我是娇花而怜惜我"的表情。他用食指摩挲着自己的嘴唇，笑得风情万种而又蛊惑人心："木头，来。"

我感觉自己的血液直往头上涌，一时间脑子一热，趴在他怀里，抬起他的下巴在他的嘴唇上亲了一下。我比较没经验，所以亲得有点仓促，很快就重新抬起头，看着他。

钟原目光沉沉地看着我："不够。"

我像是被摄了魂魄一般，凑过去重新含住他的嘴唇，这一含之下就舍不得放下来了。我学着他的样子，伸出舌尖舔着他的嘴唇，舌尖上的触感软软的，而且弹性十足……很舒服。我着了迷，更舍不得放开他了，闭上眼睛仔细吮吸着他的唇。我发现如果仔细品尝的话，他的唇齿间有一种极淡的薄荷香气，这东西虽然是提神醒脑的，此时却让我更意乱情迷了，搂着他的脖子重重地吸着舔着，间或用牙齿轻轻地摩擦啮咬，唇上的感觉弄得我心旌荡漾的，骨头里仿佛又开始往外冒七彩的泡泡。

突然，钟原紧紧地拥住我，张开嘴吸住了我的舌头，激烈地和我纠缠着。我被他突然的动作弄得四肢发软，无力地挂在他身上。他又把我推倒在沙发上，身体覆盖上来，全身的重量都压在了我身上，唇舌上的动作更重，我几乎失去了知觉，只一味跟随着他的引导，在甜蜜的海里浮浮沉沉。

良久，钟原终于放开我，附在我的耳边粗重地喘息，灼热的呼吸喷在我的皮肤上，拉回了我的神志。钟原拥住我，幽怨地说道："木头，你什么时候能把身体交给我？"

我尴尬地推开他："唱、唱歌……"

钟原倒也没再纠缠，只坐在一旁目光闪闪地看着我，时不时地舔舔嘴唇，那样子，像足了一只几天没有猎食的黑豹。

我不敢看他，胆战心惊地抓起话筒，总觉得自己像是被那只豹子盯了许久的食物。

过了一会儿，服务员进来，说是有人送了我们一瓶红酒。我不明所以，问他是谁，结果服务员答道："那位先生说您知道他是谁，还让我转告您，说您球技不错，希望能交个朋友。"

钟原一听这话，眯了眯眼睛，冷飕飕地说道："就这档次的酒，他也好意思送？把你们这里最好的酒拿来！"

服务员唯唯诺诺地出去了。

我侧着头看钟原，笑道："吃醋了？"钟原此人虽然有几个钱，但并不是那种喜欢跟人比吃穿的，现在这么反常，必有隐情。

钟原把我扯进怀里，不满地说道："笨蛋，以后少招惹别的男人。"

我委屈："我没有，何况他也没把我怎么样。"不过是说交个朋友而已。

钟原顺手把被他鄙视了的那瓶红酒丢进脚下的垃圾桶里，拍了拍我的肩膀，说道："我是男人，所以我了解男人的想法。你的吸引力，你自己体会不到。"

好吧，他这算是在夸我吧？我在他怀里蹭了蹭，瞬间原谅了他刚才的浪费行为。

服务员很快又送来新的酒，这次他对钟原的态度恭敬了许多，由此可见那瓶酒肯定很烧钱。

于是我们一边喝着小酒一边唱歌。我给钟原唱了一首生日歌，这歌唱得很欢乐。钟原握着酒杯，淡淡地笑着，眉眼很柔和。我发现这厮如果正儿八经地笑，总是能产生一种温暖人心的效果。

唱完歌，我抓起酒杯，跟钟原碰了碰，然后豪迈地一饮而尽。虽然我不怎么喜欢喝酒，可是一想到我多喝一口酒就是少浪费一点钱，我就干劲十足。钟原今天心情好，也没拦着我。

过了一会儿，我晕得连酒杯都拿不起来了，只能躺在沙发上，斜着眼睛看着钟原傻笑。

钟原此时正唱着歌，深深地看着我，仿佛歌词长在我的脸上。这厮唱歌算不上好，但是胜在有一副好嗓子，不管唱什么歌，总在歌声中带上了一种独特的魔力，让人不自觉地走进他的歌声之中。

我就在这样的歌声中，缓缓地闭上了眼睛。

嘴唇上有柔软的触感传来，不知道那是不是我的错觉。

我模模糊糊地睁开眼睛，头有点晕。

房间是陌生的，我转着眼珠打量了一下，然后在我身旁发现了钟原。这厮正搂着我，目光灼灼地盯着我看，一条腿还搭在我的腰上。他的衬衫皱皱的，衬衫最上方的两颗扣子开着，露出了脖子和锁骨。

也就是说，我们两个睡在同一张床上，盖着同一床被子？

呃……一秒、两秒、三秒……

半分钟后，我那沉重的大脑终于明白过来这意味着什么。

我心里一沉，慌张地问他："我我我……你你你……我们……"

钟原淡淡地笑了笑，轻描淡写地说道："昨天你喝醉了，把我给强了。"

我的脑袋里突然响起一道炸雷声，轰隆隆，轰隆隆……

我的心脏怦怦怦地跳个不停，脑子里全乱了，可想而知我当时的脸色有多难看。

"不过我宁死不屈。"钟原说着，把我搂得更紧了。

我长长地呼出一口气，僵硬的身体放松了下来。

"那么现在，"钟原抬起手指覆上我的脸颊，轻轻地摩挲着，挑眉看着我，眼神很炽热，笑容很蛊惑，"现在，我可以邀请你把我强了吗？"

我："……"

第十六章
刷钟原的卡，让别人说去吧

钟原不等我说话，突然俯下身吻上了我的嘴，叼着我的嘴唇轻轻地辗转厮磨着，然后这个吻蔓延到耳后，接着一路向下，在我的脖颈间盘旋。

我被钟原弄得脸发热，不过多少还有一些理智，于是我吃力地推他："禁、禁止婚前性行为……"

钟原只得悻悻地抬起头，一只手撑在我的身侧，另一只手撩起我额前的头发，在我的额头上重重地亲了一下，然后幽怨地看着我，说道："那我们什么时候结婚？"

我眨眨眼睛，不知道要怎么回答这个问题。说实话这个问题我还真没想过。在钟原逼问的眼神下，我犹豫了一会儿，迟疑地答道："这个……怎么也得等毕业之后吧？"

"好，毕业之后就结婚，不准反悔。"钟原说完，起身下床，捡起椅子上的外套翻着。

我错愕地看着他，这都什么跟什么呀？

过了一会儿，钟原翻出一个红色的心形小盒子，重新坐回床上。他笑着打开盒子，从里面取出一枚戒指，抓起我的左手，把戒指套在我的中指上。

我的注意力被他白皙修长的手吸引住，精神一时有点恍惚。

"刚刚好。"钟原说着，抬起我的手，在那戒指上轻轻地吻了一下。

柔软的嘴唇碰到了我的手指，我心里忽然也跟着柔软起来。

做完这些，钟原抬起头，扬着嘴角看我，黑亮的眼睛里盛满了软软的笑意。他取过另外一枚戒指递给我："该你了。"

我老脸一红，颤抖着手捏着那枚戒指将其套在他的左手中指上。那戒指很漂亮，仿得也很好，水钻亮晶晶的很是耀眼，像真正的钻石一样。

戴好之后，我学着钟原的样子，在他的戒指上亲一下。

钟原把我拉进怀里紧紧地抱着，一边揉着我的头，一边说道："木头，你知道刚才我们……这意味着什么吗？"

"呃？"这个我倒是不知道，我只知道婚戒要戴在无名指上。

钟原紧了紧手臂，轻笑着，低声说道："意味着，我们订婚了。"

我靠在他怀里，抓过他的手，一边玩弄着他漂亮的手指，一边不满地说道："你还没有求婚呢。"

钟原反握住我的手，阴森森地说道："你不愿意？"

我挠了挠头，犹豫道："这个……我们……是不是太快了？"

钟原："快？我恨不得找根链子，把你拴在我身上。"

我："……"

钟原你还真是一个有想法的人……

钟原见我没有回答，突然抬起我的下巴逼着我和他对视，他直勾勾地看着我，危险地说道："说，你到底愿意不愿意嫁给我？"

"我……呃，愿意，我愿意……"

钟原不依不饶："你愿意什么？"

我只好答道："我愿意嫁给你。"

我本以为钟原会放开我，没想到他却捏住我的嘴唇，用力地吻着。

我有点哭笑不得，钟原啊，有你这么求婚的吗？想到这里，我有点委屈，干脆张嘴咬了钟原一口，结果他更激动了，吸得我的唇舌发麻，几乎失去知觉。

钟原亲够了，终于放开我，唇若有若无地扫着我的耳垂，声音微哑："不好意思我等不及了……以后我会补给你一个浪漫的求婚。"

先订婚再求婚，这么离奇的事情你都做得出来！

因为昨晚玩得比较累，所以我和钟原打算今天先回宿舍休整一天。

本来我以为钟原在酒店里什么都没对我做，等我回到宿舍，我才知道，他昨晚到底做了什么。

今天元旦放假，老大和四姑娘都出去了，宿舍里只剩下小二。我一进宿舍，她就看着我嘿嘿地奸笑，笑得我头皮发麻。

想到手上的所谓订婚戒指，我更心虚了，于是问道："怎、怎么了？"

小二托着下巴看我："三木头，从实招来，昨天晚上你跟钟原做什么运动了？"

汗了，为什么什么事情到她口中都能这么猥琐呢？我摇摇头，说道："不过是打打球、唱唱歌，然后，呃……"

小二笑："然后呢？"

我瞪了她一眼："然后就休息了。"

小二敲了敲桌子，眯着眼睛猥琐地笑："怎么休息的？开房间了吧？你们做了几次？有没有戴套套？钟原坚持了多长时间……"

我无奈地捏了捏额头："昨晚我喝醉了，我们什么都没做。况且就算我没喝醉，我们也不可能做什么，你以为人人都像你这么猥琐吗？"

小二的眼睛很亮："真的？没有酒后乱那什么？"

我敲着她的头："别瞎想了，真没有。"

于是小二点着头说道："看不出来啊，钟原还是个君子。我说，他不会是因为，呃，因为不能行人事吧？嘿嘿嘿……"

我被她一句话弄得满头黑线："你能不能想点别的？"

小二抬着一根手指轻摇，状似语重心长地说道："别怪我乱想，现在有很多人都在乱想。"

"什么意思？"

"看这里。"小二说着，打开了一个网页。

校园论坛的首页上，飘着一个打了"hot"字样的帖子，那帖子的题目是：

在此宣告本人对钟原的所有权。

帖子的署名ID是"木耳"，我突然有一种不祥的预感……

小二笑嘻嘻地点开帖子，那帖子的内容只有两个字：如题。

如此简单的语言风格，还真像某个变态的。我擦擦汗，接着往下看。最先回复这个帖子的ID是"我是钟原"，我知道这个就是钟原本人。他的回复也很简单：顶帖不解释。

我晕了，这小子想干吗？

这楼里的回复很迅速，大家水来水去，有不少人问这问那，钟原都没有回答。终于，有一个人问："你们两个现在在一起？"

钟原很快回复他："是。"

这下楼里的人算是炸了。"在一起"这种事情要在平时也没什么，可关键是钟原的回复时间，血淋淋的凌晨一点半啊，这事要是我遇到，都难免多想，更何况小二这种猥琐到骨灰级的人物了。

果然，接下来楼下出现了一群人，整齐地回复着："在一起啊，呵呵。楼下的保持队形。"

然后又出现一些人，声讨我们不检点的，感叹世风日下的，还有说我配不上钟原的，我就无语了，当时我正睡得迷迷糊糊的，招谁惹谁了我。

然后又有ID为"路人甲"的人站出来说："钟原的室友表示，这厮今天没回宿舍。"

ID为"路人乙"的人回复："顶楼上。"

接着又有ID为"霸王不厚道"的人站出来说："木耳的室友表示，这孩子今天也没回宿舍。"

ID为"我是老大我怕谁"的人回复："顶楼上。"

除了这些捣乱的，还有打酱油的，比如——

ID为"陆子键"的："呵呵。"

ID为"四姑娘"的："哈哈。"

我捏了捏拳头，死死地盯着那几个熟悉的ID，这群败类啊，败类！

钟原回复的帖子很少，然而他总是回复到让人泪流满面的关键之处，比如——

有人问："钟原啊，你们今天做什么了？"

钟原回复："做运动。"

于是有人问："嘿嘿，那你们今天晚上做什么运动了？"

钟原回复："很常见的一种运动。"

又有人问："做运动啊，累不累？"

钟原回复："还行，她有点累。"

还有人问："她现在在哪里？"

钟原回复："还用问吗，当然是床上。"

接着有人呐喊："口说无凭，要图要真相！"

钟原淡定地回复："尺度太大，不宜公开。"

于是，楼下的人彻底沸腾了……

我看着这个帖子下那一群群狼嚎的网友，欲哭无泪。钟原说的每一句话都算不上撒谎，可是连在一起，偏偏引人遐想得要命……苍天哪，我怎么就栽在这个变态手里了呢……

晚上我拉着钟原去了自习室，指着那个帖子里惨不忍睹的留言，凛然地质问他："这是怎么回事？！"

钟原揉着我的头，笑呵呵地说道："我实话实说而已。"

我就知道这厮会这么回答！我抓开他的手，怒道："可是你知不知道这样大家会误会的，昨天小二追着我问了半天，你不知道她笑得有多暧昧！她还，她还问我……"

钟原继续保持微笑："问你什么？"

我摇摇头："呃，算了，她不让我跟你说。"

钟原摩挲着我的脸颊，笑得很蛊惑："悄悄跟我说，她不会知道的。"

我别开脸："不要。"我答应人家不说了，就不能说，做人要厚道。

钟原："不说算了，我再开个帖子，详细展示一下昨天晚上我们都做了什么。"他说着，开始登录自己的论坛账号。

我犹豫了一下，终于还是按住了他的手。我就奇怪了，明明昨天晚上我们什么都没做，可为什么我还是心虚得要命？钟原这禽兽！

钟原没挣扎，扭脸看着我："说。"

"呃，她问我……问我你是不是没能力……"

钟原突然反握住我的手，抓得很紧。他眯着眼睛，危险地看着我："那你是怎么回答的？"

"我说不知道。"我不仅厚道，还诚实。

钟原突然勾住我的肩膀，凑到我的耳边低声笑道："不知道吗？以后你就知道了。"

我："……"

钟原你果然不放过任何一个调戏别人的机会……

我看着校园论坛的网页，突然想起不久之前看到的钟原和他们院花的那张合照。虽然我知道他们两个没什么，可是我一想到他们那么登对的打扮，心里还是酸酸的。奇怪，我怎么变得这么小气了呢？

虽然知道自己有点无理取闹，可我到底没忍住，翻出那个帖子，指着那张男才女貌的照片，质问钟原道："这是什么时候的事？"

钟原盯着那张照片，好一阵冥思苦想，终于答道："好像是管理论坛的演讲？要么就是哪个比赛，我们一组……我记不清楚了。"

我酸溜溜地说道："情侣装，这是赤裸裸的情侣装！"我都没和你穿过情侣装呢……

钟原笑出了声："咦，你吃醋了？"

我别开脸，有点别扭。

钟原勾着我的肩膀笑得更加妖孽："哎呀，我的木头吃醋了啊？"

看到我吃醋，你至于这么开心吗？

钟原却趁我不注意，在我的脸上重重亲了一下，然后柔声说道："乖，你要是喜欢，以后我们也穿成这样，在一个更加正式的场合，我拉着你的手，走上演讲台，向所有人宣示……话说，我怎么觉得这个场面更像是婚礼呢？"

我："……"

本来我以为钟原只是哄我开心的，却没想到，他这一席话，后来竟然应验了。

这几天，钟原在校园论坛里制造的八卦刚消停一阵子，新一轮的八卦就扑面而来。这次不仅仅是八卦，还有中伤，为此我和钟原还差点吵起来。

话说那天我登上了好久没逛的校园论坛，赫然发现一个帖子里叽叽喳喳地在讨论我。托钟原的福，我现在在学校的知名度已经大幅度提高。

然而这个帖子里讨论的内容让我难过得很。

楼主说，她是化学系某男的朋友，听此男说，沐尔同学打坏了实验室的仪器，都要等钟原来付钱。她说完这件事情，又感叹了一下，说这年头女生交男朋友都是为了钱吗？她又说如果钟原没有钱，沐尔还会不会跟他在一起……整个帖子的内容看似客观，实际上每个字都充满了正义的楼主对某拜金女的鄙视。

我看得很无语，鼠标往下滑，当看到楼下的回复时，我越来越愤怒了。

有人回复说："这算什么，我上次在食堂，一不小心看到她校园卡上的照片，赫然是咱钟帅。"

又有人附和："和楼上的所见差不多，只不过我在超市看到她，校园卡上的照片也赫然是咱钟帅。"

有人说："真有这样的人吗，这女的还要不要尊严了？"

有人说："尊严能当饭吃吗？不能，可是脸就能。"

有人说："也对，谁让人家长得漂亮，随随便便就能勾搭一个富二代。"

有人说："富二代哪是那么好勾搭的，你们以为钟原傻啊，人家也是玩玩而已。"

我越看心里越堵，后面有不少人跳出来帮我辩解，其中不乏小二、路人甲等熟悉的身影，辩解的声音却被那浩荡的"沐尔拜金论"淹没了。后面的内容我实在没忍心继续看下去，直接把网页关了。

我闭了闭眼睛，想不通这是为什么。

上次打破容量瓶，钟原帮我垫的钱，我已经还给他了。至于刷他的校园卡，这是我们俩的约定，条件是他对我的奴役。他们根本就不了解这些情况，凭什么信口开河胡言乱语？

我知道钟原有钱，可是我从来没有跟他要这要那，甚至好几次他要给我东西，我都没答应。一来我怕浪费，二来我希望我们在爱情上能够对等，况且两个人的感情也不是几件衣服、几个包包能影响到的吧？更何况，钟原不过是一个普通的学生，他曾经说过，他爸在法国一个艺术学院当教授。这说明他并不是什么富二代，那么他就算有钱，能有多少？有钱的人多了，我要是为了钱，何必找他？苏言才是真正的富二代呢，我怎么不找他？而且我爸都说了，不让我嫁有钱人，怕我被欺负。

这些话我在心里想得很清楚，可是想着那些人恨不得把人剥下一层皮的言论，我却又不知道该如何辩解，也不知道如果辩解了，能有多大用处。我记起以前小二被文学网站的一群人抓着说她刷分，当时厚脸皮如她，盯着电脑屏幕急得眼泪都快掉下来了。她发誓赌咒爆收益都不管用，说一句错一句。那天"一、三、四"围着她安慰了很久，后来还是她趴在老大怀里哭了一会儿，才冷静下来。

人言的可畏之处在于，它不讲事实，不讲道理，却总是让更多不明真相的人相信，并且加入讨伐阵营。当初的小二、现在的我，我们到底错在哪里了？

我试着安慰自己，可是无果。什么"谣言止于智者"，什么"清者自清"，那都是旁观者的话，当事情真正发生在自己身上时，我实在淡定不起来了。

第二天我顶着两个黑眼圈见到钟原，他问我怎么没睡好，我懒懒的，也不想和他说话。

吃饭的时候，我强烈要求索回自己的饭卡，结果钟原眼皮都不抬一下地答道："你卡里没钱。"

这话放在平时也没什么，可是这时候，我怎么听怎么觉得刺耳，于是闷闷地答道："我知道。"

钟原到底没有把饭卡还给我，于是我打算挂失重办。我想通了，自从我们俩变成男女朋友的关系之后，钟原不再奴役我了，我却依然吃他的花他的，这说明我确实占了钟原的便宜，无怪乎别人要胡思乱想。我得断绝和他的经济来往，自力更生，自给自足。

除此之外，我还要积极地寻找兼职。上次那个妖娆男跟我说的，做兼职台球陪练员，我很感兴趣。晚上我把这事和钟原说了，结果他顿时拉下脸来："不准去！"

我暴躁了："关你什么事？"

钟原用力地抓着我的手腕，脸色阴沉沉的："你是我老婆！"

我："……"

钟原又说道："你很缺钱吗？我养你。"

一句话再次戳中我的痛处，我使劲甩开他的手，冲他吼道："你有钱了不起啊！"说完我也不再理他，转身离去。

我一回到宿舍就有点后悔了，后悔自己对钟原发火。说实话这事钟原也挺无辜的，唉，我怎么就那么不淡定呢……

我捏着手机思来想去，想给钟原打电话，却又不知道要怎么开口，最后只得丢开手机，躺在床上长吁短叹。

这都什么事啊……

第二天我起得挺早，起床之后才发现手机没电了……呃，如果昨天钟原给我打电话了怎么办？

算了，昨天他肯定很生气。

我胡乱收拾了一下，顶着两个黑眼圈下了楼。平时这个时候钟原应该已经在等我了，可是今天……

我有点惆怅，缩了缩脖子，走出宿舍楼。

远远地我便看到一个修长的身影，扶着一辆破烂自行车，朝这边张望。冬天的早晨，空气很冰冷，他就那样静静地站着，仿佛一直站在那里。

太阳还没有升起来，我却恍惚看到了满地的阳光。

我一步步朝他走过去，每走一步，心里的负罪感都沉上一分。

我走到他面前，抬头望着他的脸，张了张嘴，却不知道该说些什么。

钟原笑了笑，褪下一只手套，抬手捏了捏我的脸，温热的指尖擦过我的脸颊，在我的脸上晕开一片火热。

我低下头，突然没有勇气和他对视。

钟原低低地笑着，柔声说道："还生气呢？"

我抬头，一个没忍住，眼泪竟然流了下来。我上前一步，抱住钟原，把脸埋在他的怀里，一边哭一边说道："钟原，对、对不起……"

钟原松开扶着自行车的那只手,那辆破烂自行车便被遗弃在一旁的雪堆里。他转而抬起双手搂紧我,用下巴蹭着我的头,说道:"乖,怎么哭了?"

我把眼泪全蹭在了钟原的围巾上,说道:"钟原,对不起,我不该对你发火。我……"

钟原打断我:"我都知道了。"

呃?我抬起头,错愕地看着他。

钟原揉着我的头发:"我都知道了,那些人,我会给他们一个教训的。"

过了几天,学校里突然刮过一阵电脑被黑的热潮,据说中招的人不少,而且大部分是女生。校方对此予以高度重视,查了一阵子,后来不知道怎么回事,就不了了之了。

此时我们宿舍和钟原他们宿舍里的人正霸占着电影社的办公室玩三国杀。我问钟原:"这事是不是你干的?"

钟原镇定地回答:"大部分是路人甲干的。"

路人甲立即坦白从宽:"我是被迫胁从的!而且我下手很温柔,大部分人只需要重装一下系统就好。钟原最坏,他碾了那个楼主的硬盘!"

我挠挠头,不解:"呃,什么意思?"

钟原继续镇定道:"意思就是说,我在他的电脑里发现了大量病毒和AV(成人电影)。"

我问:"然后呢?"

钟原:"然后我全部帮他格式化了。"

我无语。

钟原想了一会儿,又说道:"那个楼主是个男生,化学系的。"

钟原所说的男生是我们班的,如果我没记错的话,他好像还约过我一起上自习,后来我没去。

我实在没想到,闹腾了这么多天的事情,竟然是这么个情况。小二对此事做了总结:一个猥琐的男生调戏了一群疯狂的女生。

路人甲沉重地拍了拍她的肩膀:"二,你太邪恶了。"

小二一个眼神瞪过去,路人甲立即做严肃状,一本正经地说道:"不过,我就是喜欢邪恶的人。"

围观群众："……"

这事就这么了结了，至于为什么学校后来没有追究，钟原和路人甲对此笑而不语，被问急了，他们就回答："说了你们也不懂。"

其实，自从那天早上看到钟原一如既往地等着我，我就顿悟了，其实两个人在一起，真的只是两个人的事情，牵扯多了，反而让人束手束脚。别人的想法永远只是想法，你自己的幸福却是实实在在的。

那俱乐部的兼职，我也没去找，后来钟原的一个叔叔家的孩子需要请家教辅导英语，他就介绍我过去了。我的英语还不错，因此欣然前往。

至于钟原的校园卡，我倒是一如既往地刷着，只不过时不时地往里面充点钱。

这事用小二的话来讲就是，刷钟原的卡，让别人嫉妒去吧。

期末考试结束后，寒假就要开始了。

我们最后一科是一门公共课，很简单，我早早地交卷出了考场，钟原已经在考场外等我了。

钟原今天的脸色有点阴沉沉的。他拉着我的手，说道："我送你。"

"嗯。"我说着，跳起来在他的脸上亲了一下，他的脸色才稍微好看了一点。

不怪他郁闷，其实我也郁闷。寒假啊，这下我要一个多月见不到钟原了。可是我一想到我都好几个月没见我爸了，又不好意思在学校多逗留。

钟原拖着行李箱在前面走着，我在后面跟着，两个人好久没说话。到公交车站的时候，沉默了半天的钟原终于开口了，闷闷地说道："回家之后不准喝酒。"

我一愣，随即抱着他的手臂笑道："不喝不喝。"

钟原顺手揽住我的腰："你答应我。"

我在他怀里蹭着，一个劲地哄他："好了，答应你答应你，你比我爸还婆婆妈妈。"

我们正说着，公交车来了。我在前面先上了车，钟原跟在后面。刚上车，我就感觉有人拍了我的屁股一下，我以为是钟原，诧异地回头看他。

钟原此时正盯着我身边某处，脸色黑得要命。

我顺着钟原的目光看去，看到一个满脸横肉的大叔，猥琐地看着我，吓了我一跳。

呃，难道刚才是他？

一想到自己刚有可能被这个家伙非礼了，我就想吐……

那猥琐大叔感受到了钟原杀人般的目光，缩了缩脖子。

此时钟原站在公交车的门口，不上不下的，司机不耐烦地问道："你上不上？"

"等一下。"钟原说着，把行李推到一旁，接下来，他的行为吸引了全车人的目光。

钟原忽然一拽猥琐大叔的胳膊，把他拉下了车，接着车外传来了一声惨叫。然后钟原很快回到车里，朝司机点了一下头："走吧。"

司机错愕了几秒钟，发动了公交车。

全车的人都开始对着钟原行注目礼。钟原旁若无人地拉着行李走到我身边，绕到我身后，抬起胳膊拉住上面的吊环，整个人几乎把我环住，我似乎能感受到身后那强健有力的心跳声。

我心里求知的小火苗闪个不停，于是没忍住，问他："你把刚才那个人怎么了？"

钟原轻描淡写的回答在我的耳边响起："没什么，只是摘了他的胳膊而已。"

只是……摘了胳膊……而已……

过了好一会儿，钟原幽怨的声音又飘了过来："那个地方，连我都没碰过。"

我："……"

考虑到钟原现在情绪比较低落，我破天荒地黏出去了一回，在他怀里轻轻蹭了一下，低声说道："这个……早晚有一天，你会碰到的。"说完我便低头不敢看他，脸上烧得要命。

钟原突然搂着我的腰，使我紧紧地贴着他的身体。他用下巴蹭着我的颈窝，附在我耳边低声喘息，声音微哑："木头，你最好早点嫁给我。"

我窘了，大哥啊，这是在公交车上，你能不能注意点影响啊？

然而很快我就没心思想这些了，因为我发觉我的屁股被一个硬硬的东西抵着，似乎还散发着源源不断的热量。等我意识到那是什么东西的时候，我……

我觉得我好像掉进了太上老君的炼丹炉里，被高温的三昧真火烧得没了知觉。

转眼到了大年三十。

我爸一早出去赶集了，这是本年度最后一次集市，所以虽然大家年货都置办得差不多了，依然会有事没事地到集市上去逛逛，感受一下节日的氛围。

我正在院子里无聊地一颗一颗点着我爸买来的大地红，就是那种很小的破坏性很低的爆竹，大一点的我不敢玩，二踢脚什么的，吆吓人。

这个时候，门口突然传来一阵喧哗，一群小孩子似乎在叽叽喳喳地叫着什么"原子哥"……等一下，原子哥？钟原？

虽然心里知道这是不可能的，我还是情不自禁地跑去门口，然后我就呆住了。

我看到钟原笑呵呵地拎着一袋子糖果，见人就塞，他身后有一辆黑色的越野车。他周围围着七八个小孩子，估计左邻右舍的小孩子都在这儿了。那群小孩很闹腾，抓着钟原的衣角吵嚷着，说着"原子哥我想你了""原子哥你再给我点"之类的话，钟原耐心地发了一会儿糖果，最后把还剩了一半糖果的袋子一收，挥了挥手说道："来，帮哥搬东西。"说着他转身打开车子的后备厢，那群孩子一拥而上，七手八脚地搬了东西钻进我家院子里。

小宝柱抱着一个大箱子，当先冲进院子，高声问钟原："原子哥，这个要放在哪？"

钟原走进院子，把那半袋糖果放在树下的桌子上，说道："放在梧桐树下就好，搬完东西把剩下的糖果拿去分了，那几盒巧克力也是给你们的，拿去吃，不许打架。"

一群小孩子答应着，兴奋地来回跑着。

我揉了揉眼睛，又掐了掐手背，好像……我没有做梦？

钟原站在梧桐树下，突然转过身来看着我，笑道："木头，过来。"

我像是被施了魔咒一般，下意识地迈步朝他走去。

钟原拉起我的手，回头对小宝柱说了句"搬完东西把大门关上"，就拉着我走进了屋。

刚一进屋，我就被按到门上，接着，铺天盖地的吻重重地袭来。

钟原叼着我的嘴唇，急切地吸着舔着，仿佛要把我生吞活剥了一般，我被他这个样子吓了一跳，不敢轻举妄动，紧紧地贴着背后的门，一时有点不知所措。

钟原却倾身压到我的身上，压得我胸腔里憋着一股气喘不过来，头晕目眩。他趁机又撬开我的嘴巴，舌头在我的口腔里肆虐着，勾着我的舌头追打嬉戏。我仰着头，吃力地想要寻找一个呼吸的机会。

然而这小子今天实在太狂野了，我完全无法招架。

为了不至于被吻死，我情急之下，只好狠狠地咬住钟原的嘴唇，直到唇齿间传来丝丝血腥味道，他才终于放开我。

此时他的身体依然压着我，我吃力地大口喘着气，断断续续地说道："你……你是要压死我，还是要闷死我？"

钟原总算开恩，站直身体。我的胸腔里突然涌入一大团新鲜的空气，脑子也没那么涨了。

此时我才发现，钟原的嘴唇竟然被我咬出了血，我有点不好意思，歉意地看着他。钟原舔了舔唇尖的血珠，目光灼灼地望着我，眼睛因为某种渴望而染上了一层暧昧旖旎的光，如一头噬血的妖。他捧着我的脸，低下头凑近我，唇若有若无地摩擦着我的嘴角，低声说道："那么，让我们一起死吧。"说完，他重新叼住我的唇，重重地吻着。

钟原在我死掉之前放开了我，转而把我扯进怀里紧紧抱着，凑到我耳边，轻笑着。笑了好一会儿，他才低声说道："木头，想我了吗？"

我趴在他怀里，含混地答了一声："嗯。"

钟原用下巴蹭着我的颈窝："我也想你了。"

我抱住他，在他怀里蹭了蹭，虽然没说话，心里却满满的全是甜蜜和幸福。

钟原又问道："那个张旭有没有再骚扰你？"

我："没有。"

钟原："去同学聚会了？"

我："嗯。"

钟原："喝酒了？"

我："没有……"

钟原："真的？"

我："呃……只喝了一杯。"

钟原："你答应过我的。"

我："敬老师的酒，不得不喝……我没喝醉。"

钟原："不行，我得罚你。"

我："好吧，怎么罚？"

钟原："非礼我吧。"

我："……"

我和钟原就这样抱在一起，过了有十分钟，钟原放开我，说道："我该走了。"

"走？"这么快？

钟原刮了刮我的鼻子，笑道："舍不得？"

我低下头，没说话。

"我也不想走，可是下午的飞机，我再不回去，那老头子会杀了我的。"钟原说完，在我的额头上轻轻地吻了一下。

那所谓的老头子估计就是钟原的爷爷，不过我有点不解，问道："你之前没有回家？"

钟原："前几天一直在法国，今天早上刚下飞机。"

我："呃，然后你就来这里了？"

钟原笑了笑："嗯。"

我："你来回折腾将近十个小时，就为了和我见一面？"

钟原暖暖地笑："嗯。"

我突然眼眶发热，吸了吸鼻子，说道："钟原，你真傻。"

钟原抱了抱我，闷笑道："我认了。"

我把钟原送到门口，此时那帮嬉闹的小孩子已经散去。门口一辆黑漆漆的越野车，造型很严肃，后备厢却大咧咧地开着，看起来有点滑稽。

我敲着那辆车的窗玻璃，问道："你从哪里弄来的车？"

钟原："借的。"

我的注意力又被那车上的牌子吸引住，我认识的车的商标本来就不多，眼前这个似乎从来没见过，于是我好奇地问道："这是什么车？"

钟原："路虎。"

"哦，没听过，"我挠了挠头，又说道，"那个……路上小心。"

"嗯。"钟原点了点头，却没有动身的意思，只是静静地看着我。

我有点不好意思，眼神飘忽地说道："你还不走？"

钟原把手伸进怀里掏了掏，掏出一个小瓶来，塞进我的手里。

小瓶子还带着体温，暖暖的，我攥着它，问道："这是什么？指甲油？"

钟原笑了笑，答道："香水。"

我摊开手，仔细地看着那瓶香水，粉色的瓶子，很精致，上面的字我一个不认识——全是法文。

我指着瓶身上最大的那两个单词，问道："这是什么意思？"

钟原轻轻揉着我的头发，答道："初恋。"

我不好意思地低下头，扭捏了半天，终于说道："那个……虽然我不怎么喜欢香水，但是我很喜欢这个。"

钟原抱住我，凑到我耳边低低地笑："喜欢就好。"

然后钟原就急匆匆地走了，正如他急匆匆地来，留下我一个人立在原地，张望着天边的云彩。

那辆杂牌越野车一路扬尘，很快在我的视线里消失。我像尊望夫石一样站在门口，久久不愿意回去。

接下来的日子过得很快，除了天天被不同的小屁孩追问"原子哥什么时候再来"之外，我过得倒是还算惬意，只是看不到钟原，总觉得似乎少了点什么。虽然这厮经常不分时间不分场合地打电话和我互诉相思之苦，虽然我们的电话总是在他对我的调戏中结束，然而看到人和听到声音，终究是不同的。

日子就这样慢慢地滑过，很快我们就要开学了。此时我的心情很矛盾，一方面开学了要离开家，我很舍不得，而另一方面，我又非常急迫地想去学校见一见钟原。

当然，不管怎么矛盾，开学就是开学，于是我很快挥泪和我爸告别，返回了学校。

开学之后没几天，我们上学期拍的电影就低调地上映了，不久之后，导演小杰果然遭到一堆骨灰级腐女的口诛笔伐，并且她们顺便把我这个女扮男装的演员也骂了。不过由于此电影画面唯美、人物美型，所以大部分人还是挺喜欢的，权当一部洗眼睛的片子来看，因此这部电影渐渐在 B 市的高校间流传开来，口碑好像还不错。后来有几次我在校园里走着，还冒出人来找我签名，我当时嘚瑟得啊。

当然这事不算什么，因为很快，我就有真正可以嘚瑟的事情了。

某一天，钟原给我看了一个网站。那是一个金融交易大赛的官网，我对这方面算是一窍不通，因此也没仔细看，只是随口问道："你要报名吗？"

钟原答道："不是我，是我们。"

我挠头，有些奇怪："呃，我又不懂这些。"

钟原勾着我的肩膀，笑道："没关系，我懂就好。"

我更加不解："你懂的话，你参加就好了。"为什么拉上我？

钟原："我们教授说，得一等奖的团队，可以在总结大会上发表讲话。"

我："然后呢？"

钟原："然后我突然想起来你曾经吃醋的事情。"

　　他这么一说，我也想起来了。貌似我以前因为钟原和他们院花的某张穿得很精英的合照而醋过，可是……我有点窘，问道："你确定你能得一等奖？"

　　钟原揉了揉我的头发，笑道："能不能，试过才知道。"

　　我又凑过去，仔细看比赛规则，说实话我对奖品什么的更感兴趣。

　　这次比赛是由某个金融公司举行的，面向全国，以组队的形式参加，每个团队一至五个人，比赛持续两个月，大赛设置了一二三等奖以及优秀奖若干，奖金丰厚，除此之外，一等奖的获得者还能赢得免费的新加坡七日游。

　　既然钟原这么有热情，我倒不好意思拒绝了。况且他们学金融的，多参加点这样的比赛当然是好事，得奖不得奖的，倒在其次。反正参加的人那么多，得奖的人那么少，我也不指望他能得奖。而且他能有这样的想法，我就已经很开心了。

　　过了几天，钟原就报名了，由于一等奖的团队全部可以获得新加坡七日游，因此他觉得我们人越多越占便宜，于是干脆把老大、小二、路人甲也拉进了队伍。令人奇怪的是，除了我和小二之外，路人甲和老大这两个人，甚至比钟原还要相信我们能得一等奖。

　　我不解，问老大，老大神秘一笑，答道："我相信自己的眼光，钟原一出，谁与争锋，哈哈哈……"

　　我满头黑线地又跑去问路人甲，结果他高深莫测地笑，答道："师妹，你知道钟原的经济来源是什么吗？"

　　我想也不想地说道："不是他家里给他的？"

　　"错！"路人甲竖起一根手指在我面前晃了晃，神秘兮兮地道，"他没跟你说过吗？这恶霸早就被家里放养了，他去法国的时候，他爸妈连机票都不给他报。"

　　"呃……"我擦擦汗，想不明白这是为什么，难道法国的教师待遇不好？

　　我想了想，又觉得不对劲："可是，他不是还有爷爷吗？"也许他爷爷掌握着他全家的经济命脉？

　　路人甲叹了口气，答道："他爷爷倒是还留有最后的仁慈，机票还能给报销。"

我："然后呢？"

路人甲："然后？没有然后了。"

我："可是……钟原的钱从哪里来？"

路人甲摇头感叹："他炒期。"

我："炒……什么？"

路人甲："炒期，就是炒期货。老子炒股都赔钱，结果这小子炒期愣是没破产，还赚得跟个暴发户似的，一下子扔个十几万二十万，玩儿似的。"

我捏了捏拳头，有点担心："那个很危险吧？"

路人甲："还行，高杠杆高风险高回报，不会玩的就是赌博看运气，像钟原他们这种会玩的，就是投机。"

我："钟原会玩？"

路人甲笑着摇头："师妹，你去问问钟原，他从几岁开始炒股……他炒股的时候我还看葫芦娃呢。"

我："……"

按照路人甲的意思，钟原似乎对于金融交易有着丰富的作战经验？可是他才二十出头，能丰富到什么程度？

怀揣着这些疑问，我又跑去问钟原："钟原，你从什么时候开始炒股的？"

钟原轻描淡写地答道："七八岁吧。"

呃……

钟原揉着我的头发，笑道："怎么了？"

"没什么，"我回过神来，吞了吞口水，又问道，"你那时候不看葫芦娃吗？"

钟原淡淡地笑，答道："赚了钱才可以看。"

我拍了拍他的肩膀，叹道："你家里人真狠，他们为什么要逼你做这些？"

钟原顺手把我揽进怀里抱着，笑道："过去的事情不提也罢，他们对我狠，你就对我好点吧。"

我抬手环住他，轻拍着他的后背，哄孩子一样，轻声说道："嗯嗯，我会对你好的。"

钟原："有多好？"

我："很好。"

钟原："比如说？"

我："呃……"

"比如说这样。"钟原说着，抬起我的下巴，低头含住了我的嘴唇。

自从报名以及被报名那个什么金融交易大赛之后，我们团队里除了钟原，谁也没对这件事情上心，该干吗还干吗。

两个多月之后，我接到通知，说要和钟原一起在大赛的总结大会上讲话。

说实话我有点胆怯。我们这团队里，比较精英的人是钟原和老大，他们两个讲话再合适不过。退一步讲，路人甲虽然对金融什么的不了解，但是胜在脑子灵活，反应快，能够随机应变地处理各种突发事件，所以他也算合适。最不济的还有小二，她这种耍笔杆子的人最能博采众长胡编乱造，伪装个行业精英什么的也不是难事。

我呢……本来我以为，就算钟原这家伙有十多年的股龄，然而得一等奖的全国只有一个团队，所以也没觉得我们得一等奖是多么容易的事，因此一起穿得很严肃上台讲话什么的一直只是我无聊时候的脑补，并没有真正当回事。

而且这厮在比赛开始的前一个月里根本没什么动静，前后总共做了五笔交易，因此我更笃定，他自己也没把握，甚至他已经放弃了。

然而我没想到的是，从第五周开始，他开始反击了，一天到晚捏着手机看。也是从第五周开始，我们团队的收益率开始疯狂地上蹿，并且在最后一周，以让人惊悚的势头，蹿到了总冠军的位置。

比赛的最后一天，小二一边在宿舍里看比赛官网上的收益排行榜，一边泪流满面地捶着键盘，仰天长叹道："妖孽，妖孽啊！这是妖孽啊！"

我看着钟原名字后面那个不断跳动的收益率，也很激动，这要是全换成真正的钱该多好啊……

总之，这件事总结成一句话就是，我既没有猜中过程，也没有猜中结果。因此本来全是脑补的事情，突然变成事实，这让我怎能不手足无措？

我捏着钟原事先给我准备好的稿子，为难地说道："这个……换人行吗？"

钟原十分干脆地答道："不行。"

"呃，可是……"我很无奈，虽然我脸皮厚，可是也丢不起这个人。而且我听说会有人跟我们现场交流，现场交流！尤其这次大会似乎要被某电视台直播，到时候要是真丢人的话……

钟原揉着我的脑袋，诱哄我："没事，有我呢。"

我还是不放心，可是想一想，老大、小二、路人甲他们估计已经被钟原收买了，这个时候我一个人反抗也没什么用。

算了，反正刀已经架到脖子上了，听天由命吧。

大赛的总结大会正好在我们学校开，其间来自全国的获奖选手，还有一些行业精英都要来凑热闹。

大会在晚上七点钟开始。当天下午，"一、二、四"早早地就把我按在宿舍里，用了两个小时，经过 N 次失败，终于成功地给我化好了妆。

我看着镜中变漂亮的自己，有点不好意思。此时我的眼线被拉长，眼角微微上翘，睫毛更显浓密，以至于眼睛显得更大了。除此之外，上翘的眼角和细长斜飞的眉毛相呼应，更增加了一种成熟内敛的韵致。我的头发已经长到可以盘起来，高高盘起的头发，使镜中的人更显干练洒脱。

御姐，活脱脱一个御姐。

这个造型深得我心。

我穿着严肃的正装，踩着黑色高跟鞋，献宝似的站到了钟原面前。

钟原看着我，没说话，表情有点呆。

我抬手在他面前晃了晃："怎么样？"

钟原抓住我的手，笑道："很好。"

我有点开心，又有点不好意思，于是低下头，可是一看到手中的稿子，眉头又锁了起来。

钟原抓过我手中那张皱巴巴的稿子，团了团扔向了远处的垃圾桶。垃圾桶离他有好几米，那纸团却不偏不倚正好被丢了进去。

"你……"我气结，不知道他要做什么。

钟原做完坏事，淡定地看着我笑："给我系领带。"

我有点莫名其妙，恼怒地抓过领带就往他的脖子上套，力道很大。

钟原倾着身体，任我折磨。过了一会儿，他突然说道："一会儿路人甲他们会送文件夹过来，里面有我们正式的稿子，跟那张没什么区别。"

我皱眉："我知道，可是现在我怎么办？"离大会正式开始还有半个多小时，我正好可以趁这个时候温习一下啊。

钟原沉声笑着，在我的额头上轻轻地吻了一下，答道："现在我们讲笑话吧。"

于是我暴躁了。拜托！再过三十八分零四十六秒老子就要上断头台了，你确定现在要跟我讲笑话？

钟原完全无视掉我的不满，拉着我坐在自习室的角落里，开始轻声给我讲冷笑话。

半个小时，整整半个小时，我们的钟大神就这样绷着脸，十分严肃地给我讲了半个小时的冷笑话。什么"一个人在医院里打点滴然后看着输液的瓶子就笑个不停那是因为他笑点低"，什么"从前有个捉迷藏社团他们的团长到现在都没找到"，什么"小白兔出去玩碰到了大灰狼，大灰狼说我要吃了你，结果小白兔就被吃了"……

好吧我承认我这个人没出息，虽然我不觉得这些笑话好笑，可是我觉得钟原讲笑话的样子本身就是一个笑话，何况他讲的还是冷笑话……于是我被他的样子逗得大笑，捂着肚子张大嘴抽搐着，又不敢发出太大的声音，那个痛苦啊，我笑得眼泪都流出来了。

钟原一边面无表情地用纸巾帮我擦着眼泪，一边说道："下面我们说另一个，从前有个……"

钟原讲了半个小时，我也笑了半个小时，到最后我笑得没了力气，钟原就拎着我风风火火地去参加那个总结大会了。

坐在气氛严肃的会场中，钟原问我还紧不紧张，我倒在他的肩上懒懒地摇摇头，又忍不住笑了起来。今天被他折磨得我脑中控制紧张的那根神经彻底断了，我还紧张个什么。

　　轮到我和钟原上台讲话时，他拉着我的手，稳稳地朝台上走去。我觉得这种情况下我们不适合表现出太亲密的一面，想挣开他，然而我哪里挣得开……

　　我和钟原讲的主要内容都展示在 PPT 上。PPT 有实质性内容的一共十五页，钟原负责十页，我负责五页。钟原讲完之后，我配合讲稿，把剩下的五页 PPT 内容讲得头头是道……其实我一点不懂，这都是提前排练好的。

　　最让我提心吊胆的是接下来的环节，现场交流……

　　不过情况比我想象的好一些，那些观众倒是没有指明要我来回答，所以他们提的问题全部被钟原揽去，当然我是基本没听懂，不过钟原那份自信的样子，已经够把我萌翻了。

　　正当我站在台上两眼冒星星地看着钟原、发着花痴的时候，钟原突然把话筒递给了我。

　　我顿时傻掉，不知道怎么回事。

　　这时，台下的某位嘉宾轻咳了一下，又重复了一下刚才的问题："我想请问这位女同学，你觉得，你们成功的关键因素是什么？"

　　这么自恋的问题我还真是没想过，不只我，其他人也没想到。我捏着话筒，紧张地扫了一眼钟原，不知道要怎么回答。

　　钟原偷偷捏了一下我的手，对我微微一笑。

　　我干咳一下，收拾了一下心情，在脑中胡乱搜索着适合的词。突然，大脑中冒出了路人甲曾经说的那句话：他炒股的时候，我还玩葫芦娃呢……

　　于是我朝台下众人礼貌地笑了笑，答道："勤奋使然，唯手熟尔。我们的队长光股龄就有十多年，他也没什么特别，只是把别的小孩看葫芦娃的时间都用在炒股上了。"

　　台下传来一阵哄笑，这个问题就算揭过了。虽然我给出的不是最准确的回答，却有可能是最合适的，勤能补拙、付出总有回报什么的最励志了。

　　从台上走下来，我的手心里全是汗，手指冰凉。

　　钟原掏出纸巾帮我细细地擦着手，趁我不注意，在我的指尖上轻轻地吻了一下，然后挑眉笑着看我："答得不错。"

　　我心虚地扭开脸朝四周看了看，确认没有人发现我们时，才放下心来答道: "谢谢。"虽然我表面上很淡定,其实心里还是有一些得意的。好吧,就让我这废柴嘚瑟一下吧……

过了几天,我在网上看到了那次大会的视频。当视频放到我回答问题的时候,我看到钟原微侧着头,看着我微笑,这个画面让我顿时觉得心里暖暖的。

我总觉得,钟原这样的微笑,和他面对那个院花时的笑,有些不一样。可是,具体哪里不一样呢?

我把这一瞬间的画面截了图,调出那张让我吃过醋的照片对比了一下。

观察了很久,我最终得出结论,钟原在面对那院花时,笑得很客气,而他面对我时,笑得很……喀喀……

想到这里,我小人得志地嘿嘿傻笑起来。

关于那个新加坡七日游的奖励,我、钟原还有老大都因为有事没去,只有小二和路人甲去了。那几天小二一直在我和老大面前哀号,说什么不愿意单独跟个变态出去旅游,可是她后来还是舍不得这个出去玩的机会,于是怀着十分矛盾的心情去了。

再后来小二回来的时候给我们讲了她的遭遇,据她交代,她此行凶险异常,还差点失身……这是后话。

第十七章
毕业多妖孽

如果你和你爱的人在一起，那么时间就仿佛是有人在用鞭子狠狠地抽它，过得飞快。当然，你们在一起的每一个镜头又都可以成为慢镜头，深深地刻在你的脑子里，并且不定期播放，而且高清流畅，保质保量。

说这么多废话，其实我就是想感叹一下光阴似箭。因为钟原就要毕业了。

那天晚上，我们宿舍几人联合请钟原他们宿舍的人吃了顿饭，美其名曰欢送这四个祸害。其实要说欢送的话，也只是欢送陆子键一个人，因为他要出国了。其他的人，钟原和路人甲毕业之后留在 B 市工作，而路人乙考上了本校哲学系的研究生。路人乙这位师兄真是神，据说他面试的时候跟教授讨论《周易》，把教授讲得一愣一愣的，又据说他的目标是，即使当不了成功的哲学家，也要当个成功的风水师。

那次欢送会，钟原他们宿舍的人都喝多了，连平时最稳重的陆子键都一直拉着四姑娘，不停地重复着："等我，等我回来。"

四姑娘一边擦着眼角，一边说道："我当然等你，可是你要敢招惹别人，我拆了你的骨头！"

众人听了他们的谈话，都唏嘘不已。其实要说陆子键招惹别人，四姑娘还真是高估他了……

他们四个人里醉得最厉害的应该是路人甲了，他脸红红的，眼睛都睁不开了，嘴里一直嘟嘟囔囔不知所云。我们离开的时候，这位师兄已经站不起来了，钟原笑眯眯地把他从座位上拎起来，两个人跌跌跄跄地出了饭店。钟原今天也喝醉了，我发现他喝醉的时候比平常爱笑，而且笑得总像是不怀好意的样子。不过这厮酒量比较大，所以他即便喝醉，应该还是存着一丝理智的。

几个人从饭店里出来，路人乙走在最前面。他张开手，歪歪扭扭地在前面蛇行着，一边走一边高声喊道："啊哈哈，你们都有媳妇了，就是我没人要。哲学家都是孤独的……我遗世独立，飘飘欲仙……看什么看！"

我和小二、老大走在后面，满头黑线地看着他发疯。师兄师姐们常说，毕业多作怪，果然一点没错。

这时，本来被钟原扶着走在前面的路人甲，突然一把推开钟原，转身疯癫似的朝我们跑来。我们三个还没反应过来是怎么回事，他就把小二抱住，劈头盖脸地吻了下来。

虽然早就察觉小二和路人甲之间有问题，不过这么华丽的场面突然出现在面前，我还真是有点愣神。我看看老大，她也愣住了。

小二这孩子个头有点矮，此时被路人甲抱着，脚已经离了地。她慌张地捶打着路人甲，路人甲却无动于衷，扣着她的后脑勺吻个不停……

我正目瞪口呆地看着眼前这尺度有点大的画面，眼前却突然罩上了一只手。

钟原一手捂着我的眼睛，一手勾着我的肩膀，把我拉开了。走了一会儿，他放下手，在我耳边轻笑道："看什么看，自己又不是没做过。"

我不好意思地低下头，心里又有点担心，于是问道："小二……会不会被他弄死啊……"我的脑子里又浮现刚才小二被勒得脚都离了地的样子，呃，有点凶险啊……

钟原撩了撩我额前的碎发，随即手滑下来，指尖轻轻摩挲着我的脸颊，笑看着我，目光有点迷离："试试不就知道了？"

我一时没反应过来："呃？"

钟原却突然低下头，含住我的嘴唇用力地吸着。他一手扣着我的后脑，一手滑到我的腰间，紧紧地揽着我。我被突然入口而来的酒精气息弄得头晕，无力地靠在他怀里，任他为所欲为。

钟原突然直了直腰，揽在我腰上的手臂开始向斜上方收紧，我的身体便被他这样带着往上拉，很快，我的脚就找不到着力点了……

脚上没了支点，我心里突然涌出一种不安全的感觉来，于是手臂不由自主地抱着钟原的脖子，紧紧地搂着。

钟原含混地笑了笑，继续加深这个吻……

过了好一会儿，钟原放开我，轻点着我的嘴唇，笑道："还活着？"

我有点腿软，靠在他怀里，扭开脸不去看他。

钟原愉悦地低笑着，拖着我在校园里游荡起来。他走得很慢，每走到一个地方，都和我回忆着我们在这里发生过什么事情，他说话声很清淡，还笑，我却突然有点伤感了。

钟原把我送到宿舍楼下的时候，突然把我抱在怀里，脸埋在我的颈间，重重地呼吸着。过了好一会儿，他才抬头，在我的耳边轻声说道："还有一年。"

我把脸埋在他怀里，不解："什么？"

钟原低笑："还有一年，我们就能结婚了。"

汗，这位大哥，咱们现在应该抒发的好像是离愁别绪什么的吧，至于结婚……好吧，我承认，我从来没有认真想过毕业就结婚这个问题，婚姻不是爱情的坟墓吗……

这时，钟原见我没说话，突然凉飕飕地说道："木头，你已经答应我毕业就结婚了，要是敢反悔，哼哼……"

那"哼哼"两个字，成功惊出我的一身冷汗，我说钟原，你不要动不动就吓人好不好。

我回到宿舍的时候，"一、二、四"已经都回去了。我看到小二正蹲在阳台的角落里，背对着老大和四姑娘，而老大和四姑娘围着她，像是在盘问什么。

我一进门，就听到小二说道："讨厌，人家很害羞的好不好！"

"一、三、四"："……"

我凑过去，问老大："她怎么了？"

老大此时手里拿着根筷子，一边敲着小二的头，一边痞痞地说道："快招了吧，你跟路人甲是什么时候狼狈为奸的？整天除了听你骂他还是听你骂他，今天一下子给咱来了个十八禁，姐接受无能啊……"

小二蹲在角落里，一副受气包的样子："变态！醉鬼！毁我名节！"

这时四姑娘毫不客气地揭露："你的名节已经够坏的了，毁不毁无所谓。"

老大冲我挤了挤眼睛，于是我拍了拍小二的肩膀，十分遗憾地说道："那啥……小二，你写的那些荤段子，路人甲他……"

小二突然扭过脸来看着我，神色很着急的样子："他他他看到了？"

看着小二急得脸都变红了，我们三个不厚道地哈哈大笑。老大敲着她的头，笑眯眯地说道："还说不喜欢他？还说不在乎他？你要是不在乎，为什么这么着急他看没看？"

四姑娘轻轻揪着小二的耳朵，笑道："乖乖承认了吧，别逼我用肢体语言跟你交流。"

小二重新别过脸去，十分娇羞的样子，嗔道："讨厌！不知道我很矜持吗？！"

我们三个再次被雷焦。试想一下，1111宿舍的猥琐之星自称很"害羞"很"矜持"，那是一种多么神奇的景观。

不过这样的小二还真是有意思，我们三个玩上了瘾，围着她又调戏了好一会儿才开始就寝。结果我刚迷迷糊糊睡着的时候，小二这厮突然鬼一样悄无声息地爬上了我的床，然后抓着我一定要问个清楚，路人甲到底有没有看到她写的荤段子。

我闭着眼睛哼哼唧唧地答道："以后会有机会看到的。"

小二当即隔着被子抱着我，兴奋地低呼："三木头，我爱你！"

我皱了皱眉，一脚踢开她。

一个星期之后，路人甲以小二的男朋友的名义，请两个宿舍的人吃了顿饭。

钟原很快搬出了学校，住进离我们学校不远的一个小区里，据说那套房子是他爸买给他娶媳妇用的。那天我和钟原忙了一天，才把房子收拾好，晚上钟原站在阳台上，从背后环住我，抱了很久。后来，他附在我耳边低声说："等我们结婚了，这里就是我们的家。"

那天我看着这璀璨的城市的夜，心里突然暖暖的，几乎要流出眼泪来。

暑假来临，我在一个制药厂找了份实习工作，每周一至周五上班。周末的时候，我会帮钟原叔叔家的那个孩子辅导一些功课，日子过得倒也充实，只是那制药厂的工作实在让我没什么热情。

钟原叔叔家的孩子叫史靖，很文静的一个男孩，今年才九岁，非常聪明，就是不怎么喜欢说话。他周一到周五全天有各种五花八门的暑期辅导班，周六周日则由我陪着他温习一周的功课，时间还算充裕。因此周末我们温习完功课之后，我经常带着他玩一会儿，下下棋画个画看看动画片什么的，每当这个时候，他的脸上才真正流露出一个小孩子该有的表情，天真、好奇、惊喜。这时候我就会情不自禁地感叹，这年头的小孩子童年都这么无趣吗，想当初我小时候可是整天跟着一帮小孩子上树下河，或者打台球、玩游戏、上学读书什么的，那真的是浮云啊浮云……

日子就这么慢悠悠地过着，转眼间，七夕驾到。

因为七夕这天我和钟原都要上班，所以我们的约会也比较简单。本来我们俩商量着要去看电影，后来钟原说在电影院看没气氛，而且他最近买了一张好看的碟，于是我们俩约定去他家看。

电影是美国的，讲的是一个虐恋情深的爱情故事，很感人，我看到最后，眼泪都流下来了。只不过这电影的后面，男女主角破镜重圆之后，有点奔放，尺度也有点……喀喀……

于是当我看到电视上那些比较香辣的画面时，顿时忘记了哭，有点不好意思地偷偷看钟原。幸亏此时屋子里的灯全关了，房间里很暗，所以我猜测他看不到我的脸有多红。

我看钟原的时候，发现他并没有看着电视，而是侧着头，静静地看着我，两只眼睛很亮很亮，仿佛夜空下的黑珍珠。

我更加不好意思，低下头不敢看他，也不敢看电视。

钟原却突然把我扑倒在沙发上，全身的重量有一半压到了我的身上。我很紧张，结结巴巴地问道："你你你想干什唔……"

钟原突然封住了我的嘴唇，细细地吻着，开始的时候很轻很柔，然而越吻越用力，渐渐地他仿佛失控一般，重重地吸吮着，时而厮磨啮咬着我的唇舌。我的嘴唇和舌头被他弄得又疼又麻，肺里一口气被压着，呼吸不畅，以至于我的脑袋也因为缺氧而发昏，四肢也被钟原压得无力动弹。

钟原放开我的嘴，转而吻着我的脖子、锁骨。热得发烫的气息在我的脖颈间盘旋，我仿佛抓住了什么，又仿佛什么都不清楚……

钟原突然把手探进我的衣服里，火热的手掌在我的腰上摩挲了一会儿，接着一路向上，覆盖到了我的胸口上。

我明白了他要做什么，喘着粗气制止他："钟原……"

"木头，"钟原目光炽热地看着我，呼吸凌乱得很，"我等不下去了。"

我刚想说话，然而屋子里瞬间变得灯火通明。突然降临的光芒刺得我眼睛发疼，我眯着眼，看到钟原从我身上起来，半跪在沙发上，朝着门口望去，脸上写满了惊讶与不悦。

我从沙发上爬起来，顺着他的目光望去。只见此时门口站着一大一小两个人，小的我知道是谁，就是我辅导的那个孩子，史靖。他身边站着一个和我年龄差不多的女孩子，牵着他的手。那女孩子一头深黑色的短发，穿着很普通的短袖衫和热裤，一双笔直修长的腿让人很羡慕。她离得有点远，我看不清楚眉眼，只觉得那目光隐隐透着一股豪爽而凌厉的感觉。

我有点不好意思，被捉奸一般低下头去，脸上迅速烧起来。

钟原重新坐到我旁边，勾着我的肩膀，轻轻在上面拍了一下，以示安慰。然后，他抬头看向门口，语气略有不耐地说道："你们怎么来了？"

那短发女孩拉着史靖风风火火地走进来，坐在我旁边的沙发上，似笑非笑地上上下下打量着我，也不说话。

过了好一会儿，那女孩才收回目光，笑着对钟原说道："不介绍一下？"

钟原懒洋洋地往沙发上靠了靠，随即对她说道："这是我老婆，沐尔。老婆，"他说着，又转向我，笑道，"她是一个比我还纯的纯爷们儿。"

我："……"

"去你的！"那短发女孩说着，拎起手中的抱枕丢向了钟原，钟原毫无压力地接住。接着那女孩又转向我，温柔地笑了笑，说道："我叫史芸蘅，是史靖的姐姐。"

此时史靖好奇地看看我又看看钟原，最后说道："沐老师，你们在做什么？"

"我……呃……呵呵……"我不好意思地东张西望，不知道怎么回答这个问题。

钟原却无比坦然而淡定地说道："没看到吗，在看电影。"说着，他指了指电视机的屏幕。此时那电影已经播放完，正在唱片尾曲。

我觉得很委屈，明明无辜的是我，为什么心虚的也是我……

史靖听钟原如此说，便拿过那光盘盒子来看。史芸蘅突然把盒子抢过去，看了两眼，随即笑着看我们两个："这片子我看过，少儿不宜。"

我把头埋得低低的，没脸见人了。

钟原却没接这茬，而是问史芸蘅："你怎么回来了？"

史芸蘅一听这个，激动地站了起来，双手抱在胸前，半是委屈半是悲愤地说道："我怎么回来了？废话，我不回来等着饿死在那边吗？你是没见到英国人吃的那些东西，你要是看见了跑得肯定比我快。我一东方小美女古典艺术家，你看看他们都给我吃什么，第一天，牛排汉堡三明治，第二天，牛排汉堡三明治，第三天，牛排汉堡三明治！我跟劳伦斯说我不吃这个了能不能给我弄点别的，结果呢，他老婆亲自下厨，把土豆牛肉白菜剁成饺子馅然后浇上两个生鸡蛋直接给我端上来了，还美其名曰听说中国人都爱吃这个，结果我抱着那盆饺子馅哭了一个晚上！"

史芸蘅说到激动处，还一个劲地抹眼泪，我不禁同情起她来，毕竟不是人人都有那个魄力去面对一盆饺子馅的。

钟原却面不改色地说道："不是还有中餐馆吗，你傻？"

"别跟我提中餐馆，"史芸蘅甩了一下胳膊，似乎更加气愤了，"在英国想买个正宗的煎饼都难！中餐馆里的招牌菜你猜是什么？糖醋里脊！我好不容易找到一个地方可以吃水煮鱼，结果还是甜的！"她突然走到钟原面前，揪着他的衣襟不停地摇晃，一边摇晃一边声泪俱下，"你能体会到那种流了一个下午的口水结果吃到甜丝丝的水煮鱼的感受吗啊啊啊……"

钟原面无表情地掰开她的手指，整了整衣服，说道："那么，最后一个问题，为什么来我家？"

史芸蘅理直气壮地说道："钟叔叔给了我这套房子的钥匙啊，他说我随时可以来这里。"

钟原脸色似乎不怎么好看："他肯定还给过你别的钥匙，你为什么单拣这一处？"

史芸蘅重新坐回沙发上，胡乱揉着史靖的脑袋，史靖吸了吸鼻子，很不情愿的样子。史芸蘅跷起二郎腿，笑嘻嘻地说道："因为在这里不会被他们发现啊，嘿嘿嘿……"

钟原皱眉："你偷偷溜回来的？"

"我……喀喀，我只是暂时还没告诉我爸妈而已，不算偷渡。"

钟原："你来也就算了，小靖又为什么会被你带来？"

史芸蘅捏了捏史靖的脸，大义凛然地说道："小靖天天被逼着上那些乱七八糟的补习班，我这是拯救我的亲弟弟于水火之中。小靖，是不是？"

史靖表情凌乱地点了点头。

简而言之，史芸蘅不仅自己偷偷回来了，还把史靖也偷来了，我总觉得这事有点囧。

钟原无力地揉了揉额角，又说道："那么，你们是不是可以走了？"

史芸蘅瞪大眼睛，表情十分无辜："走？去哪里？"

钟原不耐烦地闭了闭眼睛："从哪里来回哪里去，把小靖送回家吧，别让伯父伯母担心。"

"啊啊啊……"史芸蘅突然紧紧地抱着史靖，带着哭腔道，"小靖啊，我们怎么办啊？你钟原哥哥没良心啊，难道他就忍心看着我们无家可归流落街头吗？虽然我们打扰了他的好事，但是我们可以假装什么都没有看见啊，是吧是吧？乖弟弟，咱们什么都没有看见，来，姐姐带你回房间。"史芸蘅说着，拉起史靖走向卧室。

"回来，"钟原指了指客厅的门口，"门在那边。"

史芸蘅见状，面色一变，叉起腰来横眉立目地瞪钟原："好你个钟原，今天一定要逼我用拳头来解决问题吗？！"

史芸蘅说着，已经丢开史靖，踩着茶几张牙舞爪地跳向钟原，眼看就要扑到他的身上。

钟原迅速翻了一下身，史芸蘅扑了个空。她从沙发上爬起来，追上一旁的钟原，两个人立刻扭打起来，一边打着还一边对话。

"钟原，你当真见死不救？"

"你又没死，不需要我救。"

"没良心啊，我当初是怎么对你的？你不应该趁此机会谢谢我吗？"

"谢谢你给了我我人生中的第一次骨折。"

"喂喂喂，我当时只是想试一试你的筋骨，谁让你那么不禁打。"

"嗯，同样不禁打的还有你的散打教练。"

"啊啊啊，我一东方小美女古典艺术家，你好意思对我拳脚相向？"

"十分好意思。"

"你！我是女人，男人不能打女人！"

"全天下都知道你是纯爷们儿，不用藏着掖着了。"

"钟、原！我跟你拼了！"

我满头黑线地看着屋子里乌烟瘴气的一团，这时，史靖小心地坐在我旁边，拉了拉我的手，瞪着两只水灵灵的大眼睛看我，无辜地撇了撇嘴，说道："沐老师，你们真要赶我走吗？"

我轻轻地摸了摸他的头，心中的负罪感急速膨胀着："那个，喀喀……你还是回家比较好……啊！"

我话没说完，突然脖子上扣上一个什么东西，吓了我一跳。等我定睛一看，才发现史芸蘅此时已经凑到我旁边，她一手按着我的肩膀，一手扣着我的脖子，阴森森地对着钟原笑："哼哼，你敢不收留我们，我就虐待你媳妇！"

钟原："……"

史芸蘅和史靖到底留在了钟原家。此时已经是晚上九点多，我也该走了。

钟原却拉住我，很动容地说道："别走。"他那表情，很有点"别抛下我一个人"的感觉。

难得见到钟原这楚楚可怜的表情，我一时心软，只好留下来。

此时史芸蘅已经拖着史靖进了厨房，两个人一阵翻腾，最后史芸蘅一个人出来了。我不解，问她："史靖呢？"

史芸蘅镇定自若地答道："在给我煮面。"

我："……"

这位姐姐，你好意思让一个九岁的小孩子给你煮面？

考虑到安全问题，我不放心地走进厨房，只见史靖此时往锅里倒了水，然后把面、带着壳的鸡蛋以及一整根胡萝卜直接丢进了水里——火还没有开呢。

我走过去，史靖抬头看我，委屈地叫了一声："沐老师。"

我摸了摸他的头，尽量做出一副为人师表的和蔼可亲样子，安慰他道："你去陪姐姐吧，我来煮就好。"

史靖表情一松，逃出厨房。

由于大晚上的不宜太重口味，于是我给那位堪称神仙的姐姐煮了碗清淡的葱花面，还卧了两个鸡蛋，七分熟，刚刚好。除此之外我还简单地拍了根黄瓜做小菜，没办法，钟原家厨房里的食材只有这么多了。

当我把葱花鸡蛋面和凉拌黄瓜端到史芸蘅面前时，她吸了吸鼻子，一把把我抱在怀里，激动地说道："啊啊啊，沐尔，我爱上你了！"

我还没来得及说话，钟原就很敏捷地把我拉开，然后十分嫌弃地看着史芸蘅："你别动手动脚的。还有，爱什么爱，我老婆轮得到你来爱吗？！"

说实话，我……我真的很无语……

到了睡觉时间，四个人因为房间的分配问题发生了分歧。钟原家这套房子有三间卧室，而我们是四个人，两男两女。

钟原提出了第一套解决方案："我跟木头睡一间，你们两个一人一间。"

我扭开脸："不要。"

接着钟原提出第二套解决方案："我跟木头一人一间，你们两个一间。"

史芸蘅当即反抗："喂喂喂，男女授受不亲好吧？"

钟原做面瘫状:"他是你亲弟弟,况且,"他看了看史靖,又看着史芸蘅,"你比他大十六岁。"

这时,史靖插话:"沐老师比我大十二岁,那我们是不是也可以……"

钟原沉了沉脸:"不可以。"

史芸蘅又说道:"算了算了,我和沐尔一间总可以了吧?"

钟原怒:"不可以,我老婆怎么可以陪别人睡。"

史芸蘅:"……"

最后,还是钟原妥协了:"好吧,我和小靖一起。"

史靖撇了撇嘴,小声说道:"可不可以说不啊?"

另外三个人:"不可以!"

我心中突然有一种欺负小孩子的罪恶感……

史芸蘅姐弟第二天一早就被他们的爸爸妈妈抓回去了。我看着那两个人依依不舍的背影,问钟原:"她不是说,藏在这里不会被他们找到吗?"

钟原无所谓地笑了笑:"谁知道。"

我想了想,觉得不对劲:"是不是你告发他们的?"

钟原捏了捏我的脸蛋,笑道:"木头,越来越聪明了。"

我汗,这位大哥,你做了亏心事,好歹也要表现一下自己的内疚吧?没见过干了坏事还这么坦然这么开心的人……

钟原捧着我的脸,低下头来欲吻我。我伸手挡住他的嘴,扭开脸说道:"同学,你还没刷牙。"

钟原转而在我的额头上重重地吻了一下,然后笑呵呵地拉着我回屋。

第二天是周六,我照例去帮史靖补习功课。钟原无聊,也跟我一起去了史靖家。

书房里,史靖正做着一张卷子,突然停下来问我:"沐老师,姐姐和钟原哥哥他们在做什么?"

我指了指客厅的方向:"他们在打游戏。乖,你快点做题,做完了和他们一起玩。"

史靖用铅笔一下一下点着下巴，抬起天真无邪的眼睛看我："我才不要和他们玩，我要沐老师陪我玩。"

我摸了摸他的头，笑道："好好好，陪你玩，快做题吧。"

史靖又瞄了一眼客厅，神秘兮兮地对我说道："沐老师，你真的要嫁给钟原哥哥吗？"

"呃，"我有点不好意思，"小孩子胡思乱想什么，好好学习天天向上。"

"可是，"史靖黑白分明的眼珠滴溜溜地转着，最后说道，"可是，你不觉得姐姐和钟原哥哥很般配吗？"

"呃……"

史靖又说道："我妈妈说，他们是青梅竹马，欢喜冤家。"

青梅竹马……欢喜冤家……

"沐老师？沐老师？沐老师你怎么了？"史靖抓着我的手摇晃着。

我回过神来，笑着摇摇头："没、没什么。"

晚上我和钟原一起离开的时候，史芸蘅姐弟送我们出门。我看着和史芸蘅打闹的钟原，心里突然有点难过。青梅竹马吗？欢喜冤家吗？

我到底是太敏感，还是太迟钝？

接下来的几天我的精神一直不是很好，脑子里钟原和史芸蘅在一起嬉戏打闹的情形总是挥之不去。怎么说呢，有些事情，不注意的时候还好，可是一旦把目光放上去，却怎么看怎么别扭，怎么看怎么有鬼。

更何况，钟原自己也说过，他曾经喜欢一个女孩子，后来那个人把他打骨折了。

据说男生都是很难忘记自己的初恋的……等一下，初恋？我突然想到了他曾经送给我的一瓶香水，似乎也叫作初恋？现在想想，真是有些讽刺啊……

钟原也注意到我的情绪总是懒懒的，好几次问我怎么回事，我都只说是工作压力太大。其实我很想问问他，是不是依然对史芸蘅念念不忘。可是我又不敢，万一他回答"是"，我怎么办？

然而虽然我不敢问，该来的，却还是来了。

这天周末，史靖做完功课，我陪他看了一会儿电视。这孩子不爱看卡通不爱看武打片，偏偏爱看综艺，爱看综艺也就算了，他偏偏又喜欢盯着相亲节目看。也不知道别的小孩的喜好是不是也这么另类，我忍不住叹气，这年头的小孩子的想法真是让人琢磨不透。

史靖一边看着电视，一边问我："沐老师，订婚是什么？"

我打了个哈欠，回答他："哦，就是两个人约好以后要结婚，不许反悔那种。"

史靖瞪着两只十分好学的大眼睛，又问："那沐老师订婚了吗？"

"呃，这个，呵呵呵……"我挠了挠头，有点不好意思。

史靖不等我回答，又自顾自地说道："我听说，我姐姐和钟原哥哥要订婚了。"

我像被一个晴天霹雳定住身一般，好久才缓过神来，结结巴巴地问道："什、什么意思？"

史靖一本正经地答道："意思就是他们两个约好要结婚，不许反悔那种。"

我忍着心里极度的难受，扯着嘴角勉强笑了一下，说道："这个……你听谁说的？"

史靖："我爸爸和钟叔叔通电话，我在一旁听到的。听说钟叔叔为了他们订婚的事情，下个月就要回国了。"

我顿时感觉大脑里一片空白。

傍晚钟原来史靖家接我，我像个游魂一样任他牵着离开史靖家，不知不觉来到他家楼下。自从上次在钟原家过夜之后，我就一直住在这里。

我们两一路沉默，到他家楼下的时候，钟原突然问我："想什么呢？"

我低着头，无力地答道："没什么。"

钟原却笑道："木头，你再不理我，我就成别人的了。"

我捏了捏拳头，心底里有一丝凉意弥散开来。果然，史靖说的是真的？

钟原揉了揉我的头，说道："我爸要回来了。"

"嗯。"我低声应了一声。

钟原："你知道他回来做什么吗？"

"做什么？"

"他……他想让我和史芸蘅订婚。"

我心里突然被无数蚂蚁叮咬一般，疼，难受得要死。

钟原摇晃我："木头？木头？"

"嗯。"我应声，躲开他。

钟原却固执地拉起我，问道："你就没什么想说的？"

我垂着眼睛不敢看他，忍着流眼泪的冲动，淡淡地说道："哦，那你还在等什么？"

钟原的手僵了一下，随即重新握紧我，他低声说道："木头，你怎么了？"

我抬起头，盯着他的眼睛："钟原，你其实还没忘记史芸蘅吧？"

钟原笑了笑，抬手要来捏我的脸："吃醋了？"

我偏头躲开他，有些激动地嚷道："回答我！"

钟原愣了愣，随即皱眉："你胡思乱想什么？"

我侧头不去看他，说道："说出来没什么丢人的，她那么招人喜欢，如果我是男的，我也会喜欢上她的。"

钟原不悦："你哪只眼睛看到我喜欢她了？"

我冷笑着摇了摇："全天下的人都知道好吧？你们是青梅竹马，哪里能说忘就忘，你当我是傻子吗？"

钟原沉下脸，冷冷地说道："青梅竹马？我和她？我看你和张旭才是真正的青梅竹马吧？！"

我一听他这样说，更加火大，使劲甩开他的手，然后从包里掏出那瓶叫什么初恋的香水塞到他手里，恼怒地说道："谁是什么大家心里都清楚。这东西麻烦你拿回去送给该送的人吧，我可不敢要。"

"你！"钟原死死地盯着我，眼中的愠怒害我不敢和他对视。他呼吸急促，胸口剧烈起伏着，过了好一会儿，他大步走到垃圾箱前，狠狠地把那瓶香水丢进垃圾箱，然后看着我，用几乎挑衅的语气说道："我看还是扔了吧，反正该送的人也不领情。"

"随便！"我说着，不再理他，转身跑出小区。

"木头！你给我回来！"钟原在我身后叫了几声，我没理会他。然而当我快跑到小区门口时，他突然跑过来追上我，然后拉着我的手往回拖。

我拼命想甩开他，他却死死地攥着我，无奈之下，我只好慌张地大声喊道："救命啊！抢劫啊！"

小区的保安见状，立即跑过来，要把钟原拉开，我趁着他们纠缠的时候，跑到马路边拦了辆出租车，火速离开。

我坐在车上，越想越不对劲，总觉得我们两个都太冲动了，可是一想到"订婚"两个字，我又难受得要命。我遥想当初他逼我嫁给他的情形，似乎就发生在昨天。那时候我真是傻呀，两个人什么都不懂，订婚就像过家家酒，不，比过家家酒还简单，不过是互相戴戴戒指，许个承诺，当时竟然觉得甜蜜得不得了。现在想想，承诺只是承诺，永远不能当事实，当大家各自转身时，谁还能记得自己曾经说过什么呢？就算记得，也假装忘了吧？

我低头看了看自己手上的戒指，现在怎么看怎么刺眼。于是我把戒指取下来，想要扔到车窗外，可是鼓了半天劲，终于还是收回手。我一边摇头感叹着自己没魄力，一边把那戒指丢进包里……这东西，以后我都不会有机会戴了吧。

我觉得眼前有些模糊，用手背擦了擦，却发现手背湿了。

貌似我好久没哭过了……

我走下出租车的时候，眼泪依然在流，我也懒得擦，虽然眼前模模糊糊的，但是 B 大的路我简直闭着眼睛都不会走错。

我低头急匆匆地走着，冷不防撞到一个人，我低声说了声对不起，接着继续走。那人却惊讶地叫我："沐尔？"

我胡乱擦了擦泪水，抬起头，看到苏言正惊喜地看着我，然而他看到我在哭时，脸色似乎又不太好。

"你怎么了？"苏言掏出纸巾，要帮我擦眼泪。

我夺过他手中的纸巾，自己一边擦着，一边说了声"谢谢"，然后扭头就走，我现在不想跟任何人说话。

"沐尔，"苏言拉住我的手，神色有些焦急，又有些生气，"钟原欺负你了？"

我用力甩开他的手："对不起，我要走了。"

苏言却重新拉住我的手，攥得很紧，说什么也不放开。我很奇怪，为什么今天的人都喜欢拉着别人不放？这样很没礼貌的好吧。

我吸了吸鼻子，说道："苏言，放手。"

"不放，"苏言说着，干脆把我的另一只手也抓住，"告诉我，到底发生了什么？"

我摇了摇头，刚想说话，却看到不远处有个人朝我们走过来，那身影，很熟悉。我的心跳变得剧烈起来，可是心脏又有一些抽痛。

那个身影走近了，果然是钟原。

钟原面无表情地看了看我们，然后目光向下移，又盯住我们握在一起的手。

我想解释什么，可是最终什么都没说。反正他和史芸蘅玩暧昧，从来都不和我解释。况且我觉得我们之间也许已经完了，还需要说什么呢？

最后，钟原看着我，无力地笑了笑，转身离开。

跟钟原吵架的第二天，我顶着两个黑眼圈，踩着棉花一般摇摇晃晃地来到公司。

我满脑子都是昨天钟原离开时候的笑容与背影，越想心里越难受。昨天晚上我一直在想我们之间的种种，想史芸蘅，想着钟原父母之命的那个婚约，想到最后，我发现，我们真的完了。

我们就像无数恶俗的电视剧里演的那样，相爱却没有得到家长的祝福，这样的人在现实中注定要分开。更何况，现在钟原到底爱不爱我，都已经不好说了。

天亮的时候，我悲催地得出这个结论，并且鼓励自己，要向前看，我沐尔又不是没人要，何必在一棵树上吊死？

早上我很潇洒地对着镜子笑了笑，自言自语道："不就是一个男人嘛，没了他，世界还能塌下来不成？"

然而我笑着笑着眼泪竟然流出来了，因为我发现，没有钟原，我的世界真的会塌下来。

我一整天都像丢了魂一样，负责带我的主管人很好，看到我这个样子，安排我在办公室休息了一天。反正我只是个实习生，能做的事情也不多。

晚上下班的时候，外面竟然下起了雨，很大。

我出门太急忘记带雨伞，于是只好站在公司的办公大楼门口，打算等雨停了之后再走。公司里有几个和我一样没有带伞的人，也站在门口，有的还开始打电话找人来接。

有人撑开伞，很友好地要送我，我面无表情地摇了摇头。

一天一夜没睡觉，我现在脚步虚浮，脑子已经沉得快失去知觉，于是在这个时候，我眼前出现了幻觉。

我看到钟原撑着一把深蓝色的雨伞，笑着朝我走来。

果然是凡心入魔啊，我无奈地苦笑，揉了揉眼睛。然而我抬头再朝那个方向看时，幻觉依旧存在。

钟原收起雨伞，走到我面前，拉了拉我的手，没事人似的笑了笑，说道："走吧，跟我回去。"

我后退两步，惊讶而又有些恼怒地看着他。他为什么又来？

钟原上前一步，抬手捏了捏我的脸蛋，笑道："跟我走。"

我侧脸避开他，沉声说道："走开。"

钟原没有走开，把手搭在我的肩上，挑眉，微微勾起嘴角，笑得有些凉意："到底走不走？"

我很有气节地摇头："不走！"

接下来，钟原的动作让我瞠目结舌。

他突然弯下身，手顺着我的肩膀向下滑，滑到我的腰间时，他揽住我的腰收紧，然后向上一抬，同时肩膀压得更低，再然后，他就这么华丽丽地把我扛在了肩上。

我好一阵没有醒过神来，等我反应过来这是怎么回事时，钟原已经扛着我，撑开伞走进雨中。

钟原把整个雨伞都斜在身侧，严密地罩着我，我像是被困在了一个狭小的空间里，目光所能触及的除了蓝色的伞顶，就只有钟原的后背以及双腿。

此时我的肚子垫在钟原的肩膀上，呼吸有点不通畅。我的脑袋向下垂着，血液一个劲地向脑门冲，本来我就头昏脑涨，此时更是难熬。我想挣扎着从他肩膀上下来，然而钟原的一只手臂有力地扣着我的小腿，使我下半身几乎无法动弹。我抓着他后背上的衣服想要直起上半身，然而每当我要成功的时候，钟原就轻轻松松一甩，使我前功尽弃，重新耷拉到他身后。

无奈之下，我只好握起拳头在钟原的后背上使劲捶，一边捶一边大声喊道："钟原你放我下来！放我下来！"

头顶的雨伞上有噼里啪啦的雨点敲打伞布的声音，在这种恼人的声音中，钟原的闷笑声若有若无地传来，更加恼人。

钟原心情愉悦地说道："不放。"

我怒，在钟原后背上胡乱捶着，一不小心手下移，打到了不该碰的地方。

于是钟原笑得更加愉悦："木头，你还真是奔放。"

我："……"

钟原扛着我走到一辆车前，打开车门把我塞到驾驶座上，然后收起伞自己也钻了进来。我刚起身，却被他重新压回到座位上，紧接着，我的嘴唇被两片柔软微凉的嘴唇堵上了。

钟原弯起一条腿跪到我的双腿上，然后一只手抓住我的两只手腕背向我的身后，另一只手扣着我的后脑不许我乱动……我现在就像一条砧板上的鱼，反抗无能，只有待宰的份。

钟原吻得很急切也很用力。他叼着我的嘴唇重重地吸着，舌头很快撬开我的牙关，长驱直入，勾着我的舌头嬉戏着。他一边吻着我，一边从喉咙里发出低低的笑声，依然愉悦得让人恼怒。

真是奇怪了，今天自我见到钟原之后，他就一直在笑！我心里突然蹿起一股无名之火，于是我想也不想地一口咬到他的嘴唇上，重重地咬了有三秒钟，接着我又用牙齿碾了一下他的嘴唇，这才松口。

钟原松开我，目光沉沉地盯着我的脸看。他的眉梢微微上挑，嘴角轻扬着，柔软丰润的嘴唇因接吻而显得更加绯红润泽，让人实在忍不住想吞口水。再加上他的下嘴唇上渗出了点点血珠，如毒蛇的芯子，妖冶得让人迷恋而又沉沦。

我突然发现自己真的没出息，竟然因为他现在这个可口的样子，怒气消去了大半。

钟原放开钳制着我的手，转而双手捧起我的脸，额头抵着我的额头，眼睛盯着我的眼睛。然后，他柔声说道："木头，我们不闹了，好不好？"

我被他看得心虚，于是垂下眼睛，嘴里却赌气地说道："谁和你闹。"

钟原轻轻蹭着我的额头，笑道："你没和我闹，是我的错，我昨天太冲动了，无理取闹。"

钟原的一席话，说得我心里的愧疚感急剧膨胀起来。我发现钟原总是有这个本事，他强势的时候你无法忤逆他丝毫，他对你做小伏低的时候，你无论有多大的怒气都会立即烟消云散。总之，你和他在一起，主动权永远掌握在他手里，你只能沦为被控制的那一个。

虽然我不甘心，可是我又不得不认命，认命自己是真的栽在了这个妖孽手里，永远无法翻身，也无法脱身。

此时，钟原用拇指轻轻地摩挲着我的脸颊，状似无奈地轻叹了一声，说道："木头，我发现，自从爱上你之后，我的智商直接从三位数变成两位数了。"

第十八章
所谓斩草除根

我有点不好意思，安慰他道："呃，彼此彼此，我也一样。"

钟原抬眼笑看我："你一直是两位数。"

喂，好歹我的高中物理老师曾经说过我的智商有一百三十多好吧，就算打个八折，也不止两位数吧?

钟原把我抱到副驾驶座上，然后自己坐在驾驶座上。

此时我才发现，钟原的头发都是湿的，脸上残留着一些水，衣服也湿了大半，就只有扛着我的那一边肩膀还算干燥。我想起他刚才是把整个雨伞都罩在了我的身上，现在我除了裤脚上淋了一些雨，别的地方都被保护得很好。于是我有些感动又有些歉意，翻出纸巾递给他。

钟原没有接，笑眯眯地把脸凑到我面前。

我只好帮他擦着脸上的雨水，等到帮他擦好，他却依然伸着脖子不动，目光灼灼地看着我，脸上的表情那叫一个暧昧。

我脸一红，飞快地在他的脸上亲了一下。

钟原满意地坐回去，发动了车子。

昨天我们两个闹得那么厉害，今天竟然以这么温和的气氛收场，说实话我此时的心情还是有点尴尬的，不知道和钟原说些什么。于是我只好低头玩着衣角，不说话。

钟原一边开车，一边腾出一只手来抓住我的手，捏了捏，然后握紧。接着，他认真地说道："木头，我和史芸薇真的没有什么。"

"我知道，其实我和苏言也没有什么。"我突然发现为什么我一直想着钟原了，不光是因为我爱他，还因为我其实一直是相信他的，不管怎么怀疑，我始终相信，我们是相爱的。

"我也知道，可是我……我昨天太冲动了，"钟原说着，又笑了笑，"你知道吗，前段时间你总是懒懒的，对我爱搭不理的，我当时还以为……以为你不喜欢我了。我昨天跟你说订婚的事情，也是想知道你到底还在不在乎我，却没想到，我们竟然吵了起来。昨天晚上回去之后我突然就明白了，你不搭理我，和我吵架，这明明就是在吃史芸薇的醋，我真傻。"

我瞪大眼睛，不敢相信地看着钟原，这位同学，你也太有想象力了吧……

钟原被我看得有些不好意思，目不斜视地开着车，脸颊上悄悄爬上了一些淡淡的粉色，很浅，不易察觉，不过我还是看到了。

钟原这是……害羞了吗？难得见到他这个样子，虽然知道自己不厚道，不过我还是忍不住笑了出来。

钟原也无奈地笑了笑，说道："看到了吧，谈恋爱的人就是容易变得这么傻，还患得患失。"

我笑着反握住钟原的手，说道："你放心吧，我只爱你一个。"

钟原眼睛依然盯着前方，嘴角却挂上了微笑"我也是，我只爱你，木头。"

我突然把昨天吵架的事情彻底想明白了，我冲动是因为我在吃史芸薇的醋，可是为什么钟原也冲动？原来他的想法……那么神奇。人一旦爱上，还真的是容易患得患失，本来他就担心我不喜欢他了，昨天晚上又看到我和苏言在一起，他不多想才怪。钟原还真是变傻了，比我还傻。

可是，我突然又想到了另外一个问题，就算钟原并不喜欢史芸薇，可是他爸妈那边呢？

这时，钟原抓着我的手举到面前，仔细看了看，随即皱眉说道："戒指呢？"

"我……"我一想到戒指就想到订婚，一想到订婚问题，就有点头疼。唉，为什么儿女的婚姻，父母一定要掺和呢？

钟原挑眉，目光危险："丢了？还是扔了？"

"钟原，"我鼓足勇气问他，"关于订婚的事情，你……"你怎么办？

钟原揉了揉我的头，笑道："你担心这个？"

我点点头，有些紧张他会怎么回答。就算他再强大，和父母之间的矛盾也不是那么容易就能说开的，甚至他有可能根本无法违抗他父母。

钟原拍着我的肩膀，安慰我道："放心吧，我爸妈还算开明。实在不行，找老头子给我做主。"

我点点头，心里却依然结着疙瘩。怎么说呢，钟原他爸妈认可的儿媳妇是史芸蘅，就算最后他们两个没有在一起，我和他父母的关系会不会从此变得有一些……呃，微妙？

此时，钟原又补充道："当然了，斩草能除根最好。"

我惊讶："斩……斩草除根？钟钟钟原你要做什么……"不会要杀了史芸蘅吧？！

钟原笑出了声，刮了刮我的鼻子，一边笑一边说道："我的木头，真傻。"

我不好意思地扭脸看向车窗外。电视里的斩草除根不都是杀人吗？不光是杀人，还要把所有人杀掉……

此时钟原倒也不再提这个话题，而是说道："戒指呢？"

我把包里的戒指翻出来，幸好昨天还没完全丧失理智，要不然现在钟原肯定发飙，吃人都有可能。

钟原把车停在路旁，取过我手中的戒指，小心翼翼地重新给我戴在中指上。戴好之后，他抓着我的手，柔柔地笑道："不许褪了。"

"嗯。"我点着头，在他炽热的目光下，有些不知所措。

钟原转身拿过车上的公文包，从里面翻出一个粉色的小瓶子，递到我面前。

我一看，正是那瓶叫作初恋的香水。我接过香水，很感动，可是一想到钟原翻垃圾箱的样子，又想笑。

钟原似乎猜到了我在想什么，捏了捏我的脸，说道："我根本就没扔。"

很好，我们都没扔。估计当时钟原的心情和我想扔戒指的心情差不多，大家虽然很生气，但是心底里有一种叫作"在乎"的东西，在阻止我们干傻事。

钟原深深地看了我一眼，又说道："木头，你是我的初恋，一直都是。虽然我曾经喜欢过史芸蘅，但是那个时候不懂事，只是朦朦胧胧的一些感觉，完全是青春期的正常心理。那时候，我并不懂得什么叫作爱情。而现在，我懂了。"

我攥紧香水，笑道："那么你说，什么是爱情呢？"

钟原："爱情就是，恨不得与你合二为一。"

恨不得与你合二为一……我点头，深有同感。爱情这东西太容易让人疯狂了，昨天吵个架，今天我就像个废人一样什么都干不出来，现在和好了，却又像复活了一般，比吃了大力丸都精神。合二为一吗？如果两个人真的能变成一个人，那么大家倒是可以不用担心总是看不到对方了，也不用担心总是思念，思念到吃不好睡不香……

后来我把钟原这句关于爱情的领悟告诉小二，想顺便给她增加点写作灵感。结果小二一边重复着钟原的这句话，一边意味深长地笑，最后说道："钟原这厮太淫荡了！"

我："……"

我和钟原在他家楼下的超市里买了点东西，然后上楼。

当我把热腾腾的姜糖水煮好的时候，钟原已经洗完澡。他窝在沙发上，怀里抱着个灰太狼的抱枕，笑眯眯地看着我。他的头发湿漉漉的，身体上仿佛还氤氲着一层水汽，温软而湿润。他的表情懒懒的，又笑得有些不怀好意，我看在眼里，莫名其妙有种心虚的感觉。我终于明白了，钟原这副笑起来就显得不怀好意的表情是天生的，这种表情总是让人觉得他要干坏事，还会脸红。我突然想起小二曾经对我说过，"女生喜欢长得坏坏的男生，而不喜欢长坏了的男生"，现在看来，钟原应该就属于那种长得坏坏的男生，怪不得那么多人喜欢他。

我有点感叹，其实一开始，我是喜欢那种忠厚老实型的长相的……

我把姜糖水递给钟原，他没有接，而是直勾勾地看着我，缓缓地张开了嘴巴。

我无语，只好端着姜糖水，舀了一勺放到面前吹了吹，然后送到他嘴边。

钟原张嘴喝掉姜糖水，眼睛依然一动不动地盯着我，目光如酒精灯的外焰，危险而灼热，我的脸颊上似乎蒸腾起了火烧云。

钟原咽掉口中的姜糖水，喉咙随之滚动了一下。然后，他伸出舌尖，轻舔着唇上残留的液体。钟原在做这个动作的时候总是显得异常妖异，更何况他现在刚刚出浴，在微黄的吊灯灯光下，那白皙无瑕的肌肤、好看到无可挑剔的五官，以及细腻精致的脖颈锁骨，每一样都是能够勾人魂魄的，这几样组合起来，那简直就是一种致命的蛊惑……

于是，我很不争气地吞了吞口水。

钟原勾起嘴角，送上一个迷死人不偿命的微笑，这简直就是毒药啊。他轻启朱唇，低低的声音传来："木头，想什么呢？"

"喀喀，没什么，"我有些慌张，把碗放在一旁的茶几上，"那个，我去做饭。"

这时，钟原的手机响了。我刚想走开，他却拉着我坐到了他的旁边，然后他接通了手机，并且按了免提。

电话那头路人乙懒洋洋的声音传来："钟原，找哥有啥事？"

钟原："给你介绍个女朋友。"

路人乙的声音立即警惕起来："开玩笑，你有这么好心？"

钟原："肥水不流外人田。"

路人乙："好吧，那对方好看吗？身材怎么样？"

钟原："百里挑一。"

路人乙："真、真的？"

钟原："我什么时候骗过你。"

路人乙："开玩笑，你骗人的时候从来都是让受害者有苦说不出的。"

钟原："你见面不就知道了。"

路人乙："也对，那她性格怎么样？你可以叫我诗人或者哲学家，总之没深度的女人不适合咱。"

钟原："恭喜你了，她简直就是一本书。"

路人乙："是吗，那么她是本什么书？"

钟原："见到她你就知道了，现在说太多影响神秘感。"

钟原和路人乙又胡扯了一会儿，挂了电话。我好奇地问钟原："史芸蘅是一本什么书？"

钟原扬起嘴角，笑得那叫一个妖娆，答道："《暴力美学》。"

我："……"

钟原又拨通了史芸蘅的电话。

史芸蘅："小子，有事？"

钟原："给你介绍个男朋友。"

史芸蘅："真新鲜啊，你给我介绍男朋友？"

钟原："是，我大学同学。"

史芸蘅："开玩笑，跟你一起玩的能出什么好人，你不知道我有多少人追吗？"

钟原："我知道你没有人追。"

史芸蘅："你！"

钟原："他是 B 大哲学系的研究生。"

史芸蘅："哲哲哲学？"

钟原："对，哲学家和艺术家，简直就是天生一对。"

史芸蘅："嗯哼，如果这是真的，那么我可以允许他成为我的追求者之一。"

钟原："他不仅是个哲学家，还多才多艺。"

史芸蘅："真的？他都会什么？"

钟原："博古通今，文武双全，上能占星算命，下能刻章办证。"

史芸蘅："啊啊啊，我喜欢！"

钟原脸上露出会心的微笑："喜欢就好。"

接下来两个人又一起密谋了一下对付路人乙的专项政策，以及第一次见面的时间地点，然后结束了通话。

而此时，我依然处在目瞪口呆之中。

钟原拍了拍我的肩膀，安慰我道："放心吧，能在 B 大待四年都没有被和谐掉的江湖骗子，可见其道行有多深。"

我吞了吞口水，问钟原："这就是传说中的斩草除根？"

"嗯。"钟原一边说着，一边顺手捏了捏我的耳垂，他的手指肚软软的，我的耳垂也软软的，两个软软的东西在一起挤压着，有一种异常的舒服感。

"可是，这能行吗？"我总觉得史芸蘅和路人乙在一起有点不搭调，他们让人连想都没办法想到一块儿去，更别说真正在一起了。

钟原懒洋洋地抬眼看我："木头，做人要有想象力。就算你对路人乙骗人的技术没信心，也要对史芸蘅的智商有信心。就算你对路人乙的魅力没信心，也要对史芸蘅的品位有信心。"

这句绕口令一般的话，让我一时没反应过来，想了半天，我才明白过来。于是我问道："那么按照你的意思，史芸蘅会喜欢上路人乙？"

钟原点头微笑："十有八九。"

"可是，路人乙不喜欢史芸蘅怎么办？"

钟原："那不重要。"

我："……"

自从钟原知道他和史芸蘅"被订婚"的事情是史靖告诉我的之后，他就一口咬定史靖在打我的主意，并且很恼火，因为一来朋友妻不可欺，二来史靖干这事不厚道，这是不正当竞争，当然最重要的一点是，苏言、张旭之流的打我的主意也就算了，他史靖一个小屁孩，跟着瞎凑什么热闹？

我觉得钟原疯了，他也知道史靖是个小屁孩，这么小的小孩懂什么叫挖墙脚？何况还是带着那么一点技术含量地挖。人家小孩依赖他的老师也不算坏事，怎么这事到钟原嘴里就变醒醐了呢？

于是我据理力争地为史靖辩护，钟原却一个字也听不进去，最后他大手一挥，说道："你不用说了，这是作为一个男人最起码应该拥有的警觉性，史靖到底什么想法，我清楚得很。"

我额头上开始冒汗，想接着解释，钟原却突然堵住了我的嘴……呃，用的是他的嘴……

我和钟原缠绵了一会儿，他最后把我拎进怀里紧紧地抱着，语气有些焦急地对我说道："木头，别去做史靖的那份家教了。"

"可是……"我还是觉得钟原有点无理取闹，我不是做得好好的，什么都没发生吗？

钟原用柔软的嘴唇轻轻摩擦着我的耳垂："没有可是，木头，就算是为了我。"

"呃，我还是觉得你多心了。"

钟原："嗯，我就是多心。"

我："……"

有些人的必杀技就是耍无赖，他们的常用句式是"我就是怎么怎么样了你怎么的吧"，比如"我就是不还钱了你能把我怎么样吧"，再比如现在的钟原：我就是多心，我承认，你能把我怎么样吧……

好吧我承认，这个问题的关键是，我确实不能把他怎么样……

此时，钟原见我不说话，又说道："你不答应我，我就扒你的衣服了。"

我错了，钟原。你的必杀技不是耍无赖，而是耍流氓……

于是我的那份报酬丰厚的家教，就在钟原连哄带骗外加无赖流氓的手段下，报废了。其实我倒没有多舍不得史靖，毕竟我们俩的关系还没深到生离死别的层次，只是这个离开的理由，实在让我无语。我怎么也没想到，钟原竟然连一个九岁小孩的醋都吃，照他这种吃醋水平，估计我以后养只猫都要考虑性别问题了，公的不要。

当然，鉴于钟原是一个就算专制也会专制得很体贴、很人道的人，他决定给我发点失业补偿。然后关于补偿什么，他又啰唆了半天，最后，他妖娆地对我一笑，问我需要他以身相许吗。

我一边擦汗一边皮笑肉不笑："那什么，折现就好……"

这个周末上午，我一边哼着小曲一边打扫房间，心情愉悦得很。

之前打扫钟原房间的时候我还会象征性地敲敲门，后来钟原说那样显得太生分，强迫我进他房间的时候不用敲门，再后来，他进我的房间也不敲门了……

好吧我又扯远了，言归正传……话说现在我打扫到钟原的房间，想也不想就推门而入，然后，啊，我看到了什么？

钟原以迅雷不以掩耳之势把个什么东西藏在了身后，呃，好像是一本书？

此时他僵着身子靠在床上看着我，神情有一丝慌乱。

这太神奇了，我从来没有见过这个样子的钟原，他从来都是淡定而强大的，泰山压顶而面不改色，就连调戏我的时候都总是一副成竹在胸的样子，可见其脸皮之厚度。而此时此刻，他却如一个被人调戏的小姑娘，那叫一个娇羞，简直不可思议。

他这么不正常，我也有些不知所措，于是尴尬地扶着笤帚立在门口，不知道说些什么。突然，我感到仿佛有一声惊雷从天而降，将我贯穿，于是我顿悟了。

据说……喀，据说，一般性取向正常的男生，好多都会私藏一些关于"先进性教育"的杂志和电影，比如什么苍老师、饭老师之流的，难道钟原他也……嗯？

想到这里，我淫笑几声，拖着笤帚贼兮兮地跑到钟原面前，妖娆地笑："小原原，看什么呢？"

钟原目光闪了闪，似乎想说什么，最终却垂下眼睛，答道："没……没什么。"

据说男生都比较好面子，虽然钟原此人平时压榨欺凌我无数，此时我也不好意思拆穿他，于是拍拍他的肩膀，丢下一句"别紧张，接着看"，转身飘走。

一想到钟原那个纠结的表情我就想笑，于是心情大好，中午我多吃了一碗饭……

不过虽然我人品好没有拆穿他，可我还是对他看的那东西有点好奇。

想支开钟原很容易，我列了一串清单，打发他出门买东西，然后偷偷地潜入了他的房间。

我翻了半天，也没看到传说中的有内涵的杂志，倒是从他的枕头底下翻出一本财经周刊，封面是个和蔼的老头对着镜头龇牙笑，像个老顽童。

钟原这厮太狡猾了，没劲！

我把财经周刊扔在床上，叉着腰站在原地思考着还有什么地方是我没有搜到的，眼角余光一扫，却看到此时钟原正悠闲地靠着门框，笑眯眯地看着我……

我吓了一跳，紧张地抓了抓头发："你你你……你怎么回来了？"

"我没带钱。"钟原此时的表情一点也不像没带钱，倒像是抓到贼，他打量着我，目光在床上的财经周刊上逗留了一下，问道，"你在找什么？"

大哥，丢三落四不是你的作风好不好……

钟原走到我面前，十分和蔼地拉着我坐在床上："木头，找什么呢？"他的声音温柔得我心里都发毛。

算了，小鬼永远是斗不过钟尴的，我认命，坦白从宽吧。于是我老老实实地答道："钟原啊，我就是想看你上午在身后藏的什么东西。"

钟原眯了眯眼睛，表情有些模糊不清。

我有点局促："你不用不好意思，大家都是成年人嘛……"

钟原把我揽进怀里，声音有点飘忽："你觉得我是在看什么？"

"喀。"拜托，我很矜持的好吧，这让我怎么说出口？

钟原低头，在我脖颈间一个劲地嗅，心不在焉地说道："既然你已经有答案了，还来问我？"

虽然早有心理准备，我还是觉得这个消息很劲爆："啊，你不会真的……"

钟原抬起我的下巴，嘴唇若有若无地擦着我的唇角："真的什么？反正大家都是成年人了。"

"……"

钟原不再说话，叼起我的嘴唇细细地吻着。

我现在脑子有点乱，总觉得事态的发展有点诡异。于是我偏头躲开他，一边推他一边说道："钟原，快去买东西。"

钟原轻轻勾起嘴角："不急，先给你看看我收藏的杂志，你喜欢清纯一些的还是狂野一些的？"

我落荒而逃。

晚上，钟原洗澡去了，我靠在沙发上一边打着哈欠一边看电视。这时，桌上他的手机响起来。我怕有什么紧急的事情，于是拿起手机先帮他接了。

来电显示的名字让我觉得有点熟悉，钟庆元？好像在哪里见过……

当然我也没想太多，接起电话喂了一声。

对方一阵沉默，我以为他没听清，又提高声音喂了两声。

那边终于有回应了，一个缓慢而低沉的男性声音问我："你……你是女的？"

这算什么问题？我清了清嗓子，没有理会他的问题，只是说道："你好，钟原现在有事不在，稍后他会打给你。"

也不知道是我不正常还是他不正常，此时他又说道："你是钟原的女朋友？"

这位兄台，八卦有害身心健康……

正当我犹豫着不知道要怎么回答他时，钟原终于出浴了。他走过来一边擦着头，一边揽住我的肩："怎么了？"他身上仿佛还氤氲着一层水汽，慵懒而性感。

我把手机递给他："你的电话。"

钟原接过手机，看了一眼来电显示，随即举起手机说了一句"我一会儿打给你"，不等对方反应就挂断了电话。

此时钟原的脸色并不好看，我安慰性地抱了抱他，柔声问道："找麻烦的？"

钟原抱紧我，笑道："没事，他刚才对你说了什么？"

"他问我是不是你的女朋友。"

"还有呢？"

"没了。"

"那你怎么回答他的？"

"我还没来得及回答。"

"嗯。"

"刚才那个人……是你的爸爸？"

"不是。"

"哦。"

钟原便不再说话，只是抱我更紧了。

我把脸埋在他怀里，心里却总有一种淡淡的违和感，具体是怎么回事，我也说不清楚，总觉得钟原心里似乎藏着什么事情，怪怪的。

我们就这样静静地抱了一会儿，钟原的手机突然响了。他拿过手机看了一眼屏幕，随即轻笑道："是路人乙。"

我突然想起来，貌似今天路人乙和史芸蘅第一次见面，也不知道他们之间发生了什么样的事情，于是我兴奋地说道："快接快接，免提！"

钟原照做。

钟原一按下电话，我就听到里面路人乙哇哇大叫道："钟原你个叛徒！败类！干吗要介绍一个金刚芭比给我，我这身板，禁得住她几下揍啊？！"

我觉得有些不可思议，路人乙的意思是，史芸蘅今天揍他？可是不对啊，他们才第一次见面，哪个女孩子不会想着给对方留个好印象，怎么会那么轻易揍人呢？就算史芸蘅打架的瘾突然犯了，也会压着等下次再揍吧？

这时，钟原也感到奇怪，问道："她打你了？"

路人乙的声音依然充满了愤怒与委屈："她不是打我了，而是狠狠地打我了！"

钟原："……"

后来钟原再问路人乙史芸蘅为什么打他，他却什么也不说了，只是让钟原转告史芸蘅，他希望和她成为朋友。

史芸蘅是钟原的朋友，因此路人乙也不好意思说太重的话，不过可以看出来，史芸蘅那位姐姐给路人乙造成的阴影不小。

钟原刚挂断路人乙的电话，史芸蘅的电话就打过来了，她开门见山地说道："小子，你那同学我很喜欢。"

钟原按兵不动地问道："然后呢？"

史芸蘅："然后，我打算嫁给他。"

钟原："……"

其实我挺为钟原捏把汗的，虽然他这个人一向淡定，不过也禁不住接二连三的雷啊。

钟原："他让我告诉你，他希望和你成为普通朋友。"

史芸薇满不在乎地说道："我知道为什么，他今天跟我说过他命煞孤星，容易克妻，他不就是怕连累我吗？"

钟原语重心长地说道："你就那么肯定他喜欢你，愿意娶你？"

史芸薇："没事，我会让他喜欢上我的。"

钟原："凭什么？凭你的拳头？"

史芸薇："喀……今天的事情，你都知道了？"

钟原："不知道，但是我现在很想知道。"

史芸薇："喀喀……那个，今天天气不错啊……啊，我妈找我有事，先挂了，拜拜！"

钟原："……"

我不安地看着钟原，问道："钟原，路人乙要是知道了这是你的阴谋，会不会揍你？"

第十九章
变故

又看了会儿电视，我迷迷糊糊地和钟原道了声"晚安"，就往自己房间飘。我刚走出几步，钟原突然蹿上来从后面抱住我，吓了我一跳，困意顿时消去大半。

我无力地靠在钟原怀里，抱怨道："大哥，吓死人也算谋杀！"

钟原用下巴蹭着我耳边的头发，低声说道："木头，其实，有一件事情我一直想跟你说。"

"哦，什么事情？"

"我……"

我竖着耳朵听了半天，最后无力地耷拉下脑袋："就这一个字？"

钟原没说话，只是紧紧地抱着我，让我呼吸都有点困难。

我难受地挣扎："我算看出来了，你今天一定要谋杀了我才算……"

"我爱你！"

"呃……"

我回头看着他。此时他的眼睛里有点点的柔情闪动，笑容淡淡的，却异常温暖。只是……那笑容似乎带着一种无法触及的遥远……幻觉，一定是幻觉。

"木头，明天陪我去看爷爷吧。"

"哦……什么？！"

钟原耐心地又重复了一遍他疯狂的决定："明天，陪我，见爷爷。"

我不放心地问道："明天……会不会太突然了？"现在都已经十一点多了好吧，还得收拾东西……重点是我还没做好心理准备啊啊啊……

钟原却满不在乎："东西我来收拾，机票我来订，你只要好好睡觉，明天带着个好心情起床就可以了。"

我抓抓头发，晕乎乎地答道："还是坐火车吧，我还没坐过火车呢。"重点是火车省钱啊，你个败家的家伙。

"随便，你开心就好。"钟原说着，在我的额头上重重地吻了一下，"晚了，去睡吧。"

第二天一早，我揉着眼睛走出卧室，看到客厅里赫然立着两个大旅行箱。哦，我想起来了，昨天钟原说要去见爷爷。可是这家伙带的东西未免太多了吧……

这时，钟原走进来，看到我，举了举手中的早餐："洗脸吃饭，准备出发。"

"可是我还没整理东西。"

钟原指了指地上那个偏大的旅行箱："那个是你的。"

"你……你不会真的帮我整理东西了吧……不对啊，我怎么没被吵醒？"

钟原放下早餐，走过来给了我个早安吻，然后笑眯眯地嘚瑟："你是在夸我？"

我："……"

好吧，跟这种脑回路匪夷所思的人我是没办法沟通。于是我没理会他，走过去打开传说中我的旅行箱翻了翻，然后我就震惊了。

主啊，东西也太丰富了吧，从衣服到药品到零食再到路上解闷用的摄影杂志等一应俱全，我甚至在旅行箱的小格子里发现了我的内衣裤……

"怎么样，还满意吧？"钟原蹲在我身旁一个劲地邀功。

我面红耳赤地盯着那小格子里的几件私人物品，怒道："拜托，我们还没结婚！"

钟原揉揉我的脑袋，低声哧哧地笑："你心急了？"

我："……"

我刚想合上旅行箱，钟原却伸手拦下来。他拎起我的一件胸衣，打量了一下，又不怀好意地在我胸前瞄了瞄，然后色眯眯地说道："原来你真的还在发育。"

"胡胡胡说八道什么！"我一把抢过胸衣，塞进行李箱，然后胡乱扣上。做完这些却不敢抬头，因为我的脸此时已经烧得不行。

钟原笑呵呵地揉着我的头："已经晋升到 B 了，再接再厉。"

我……我想咬死他……

可是，为什么除了恼怒和羞愧，我心里还有那么一丝丝……得意？

跟钟原待久了，我也变得好变态……

虽然不在客流高峰时期，火车站的人依然很多。钟原排队买票去了，我在外面看行李。不远处有个卖零食杂志的摊子，因为无聊，我便挪过去翻看着杂志，然后，我看到了那本财经周刊——我曾在钟原的枕头底下翻出一本同样的杂志。

封面依然是那个老顽童一样的小老头，我移动目光，看到了这个人的名字。

钟庆元。

我颤抖着手翻开杂志，找到钟庆元的那一页，几个字瞬间跳入我的眼帘，金融大鳄，亚洲富豪榜，现居上海……

无数画面在我脑中晃过，排成了一条线。钟原慌张地隐藏杂志，钟原故意岔开话题，钟原手机里的来电显示，钟原多次欲言又止，钟原温柔而又遥远的表情，钟原……

钟原和钟庆元，到底什么关系？

答案似乎不言而喻。

这时，手机响起，是钟原打来的。我颤抖着手拿出手机，深呼吸了几下，接通了电话。

"喂，木头，你在哪里？"电话那头的钟原声音很焦急，我似乎能想象到他额头上因此而渗出了细细的汗珠。

"我……我在候车室。"我的声音有一丝颤抖，没办法，撒谎不是我的强项。

"我马上过去。"

我看着钟原远去的背影，挂断电话，跟卖杂志的小姑娘简单沟通了一下，我给她二十块钱，让她暂时帮我看着行李，一会儿有一个男的会过来取。小姑娘欣然应允。

然后，我就拖着自己的行李，打算离开。然而我站在人群中，却不知何去何从。

这时，钟原的电话又打来了。

"木头你个笨蛋，是不是走错候车室了？"

"钟原，钟庆元是你什么人？"

"……"钟原很久都没有回答。

我心里的最后一丝希望，灭了。

这时，钟原终于开口了："木头，对不起。"

我哦了一声，不知道说什么好。

"木头，如果我说，我一定让你活得幸福没有压力，你信吗？"

"我……不信。"因为我的压力来源，你无法剥离。

"那你打算怎样？"

我仰头，不让泪水流出来："钟原，我们分手吧。"

那边钟原的声音染上了一层薄薄的怒意："你死了这条心吧。"

"钟原，你应该很清楚，咱俩差距有多大。"

"木头，你相信我。"

"你比我聪明，肯定也知道，有些东西，不是人的意志可以强求的。"

"我爱你。"

"……"

我挂掉电话，再次仰头，泪水还是流了出来。

钟原的电话接二连三地打了过来，我干脆拔掉了手机卡。

我躲在售票室门口巨大的红柱子后面，望着不远处的报刊亭，果然看到钟原急匆匆地跑过去。他还是那么聪明，很快就想到我肯定去过那个地方。

不过也幸亏我知道他有多聪明，不然此时我肯定还傻站在报刊亭前等着被他逮个现行。

半小时后，我坐上了驶向 K 城的火车。

还记得有一次，我和钟原因为一个问题争执，双方都十分笃定自己的观点，互不相让。我当时认为不同的阶级之间可以产生爱情，但不会组成家庭。而钟原坚持认为，只要有爱情，什么都不是问题。后来争论的结果我忘记了，但是钟原当时那种略带烦躁的眼神，现在想来是如此清晰。

原来他一直在给我暗示，只是我太迟钝罢了，也或许，是我在逃避。

而今，我不得不面对这个问题了，关于爱情，关于阶级，关于家庭。

之前钟原和我说过，他爸妈都在法国一所大学当老师，而他的爷爷曾经在银行工作，现在闲在家里下棋养鸟，安享晚年。如此看来，他家也就算是个小康水平，因此我才放心地和他谈恋爱，心里也没什么压力。如果他一开始就像苏言那样高调到全世界都知道他是超级富二代，我想我也会对他敬而远之了。

有些人可能会觉得我这样很矫情，那我只能说，我宁愿矫情，也不愿做梦。

为什么王子和灰姑娘的故事如此让人津津乐道，百听不厌？为什么这年头的偶像剧要多脑残有多脑残却依然有无数人追捧？原因无非这些看似美好的事情，在现实里是不可能发生的。人们与其一个人脑补，倒不如大家一起来脑补，这样可能就会显得逼真一些。

然而假的终究是假的。

很多时候，金钱和地位并不是维系感情的方式，却是终结一段感情的利器。

钟原之前举手投足间一直表现出一种异乎常人的博学，仿佛这世上的事情没他不懂的。这种博学和路人乙那种博览群书形成的博学还不是一回事，更多的是一种见识和经历上的修炼。比如我给社团拉赞助的时候他帮忙起草的合同，滴水不漏到连老辣的赞助方都咋舌，一个劲地夸我表面上是小白兔实际上是大灰狼；比如他一眼就看出某高调装 × 的学长的 CK 腰带是山寨货；比如他曾经带了厚厚一沓某当红巨星的签名私房照来给我们派发，每人十几张，其中竟然还有泳装照……后来隔壁宿舍的姑娘看到小二用巨星的泳装签名照垫桌子腿，当机立断地抱着那根桌子腿哭了整整一天……

曾经，我一直以为当初那个赞助商其实是客套到热情过度而已，我还以为钟原说别人的 CK 腰带是假的也许是出于男生特有的自尊作祟，于是我也没有揭穿他，我还以为他带来的那些巨星签名私房照都是他用高超的手段修图后自己签上去的……

我以为自己看到了真相，殊不知其实我一直在面对真相的时候视而不见。终于，真相急了，扒光了衣服站在我面前，强烈要求我负责。

其实那么多奇怪的事情，只要用"钟原的爷爷是金融大鳄是亚洲富豪榜前十名的人物"这一个理由，足以说明问题。

然而当我对真相负责之后，我们的爱情，也开始渐行渐远了吧。

我从来没怀疑过我们之间的爱情，可是事到如今，我不得不怀疑这爱情的未来。

钟原需要一个什么样的妻子，大家心知肚明。

在我的印象中，K 城一直是座安静而温婉的城市，柴米油盐，谈情说爱。

我走出火车站的时候，外面正淅淅沥沥地下着小雨，让人有一种跟着老天爷一起抽泣的冲动。

我拉着行李箱在雨中漫无目的地走着，路过一个公用电话亭的时候，看到一个女孩不小心滑了一跤，摔进了泥水里。我走过去把她扶起来，那女孩虽然浑身泥水，却一点没有沮丧的样子，还笑嘻嘻地跟我道谢。

这时，不远处一个男孩子拎着一堆东西走了过来，女孩子看到他，立即换了一副十分娇羞的表情，扑到男孩怀里撒娇，把浑身的雨水都蹭到了男孩的衣服上。男孩倒也不介意，只是轻轻拍着女孩的后背，柔声安慰着她。

作为一个刚刚失恋的人，我看到这一幕，很自觉地转身默默走开了。

在火车站附近找了一家干净的小旅馆，我一边打着喷嚏一边走进房间，打算先洗个热水澡。打开行李箱的时候，看到里面整理得丰富而整齐的东西时，我终于再也忍不住，蹲在地上呜呜地哭了出来。

其实我没有自己想象的那么坚强，我现在很想钟原，想得我心里像是有许多小蚂蚁在咬，难受得要命。

可是我们没办法回去了。

我其实有一点点恨他，为什么偏偏等我爱上他之后，才让我知道真相呢？为什么不让我从一开始就对他死心呢？我真想回到两年前，那时候，他是我永远讨厌的钟原，我是他不会正眼瞧一眼的路人一枚，你走你的过街天桥，我过我的地下通道，大家互不相干，也就不会有如此多的烦恼。

有一些爱情注定没有结果，有一些人却注定要相遇于一场爱情。

第二天早上起床的时候我发现脑袋很沉重，大概是感冒了。我抱着被子在床上发呆，窗外的雨不疾不徐地敲打着玻璃，让人心里渗出一种清冷孤寂的感觉。真怀念那个站在阳光下对我微笑的少年，那时候，我怎么没有多抱他一会儿呢？

可惜他却再也不会属于我了。

想着想着眼泪又流下来了，我忍不住叹气，真是没出息。沐尔啊沐尔，不就是一个男人嘛，天涯何处无芳草，下棵肯定比较好……

在床上哭了一会儿，我擦干眼泪，打算出门买点感冒药。刚走到宾馆前台的时候，看到一男一女从外面走进来，那女的看到我，笑嘻嘻地说道："咦，是你呀！"

我定睛一看，竟然是昨天在雨中遇到的那一对。作为失恋人士，我现在对成双成对的人总是比较敏感和排斥的，于是懒懒地和他们打了个招呼，打算出门。走到门口才发现，没有伞。我已经感冒了，如果再淋雨，我这小身板估计就扛不住了。

那女孩还没离开，见我没伞，大方地把伞递过来。我也不好意思扭捏，接过来，说道："谢谢，你住哪个房间，我一会儿给你送过去。"

"不用客气，我住802。"

"这么巧，我801，就在隔壁。"

其实这旅馆总共就两层。

我在附近药店买了盒康泰克，又去超市买了把伞，也没心情吃东西，就溜溜达达地回来了。

我找隔壁女孩还伞，她正一个人在屋里看电视，于是拉我进去，从行李箱里翻了好多吃的给我，一边翻一边念叨："这个是我们那边特产的香辣牛肉干，你必须得尝尝……这个这个，我婆婆做的酱鸡翅，我保证你吃了之后会爱上它……还有这个，我爷们儿的最爱……"

我看着她那没心没肺的样子，突然感觉好亲切。

女孩突然抬头，双臂环胸："看我干吗，难道你想劫色？"

我被她逗得笑出来，说道："你是个挺有意思的人。"

女孩被我夸得有点兴奋又有点不好意思，挨着我坐下："过奖过奖，我叫云若，你呢？"

"我叫沐尔。"

"啊，沐尔你好，你的名字很原生态啊。"

"……"

云若转了转眼珠，又说道："沐尔我看你的气色不太好啊，不舒服吗？"

"有点感冒，刚吃了点药。"

她拍了拍我的肩膀，叹气道："一个人在外面一定要多注意身体啊……话说，你来 K 城是出差吗？"

"我……随便走走看看。你呢？"

她满不在乎地答道："我？我逃婚啊。"

"哦，逃……啊，逃婚？！"

"对啊，我爸妈不许我嫁给邢澄，非逼着我嫁一个暴发户家的胖小子，所以我就跟他逃婚啦，很奇怪吗？"

"呃，像是在看电视剧。"

云若抓着我的手兴奋地说道："真的吗？我就知道我们这样做很浪漫，嘻嘻。"

好吧，就算看电视剧，我也没见过哪对逃婚的人有这么精神饱满的状态……我看好你哦！

我想了想，又问道："可是逃婚这招真的管用吗？"

云若一脸豪气地答道："不试试怎么知道不管用。我想过了，这招如果不管用，我就玩自杀，要不就直接把小胖杀了，看他还敢不敢破坏别人的家庭幸福！"

"……"好吧，如果非要让我用四个字来概括此时的云若，那就是……霸、气、外、露。

云若拉了拉我的手，问道："你呢，你有什么不开心的事情吗？"

我垂下眼睛："我只是有点感冒。"

吃过午饭，我脑袋昏昏沉沉的，回到房间睡了很久，直到外面打雷的声音把我吵醒。这老天爷还真是没完没了，下了小雨下中雨，下了中雨下雷阵雨，还换着花样来。

我摸出手机看了看，已经晚上八点了，难道失恋的人都这么嗜睡吗？

屋里没有开灯，一会儿被闪电照得如同白昼，一会儿又堕入黑暗，加上外面轰隆隆的，此情此景，着实可怕。

我突然又想起了钟原，那个露营的晚上，他的恶作剧；那个雷电交加的晚上，我的遗书。方便台灯的纯白色灯光下他微微勾起的嘴角，现在想起来，是如此摄人心魄。还有大一的暑假，那天晚上下雷阵雨，这厮穿得一身惨白，立在客厅的角落里，我晚上上厕所路过客厅的时候，被吓个半死……

记忆总是一种很可怕的东西，你可以轻易得到它，却不能轻易甩掉它，并且它总是不合时宜地提醒你你本打算忘记的那些人、那些事。

伴着轰隆隆的雷声，我好像出现了幻听，钟原的笑声仿佛就在耳边，低低的、心情愉悦的、略带宠溺的笑声……如一把匕首，一下一下剜着我的心。

我翻出手机卡，在手机上比画了半天，最终没有插进去，而是攥着手机哭了起来。

为什么我会如此想你？

外面突然传来敲门声，我擦了擦脸，下床开门。云若笑嘻嘻地站在门外，手里还提着东西。她看到我，晃了晃手里的东西，笑道："我来看看你好点没有，顺便给你带点银翘汤，治感冒有特效哦！"

我强迫自己扯出一丝笑容，闪开身请她进来。

云若一进门，吓了一跳："啊，你怎么不开灯啊！"

"不好意思，我睡着了，刚起床。"我说着，打开灯，示意她坐在床上。

云若仔细盯着我的脸看了一会儿，奇怪道："你……哭了？"

她不说还好，她这一说，我心里更难受了，干脆抱着她放声大哭起来。

云若抱着我，一边拍着我的后背，一边哄孩子一样安慰我："好了好了，不哭了，一切都会过去的，不哭不哭……"

我一边哭一边抽抽搭搭地说道："云若……我……我失恋了……"

云若继续安慰我："没事没事，天涯何处无芳草，你长这么漂亮，不愁吃不到好草。"

"可是我爱他。"

"那他还爱你吗？"

"应该还爱吧。"

云若推开我，难以置信地看着我："那你失个什么恋啊？"

我重新抱住她，哭道："我跟他差距太大，注定不能在一起。"

云若拉着我坐下，豪气冲天地挥了挥手，说道："差距？让差距都见鬼去吧！我跟你说，我跟邢澄可是世仇，我爸爸跟他爸爸有仇，我爷爷跟他爷爷有仇，我爷爷的爸爸跟他爷爷的爸爸还有仇，简直就是不共戴天啊。"

"那你们俩……"

"没错，我们俩还是在一起啊，凭什么别人的恩怨要由我们来买单，这很明显不公平嘛，你说对不对？"

"可是你们的家长还是不会同意你们在一起啊。"

"就是因为他们不同意，所以才有挑战性啊，不管怎样，一定不能向他们妥协，这样才说明我们的感情经得住考验。谈恋爱不一定全是享受甜蜜的时刻，还会有分担痛苦的时候，做人要有担当，既然爱了，就要对自己的爱负责。"

"好像有一点道理。"

"什么叫'有一点'道理，我说得明明就是很有道理好不好，你这个人怎么就是不开窍呢！"

"呃，可是……"

"没有可是！"

"那如果到头来你们的父母不妥协怎么办？你们岂不是依然不能在一起？"

"我为什么要认为他们不会妥协？如果连我自己都对我们感情的未来没信心，那我们的感情就真的没有未来了。"

"呃……"

"哎呀不要吞吞吐吐的了，好了你不用劝我了，总之我认准的事情就会全力去做，要对自己的感情负责……还是说说你吧，你们俩怎么就差距大了呢？"

"他家太有钱。"

"这貌似确实是个棘手的问题，许多有钱人都比穷人势利一百倍。"

"然后我就和他分手了。"

"是他提出来的还是你提出来的？"

"是我。"

"那他家里人也不同意你们在一起喽？"

"他爸妈有个准媳妇的候选人，不过那个候选人快成别人的了。"

"那就是说你还有希望了？"

"云若，其实我觉得，就算双方家长都同意，我们俩也不适合结婚。我不能帮助他的事业，分享他的成功，甚至有可能根本无法融入他的生活圈子。"

"什么乱七八糟的，你想太多了吧。"

"这是现实。"

"现实就是你想太多了。"

"……"

"沐尔，我觉得你可能理解错了爱情。两个人在一起，不单单是享受甜蜜，其实更多的是分担。如果你们真心相爱，有什么事情不能一起面对呢？"

"就算一起面对又怎么样，面对了，然后被打败？"

"总比一开始就认输强。"

"但结果都是一样的。"

"你又不是诸葛亮，怎么知道结果就是那样的？你这个人怎么一点魄力都没有呢，出了事情就总往最坏的方面想，好吧想想坏的事情这本身也不坏，可问题是为什么你总把一些潜在的坏事当作铁板钉钉的事情并且义无反顾地去相信？是你对你们的感情没有信心，还是说你的人生观根本就是有问题？"

"我……"

"对不起，我可能说话太重了，但是我真的不愿意看到你现在这个没精打采的样子。虽然咱们俩没认识多久，可是我知道你是一个很好的人，好人嘛，就应该有一个好的心情。"

"我知道，谢谢你。"

"不管怎么说，我还是觉得你应该再试试。当然如果你真的已经对这段感情不抱希望，那就试着彻底放下吧，反正人生没有过不去的坎，到处走走散散心，吃点好吃的，过去的事情很快就真的会成为过去。总之，最重要的就是保持一个好心情，只有心情好，你看到的世界才是好的。"

那天晚上我和云若聊了很久，聊到后来，俩人竟然抱头痛哭起来。以至于她男朋友因为担心来找她的时候，看到她这个样子，很明显吓了一跳，走的时候都一直用幽怨的眼神瞪我，瞪得我心里充满了负罪感。

云若是个很单纯的人，她的想法简单而直接。她爱的，她就拼命去争取，无论结果如何。她愿意为了一个可能性，付出全部。说实话我很佩服她的这种勇气，如果换作是我，我就做不来。当然其实她的压力也很大，不然她也不会哭得那么惨了。

其实云若有一点说得很对，她说："沐尔，你的人生观绝对有问题。"

我承认，其实大多数时候，我是一个悲观的人。我在我爸面前、在同学面前、在"一、二、四"面前，甚至在钟原面前……在所有人面前，我一直在伪装自己，我把自己打扮成一个没心没肺、无忧无虑的人，可是这世界上，除了智障，有哪个人是真正无忧无虑的呢？

甚至，我从很小的时候，就开始有一种低人一等的感觉。

在许多事情面前，我总是先想到最坏的结果，然后为了这个坏结果辗转反侧，渐渐把它们放大，大到取代其他所有的可能性，于是在我眼里，这个最坏的结果，便成了唯一的结果。

悲观的人总是如此。

其实，很多时候，我能意识到自己的这个缺点，甚至想过要改掉它。然而逼着自己改掉自己的想法，强迫自己认可其实自己的潜意识里并不认可的想法，实在是一种疯狂而变态的举动，我试过，可是做不到。

我曾经找过心理咨询室的辅导老师，谈过几次话之后，他对我说了和云若同样的话："沐尔，你的人生观有问题。"

他说："在你眼里，世界其实是灰色的。就算你快乐，那快乐也是灰色的，你甚至总是担心这快乐会溜走。"

当时我坐在他对面，紧张得全身肌肉僵硬，有一种被看穿的心虚感。

他又说："不过你放心，你这个情况，和抑郁症什么的还相去甚远，因为其实从内心里，你是渴望摆脱现在这个状态的，只是你又对现实抱着一种不自信的态度，导致你现在有这种矛盾的心态。其实这也不是什么大事情，很多同学在遭遇挫折之后，都会出现这样的情况，只是你的情况可能持续得更久一些。"

我握紧拳头，小心翼翼地问他，那怎么样可以改善我现在这个状态？

老师推了推眼镜，郑重其事地答道，只要你对生活重新燃起信心就好。

我垂下眼睛，心里悄悄地说了一句：废话！

直到后来遇到了钟原，我以为我的人生终于上了色。

现在……好吧，又变灰了。

不过不管怎么说，我还是要感谢云若这个小美女，感谢她听我讲出埋在心里的那些事情。在这座举目无亲的小城，这个电闪雷鸣的夜晚，因为有了她，生活也多出一丝异样的温暖。

而且，她身上那种为爱不顾一切的勇气，让我既羡慕又向往。

我收拾了一下心情，倒在床上，困意很快袭来。

睡吧，明天又是全新的一天，希望明天天气能够放晴。

第二十章

追

第二天，天气并没有放晴，云若却离开了。她给我留了一张便条，说是据可靠消息，她爸爸已经快要追到这座城市了，因此他们要赶快撤退……

在便条的背面，有一句话：我宁愿去反抗，也不愿等死。因为反抗，还有生还的希望，而等死，只能是死。

祝福你，云若，希望你们能反抗成功。

我在旅馆里百无聊赖地待了两天，脑袋越发沉重。果然意志消沉不是好事情，直接后果就是头疼眩晕，四肢无力。

于是我打算出去走走。可惜 K 城也实在没什么好玩的，就只有城郊有道残破的古代城墙，城墙下有一条小河，傍晚的时候坐在河边看看夕阳还是挺不错的。不过我去了两次，也就没了新鲜感，更重要的是，夜晚的时候一个人站在小河边吹凉风，实在是要多寂寞有多寂寞。作为失恋人士，我现在需要的是纸醉金迷啊什么的，而不是一遍一遍地强调自己的孤单悲凉。

当然作为穷人一枚，纸醉金迷什么的我还是做不到，于是我干脆躲进旅馆附近的一家网吧，打发时间。

这个网吧真是一个神奇的所在，如果非要用一个成语来概括，那就是，身残志坚。因为我还没有见过哪一家网吧里所有的电脑没有一台是好用的，不是鼠标不灵就是键盘进水，要么就是显示器不定时蓝屏……虽然如此，这里的人依然玩得津津有味，不亦乐乎，可见这里民风有多豁达。

我找了一台 USB 接口被毁掉的电脑（好奇他们是怎么做到的），这台电脑的鼠标和键盘都还行。打开电脑，我却不知道玩什么。桌面上有 QQ，我并不想登，因为好友名单里有钟原，而且我对他设的是隐身可见，万一看到他也在线，徒增烦恼。我在电脑前发了一会儿呆，只好打开网络游戏，看看有什么好玩的。

这里竟然也有小二爱玩的《仗剑传说》。我想了一下，点进去，注册账号，登录。

我选了个猥琐的大叔型角色，给角色命名小甜甜，接着这位叫小甜甜的大叔就站在了新手村的土地上。

游戏的画面很漂亮，音乐也很美，我做了两个小时的任务，升到二十级，再也懒得做，干脆操纵着小甜甜在新手村里随处溜达，听着欢快的音乐，心情也好了一些。

我在小溪边的石头上坐下来，把双脚浸到水里，无聊地看着风景。这时，一个红衣长发的美女走过来，手里牵着头威猛的狮子，东张西望着。

在游戏里，这个场景并不算特别，但此时，这美女头上的 ID 着实吓了我一跳：霸王不厚道。

我记得小二在游戏里的角色就是霸王不厚道……苍天哪，不会这么巧吧？

此时那位叫作"霸王不厚道"的美女牵着她的狮子，停在我旁边，开始拔出武器……

我吓了一跳，她不会认出我来了吧，这样也可以？

小甜甜大叔敏捷地跳到一旁，警惕地说道："你要做什么？"

霸王不厚道头也不抬，答道："挖宝啊，看不出来？"

"哦。"

这时，她停下来，走到我面前，风情万种地一叉腰，说道："你以为我要做什么，难道怕我调戏你？"

"……"拜托，你也是有男朋友的人了好吧。

小二继续紧紧相逼："怎么不说话，难道你心虚了？没想到我魅力这么大，这么快就让一个大叔沦陷了，哦嘻嘻嘻……"

我干脆幸灾乐祸道："我截图了啊，这么经典的话得让你男朋友看看，哦嘻嘻嘻……"

小二发了个问号的表情，说道："你怎么知道我有男朋友？"

我神秘一笑："上帝无所不知。"

小二："……"

过了一会儿，她又问道："你觉得我是女的？"

我翻了个白眼："废话。"

"那你说，我男朋友是路人甲还是路人乙？"

这家伙明显是想套我的话啊，如果我答路人甲她肯定就觉得我在现实里认识她，如果我答路人乙她肯定会觉得我故意假装不认识她而答错……我、偏、不！

于是我严肃地答道："都不是，是陆子键。"

小二："你认识陆子键？"

我："……"以前他们说我笨我还不承认，现在我才发现，我怎么可以笨成这样呢……

小二继续追问："你也是 B 大的对不对？"

我只好顾左右而言他："我……我听说过陆子键。"

小二："是啊，现在我们俩的事情闹得沸沸扬扬的，好多人应该都听说了吧……难道你也是来现身说法，教训我赶紧悬崖勒马回归正途的？如果真的是这样，那么请你回去吧，不然的话，姑奶奶我就用你来磨磨我这把生了锈的长刀。"

我被她这一串话弄得脑子乱乱的："你你你等下，这都什么跟什么呀？"

小二："奇怪，你没听说吗？我跟陆子键已经……嗯，嘻嘻，你懂的……"

我吓了一跳，手指都哆嗦了："什么？！你搞笑呢吧？！"

小二发了个装可怜的痛苦表情，答道："我又能怎么办，追求真爱难道有错吗？"

我气愤道："那你也不能朝好朋友的男朋友下手啊，四姑娘这人虽然暴力了点，但多仗义啊，况且她和陆子键那么恩爱，你怎么就……"

小二："哈！"

我："……"

小二："三木头！我就知道是你！"

我："……"

小二开始柯南附身："跟你说实话吧，拜路人甲那笨蛋所赐，这个游戏里的人，没有一个认为我是女的。你那么笃定我有男朋友，所以我就怀疑你在现实里认识我。"

我："奇怪，他后来没帮你澄清？"

小二："澄清？他巴不得没有男生勾搭我！"

我："……"

小二："然后呢，三木头，你果然没有让我失望，一如既往地笨，竟然不打自招啦，哦嘻嘻嘻嘻……"

好吧，我认输，不就一时犯了一下糊涂嘛，我是失恋人士，脑子暂时有点脱线，可以理解。不过……

我："那你和陆子键……"

小二："笨蛋，我说什么你信什么？先别说那小两口的感情有多深，单说四姑娘的窝心脚，谁扛得住？陆子键要是真的出轨，她一准儿把奸夫淫妇一起踢残废。就算你不相信我的人品，也要相信我的胆量。这世界上敢冒犯四姑娘的，也只有春哥一人而已。"

我抹汗，好吧，小二你还是那么有口才。

这时，小二又问道："三木头你这几天死哪里去了，我过生日你都不来。"

我犹豫了一下，问道："钟原没跟你说吗？"

小二："说什么？钟原说你出去散心了，我还纳闷他怎么不陪你……话说，你们俩不会有什么问题吧？我看他这几天很憔悴啊，前几天还喝醉了，坐在咱宿舍楼下不走，口口声声地念叨着什么'我的木头找不到了'……"

我："我们俩没问题。"

小二："那就好。"

我："只是分手了。"

小二发了一连串令人发指的砍人表情，然后说道："三木头你个笨蛋，钟原那么好的男人你都不要，难道你不打算在地球上找男朋友了吗？抽打，必须狠狠地抽打，抽到你后悔为止！"

她这个反应倒是没出乎我的意料，吃里爬外本来就是猥琐者的必修课。于是我只好淡定地告诉她："就是因为他太出色了，普通人和他在一起都会有压力，很不幸，我就是那普通人中的普通人。我要的也只是普通的爱情，他的爱，我承受不起。"我早就想过了，刚分手的人难免会难受，过一阵子就好了，忘记，是一个缓慢的愈合过程。

至于真的去冲破门第观念和钟原走在一起，我偶尔也会有那样冲动的想法，但理智回来之后，我还是选择说"不"。不管多纯真，人都会不可避免地走向现实。

所谓童话，永远只是编给孩子听的美好谎话，咱们成年人，应该对此绝缘。

这时，小二发了个撞墙的表情，说道："三木头啊，你怎么突然这么有想法了，我真的好不适应。"

我："……"

小二："不过我还是觉得你这种出事就当缩头乌龟的人是可耻的，是应该遭受到人民群众的鄙视的，你敢回来吗，敢吗敢吗？"

我："我不敢。"

小二："……"

和小二又聊了一会儿，我郑重其事地对她说道："拜托你件事情。"

小二："什么？"

我："别告诉钟原我来过这里。"

小二："放心吧，我答应你。"

我感动地抱了抱小二，说道："这回我就相信你一次。"

突然，我的屏幕从彩色变成黑白的了。我吓了一跳，再定睛一看，那位叫小甜甜的大叔已经在花丛中躺尸了。

一个头顶"沉星石"三个字的男号扛着大刀立在我的尸体旁边，说道："大胆变态！连人妖你都敢调戏，还有没有王法了！"

我："……"

小二："……"

我黯然神伤，果断下线。

我回到旅馆的房间，头更疼了，还冒冷汗。奇怪了，怎么失恋的症状和感冒的症状这么类似呢，难道我的感冒还没好？

我从前台那里借了温度计，测了一下，三十七度三，没发烧。

头好沉啊，于是我洗了个澡蒙上被子大睡特睡。

第二天我醒得很早，可是不愿意起来，躺在床上反复想着钟原，一会儿哭一会儿笑。爱情这东西太让人发指了，有时候我甚至有一种冲动，不管未来会遇到什么，我都愿意和他一起承担，只要让我们在一起……当然了，冲动归冲动。

哭，是一件浪费体力的运动，于是中午的时候，我有点饿了，爬起来吃了点东西，又钻进了网吧。

登上游戏的时候，我依然是一具尸体，这不奇怪，奇怪的是，小二依然站在原地……

小二一看到我上线，挪了几步，坐在小甜甜大叔的旁边，抽抽搭搭地说道："三木头啊，你死得好惨啊……"

同学，你以为这是在拍电视剧吗，今天的剧情接着昨天的……

没人给我复活，我只好继续挺尸，虚弱地说道："施主，好巧啊。"

小二蹦蹦跳跳地答道："巧个毛线，其实我一直在等你。"

我不解地发了个问号过去。

小二："三木头，跟你说个好玩的事情。"

我："什么？"

小二："我在游戏里的一个好友，昨天路人甲帮我破解了她的位置。"

我："怎么个意思，你又要追杀谁？"

小二摇手指："不是游戏里的位置，是现实里的位置。"

我啧啧摇头："这样也行啊，技术宅真可怕。"

小二发了个打滚的表情，说道："然后我又把这个信息卖给了钟原，他答应我给我讲路人甲的糗事，哦嘻嘻嘻……"

我："……"

小二："你还不明白？"

我抹汗："那个人……不会是我吧？"

小二："你认为除了你钟原还可能对谁感兴趣？"

我奸笑道："小二你笨蛋啊，你以为我不会跑吗？在这里等着被他抓？"

小二叉腰笑："你跑啊，你跑啊！"

我突然有一种不祥的预感，悄悄地回头看去，只见钟原正站在我身后离我很近的位置，低头面无表情地看着我。

"啊——"

原谅我此刻的不淡定，试想一个人正聚精会神地聊着天，身后突然鬼一样冒出一个人，还是这种僵尸一样的表情，任何人遇到这种情况都会失控吧，更何况这个人是我现在最不想见到的一个……

钟原的反应真不是盖的，他迅速捂住我的嘴，把我从座位上提起来，扛在肩上就往外走。我趴在他的肩膀上，捶着他的后背大声喊道："变态！放我下来！"

这一幕是如此熟悉。

钟原大步流星地走着，并没有放下来，而是冷冷地说了一句："你再说话，我现在就亲你。"

我立即闭嘴。

好吧我承认，我没有钟原那么厚的脸皮。

钟原扛着我走进了我住的那家旅馆，然后绕过前台，直接上了二楼，找到801，从我的兜里翻出房卡开门。我趴在他的肩上，叹道："你这办事效率太可怕了。"

"过奖，还不是被你逼的。"钟原一边说着，一边用力摔上门。

钟原走进房间，把我扔到床上，然后整个人压了上来。

我刚想说话，冷不防却被他一下子封住了唇，暴风骤雨般的吻铺天盖地席卷而来。

我从来没有见过如此粗暴的钟原，他的吻中带着无法遏制的怒意，毫不留情地啮咬着我，弄得我的嘴唇都火辣辣地疼……这哪里是接吻，这明明就是谋杀啊！

我的身体被他压得疼，胳膊被他攥得疼，嘴巴被他啃得疼……受不了了，我从嗓子眼里发出几声疼痛的呻吟，以示求饶。这家伙确实放开了我，然而——

他跨过我的腰，两只膝盖支撑着身体的重量，虚坐在我身上，然后弯腰，双臂撑在我头的两侧，低下头朝我邪邪一笑，说道："你，是在勾引我吗？"

我喘着粗气，吃力地说道："大哥，你不要这么限制级好吧。"

钟原勾了勾我的下巴，然后撑起身体缓缓地解开了衬衫的第一个扣子："还有更限制的，你要不要试试？"

我："……"

钟原突然拉下脸来，低下头凑近我，凉丝丝地说道："想离开我？"

我："呃……"

钟原："想和我分手？"

我："呃……"

他那渐渐变暗的眼神，传达着一个信息：钟原生气了，后果很严重……

我不敢看他，干脆闭上眼睛。

额头上突然被印上一个柔软的吻，接着是钟原略带幽怨的声音："我以为再也找不到你了。"

其实我想说的是，这位兄台，你好像不太适合走纯情路线，这台词跟你很不搭……

钟原开始发牢骚："不上邮箱，不聊天，不上论坛，甚至连银行卡都不用……一点线索都没有。"

我睁开眼睛，用暗示的眼神看着他："那个……"大哥，我记得我们已经分手了？

钟原第 N 次猜透了我的想法，说道："还想着分手呢？你想都别想了，再提分手，我就将你就地正法，把你实实在在地变成我的人。"

我："……"为什么他总是用这一招威胁我！

钟原突然正色道："木头，我们聊聊吧。"

我点头："好，你先换个姿势。"这个限制级的姿势我看着都脸红。

钟原："好，换个体位。"

我："……"不要流氓会死吗，会死吗会死吗？

钟原却一点没有脸红的意思，表情十分纯洁地紧挨着我躺下来，顺手把我拎进怀里。然后，他又开始改走伤感路线，叹气道："其实，木头，我一直不知道要用一种什么样的方式来爱你。"

"什么意思？"

"你这个人本身就是个矛盾综合体。你很要强，又自卑，很粗心，有时候却又心细得让人担心，你很脆弱，可是又很倔强……"

我打断他："你直接说我有人格分裂好了。"

"别闹，我是认真的。我遇到过形形色色的人，跟他们来往时我从来都是游刃有余，可是在面对你时，我总是不知道要怎样做才算好。我想把全天下的好东西都拿给你，可是我知道你肯定不会要。因为在面对爱情时，你比我认识的所有女孩子都更强调恋爱双方的平等关系。有时候，我甚至希望你能像其他女孩子那样，让我给你买漂亮的衣服和首饰，也许那样，我可以对我们的爱情更加有掌控感，可是那样的你，我又会觉得很陌生……我也不知道自己是爱你这一点还是恨你这一点。"

"呃，没听明白。"

"你虽然是一个爱幻想的人，可是在面对现实的时候，你比任何人，甚至比我，都更加容易接受现实。"

"说明我很冷静？"

"不，说明你对生活缺少热情，你对一些主观上的东西没有信心，比如感情本身。"

"……"好吧，我承认，你说得有那么一点点道理。

"还有，木头，我知道，其实你在大多数时候是自卑的，对自己没有信心。但是，我希望，"他突然抬起头，严肃地看着我的眼睛，"我希望，你能对我有信心。"

"你已经强大到令人发指了，我对你很有信心。"

"那为什么还要逃走？"

"……"这个问题，解释起来比较困难。

钟原用手指点着我的嘴唇，低声说道："告诉我，你相信我能给你幸福。"

我犹豫了一下，问道："钟原，你真的相信王子和灰姑娘的童话吗？"

钟原微垂眼眸，细长的眼睛里有柔光闪动。他轻轻勾起嘴角，缓缓地答道："你不是灰姑娘，你是我的公主。"

我心里像是有温暖的水流过，甜蜜而熨帖。

钟原把额头抵在我的额头上，皱眉道："亲爱的公主，你发烧了？"

"能不能把那个别扭的称呼拿掉……"虽然肉麻，不过我听到心里还是觉得甜丝丝的，我好虚伪……

于是钟原干脆利落地问道："你发烧了？"

他从行李箱里翻出温度计（他的行李箱应该改名叫百宝箱），递给我。

我扭开脸："昨天量过，真的没事。"

"难道要我帮你？"钟原说着，开始解我上衣的扣子。

我连忙推开他，怕了你了。

我把温度计夹上之后，钟原的目光被桌上的药盒吸引。他拿过去，仔细看了看，问道："这是什么药？"

"康泰克啊，治感冒的。"

"你感冒了？"

"前几天淋了点雨，早好了。"

钟原晃了晃手中的药盒："感冒了就吃这个药？"

我点头："对啊。"

钟原把那盒子拿到我面前，指着康泰克三个字中间的那个字，说道："你仔细看看，这是什么。"

我一个字一个字地念道："康……秦……克……"

汗，山寨药品害死人啊！

我看了看时间，把温度计拿出来，自己先看了看，然后递给钟原："看吧，三十七度三，我说没事吧。"

钟原看到温度计，脸色就变了："小祖宗，这叫低烧！走，去医院。"

我懒懒地往床上一躺："不用了，吃点药就好了吧。"

钟原把那药盒朝垃圾箱里一扔:"还吃康秦克?"

"……"

钟原却二话不说,把我从床上抱了起来。

我吓了一跳:"你干吗?"

钟原的语气不容置疑:"去医院。"

我擦汗:"我的腿又没烧坏,自己可以走。"

钟原低头在我嘴上用力亲了一下,然后笑眯眯地说道:"我喜欢抱你。"

太欠扁了。

路过前台的时候,有俩小姑娘在聊天,我们快走到门口时,其中一个小姑娘偷偷对另外一个小姑娘说道:"看,扛着进去,抱着出来。"说完俩人嘿嘿地笑了起来。

我把头埋进钟原怀里,没脸见人了……

在医院里我被医生询问了一些情况,然后那位看似和蔼的阿姨突然拉下脸来批评我道:"你还真是有耐心,怎么不等转成肺炎再来呢!"

我:"……"

钟原揉着我的脑袋,替我辩解:"这傻子不知道自己病了。"

"哦……"医生恍然大悟般点了点头,然后开始转而批评钟原,"你也太不负责任了,有这样一个智力有问题的妹妹,也不说照顾得小心一些。"

钟原:"……"

医生虽然嘴比较毒,不过心地很好,仔细给我诊断之后,还顺手把她办公室里一本《智力缺陷儿童的教育方法》送给了钟原。

我在一旁边看边默默地擦汗,阿姨啊,就算您觉得我智力有问题,可是您见过我这么大个儿的儿童吗……

我被实习护士在屁股上扎了三针,她终于找对位置,给我打了一针消炎药。我捂着屁股走出病房时,钟原贴了过来,扫了一眼我被扎的位置,体贴地问道:"需要我给你揉揉吗?"

我还是那句话,不要流氓会死吗,会死吗会死吗?

我们俩回到旅馆的时候，我把钟原拉到前台，让他自己订房间。钟原只好掏出身份证，对前台的小姐说道："一个单间。"

前台诧异道："您不是已经……"

"是啊，我已经参观过她的房间了，"钟原揽过我的肩膀，"现在我需要再订一间。"

"可是……"

钟原善解人意地帮她回答："你是想说已经没有房间了对吧？"

我捶了钟原一下："别捣乱。"

那前台却说道："确实已经没有房间了，先生如果您还需要房间的话可以去对面的××宾馆，那是我们的分店，也可以包场的。"

这前台真搞笑，住旅馆还带包场的，我们又不是旅游团。

这时，钟原精神焕发起来，笑眯眯地对我说道："亲爱的公主，真遗憾，他们没有房间了。"

大哥，我怎么从你的脸上一点没读出遗憾的表情呢……

回到房间，钟原拿了药和水给我，除了药片，竟然还有一包冲剂。钟原把冲剂泡开，凉凉了之后端给我，我喝了一口，龇牙叹道："怎么可以苦成这样！"

钟原揉了揉我的脑袋："再苦也得喝。"

我干脆一闭眼睛，一股脑把杯中的冲剂全部喝掉，喝完之后苦得我眼泪都快出来了，太阳穴直疼。

"真有那么苦？我试试。"钟原说着，低头欲吻我。

我偏头躲开他："我感冒了。"

钟原却二话不说，捧过我的脸便吻了下来。他用力吸吮着，舌头扫过我的每一寸口腔。我被他吻得有些发怔……甜的？

随着这个吻的加深，我的口腔中明显有一丝丝甘甜渗进来，驱散了那股苦涩的怪味。

过了好一会儿，钟原放开我，伸出舌尖舔了舔嘴唇，眯着眼睛看我，并不说话，然而那好看的眸子中盛满了笑意。

我大口喘着气，问他："你吃糖了？"

钟原用额头抵着我的额头，低声笑道："这就叫作，同甘共苦。"

这位兄台，你还真是一个有想法的人。

钟原从浴室走出来，身上依然穿着衬衫，只不过换了一件。

我斜倚在床上，纳闷道："别告诉我你没带睡衣。"拜托你那行李箱可是百宝箱。

钟原："带了。"

我："那怎么不穿？"

钟原妖娆一笑："因为我觉得这样穿比较性感，也许你更喜欢。"

我怎么觉得他有点不着调呢。

钟原躺在床上，单手撑着下巴，低头看我："宝贝，医生说，你出点汗就好了。"

我眨眨眼睛："然后呢？"

钟原："然后呢……你懂的。"

我："我不懂。"

钟原："你一会儿就懂了。"他说着，低头吻我，同时手上也不老实，探进了我的睡衣里，在我的腰上一阵流连，然后开始往上游走……

汗，我懂了……

我拉出他的手，推开他："禁止婚前性行为。"

钟原又黏了上来，搂紧我，在我的脖颈处轻嗅着，哑声说道："我们明天就结婚吧。"

我被他弄得脖子痒痒的，咯咯笑道："还有四个多月，你才够法定结婚年龄哦。"

钟原目光一暗，手又不老实起来："那我们现在私订终身吧。"

我想推开他，奈何手脚都被他钳制着，动弹不得，只好说道："这个……我是病号！"

钟原："很好，我来为你治疗，出出汗就好了。"他说着，低头吻上我的脖子，一路向下，在我的锁骨处流连啃咬着。

"冷静，这位兄台，你要冷静！"我一边说着，一边挣扎着想要摆脱他。

谁知他却含混地说道："别扭了，再扭就连前戏都省了。"

我："……"

突然，我感觉到下身有一股熟悉的暖流涌出，于是大叫道："钟原，我要上厕所！"

钟原放开我，笑眯眯地说道："去吧……缓兵之计没有用，我就不信你上一晚上厕所。"

过了一会儿，我从厕所里走出来："十分抱歉，我'大姨妈'来了，哦嘻嘻嘻……"

钟原："……"

我再次从厕所里走出来的时候，看到钟原呈大字形趴在床上，一动不动。我走过去拍了拍他，笑道："你怎么了？"

钟原依然一动不动，闷声说道："欲火焚身，抢救无效，死亡。"

我倒在他身上哈哈大笑起来，不得不承认，他这个样子，太可爱了。

钟原突然翻身把我搂在怀里，眉头微皱，说道："你又乱吃东西了？怎么这次又提前了一个星期？"

我敲了敲他的脑袋："你知道得太多了！"我自己都数不过来这位好朋友造访的日期，他倒是记得清楚。

钟原摸了摸我的肩膀，又捏了捏我的腰，眉头皱得更深了："怎么又瘦了？"

废话，我是失恋人士嘛。我没回答他，只是学着他的样子拍了拍他的肩膀，又在他的腰上掐了掐，说道："你怎么也瘦了？"

钟原却虚弱地喘了口气儿，说道："别乱摸！"

什么意思，怎么到头来搞得好像我在吃你豆腐似的……

第二十一章
钟原的家人们

　　我和钟原之间的分手风波就这样平静下来，俩人和好如初。其实从我再次见到他那一刻我就发现，我是真的离不开他了。爱情这东西很神奇，可以让人很脆弱，患得患失如精神病人一般，也可以让人很坚强，无论未来要面对什么，只要我们在一起，足矣。

　　我现在十分理解云若的做法了。真的，我离不开你，无论发生了什么，无论我应不应该，我都离不开你。

　　况且，钟原有一句话也说到了我的心坎上——就算我对自己没有信心，也应该对他有信心……他那么变态，一定能给我幸福的。

　　而且，我突然发现，我之前的爱，真的很自私。那天看到钟原，他明显憔悴了很多，脸也瘦了一圈，让人看着都心疼，我才发现，原来我一直以来都是为自己考虑，从来没有想过钟原的感受，遇到什么事情，也是一意孤行，自己做主，如此一来，伤害的却是两个人。云若说得对，爱情不只是分享，更多的还是承担，共同面对现实，分担对方的痛苦，这样的爱情，才够深刻，也够坚强。

　　总之，我正在学着怎样去爱，而不是被爱。

退房的时候，我看到钟原掏出一堆房卡摆在前台，前台的小姐热情地收好房卡，笑得花枝乱颤："先生，欢迎下次再来！"

我指了指那堆房卡，诧异道："怎么个情况？"

前台不搭理我，继续对钟原释放热情："欢迎您下次再来包场……"

那一瞬间，我全明白了。

我瞪着钟原，尽量传达着我的怒意，然后恶狠狠地从牙缝里挤出几个字："钟、原！你个流氓！"

钟原笑呵呵地搂着我的肩膀，旁若无人地在我的脸上狠狠亲了一下，然后附在我耳边低声说道："老婆，我知道错了，你惩罚了我一晚上，也够了吧？"

我脸一红，怒道："谁惩罚你了？"

钟原贴近我的身体，幽怨道："光点火不灭火，我都快烧成灰了。"

我："……"

钟原揽着我离开的时候，我再次听到身后那前台小姑娘嘿嘿的笑声。

我握爪咬牙，真的很想警告她小声一点……

我们没有回 B 市，而是直接去了 S 市，见传说中钟原的爷爷，那位曾经在南洋闯荡半生后来衣锦还乡的富翁。

为了给钟爷爷一个惊喜，我和钟原在没有放出任何风声的情况下悄然来到了 S 市。

钟爷爷已经算是功成身退了，集团里的事情由几个侄子在打理，只等着钟原锻炼锻炼然后去继承他的事业。那老人家现在住在一个普通的小区里颐养天年，整天没事就跟附近的老头们一起斗斗嘴下下棋，要么就是互相吹一吹"我儿子如何如何我孙子怎么怎么样"，悠闲自在得很。所谓大隐隐于市，估计就是这个样子吧。

我和钟原来到他爷爷的住处时，很不巧老人家出去了，家里只有一个照顾老爷子饮食起居的婶婶，钟原叫她杨婶。杨婶说："老爷子带着你杨叔去附近的凉亭里下棋了，今天他要找老赵报仇。"

钟原捏了捏额头，无奈道："他跟赵爷爷的恩怨还没了结呢。"

杨婶抓着我的手一边笑一边说道："了结什么，没了结。今天你赢我一场明天我赢你一场，输了就回家摔东西。前几天他才把一个乾隆年的五彩斗瓶给摔了，后悔得不得了，后来你杨叔又给他搞到一个万历年釉里红的折枝牡丹盘，这才消停了。"

我缩了缩脖子，这老爷子脾气貌似不太好哇。

杨婶见状，笑道："你别怕，老爷子虽然摔东西，但是不骂人，除了骂小少爷不回来看他。"

钟原："……"

杨婶和我们寒暄了一会儿，便出门买菜了。我和钟原在家里待了一会儿，觉得无聊，于是决定出去寻找他爷爷。

杨婶所说的凉亭里有一群老人围着下象棋，我们却没有见到传说中的钟爷爷。一问之下，我们才知道，原来钟爷爷输了棋，已经带着杨叔气呼呼地走了。一个老人抬起头笑眯眯地看着钟原，中气十足地对他说："你爷爷越来越不中用了，才不到半个小时就丢盔弃甲了。"

估计这就是那位赵爷爷了。此时那位赵爷爷正握着黑车，啪的一下威风凛凛地吃了对方的一个炮。我对这位高手很是好奇，于是拉着钟原停下来仔细观看着棋中的局势。只见赵爷爷的黑棋已经占了很大的优势，两车一炮一马，都在对方营中虎视眈眈，而相比较之下，红方就有点惨了，刚刚被吃掉一个炮，现在仅剩一车两马，而那车还被困在后方，连河都过不了。

执红棋的爷爷一动不动地盯着棋盘，气氛一时倒还真有些兵临城下的紧张感。

钟原对这些似乎并不感兴趣，只是笑道："赵爷爷，您越来越威风了啊。"

赵爷爷听罢，仰天大笑，那样子很嚣张。

我仔细看着那局棋，看了一会儿，便捏了捏钟原的手，偷偷对他说道："这局棋，红棋的赢面似乎比黑棋还要大一些。"

谁知那位赵爷爷今天不仅人品爆发，听力也爆发了，他沉下脸，很不高兴地看着我："小丫头，你说什么呢？"

"我……呃……"我拖着钟原，想撤退。

然而我刚走两步，就被那位赵爷爷喊住："你过来，我倒要看看红棋的赢面大在哪里。"

我走也不是留也不是，真后悔多了那一句嘴。

钟原拉着我的手，朝赵爷爷笑了笑，说道："赵爷爷，我老婆年轻不懂事，您别和她计较。"

谁知赵爷爷一挑眉，一本正经地说道："我怎么和她计较了，我就是想知道，红棋的赢面大在哪里。"

此时那位执红棋的爷爷也站起身，把座位让了出来，然后朝我笑道："小姑娘，别怕，过来吧，我也想看看，红棋能赢在哪里。"

我只好蹭了过去，并不敢坐，只是指着棋盘说道："黑棋虽兵临城下，却尚未成势，红棋有一车两士镇守后方，还可以暂时撑一段时间。"

赵爷爷听后，不屑地笑了笑，说道："什么叫还可以撑一段时间？一段时间之后呢？还不是照样被我吃掉？"

我摇摇头，答道："用不了这么久，红棋的两匹马就可以把黑棋逼向绝路。"

旁边一个人质疑道："两匹马能比人家的两车的进攻还强？况且还绕着一马一炮。"

我再次摇头："黑棋后方仅剩两象一士，连个能挡马蹄的子都没有，这就使红棋的双马发挥空间更大。回头看红棋后方，黑棋虽然大兵压阵，但是由于太拥挤，马踢不开，几乎无用，有双车在，加上红方的车阻挠，黑方的炮也无用。因此，黑棋真正能起到作用的，似乎也就是两个车，剩下的一马一炮均被自己或者对方的棋子牵制住了。要说攻守，红方要攻有双马，要守有一车双士，可见红方的守势很强大。而黑方，前方尚可，后营空虚，实在比红方危险得多了。"

我一说完，四周顿时没有人说话了。我有些心虚，觉得自己大概太冒失了。象棋这东西，说浅很浅，说深也很深，我这两把刷子要是丢了人不要紧，反正我年轻，人家也不会和我计较，可是万一被钟爷爷知道了……

我一边擦汗一边心想，钟爷爷不会因为这个嫌弃我吧……

钟原拍了拍我的肩膀，低声问我："你这是跟谁学的？"

我盯着棋盘，答道："我爸。"

我爸很喜欢下象棋，我家里就俩人，于是他经常逼着我跟他切磋，当然每次切磋几乎都以我的失败告终，唯一一次赢了他，还是因为我偷拿了他的棋子。后来他觉得没意思，就让我一车一马一炮再跟我下……

此时，那位赵爷爷沉默了一会儿，问道："照你这么一说，黑棋是必死无疑了？"

"哪里，黑棋攻势挺猛的，只要速战速决，结果还不好说。"

"纸上谈兵。"赵爷爷的语气依旧不屑，不过底气倒没那么足了。

"是啊，我其实是胡说八道的。"我一边赔笑着，一边拉着钟原想再逃。

然而我再次被那位脾气古怪的赵爷爷叫住，他捏着一颗棋子敲着棋盘，说道："陪我下完这局，赢不了不准回家。"

我只好叹口气，坐了下来。下棋嘛，输赢哪里是那么容易确定的，我刚才其实大部分是胡说八道，毕竟除了我爸和电脑，我还没跟别人下过棋，而那些棋经棋谱什么的，都是在我爸的熏陶下记下来的。我这人脑子笨，也不会深思熟虑，除了记忆力不错，脑子里记了很多经验和棋谱，其他的，我真没什么优势。

还好我运气不错，在赵爷爷将死我之前，成功地把他的帅逼上了绝路。

最后赵爷爷直起腰，闷闷地说道："我输了，小丫头，棋下得不错。"

我谦卑地笑："哪里哪里，投机取巧而已。"

就在这时，一阵十分奔放的笑声突然响起，吓得我差点跌到凳子下去。那个人哈哈大笑了一会儿，说道："想不到啊想不到，老赵你也有今天啊，哈哈哈，你竟然栽在了一个小娃娃身上，以后没脸见人喽！"

我一边抹汗一边扭头看去，只见说话的是一个头发花白面色红润的老年人，他身后还站着一个中年人，此时正朝我们这边看，神色很……呃，惊喜？

此时，赵爷爷没好气地说道："你也可以试试，我就不信你能赢她。"

那位老年人又嚣张地大笑道："她是我孙媳妇，我让她输她肯定输！"

围观群众："……"

在来 S 市之前，我曾无数次想过钟爷爷会是一个什么样的人，但我实在没想到他会如此……呃，别具风格……

他因为输棋，带着杨叔在小区里散了一会儿步发泄，然后回来的时候，正好发现我一不小心赢了赵爷爷，于是他雀跃无比地骂了一会儿老赵，并且分别从棋艺、孙子、孙媳妇三方面和老赵进行了对比，最后得出结论：老赵你就乖乖地被我踩在脚下吧，啊哈哈哈……

可怜老赵的孙子今年才十岁……

然后，这位神人就威风凛凛地领着我和钟原回家了。

我们回到家时，杨婶正在做饭。受各种电视剧的熏陶，我觉得此时我有必要帮忙做几个菜，以证明我其实是一个贤妻良母的苗子。然而钟爷爷严厉拒绝了我的请求，最后，我只得恭恭敬敬地给他递了一杯茶，算是见礼。

钟爷爷接过我的茶之后，笑呵呵地从抽屉里翻出一个绿油油的镯子给我，我郑重地收下。后来我才知道，那翡翠手镯比我大一千多岁……

吃过晚饭，几个人坐在一起聊天。我发现钟爷爷此人实在是健谈得可以，基本上我们在一起，就是他一个人在说话，我在一旁礼貌地附和，杨叔、杨婶两个人偶尔插上几句话，钟原则眼睛一眨不眨地盯着电视屏幕，一点都不配合。

我偷偷问钟原："你怎么不理爷爷？"

钟原答道："你试试把这些话听上二十年，就知道了。"

这时，钟爷爷兴冲冲地抱着个绿釉罐子摆到茶几上，要给我展示他新养的蛐蛐。他放下罐子的时候可能太用力，陶瓷罐底和玻璃茶几相碰发出清脆的响声。杨婶见状，急忙说道："老爷子您轻点，这罐子可比您那蛐蛐还金贵。"

我不解，问道："这罐子为什么金贵？"

杨婶笑道："这个是宋代的官窑。"

我吓了一跳，看那罐子的眼神立即敬畏起来。

杨婶又偷偷对我道："孩子，你也别太介意这些，老爷子这屋子里遍地是古董，咱们今天吃饭用的碗都是明朝的，电视旁边摆的那个是如假包换的唐三彩，老爷子平常喝茶用的是个宋代的汝窑莲花杯，你手里这个好像是明朝番邦进贡的水晶杯……"

虽然我胆小，不过吓着吓着也就坦然了。反正这老爷子作为一个富翁，收藏点古董什么的也算常情。只不过我不明白的是，这么多古董，他都随便摆在屋子里，不怕磕了碰了吗？就算家里人小心，不会碰碎，可是如果家里进了贼怎么办？

我把我的疑问告诉了杨婶，杨婶挥挥手，十分自信地说道："放心吧，只要那贼没有精神病，就不会想到会有人把一个唐三彩摆在电视旁边。"

呃，说得也是……

接着，杨婶就绘声绘色地给我讲了这座房子的某次被盗经历。话说那天来了一个很专业的贼，干净利落地破坏掉了钟老爷子房间里的一个保险箱，然而当他看到保险箱里的东西时，可怜的贼当场气疯。

那保险箱里唯一的东西，是一张照片，一张老赵被狗咬的照片。据说钟爷爷每天晚上临睡前，都要拿出这张照片抚摸一下，笑而不语。

那贼一怒之下把这张照片撕碎，气势汹汹地夺门而逃，正好和买菜归来的杨婶和杨叔撞上，于是杨叔三两下便将这个出门没看皇历的贼斩于马下了。

据说杨叔是好几届的武术冠军，而杨婶是作为他的仰慕者嫁给他的。

老爷子回来的时候，那贼已经被扭送到了派出所，可是老人家还是气得够呛，因为他每晚临睡前的娱乐项目没有了。后来杨叔又帮他搞到老赵被另外一只狗咬的照片，这事才算消停。

听完这个故事，我不禁感叹，老赵长得又不像骨头，怎么就有那么多狗咬他呢？……

在钟爷爷家住的这几天，我和钟原都比较忙。钟原是受到某男求救怎么摆脱某女和某女求教怎么制服某男的双重无限骚扰，我则是被钟老爷子拉着下棋赏花斗蛐蛐，被教育得十分游手好闲。

某一日，钟爷爷拉着我在阳台上欣赏他新买的画眉鸟，钟原正在客厅里教史芸蘅怎么色诱路人乙。

钟爷爷一边给画眉鸟加食，一边神秘兮兮地告诉我："丫头，其实钟原之前一直跟我提到过你。"

"啊，是吗？"我有点不好意思，"他都说我什么了？"

钟爷爷气呼呼地说道："他说，我要是不认可你，他就把我这房子里

还有其他宅子里那些两百年以上的古董全砸了，另外还要把我干过的那些
丢人的事情都告诉老赵！"

呃，这个做法有点狠。

这下我终于明白钟老爷子为什么那么容易就接受我了。

钟爷爷似乎看出了我心中所想，于是摆摆手，说道："你别多想，我
虽然有点为老不尊，但也不是那么刻板的人。儿孙自有儿孙福，我本来就
不怎么愿意插手，况且你这个孩子，我本来就挺喜欢的。"

喀喀，老爷子你说得我都有点不好意思了……

这时，老爷子又补上了一句："当然了，钟原那臭小子虽然坏，但是
眼光是肯定错不了的。"

这算是夸那个臭小子吧？算是吧？

接着，钟爷爷一扫平时的老顽童形象，十分严肃地感叹了一声，说道：
"孙媳妇啊，其实我还是有一件事情想拜托你。"

"呃，什么？"我被他这个严肃的样子弄得有些紧张。

"钟原这孩子，很聪明，可是有点过。"

"什么意思？"我不明白，聪明不好吗？我巴不得自己聪明一些呢。

"有些事情一般人很容易被引导，可是他一想就想得很清楚了，这就
导致他看事情很透，也容易使他考虑问题的时候，直接从利益的角度出发。
这样的人很适合经商。但这样的人，大多数容易变得自私冷漠，不顾他人
感受。虽然说无商不奸，可是如果太严重了，我怕他会分不清是非，为达
目的不择手段。从这个角度上来说，越是聪明，越是危险。而且这臭小子
天生带着一股子不近人情的脾气，只怕更容易误入歧途。"

我茫然地点头，似懂非懂。钟爷爷这些话，表面上的意思我懂了，可
是他到底想要表达什么？

钟爷爷突然兴奋地看着我，语气有些激动："现在好了，那小子终于
有软肋了。"

我："呃……"

钟爷爷："乖孩子，我看出来了，钟原虽然固执，但是你的话，他肯
定还能听进去。我只希望你在他快要误入歧途的时候拉他一把，至少不要

让他危害社会什么的，他如果不听，你就一哭二闹三上吊，以死相逼，不怕他不从。"

我："……"

钟爷爷："当然了，装装就行，别真的死啊。"

我："……"

钟爷爷，你还真是一个有想法的人啊。

晚上吃过晚饭，我和钟原手牵着手在小区里散步，我小心地对他说道："今天你爷爷找我谈话了。"

钟原停下脚步，皱眉道："咱爷爷。"

"好吧，咱爷爷。"

钟原满意地点点头，拉着我的手继续走。

我又问道："你不好奇他对我说了什么吗？"

钟原眼皮都不抬一下："无非怕我危害社会。"

我："……"

钟原，你是不是提前偷看爷爷的台词了……

我们来到 S 市不到一个星期，钟原突然告诉我他爸妈要回来了，而且，两个小时以后，飞机就要落地了！

我吓了一跳，呆愣愣地看着他，好久才回过神来，结结巴巴地说道："为、为、为什么现在才跟我说？"

钟原抱着手臂坏笑："想给你个惊喜。"

我抹汗："大哥，这哪里是惊喜，这明明就是惊吓好吧！"

钟原揉着我的眉头，安慰我："有那么恐怖吗？他们又不吃人。"

我拍开他的手，怒道："喂，我还什么都没准备好吧，怎么见他们？"

钟原抱紧我，笑道："准备什么，又不是外人。"

这时，钟爷爷从外面走进来，一开门，看到我们两个，立即胡子一颤一颤地笑，说道："你们继续，我什么都没看到。"说完他就转身又出去了。

我们当然没继续，因为有更重要的事情要做——接机。

我站在机场里，紧张得要命。钟原拉着我的手，每隔一会儿就会掏出纸巾帮我擦手心里的汗。他抬着我的手，小心翼翼地在手背上亲了一下，然后妖孽地笑："你至于吗？"

我深深地呼了一口气，担心地问道："你说，如果你爸妈对我不满意怎么办？"

钟原："我就告诉他我是同性恋。"

我："你够狠。"

钟原妖娆地笑："你喜欢吗？"

我看着他这个可口的样子，吞了吞口水，问道："你不会真的是同性恋吧？"

钟原："……"

看着钟原慢慢沉下来的脸，我知道他生气了。于是我拉着他的手晃悠，哄他道："你怎么可能是同性恋，哪有这么帅的同性恋啊。"虽然夸他帅这招很恶俗，不过屡试不爽，没办法，谁让这家伙自恋呢。

这次钟原却没那么好哄，微微向前倾着身子，用手指指了指自己的脸颊。

我脸一红，后退一步说道："你开玩笑呢吧，这是机场。"

钟原不说话，依然板着脸，指着自己的脸颊。

我左右看看没人，上前一步，踮起脚飞快地在他的脸颊上亲了一下。

钟原直起身体，满意地笑了笑，然后朝我身后说道："爸、妈。"

我："……"

当着别人的面调戏他们的儿子，我没脸见人了。

我僵硬地向后转，便看到一男一女已经走到我们面前。我尴尬地笑了笑，朝他们说道："叔叔阿姨好。"

钟爸钟妈都很和蔼，尤其是钟妈妈，她一见到我，立刻爱抚地摸摸我的头发，笑道："这是沐尔吧？比我想象中还要可爱哦！"

我被她夸得有点不好意思，心里却美滋滋的。

回来的时候钟原开车，钟爸爸被打发到副驾驶座上，我则和钟妈妈坐在后面聊天。我发现钟妈妈虽然看上去优雅贤淑，其实却是一个非常健谈开朗的人，而且说话的风格彪悍而犀利，有点像……呃，有点像史芸蘅？

这下我理解为什么钟爸爸那么看好史芸蘅了——估计他的审美本来就是这个风格的，就算原来不是这个风格，跟钟妈妈一起生活了这么多年，估计也早变成这个风格的了。由此可见，钟爸钟妈的感情一定很好。

我们没有回之前的小区，而是去了一座花园别墅，因为人太多，原来那套房子太拥挤。这花园别墅环境倒是挺好的，就是有点冷清，估计钟爷爷也是嫌弃这一点，之前才没在这里住。

钟爸钟妈刚安顿好，钟妈妈便兴冲冲地拉我到客厅，说是有见面礼要给我。我本以为会是香水化妆品之类的——这不是法国的土特产嘛，然而摆在客厅里的却是一块巨大的方方正正的东西。

钟妈妈激动地捏着覆盖在那东西上面的白布，兴奋得眼睛直冒光："小沐尔，猜猜这是什么？"

我抓抓后脑勺，问道："等离子电视？"

钟原悠闲地靠在沙发上："不用猜了，肯定是画。"

我："为什么？"

钟原："因为她是教美术的。"

"宾果！来，拥抱一个！"钟妈妈说着，张开手臂抱了抱我。

好像答对的那个不是我吧……

然后，钟妈妈唰的一下掀开了布。

呃……怎么个情况？

这是一幅油画，画面里，一个男孩坐在一片草丛之中，手里捧着一束鲜花……这些都很正常，可是有一点很不正常：那个男孩没穿衣服……

幸亏这小孩的重点部位被手中的那束鲜花挡住了。

好吧，对于艺术家，任何脱光衣服的行为都是可以理解的，可是这位阿姨，咱俩才第一次见面，送这样的礼物会不会尺度太大了？喀……不过这小孩子确实长得挺水灵……

我刚想说谢谢，这时，钟原突然从沙发上跳了起来，挡在那幅画前面，然后对他妈妈怒目而视咬牙切齿："这画不是已经烧掉了吗？"

钟妈妈得意地笑："笨蛋，我说什么你信什么？"

钟原："我早就知道不该相信你的人品！"

钟妈妈："不好意思，你知道得还是晚了，哦呵呵呵……"

原来钟原也有栽跟头的时候，而且是栽在他亲妈手里。不过，他为什么对这幅画这么在意？

此时，钟妈妈把钟原推开，指着那画里的小男孩对我笑道："小沐尔，这个是钟原十岁的时候我给他画的，怎么样？幸亏他当时小，好骗，哈哈。"

我瞪大眼睛看看那画里的小男孩，再看看钟原，来回看了好几遍，终于，钟原崩溃了。他抬手遮住我的眼睛，咬牙说道："别看了。"

我笑嘻嘻地对钟妈妈说道："谢谢阿姨，这真是我见过的最好的礼物了！"

钟原却低头，在我耳边凉丝丝地说道："宝贝儿，我没办法对付她，但是有办法对付你。"

不带这么欺负人的……

虽然遭到了钟原的威胁，我还是义无反顾地把那份珍贵的礼物搬回了自己的房间，并且在房间里独自欣赏了很久。看到最后，我竟然有一种冲动想要把小钟原手里那束花拿开。啊，我是变态！

吃过晚饭，钟妈妈和我正在陪着爷爷聊天看电视，这时，钟妈妈附在我耳边偷偷说道："那爷俩正在花园里聊天，我们去偷听。"

我为难地摇摇头："这样不太好吧？"

钟妈妈："没关系，这事我经常干。"

我们从屋子后面沿着花园的边缘绕到了他们附近，躲在蔷薇丛中，钟妈妈果然轻车熟路。

今天晚上没有风，那爷俩的谈话很清晰地传到了我们的耳中。只听钟爸爸说道："真的不打算考虑小芸了？"

最担心的事情出现了，我一紧张，紧紧地抓住了钟妈妈的手腕。钟妈妈轻轻拍着我的手以示安慰。

这时，钟原答道："算了吧，家里有一个疯子就够了。"

钟妈妈反抓住我的手，攥得我生疼。我咬牙，拍着她的手以示安慰。

这时，钟爸爸叹道："真不明白你们这些年轻人是怎么想的。"

钟原："一样，我也不明白你的想法。"

钟爸爸："我对你一直挺内疚的，这么大份家业全压在你一个人的肩上，挺不容易的。"

钟原："这话你每年都说，你没说烦，我都听烦了。"

钟爸爸："我也没什么可做的。"

钟原："现在有了。"

钟爸爸："什么？"

钟原："管好你老婆，别带坏我老婆。"

钟爸爸："你真的决定娶那个小丫头了？"

钟原："决定很久了。"

钟爸爸："娶了她，你以后的路可能不好走。"

钟原："没有她的路，我绝对不会走。"

钟爸爸："很好，有我当年的风范。"

钟原沉默良久，说道："至少在审美层次上，我比你当年强太多。"

钟爸爸："……"

不得不承认，钟妈妈真是好身手，我们在花园里偷听的那一会儿工夫，她差点把我的手废了！

而且，我在作案的过程中被蔷薇扎了好几下，疼得我直发痒，而这位阿姨竟然完好无损，不愧是女中豪杰！

晚上临睡前，钟妈妈拿着镊子、放大镜和消毒药水悄悄潜入了我的房间。

我看着她左手镊子右手放大镜跃跃欲试的样子，冷汗直流："行不行啊……"

"放心吧，绝对没问题！赶紧把衣服脱了！"

我脱掉上衣，趴在床上。

钟妈妈一边帮我拔着蔷薇刺，一边跟我聊天，转移我的注意力。

钟妈妈："小沐尔啊，你被扎这件事可千万别让钟原知道。"

我："哦，放心吧……哎，轻一点可不可以……"

钟妈妈："哦哦，不好意思……话说，钟原对你可是够深情的啊。"

我不好意思地笑了笑。

钟妈妈叹了口气："其实我和他爸都对这孩子有亏欠。当初他才四五岁的时候，我们俩就把他扔给他爷爷，然后双宿双飞回法国去了。因为他爸除了喜欢音乐和我，对其他的东西都没兴趣，所以他爷爷就跳过他爸直接把钟原当继承人培养了，过程可以说是惨不忍睹惨无人道惨绝人寰惨……嗯，总之就是很惨。"

我恍然大悟："哦，怪不得他说他七八岁的时候就被家里人逼着炒股。"

钟妈妈："那还算轻的……老人家的心思，你也明白，望孙成龙嘛。他爷爷觉得时代发展太快，担心他跟不上步伐，所以有什么新鲜东西都让他学。"

我点头："难怪他这么变态。"

钟妈妈："是吧是吧，我也觉得他是个变态。"

我："哎……您轻点……"

钟妈妈："哦哦，不好意思……话说，小沐尔，你嫁给钟原，以后也许会比较辛苦，做好准备哦。"

我："我想过了，我愿意和他一起承担。"

钟妈妈拍拍我的头："真是个好孩子，那小子眼光不错。"

我嘿嘿地笑了笑。

钟妈妈又补充了一句："仅次于他爸。"

喀……

第二十一章
结局

第二天我要陪钟原参加一个酒会。钟原是以钟氏继承人的身份出现在这个酒会上的，而我是他的女伴……压力好大。

被造型师捣饬了整整两个小时之后，我终于被他塞给了钟原。

我挎着钟原的胳膊，站在镜子前，一个劲地啧啧感叹。

钟原笑道："怎么了？"

我叹道："果然是化腐朽为神奇。"

钟原轻佻地勾了勾我的下巴："你本来就神奇。"

我们临走的时候，钟妈妈拍着我的肩膀说道："小沐尔，酒会上一定会有不少傻帽千金盯着钟原不放，到时候你一定不能手软，来一个杀一个，来两个杀一双！我顶你！"

我一边抹汗一边连声答应。

钟爸爸语重心长地说道："钟原，你老婆也许会被不少登徒浪子盯上，到时候你肯定不会手软……好吧算我没说。"

我们刚走出一步，钟爷爷又说道："小子，如果有傻帽送上门来就利用一下也没关系，你不赚他的钱他心里难受。"

钟原点头："放心。"

我再次抹汗，这一家都是什么样的人啊。

酒会现场的气氛没我想象的那么严肃，不过有一点让我感到奇怪的是，我和钟原一进入会场，我就感觉有好多双眼睛在追着我们看，看完了还窃窃私语。呃，难道是我多心了？

我拉了拉钟原，问他："我脸上长蘑菇了吗？"

钟原一本正经地盯着我的脸看了一下，答道："没有。"

"那为什么我总觉得有人在看我们？"

钟原："因为有人无聊。"

"什么意思？"

钟原没有回答，而是从身旁取了一杯果汁递给我："今天不许喝酒。"

毕竟是酒会，老黏在一起也不像话，没过一会儿，我和钟原就分头行动了……其实主要是勾搭他的人太多了，我被挤到外围去了。

有人跟我搭讪，是个年轻的男人。他礼貌地笑了笑，说道："第一次看到钟原身旁有女人。"

被小二熏陶久了，我脑子一脱线，话脱口而出："什么意思，难道之前他身边的都是男人？"

那人笑道："你真有意思。"

"谢谢。"我嘴上说谢谢，却在心里朝他翻了个白眼，这人眼神不正，一看就不像好人。

"那么，沐小姐，平常都喜欢做什么呢？"他的表情开始变得有点轻佻。

"哦，我喜欢用鞭子抽人玩。"不好意思啊钟原，为了帮你消灭潜在的情敌，我只好牺牲一下你了……反正就算我不这样说，大部分人也会认为你是变态。

那人果断离开。

又有人来搭讪，这次是个女的，一副来者不善的样子。她走近我，看了一眼我手中的果汁，轻蔑地笑道："果然是土包子，喝这么没品的东西。"

正巧酒会的女主人从我们身旁走过，于是我晃了晃手中的酒杯，笑道：

"你是想说女主人辛苦为我们准备的东西没品？"

女主人瞪了那个女孩一眼，冷笑道："也不知道谁是土包子。"说完女主人转身走开。

女孩急了，怒道："别以为你攀上钟原，就能飞上枝头变凤凰！"

我从容地笑："我是人，不是鸟，跟你不一样。"

"你……"

我突然发现我今天好霸气啊，隐隐有老大的风范……

这时，钟原突然出现在我身旁，低声笑道："亲爱的公主，别跟这个人说话，会降低你的身份。"他的声音不大不小，刚好能让她听到。

"哦。"我巧笑嫣然地看着他，恨不得在他那微扬的嘴角上亲上一口。

钟原小声说道："别这么如饥似渴地看着我，我怕我会控制不住。"

我忘了他是不耍流氓会死星人了。

这时，那女孩恨恨地说道："钟原！你就不怕她是为了你的钱？"

钟原微笑："我连命都可以给她，钱算什么。"

我伸手，在钟原的手心里缓慢地画了一个心。

钟原反握住我的手，反复揉捏着，弄得我脸都有点烫了。

女孩没看到我们俩的小动作，气呼呼地说道："我警告你……"

钟原打断她："警告无效，你老老实实做人吧。脑残就多读报纸，虽然不能长智商，但起码能让你知道，你爸到底能不能动我。"

女孩彻底颓了，狠狠地瞪了我一眼，转身离开。

我担忧地看着钟原："会不会得罪人？"

钟原："放心吧，她家里人没她那么脑残。"

回去的时候，我靠在钟原怀里，眼皮直打架。

钟原问我："喜欢这样的场合吗？"

我："喜欢才怪。"

钟原："不过我看你应对得游刃有余啊，我的木头不简单。"他说完，还点了点我的鼻子。

我："那是，好歹咱也是被'一、二、四'熏陶了几年，又拜读过路人乙大师的《完全装 × 手册》，应付这些人也不算难。"淡定 + 猥琐 + 彪悍 + 博学，这是一种多么无敌的组合。

钟原："既然不喜欢，那以后我尽量少带你来这样的地方。"

我："嗯……钟原，你跟那些跟你说话的女人都说什么了？"

钟原："我说你是我的未婚妻。"

我心情大好，在他怀里蹭了蹭。

钟原："你呢？你跟那些男人说什么了？"

我："我说我喜欢用鞭子抽人玩。"

钟原好久没说话。我以为他生气了，抬头刚想安慰他一下，谁知此时他却十分认真地说道："如果你真的喜欢，我给你抽。"

要不要这么体贴啊……

又过了几天，我们要回 B 市了，临走的时候，我偷偷地问钟妈妈："您怎么就不怀疑我是为了钟原的钱才和他在一起的呢？"

钟妈妈捏了捏我的脸，答道:"傻丫头，你当我几十年的饭都是白吃的吗，这点眼力都没有？"

我于是放下心来，和钟原一路欢快地回到 B 市。

大四的课业说难也难说简单也简单——几乎一整年都是做课题。尽管我对于化学的恐惧从未消散，但毕竟是学了这么多年的专业，到头来怎么着也得给自己一个交代，何况我本来就比别人差，便更需要认真了。因此这最后一年我格外拼搏奋进，几乎天天泡实验室，这样的日子过得很快，自然让人倍觉充实，导师也不嫌弃我没天分，时不时地还会夸我几句。

唯一不太高兴的只有钟原，这厮认为我把光阴都献给了科学，陪他的时间自然就少了。当然无论如何我也不能拿学业开玩笑，于是这小子也不好意思有什么意见，只每次约会时都是一副欲求不满状，让我看着都心颤，总担心他哪天把我消灭掉。

就这样，我总算挨到了毕业。毕业典礼之后，我穿着学士服，在校园里溜溜达达，感觉很伤感。毕竟是生活学习了四年的地方，这里的每一寸土地几乎都有我们的记忆，如今要说一声离开，我还真是有点舍不得。

我正胡思乱想着，钟原突然打来电话找我。

我以为他是要来给我庆祝毕业的，于是欣然前往，谁知——

"上车。"钟原趴在车窗上，贱兮兮地笑。

"做什么？"我坐在副驾驶座上，有一种不祥的预感。

钟原发动了车子："领证。"

"什什什么情况……"

钟原勾起嘴角笑："是谁说毕业就结婚的？"

我汗："你还记着呢？"

钟原："何止记得，我每天掰着手指头数，度日如年。"

"你……至于嘛。"

钟原："乖乖就范吧，你没有退路了。"

"可是我的户口本在我爸那里呢。"

钟原从容地笑："咱爸早给我了。"

对这种卖女求荣的行为我要表示强烈的谴责！

"可是，钟原……"我开始撒娇。

钟原扭过脸在我的脸上用力亲了一下："乖，除非你用身体收买我，其他一切免谈。"

色狼！

我们从民政局出来后，钟原心情大好，把我的发型都揉乱了："木头，你终于是我的了。"

我故意打击他："喊，一个小本本能证明什么？"

钟原恍然大悟："你说得对，还有婚礼，我一定抓紧时间准备。"

我："……"自己挖坑埋自己这种事情，我干得越来越顺手了。

一个月之后，我和钟原的婚礼顺利举行。

这场婚礼挺别开生面的，因为是汉服婚礼。我本人很喜欢汉服，尤其是曲裾。曾经我也梦想过自己能穿着曲裾的新娘装，和心爱的人一起拜天地高堂，沃盥合卺，解缨结发……太浪漫了！

后来这个想法也不知道怎么被钟原知道了，于是就变成真的了……

我一直认为汉服婚礼才是世界上最浪漫的婚礼，这个倒不全因为我是中国人，而是它的每一个细节，都在提示你，你们即将步入的是家庭，你们是会分享生活的每一点每一滴的。在这个过程中，爱情倒是次要的。

所谓最浪漫的事，无非在家长里短、柴米油盐中和你一起慢慢变老。古人诚不我欺。

我穿着大红喜袍，跟在我爸身后。我爸拉住我的手，将其放了钟原的手里。然后，他吸了吸鼻子，对钟原说道："我把我这辈子最宝贝的东西交给你了，希望你也能把她当作宝贝。"

钟原握紧我的手，郑重地点点头："我会的。"

"这孩子心眼儿实，净说傻话，她要是不小心惹你生气了，你也别往心里去。"

我再也听不下去，甩掉钟原，抱住我爸："爸——"

我爸轻轻地拍着我的后背："傻丫头，大喜的日子，哭啥。"

"爸，我舍不得你。"

"孩子，有你这句话，我就没白疼你。"

"爸……"

"别磨叽了，赶紧去吧，我去酒店等你们。"

"……"

我放开我爸，后退两步，然后跪倒，给他磕了一个头。

谁言寸草心，报得三春晖。

酒店里人很多，有些宾客竟然也穿着汉服来的，真给力。

我不得不承认钟原这张脸长得还真是宜古宜今，穿上汉服，古代男子那种斯文偶傥的气息立即扑面而来，让人直吞口水。

我和钟原庄严地拜天地，拜高堂，然后夫妻对拜，接下来……没有进洞房。

奉茶之后，接下来是我最喜欢的一系列礼仪：浴盥，同牢，合卺，解缨。

浴盥就是夫妻俩一起洗浴——钟原啊，以后咱俩就共用同一个洗手间和浴室啦，你不许和我抢啊。

同牢就是同牢而食，两人坐一块儿吃饭——钟原啊，以后咱俩就一起吃饭啦，我做饭你洗碗。

合卺差不多就是交杯酒的意思——钟原啊，喝了这杯交杯酒，以后咱俩可要同进退啊。

还有解缨……当钟原小心地从我头上把那根象征着夫妻间婚姻关系的信物"缨"解下来之后，我差点哭出来。此时此刻我的感受真的无法形容，相信结过婚的朋友一定深有体会。我们不是曾经那双任性自私脾气上来之后可以为所欲为的小恋人了，从此之后我们是夫妻，是亲人，要相互照顾，相互依恋，相互理解和包容……

洞房是免不了要闹上一闹的，这次也不知道是谁的主意，出了一堆问题要我们"老实交代"。

问题一：对对方的第一印象？

我的答案："小白脸。"

钟原答曰："我以为她是个爷们儿……"

围观群众："……"

问题二：第一次心动是什么时候？

我的答案："忘了（开玩笑，这我怎么好意思说出口）……"

钟原答曰："顶楼上。"

围观群众："不老实，抽打！"

问题三：第一次接吻什么感觉？

钟原答曰："心跳加速。"

我答曰："疼。"

围观群众："……"

问题四：第一次吵架？

我答曰："忘了。"

钟原答曰："顶楼上。"

围观群众："喊。"

问题五：最喜欢对方哪一点?

我答曰："说不清楚。"

钟原答曰："傻。"

围观群众："坐等新郎被修理。"

问道六：求婚场所是哪里?

我："喀……"

钟原："床上……"

围观群众："……"

还有一些五花八门的问题我实在不好意思列举出来，总之我被这帮家伙折磨得只剩半口气儿的时候，钟原以"春宵一刻值千金"为由把闹洞房的人都打发走了，依依不舍的人被他一脚一个踢出去了。

"终于完了。"我揉着肩膀，"累死了。"

钟原走过来帮我捏着肩膀，顺手在我脸上乱摸："木头，你今天真美。"

我舒舒服服地享受了一会儿，摸着肚子道："谢谢……好饿……哎呀，床上有花生，太好了!"说完我便爬到床上捡花生吃……说实话，饿了一天，我实在没心思想别的事情了。

钟原也跑到床上去，我以为他也要捡花生吃，谁知道他干净利落地把床上的干果全收拾好，然后把床铺整齐。

我诧异道："你不饿吗?"如果我没记错的话，他今天也没怎么吃东西啊。

钟原打量着我："我当然饿，饿三年多了。"

呃……

钟原突然贴了过来，抬起我的下巴，笑眯眯地说道："娘子，为夫帮你宽衣吧。"

"……"

番外一
小二与路人甲

　　小二与路人甲勾搭到一起之后，路人甲曾多次强烈建议俩人顺便把结婚证领了，对此小二以自由的名义严重抗议。路人甲虽然不敢强迫她，但是他有一个像他的智商一样优良的习惯：执着并且啰唆。

　　于是，在某次路人甲又无比幽怨地碎碎念着结婚对于身心健康的各种好处时，小二一怒之下便把他扑倒了。

　　激情过后，路人甲赤裸着身体抬着大腿在小二腰上蹭，一边蹭一边笑眯眯地说道："我是你的人了。"

　　小二翻着白眼，很想一脚把他踹到床下去，可惜她此时也就只有想的力气。

　　还好，这招美人计虽然开始的时候有点惨烈，不过后来也收到了明显的成效：路人甲自此很长一段时间，对领证一词闭嘴，取而代之的是骁勇的实际行动。

　　同居之后，路人甲发现了小二那成筐的缺点。不会做饭也就算了，反正楼下就有饭馆；又馋又懒也无所谓，反正他就是家庭妇男的命，伺候她一辈子他也认了……最让他受不了的是，这姑娘似乎太把虚拟世界当回事了，整天不是网络小说就是在游戏里砍砍杀杀，这导致的直接结果是，作为她的男人，他没有得到足够的重视，并且，她的作息与他几乎是相反的，他实在无法忍受每天晚上只抱着抱枕入睡，而此时应该躺在他怀里的女人，却坐在电脑前全神贯注地思考着小说情节。

路人甲不止一次含蓄地提出过交涉，然而小二该干吗干吗。对此，路人甲敢怒不敢言。

终于，某一天，路人甲从网吧回家的路上，先去喝了几两小酒，壮了壮胆子，然后摇摇晃晃地回到家。此时小二依然像个万年不变的雕像似的坐在电脑前，操纵着鼠标，满脸兴奋。

路人甲走过去，拉她。

小二甩开他："别闹，PK 呢。"

路人甲弯下腰，把下巴垫在小二的肩膀上，蹭来蹭去，一边蹭一边发出暧昧不明的低笑。

小二当然知道他在发情，然而 PK 到关键时刻，也没心思想别的，只好一边偏头躲着他一边说道："等一下等一下……哎呀哎呀，要死了！"

路人甲从她背后环过来，然后夺了她的鼠标和键盘，三两下把对方戳死了："俩奶妈打什么劲。"

小二却难以置信地回头看他："那你是怎么赢的？"

路人甲此时哪有心思理论这个，把小二从椅子上抱起来，一边低头吻着她，一边朝卧室走去。

小二挣扎："等……我关电脑。"

路人甲抬脚直接把电源线踢开，这就算关电脑了。

小二只好回吻着路人甲："你……你喝酒了……"

路人甲心里有点不是滋味，你才知道我喝酒了啊……

小二明显感觉到，今天的路人甲有点粗暴，而且……呃，而且战斗力十分强大。后来她被折磨得不行了，躺在床上无力地喘息，于是坚决叫停。

路人甲把小二拉进怀里紧紧地搂着，叹气道："你知道今天是什么日子吗？"

虽然路人甲的口气有点怪异，然而此时小二脑子发沉，也没感觉到不正常，于是问道："什么？"

路人甲幽怨而无奈道："今天是我们同居一周年纪念日。"

小二有点好笑："你一个大男人，有必要这么浪漫吗？"

路人甲："是因为你不够浪漫，所以我得把你那份补上。"

小二在路人甲腰上掐了一下："什么意思，是觉得我不够关心你？"

路人甲又叹了口气，却没有正面回答，只是说道："前几天，我看到钟原了。"

"然后呢。"小二打了个哈欠，似乎没什么兴趣听他拉家常。

"然后，他跟我说，他的木头做饭很好吃，还和他一起逛商场，亲自帮他选领带……"

"哦。"小二模模糊糊地答应了一声，不置可否。

"你别生气，我并不是说要你和沐尔一样。只是……我真的希望你能从你的世界里移一点目光给我，这个并不影响你的自由，你也不用做什么，只需要认认真真地看我几眼，让我知道你心里其实有我，也就够了。我可以毫无保留地爱你，我也怕让你做你不喜欢的事情，所以之前并没有很强硬地要求你改变什么，之后也不会。只是……亲爱的，你在听吗？"

小二并没有答应，只是靠在他怀里，均匀地呼吸着。

路人甲知道她睡着了，只好无奈地笑了笑，拥着她睡去。

第二天早上，路人甲醒的时候，小二依然睡在他的怀里，好像是在做什么美梦，嘴角微微勾着。

路人甲有点失神，又有点失落。他低头在小二的嘴角轻轻吻了一下，然后起床。

走进客厅的时候，他呆了一下。客厅的桌子上摆着一堆状似早餐的不明物体，他走过去，看到那是一杯牛奶、一个煎蛋，还有吐司、小米粥、煮面条……中西结合、卖相不怎么雅观的早餐。

桌上还放着一张字条，路人甲拿起来，只见上面用娟秀的小楷写着：

第一次做早餐，不知道能不能吃，你试试吧。

嗯，以后你的三餐我都负责，做好心理准备。

还有，以后晚上我会在正常时间临幸你，再次做好心理准备。

最重要的：就算早餐很难吃，也要把话咽回肚子里去！

PS：吃完早餐把我叫醒，然后我们捯饬一下，下午去领证。

你永远的小二

路人甲在字条上狠狠地亲了一下，然后坐下来开始吃早餐。他一边嘿嘿地傻笑着，一边把那些煎焦了的蛋、煮烂了的面、咸咸的小米粥……都吃了下去。

番外二

木头和钟原

木头毕业后在一家摄影杂志社工作，经过一段时间的努力，后来有机会随着摄影组满世界出差拍景色，这也让她小小地骄傲了一下。当然对于她频繁出差，钟原是极度不满的。

然而好景不长，没过多久，杂志社的老大突然沉痛地宣布：咱的杂志社，也许撑不下去了……

为什么？还能为什么，销量下降，资金周转紧张……这年头谁看摄影杂志啊，你封面上要没一个半个美女，出门都不好意思跟人打招呼！

木头十分郁闷，虽然她在这里待的时间不长，然而对这里已经产生了感情，周围的人都很亲切，还有带她的师父，对她也超级好，还指导了她很多摄影技巧……这么好的地方，怎么能说停就停呢。

看到木头哭丧着脸，带她的师父安慰她道："小沐尔，别难过，你是个有天分的人，又踏实愿意学习，去别的地方肯定会有很好的发展前景的。"

一听说要去别的地方，木头更难过了："难道真的没有别的办法了吗？"

"有倒是有，只要有人出钱，咱们再好好地宣传，应该不至于没救……这世界上总是有人喜欢摄影的。可惜这年头大家有钱都炒股炒房去了，再不济也能炒蒜炒豆，谁会拿来投杂志社呢！"老师父说着，连连叹气。

木头却在心里燃起了一丝曙光：钱哪，钟原好像有不少钱吧……

可是，她要怎么样才能说服他那样的奸商把钱投在一个有可能亏本的地方呢？木头皱着眉头在纸上画着圈圈，思索着。

老师父见她锁着眉不说话，便问道："小沐尔，想什么呢？"

木头诚实地答道："钱。"

老师父无奈地叹着气，掏出一本《孙子兵法与三十六计》坐在一旁解闷。

木头盯着"三十六计"那四个字，在心里把三十六计挨个背了一遍，通过排除法，她最后决定：用美人计。

其实木头对美人计的成功率并不是很有信心，钟原是个狡猾而清醒的人，一般情况下如果有人想吸引他做赔本买卖，他都会先把鱼饵吃掉，然后告诉你：我坚决不上钩。

不过不管怎样，木头都要试一试。

她请了一天假，先去美容店把自己从头到脚清理了一下，然后拉小二去逛商场买衣服。当她告诉小二自己买衣服是为了勾引钟原时，小二就拉着她直接冲进了商场的情趣内衣区。

木头一边抹汗一边看着面前五花八门的所谓情趣内衣，其中某些款式她甚至根本看不出来要怎么穿。

"要不要这么夸张啊……"木头红着脸捏着一块渔网一样疑似胸衣的东西，担心地问小二。

小二一边拿着乱七八糟的内衣在她面前比画着，一边说道："木头，麻烦你有点做女人的觉悟。"

木头觉得她的主意不靠谱："那你呢，你穿过这些吗？还有这个……"

小二瞥了一眼她手中的东西，不屑地说道："我当然不穿，一般是路人甲穿给我看。"

木头："……"想不到路人甲师兄竟然如此风骚。

"喂，"小二拍着她的肩膀，"你要知道，站在你面前的男人可是每天被各种美女环绕着，想要牢牢抓住他，当然要加点猛料。"

于是木头咬咬牙，想要从钟原那里套点钱，当然要加点猛料了！

当然，鉴于她的智商以及接受能力，她最后还是选了其中最保守的一套：一件黑色带蕾丝的半透明丝绸吊带短睡裙，短到刚刚能把臀部盖上。

买完睡衣，她又去挑指甲油，小二也就是这个时候知道了钟原这厮竟然有恋足癖的，于是一直淫笑个不停。在红色与粉红色之间犹豫了半天，最后小二一句"你走的是少妇路线不是少女路线"，于是木头毅然选了红色。

至于香水、化妆品什么的木头倒是没买，反正钟原对这类东西也不怎么感兴趣，更何况小二也说了："三木头你这张脸已经很合格了，算计一下怎么多挤出点胸来吧。"

木头对这句话又爱又恨，她的胸已经长到 B 了啊，貌似够大了吧……

晚上，木头捯饬了足足两个多小时，当然其中光涂指甲油就涂了将近一个小时。她以前没涂过，对这东西实在没什么经验。好在最后总算涂得还算满意，接下来要做的就是等着钟原回来了。

钟原晚上有个比较重要的饭局，回来的时候已经是晚上十一点多了。他以为木头已经睡了，便轻手轻脚地洗了澡，然后推开卧室的门。

卧室里的灯亮着，木头此刻正侧身躺在床上，睁大眼睛满脸希冀地看着他。

黑发如雾，肌肤胜雪，纤细匀称的身材，修长笔直的双腿，还有……晶莹小巧的脚上绽开的火红色花瓣……钟原呆呆地站在门口，两眼发直，过了一会儿，两道红色的液体顺着他的鼻孔流出，流过嘴唇，顺着下巴，滴到了他白色的棉质睡衣上，然而他本人对此毫无知觉。

木头慌了，她倒是想了几个应急预案，但实在没想到会是这个结果。于是她从床上跳下来跑到钟原面前，抽出纸巾一个劲地帮他擦着，一边擦一边内疚地说道："对不起对不起，我不是故意的……"

钟原抓着她的手，神情恍惚："你这是要我的命……"

木头哭丧着脸帮他止血，心里想着：我不就是想借点钱嘛……

当然她并不知道钟原这是大脑死机的症状，因为他之前很少出现过这种情况。等到她终于庆幸他的鼻子不流血了，他已经把她抱到床上并且扒掉了那件碍手的情趣睡衣。

其实今天木头很想主动一下的，然而钟原并不给她这个机会。

等到她被蹂躏得浑身无力，气喘吁吁地趴在他怀里时，她记起了今晚的使命。于是她小心翼翼地说道："钟原，我想借钱。"

"嗯。"钟原漫不经心地答应了一声，然后认真地在她胸前种着草莓，接着一路向下……

木头觉得他这是在敷衍她："你都不问问我要借多少吗？"

"随便多少。"钟原的话很含混，因为他此时正在吻她脚指上的红色花瓣。

木头还是有些担心："那个……你不会后悔吧？"

钟原一边顺着她的脚往上吻，一边带着点威胁的口吻说道："宝贝儿，可不可以不要在床上讨论这种无聊的话题？"

此时钟原已经吻到了她的大腿内侧，木头一时脑子短路，信口说道："那讨论什么？"

"讨论一下，"钟原抬起头，目光火热，"接下来我们用什么姿势。"

木头："……"

第二天吃早餐时，木头试探性地问道："钟原，你昨天说的话，算数吗？"

钟原："我昨天说了很多话，你指的是哪一句？是'以后给你买漂亮指甲油'，还是'我们要个孩子吧'？还是'宝贝儿你今天真美'？抑或者……"

木头连忙红着脸打断他："借钱，借钱……"

"哦，借钱做什么？"

木头只好以实情相告。

听完木头的话，钟原亲了亲她的额头，笑道："没问题，明天让你的老板带着合同来找我。"

木头惊喜而又觉得不可思议，事情好像太顺利了。

社长大人做梦也没想到沐尔会认识钟原，而且能从他那里拉到投资，说实话一开始她对他说那些话的时候他是不敢相信的，不过沐尔此人又确实不像个会撒谎的孩子……

"沐尔，你们是怎么认识的？"社长爱不释手地抚摸着手中的名片，他的杂志社终于有救了。

"哦，他是我老公。"

社长一口血喷了出来。

社长大人把合同拿给钟原的时候，钟原翻了几下，放下合同说道："你的要求我都满足，我只有一个条件。"

"什么？"

钟原幽怨地从牙缝里挤出几个字："让、我、老、婆、少、出、差。"

杂志社的经济危机就这样平息下去，对此木头感到很高兴。当然至于社长大人和她老公谈判的细节，她是不知道的。

她还不知道的是，那天谈判之后，凡是走进钟原的办公室的人都被涨了工资。

她只是有点奇怪，为什么对于拯救杂志社这件事，钟原好像比她还要高兴呢，为什么呢为什么呢……

番外三
宝宝二三事

1. 关于梦想

钟君的梦想是当个宇航员。这个梦想，从他第一次去天文馆、被浩瀚的宇宙世界震撼到时，就深深地扎根在心里了。

隔壁点点妹妹（也就是小二阿姨家的女儿，比君君小一岁）的梦想比较奇葩。她第一个梦想是当便利店的老板，这样就可以随便吃里面的零食了。一个星期之后，她的梦想变成了宠物店的店员，这样可以经常摸小猫小狗。又过了些天，她的梦想变成了"卖洋娃娃的"。

对于这种"薛定谔式"的梦想，君君略有点儿鄙视。

后来又有一天，点点说，她最新的梦想是当个修飞船的。

"为什么是修飞船的？"

"你不是开飞船的吗？你的飞船坏了，我可以帮你修嘛。"

君君这次被逗乐了："算你还有点良心。"

"那你今天可以帮我写作业嘛？"

"……行吧。"

2. 关于外号

君君性格安静，不像点点那样活泼好动。沐尔和钟原都以为他这样的性格在学校不会受到太多关注，哪想到，君君在幼儿园时就成了"风云人物"。

原因很简单，这小孩太"博学"了。

他从小就好奇心强，求知欲旺盛，对自然科学尤其感兴趣，记忆力又好。于是，爸爸妈妈讲的、电视上看的、科技馆里听的，他都记住了，消化完之后还能活学活用，帮身边的同学答疑解惑。比如天空为什么是蓝的，花儿为什么是红的，月亮为什么是圆的，他都能讲得头头是道。

同学听罢感叹："钟君你好厉害啊！"

当然了，也会遇到自己的知识盲区，这时候呢，君君就坦然地承认自己的不足，但紧接着也会讲一下自己的看法和分析，同学听完他的分析，又感叹："钟君你好厉害啊！"

久而久之，有小孩给钟君取了个外号：上帝。

因为——上帝无所不知。

沐尔听说这个外号之后，简直囧到不行。她问钟原："你小时候也这样吗？"

钟原说："我可不这样。我小时候比他可爱多了。"

此时钟君正坐在一边翻看一本带插图的科普读物，听到他爸这么说，他抬头，悄咪咪地翻了个白眼。

恰好看到这一幕的沐尔："……"

3. 关于愿望

沐尔和钟原的第七个结婚纪念日即将到来，两人都想把这个纪念日过得更有趣一些。

"我们可以满足对方一个小愿望。"早餐时，沐尔这样提议。

"哦？"钟原不动声色地看着她，没点头也没摇头，"你有什么愿望？"

沐尔突然嘿地一声笑起来，直勾勾地看了钟原一眼，"实不相瞒，我——"刚要继续说下去，发现餐桌对面的君君正竖起耳朵，好奇地看着他们。

沐尔于是偏头凑到钟原耳边，一手挡在嘴畔，悄声道："我想看你穿女装。"

"实不相瞒，"钟原咬了咬牙，也偏头凑到她耳边悄声说："我想看你跳钢管舞。"

两人对视一眼，都从对方眼里看到不容置疑的拒绝。过后他们同时扭开脸，轻哼出声。

动作神同步。

君君歪了下脑袋，一头雾水，继续吃早餐。

吃完早餐后，沐尔开玩笑地问君君："君君，你说，爸爸妈妈如果只有一个愿望能被满足，应该满足爸爸的还是妈妈的？"

钟原听到此话，也看着儿子，眼神颇带着几分威胁。

君君想了一下，答："谁能满足我的愿望，我就选谁。"

"哦？你有什么愿望？"

"实不相瞒，我想要个妹妹。"

4. 彩蛋

彩蛋1：

后来，君君果然有了妹妹。

所以说，"上帝"这个外号，也还是有点道理的……

彩蛋2：

后来，沐尔和钟原互相满足了对方的愿望，具体细节不便描述。